ère

Passion sous surveillance

RITA HERRON

L'enfant du mystère

éditions Harlequin

Titre original : PEEK-A-BOO PROTECTOR

Traduction française de CATHERINE BELMONT

Photos de couverture

Maman et bébé : © ROYALTY FREE/MOODBOARD/CORBIS
Maison sous la neige : © JULIE HABEL/CORBIS

83-85, boulevard Vincent-Auriol 75646 PARIS CEDEX 13.

Service Lectrices — Tél. : 01 45 82 47 47
www.harlequin.fr

ISBN 978-2-2808-1876-6 — ISSN 1950-2753

Prologue

Quand Honey Dawson avait décidé de se séparer provisoirement d'Emmie et de Troy, les jumeaux auxquels elle avait donné le jour trois mois plus tôt, elle avait senti son cœur se déchirer, mais elle avait eu beau chercher une solution moins douloureuse, elle n'en avait trouvé aucune. L'homme — ou la femme — qui la traquait depuis une semaine voulait la tuer et, pour l'empêcher d'arriver à ses fins, elle n'avait d'autre choix que de s'enfuir après avoir mis ses enfants en sécurité.

— Je ne suis pas une lâcheuse, mon amour, lança-t-elle à la fillette qui gazouillait à côté d'elle. Dès que je serai hors de danger, je reviendrai en Géorgie et ensuite, nous irons faire un gros bisou à ton frère. D'accord ?

— Areu, répondit le bébé en souriant de toutes ses fossettes.

Emue aux larmes, Honey posa un doigt tremblant sur le médaillon argenté qu'elle portait en sautoir et le montra à Emmie.

— Ce pendentif est le seul objet que ma mère m'ait laissé le jour où elle m'a abandonnée, lui expliqua-t-elle. Comme les employés des services sociaux ignoraient qui étaient mes parents, ils m'ont placée dans un orphelinat et la directrice m'a appelée « Dawson » parce que c'était le nom du comté où l'établissement était situé. Quand j'étais petite, je croyais que quelqu'un m'adopterait et que j'irais vivre dans une grande maison au bord de la Savannah, mais les choses ne se sont pas passées de cette façon. Alors, ne t'inquiète pas, bout de chou : j'ai tellement souffert de n'avoir personne à aimer que je ne risque pas de vous oublier, Troy et toi. Dès que ce cauchemar sera terminé, nous formerons une vraie famille, tous les trois, et je serai la meilleure des mamans, je te le promets.

Les yeux rivés au pare-brise du break qu'elle avait volé à Atlanta, Honey traversa le centre de Butterville à une vitesse qu'aucun radar n'aurait eu le temps d'enregistrer, puis s'engagea sur une petite route creusée de fondrières qui dessinait des virgules à flanc de montagne.

— Sais-tu où je t'emmène, Emmie ? jeta-t-elle avec un entrain forcé. Chez Sam Corley, la jeune femme dont je t'ai parlé ce matin ! Avant mon départ du comté, elle habitait un chalet au milieu de la forêt et, la connaissant, cela m'étonnerait qu'elle ait déménagé. Quand nous étions ensemble à l'orphelinat, elle avait une peur bleue de la foule et n'était heureuse que dans les bois. Comme elle déteste le changement, je suis persuadée qu'elle n'a pas pu se résoudre à vendre un seul de ses vieux meubles et qu'elle porte la même queue-de-cheval qu'à seize ans.

Au souvenir des mille et un secrets que Samantha et elle avaient jadis partagés et du pacte d'amitié qu'elles avaient scellé dès le lendemain de leur première rencontre, Honey sentit sa gorge se dénouer.

— Avec Sam, tu seras en sécurité, ma puce, dit-elle à Emmie. Elle s'occupera bien de toi jusqu'à mon retour et, si on essaie de te faire du mal, elle te protégera.

Après avoir jeté un coup d'œil par-dessus son épaule

pour s'assurer que personne ne l'avait suivie, elle remonta l'allée gravillonnée qui menait à Pine Bluff, la petite maison entourée d'érables, de pins et de chênes où devait encore habiter Samantha, puis s'arrêta au pied de l'étroite véranda dans laquelle oscillaient une balancelle aux coussins défraîchis et deux rocking-chairs.

« La dernière fois que j'ai rendu visite à Sam, se rappela-t-elle en éteignant les phares de son break et en voyant un rayon de lune transpercer l'épaisse ramure des arbres, nous avons passé des heures à boire du thé au jasmin, à admirer les étoiles filantes et à imaginer ce que serait notre vie si chacun de nos vœux était exaucé comme par enchantement. »

A la différence de Samantha, qui préférait le calme de la nature au tumulte des grandes villes et la stabilité d'un foyer aux plaisirs éphémères, Honey avait toujours rêvé de quitter la Géorgie et de découvrir de nouveaux horizons. Quand elles étaient à l'orphelinat, elles adoraient se camper derrière les hautes fenêtres du dortoir et regarder le soleil se coucher au-dessus des Appalaches dans un flamboiement de pourpre, d'indigo et de safran.

— C'est là-bas que j'habiterai plus tard, avait décrété un soir Samantha, l'index braqué sur la forêt tentaculaire qui tapissait le flanc des montagnes.

— Moi, je partirai loin d'ici, avait répliqué Honey avec impétuosité. Je m'achèterai une grosse voiture et j'irai visiter New York. J'ai lu dans un livre qu'il y avait plein de gratte-ciel à Manhattan et j'aimerais bien savoir à quoi ils ressemblent.

— Qu'est-ce que tu feras ensuite ?

— Le tour du monde. Pendant que tu joueras à la

Belle au bois dormant, j'apprendrai à piloter un avion et je volerai comme les oiseaux.

Après avoir chassé les souvenirs doux-amers qui affluaient à son esprit, Honey effleura d'un tendre baiser le joli front bombé de sa fille, puis descendit du break et gravit les marches du perron.

— Ah, zut ! maugréa-t-elle en plongeant une main dans la jardinière où Samantha avait l'habitude de laisser ses clés et en s'apercevant que le bac était vide. Il va falloir que je me débrouille autrement.

Impatiente de mettre Emmie à l'abri du danger, elle retira l'une des épingles à cheveux qui retenaient son chignon et réussit à ouvrir la porte du vestibule en moins de cinq secondes.

— Ce qu'il fait sombre tout à coup ! murmura-t-elle lorsque la lune glissa derrière un nuage et que des lambeaux de brume enveloppèrent la forêt.

Si celui ou celle qui voulait la tuer l'avait suivie jusqu'ici et se cachait dans les broussailles, elle n'arriverait jamais à lui échapper et serait incapable de…

— Stop ! s'exclama-t-elle, honteuse d'avoir cédé à la panique. Ce n'est pas le moment de baisser les bras.

Avec un regain d'énergie, elle alla dénouer les sangles de sécurité du siège-auto où somnolait Emmie, puis empoigna le gros sac à bandoulière et le moïse qu'elle avait posés sur la banquette du break. Elle courut se réfugier à l'intérieur du chalet.

— Je t'aime, mon poussin, dit-elle au bébé en se précipitant vers la cuisine.

A peine avait-elle extirpé un biberon de son fourre-tout qu'un bruit la fit sursauter. Pendant qu'elle s'efforçait de l'identifier et de conserver un minimum de sang-froid, les marches du perron craquèrent une à une, comme si quelqu'un gravissait l'escalier et essayait en vain d'étouffer ses pas.

Eperonnée par la peur, Honey serra Emmie contre elle et se rua au premier étage. Une fois arrivée dans la chambre de Samantha, elle ouvrit l'une des deux grosses armoires qui semblaient monter la garde de chaque côté de la fenêtre et allongea la fillette sur les vieux draps de linon blanc empilés sous une dizaine de cintres.

Après avoir cajolé Emmie une dernière fois et refermé la porte du meuble, elle sortit de la pièce en veillant à ne pas arracher une seule plainte aux lames du parquet et redescendit au rez-de-chaussée.

Dès qu'elle eut enfilé le vestibule, le vent qui s'époumonait au-dessus de la forêt se mit à souffler en rafales et projeta des feuilles mortes jusqu'au fond du salon.

— J'ai eu tort de m'affoler, murmura Honey à la vue de la rambarde qu'une bourrasque avait disloquée. Ce que j'ai pris pour un bruit de pas n'était qu'un…

Mais, avant qu'elle n'ait pu achever sa phrase, un bras lui encercla la taille et l'attira brutalement vers l'entrée de la cuisine.

— Où est la petite morveuse ? hurla son agresseur.

— Je… j'ai demandé à des amis de la garder, bredouilla-t-elle, terrorisée.

— Ici, en Géorgie ?

— Non. Loin, très loin de Butterville.

Après avoir lâché une bordée de jurons, l'homme sortit de la poche de son jean un couteau à cran d'arrêt et en posa la pointe sur la gorge de Honey.

— Dis-moi à qui tu as confié la gamine ou je te tue, ajouta-t-il d'une voix menaçante.

— Ne me faites pas de mal, je vous en supplie, implora-t-elle tandis que la lame s'enfonçait dans sa chair et lui bloquait la respiration. Sans mon aide, vous… vous n'arriverez pas à retrouver Emmie.

— Si je te laisse la vie sauve, tu me conduiras jusqu'à elle ?

— Oui.

Sentant se desserrer l'étreinte dont elle était prisonnière, Honey saisit l'un des mazagrans alignés sur le plan de travail, mais, avant qu'elle n'ait pu le lancer à la tête de son agresseur, les phares d'une voiture trouèrent l'obscurité.

— J'aurais dû me douter que quelqu'un volerait à ton secours, sale petite garce, s'écria l'homme, ivre de colère.

Puis, à la vue de la tasse en porcelaine qu'elle avait réussi à empoigner, il la frappa au visage avec une telle brutalité qu'elle lâcha son projectile et perdit connaissance.

1

« Vous allez regretter de vous être mêlée de mes affaires, mademoiselle Corley… »

La phrase qu'avait prononcée Leonard Cultrain d'un ton venimeux au début de la soirée tournoyait dans la tête de Samantha comme une interminable litanie. La mère de Leonard, qui répondait au doux nom de Lou Lou et qui était l'une des pires mégères que la jeune femme ait jamais rencontrées, avait clamé haut et fort que son fils chéri était innocent du crime dont on l'avait accusé et que les policiers n'auraient pas dû le jeter en prison.

Malgré les protestations véhémentes de cette harpie, tout le monde savait que, si Leonard avait été relaxé, c'était à cause d'un vice de forme. Et depuis qu'il avait été libéré, les habitants de Butterville osaient à peine sortir de chez eux, tellement ils avaient peur de le croiser.

Les doigts crispés sur le volant de sa fourgonnette, Samantha regarda le vent ébouriffer la cime des arbres qui bordaient la route et sentit un frisson lui parcourir le dos. Dans la lumière de ses phares, les branches moussues qui s'entrelaçaient au-dessus de la chaussée avaient l'air encore plus menaçantes que les bras musclés et tatoués de Leonard Cultrain.

« Le jour où ce sale type décidera de me faire subir le même sort qu'à sa pauvre femme, il lui suffira de poser ses deux grosses mains autour de mon cou et de serrer un peu pour m'étrangler », songea-t-elle en enfonçant la pédale d'accélérateur du bout de son mocassin et en essayant de se raisonner.

Leonard Cultrain était un homme violent et rancunier, mais il se savait surveillé par les autorités et, à moins d'avoir perdu la tête pendant les quelques semaines qu'il avait passées en prison, il ne prendrait pas le risque de récidiver.

Forte de cette certitude, Samantha remonta dans un rugissement de tous les diables l'allée gravillonnée qui menait à son chalet. Elle s'arrêta au pied d'un vieux chêne que le vent s'amusait à dénuder.

— A qui peut bien appartenir cette voiture ? murmura-t-elle à la vue du break qui était garé au bas du perron.

Immatriculé dans le comté de Fulton, comme l'indiquait sa plaque minéralogique, il semblait s'être échappé d'un musée d'avant-guerre avec sa carrosserie trouée par la rouille et ses pneus usés.

« Je devrais peut-être téléphoner à la police », se dit Samantha en sautant de son siège et en scrutant la pénombre.

— Oh ! et puis non, s'exclama-t-elle.

John Wise avait beau être un très bon inspecteur, elle préférait se débrouiller par ses propres moyens plutôt que de l'appeler à l'aide et de se faire traiter d'irresponsable. A l'instar de tous les hommes qu'elle avait eu la malchance de rencontrer, John croyait que les femmes étaient des petites choses fragiles qui avaient constamment besoin d'être protégées. S'il découvrait qu'elle avait osé affronter cette brute de Leonard au début de la soirée, il piquerait une telle colère qu'on l'entendrait vociférer jusqu'aux confins de la Géorgie.

De crainte que son mystérieux visiteur ne soit l'un des voyous qui s'introduisaient par effraction dans les maisons isolées de Butterville à la tombée de la nuit et qui terrorisaient leurs occupants, Samantha empoigna la batte de base-ball qu'elle avait eu la prudence de glisser sous son siège avant de se rendre chez les Cultrain. Puis elle gravit le perron avec des gestes de cambrioleur habitué à étouffer le moindre de ses pas et s'immobilisa en haut des marches. Une odeur entêtante d'eau de Cologne flottait sous les poutres mal équarries de la véranda et se mêlait à un parfum capiteux qui lui sembla vaguement familier.

« Un homme et une femme ont dû venir ici, mais où se cachent-ils ? » s'interrogea-t-elle en poussant la porte entrebâillée de son vestibule.

Après avoir aspiré une grande bouffée d'oxygène pour se donner du courage, elle alluma le plafonnier d'un doigt nerveux et se figea au milieu du hall, le cœur bloqué. Des éclats de porcelaine jonchaient le sol de sa cuisine et la natte de raphia qui longeait le plan de travail était maculée de sang.

Dès que son cerveau engourdi se fut remis à fonctionner, elle extirpa de sa poche le petit téléphone cellulaire dont elle ne se séparait qu'en de rares occasions et composa fébrilement le 911.

— Allô ! jeta-t-elle à voix basse dans le micro. Quelqu'un s'est introduit chez moi en mon absence et je…

— Où habitez-vous, mademoiselle ? coupa le policier qui avait pris son appel.

— A Pine Bluff. Je suis Sam Corley, une ancienne camarade de classe de l'inspecteur Wise.

— Très bien, nous serons là dans moins de dix minutes. En attendant notre arrivée, veuillez rester en ligne.

— D'accord, répliqua Samantha juste avant que les sanglots convulsifs d'un bébé ne déchirent le silence de la nuit. Oh, mon Dieu ! s'exclama-t-elle en lâchant son portable et en se précipitant vers l'escalier.

Comme tous ses concitoyens savaient qu'elle s'était spécialisée dans la défense des enfants maltraités et qu'elle collaborait avec les services sociaux, il était possible que des parents en détresse lui aient amené leur nouveau-né pour qu'elle veille sur lui jusqu'à ce que les autorités aient trouvé une solution à leurs problèmes.

Sa batte de base-ball à la main, Samantha grimpa les marches quatre à quatre, puis pénétra dans sa chambre et ouvrit la grosse armoire en chêne patiné où elle avait l'habitude de ranger ses vieux draps.

— Bonsoir, ma puce, dit-elle à la fillette vêtue d'une grenouillère rose qu'elle trouva en train de gigoter au fond du meuble. C'est ta maman qui t'a cachée ici ?

En guise de réponse, le bébé fronça son joli petit nez et se remit de plus belle à pleurer.

Son téléphone coincé entre la joue et l'épaule, John Wise empila des magazines sur la table basse de son salon et, d'une oreille distraite, écouta son père vitupérer au bout de la ligne.

— Je me demande ce qui te retient encore dans un trou perdu comme Butterville, grommelait Kenneth Wise. En dehors de ce stupide vol de baigneurs dont tu t'es occupé au début de l'année, aucune affaire digne d'intérêt ne t'a été confiée.

— Inutile de me le rappeler, papa ! s'écria John. Je ne suis pas amnésique.

Quand une bande de gamins facétieux s'étaient introduits dans Babyland, la cité miniature qui attirait des milliers de touristes en Géorgie chaque été, et avaient volé des objets pour pouvoir les vendre sur eBay, les habitants de la région avaient été tellement scandalisés qu'ils avaient invité des journalistes de C.N.N. à venir filmer les lieux du « crime ». Mlle Mazie, la directrice du parc, avait alors eu son heure de gloire et, au comble de l'embarras, John avait dû poser en uniforme devant la maternité de Babyland.

— Il est grand temps que tu penses à ta carrière et que tu quittes Butterville, lui dit son père d'un ton qui ne souffrait aucune discussion. Il y a un poste vacant au commissariat central d'Atlanta et, si tu veux que ta candidature soit retenue, il va falloir que tu rencontres le gouverneur au plus vite.

— Impossible ! Leonard Cultrain, le type qui a étranglé son épouse dans un accès de jalousie, a été relaxé à cause d'un vice de procédure et, vu ses antécédents, il vaut mieux que je l'aie à l'œil jusqu'à ce que sa culpabilité ait été prouvée. Il a beau clamer son innocence et prétendre qu'il ne ferait pas de mal à une mouche, je le crois capable de trucider quiconque aurait l'audace de le provoquer.

— Tu penses vraiment qu'il représente un danger pour les habitants du comté ?

— Oui. Surtout pour les femmes. Il les déteste tellement depuis que la sienne l'a trompé qu'il n'hésiterait pas à en tuer une par vengeance. Il est brutal, vindicatif et très…

La sonnerie stridente du gros téléphone noir posé à côté de lui pulvérisa la fin de la phrase.

— Il faut que je te quitte, papa, lança John après avoir coulé un regard vers l'écran de l'appareil, où venait de s'afficher le nom de son correspondant. On a besoin de moi au poste.

— Que va-t-on te demander cette fois ? ironisa Kenneth Wise. D'aller attraper un petit chat imprudent en haut d'un arbre et de le ramener à sa maîtresse *illico presto* ?

Ignorant le sarcasme, John prit rapidement congé de son père et décrocha le récepteur.

— Ici Wise, jeta-t-il d'un ton bref dans le micro. Il y a un problème ?

— Oui. Quelqu'un s'est introduit chez Samantha Corley pendant son absence.

— Lui avez-vous conseillé de rester en ligne jusqu'à notre arrivée ?

— Bien sûr, mais la communication a été coupée. Voulez-vous que je vous envoie des renforts ?

— Non, ce n'est pas la peine. Je serai à Pine Bluff dans moins de cinq minutes et je vous appellerai de là-bas en cas de besoin.

— Entendu, chef.

Après avoir quitté sa maison en trombe, John alla se glisser derrière le volant de son 4x4 et démarra, le pied au plancher.

— Cette fille a le don de s'attirer des ennuis, bougonna-t-il en remontant à la vitesse du son la petite route cahoteuse qui traversait la forêt domaniale de Butterville.

Si elle continue à défier toutes les brutes de la région et à les traîner devant les tribunaux, elle va finir par se faire tuer.

Le courage et la conscience professionnelle de Samantha étaient certes admirables, mais il aurait préféré qu'elle exerce un métier moins dangereux et qu'elle laisse les employés des services sociaux s'occuper eux-mêmes des parents indignes qui battaient leurs enfants. Comme elle avait grandi dans un orphelinat et qu'elle avait été privée d'amour maternel dès son plus jeune âge, elle ne supportait pas de voir une femme maltraiter son bébé et n'hésitait pas à mettre sa vie en péril pour réparer les injustices dont elle était témoin. Intimidés par sa détermination et par son franc-parler, les habitants du comté la craignaient et se gardaient bien de l'inviter aux nombreux barbecues qu'ils organisaient.

— Pas étonnant qu'elle sache manier un fusil et qu'elle n'ait pas froid aux yeux ! disaient-ils dans son dos. Son père avait la gâchette facile et elle a dû hériter de ses gènes.

En dehors de Honey Dawson, qui avait été sa confidente pendant des années, Samantha n'avait eu aucune amie et, à la fin de ses études, elle avait préféré aller vivre dans les bois, loin des curieux et des mauvaises langues, plutôt que d'acheter un studio au centre de Butterville.

— Si c'est ce crétin de Leonard Cultrain qui s'est introduit chez elle ce soir, il va regretter de ne pas être resté en prison, maugréa John en s'arrêtant sous les fenêtres du chalet.

Son revolver au poing, il sauta à terre et balaya les fourrés des yeux pour vérifier qu'aucun rôdeur ne s'était tapi dans les broussailles, mais il n'aperçut rien. Lorsqu'il posa une main sur la rambarde à demi arrachée du perron, une chouette se mit à hululer au-dessus de sa tête et un coup de vent fit voltiger les feuilles mortes qui habillaient les marches de roux, d'ocre pâle et de brun.

Après avoir inspecté une fois de plus les alentours de la maison, il pénétra dans le vestibule à pas de loup et sentit un frisson lui hérisser l'échine. Du seuil de la cuisine jusqu'à la porte du cellier, les lames disjointes du plancher étaient parsemées de minuscules taches de sang.

— Si le salaud qui a blessé Sam se trouve encore dans les parages, grommela-t-il, je vais lui montrer de quel bois je me chauffe !

Mais à peine avait-il jeté le dernier mot que les pleurs d'un bébé lui vrillèrent les tympans.

Un bébé à Pine Bluff ?... Hésitant à en croire ses oreilles, John gravit l'escalier à la hâte et traversa la mezzanine en trois enjambées.

— Ne bougez pas ou je tire, cria-t-il en enfilant le couloir et en voyant une ombre se dresser devant lui.

— Ah ! c'est... c'est toi, John, balbutia Samantha. Tu m'as fait une de ces peurs !

— Qu'est-ce qui t'a pris de rester dans le noir ? marmonna-t-il après avoir allumé le plafonnier du corridor. J'aurais pu te tuer.

— As-tu entendu des bruits suspects en bas ?

— Non. Le type qui s'est introduit ici a dû s'enfuir par la porte du cellier. Il y a des taches de sang sur le plancher du vestibule.

— Et sur le tapis de la cuisine. Quand je suis entrée et que je les ai aperçues, j'ai failli me trouver mal.

John détailla avec inquiétude les joues blafardes de

Samantha et les larges cernes qui lui bleuissaient les paupières.

— Tu n'as plus rien à craindre, dit-il d'un ton apaisant. Je suis là.

Puis, incapable de résister à la brusque envie qui lui venait de la serrer dans ses bras, il l'attira tout contre lui et caressa ses longs cheveux bruns du bout des doigts.

— Ne te crois pas obligé de me réconforter, maugréa-t-elle en se dégageant d'une secousse et en redressant fièrement la tête, comme si elle regrettait de s'être laissée aller. Lorsque je suis arrivée ici, j'ai été prise de panique, c'est vrai, mais je me sens mieux maintenant.

— Descendons au rez-de-chaussée et tu me raconteras ce qui s'est passé.

— Non, il faut d'abord que je m'occupe du bébé.

— Quel bébé ?

— Celui que j'ai trouvé au fond de ma penderie il y a un quart d'heure.

— Est-ce un garçon ou une fille ?

— Une fille. Dès que je l'ai entendue pleurer, je suis montée la consoler et je me suis cachée dans la chambre avec elle.

— Qui l'a amenée chez toi ?

— Sa mère, j'imagine. Tout le monde à Butterville sait que j'adore les enfants. Elle a dû se dire que la petite serait en sécurité ici.

— Simple hypothèse !

— Tu en as une meilleure à me proposer ?

— Pas pour le moment. Je ne pourrai le faire que quand j'aurai terminé mon enquête.

— Comme nous n'en sommes pas encore là et que

la pauvre gamine meurt de faim, tu permets que je lui donne à manger ?

— Oui. Je suis impatient de te voir pouponner.

— Si tu crois que je vais me ridiculiser, tu n'es pas au bout de tes surprises. Il m'est déjà arrivé plus d'une fois de jouer les baby-sitters, et je m'en suis très bien tirée.

— Oh ! mais je n'en doute pas.

Irritée par le sourire qui arquait les lèvres de John, Samantha regagna sa chambre et ouvrit la porte de son armoire.

— Viens, mon ange, glissa-t-elle au bébé en le soulevant dans ses bras. Je te présente l'inspecteur Wise, le pire macho que je connaisse.

— Qui t'a dit que j'étais un macho ? s'indigna John.

— La rumeur publique. Il paraît que tu trouves mon métier trop dangereux pour une « faible » femme telle que moi et que tu préférerais me voir broder des napperons à longueur de journée.

— Ce qu'il ne faut pas entendre !

Pressée de se dérober au regard mi-amusé, mi-exaspéré que lui décochait John, Samantha sortit de la mansarde où elle avait souvent rêvé de lui et se dirigea vers la mezzanine d'un pas vif.

— Laisse-moi descendre en premier, lui intima-t-il. L'homme qui a agressé la maman de ta petite protégée est peut-être caché quelque part, et je ne voudrais pas qu'il te prenne en otage.

— Tu penses qu'il est revenu se cacher dans la maison et qu'il nous épie ?

— Non, mais mieux vaut être prudent.

Son revolver à la main, John dévala l'escalier en veillant

à ne pas faire grincer les marches, puis inspecta une à une toutes les pièces du rez-de-chaussée.

— Viens, jeta-t-il à Samantha. La voie est libre.

— Ouf ! s'exclama-t-elle en le rejoignant. Je vais pouvoir préparer le dîner, nettoyer ma natte de raphia et…

— Certainement pas ! Ta cuisine est une scène de crime et il est hors de question que tu touches à quoi que ce soit tant que mes collègues de la police scientifique n'auront pas passé les lieux au peigne fin.

— Si je suis obligée d'aller m'asseoir dans le salon et d'y rester jusqu'à demain matin, le bébé risque de réclamer son biberon et de se remettre à sangloter. Comme je n'aimerais pas que ses pleurs nous déchirent les tympans, tu n'as qu'à t'approcher seul du plan de travail et suivre mes instructions.

— Est-ce pour le plaisir de me donner des ordres que tu veux me transformer en nounou ?

— Oui. Il y a des années que je rêve de te mener à la baguette.

— Ça ne m'étonne pas de toi. Tu as toujours eu une âme de despote.

— Merci du compliment, Wise. Il me va droit au cœur.

L'ombre d'un sourire au coin des lèvres, John retira son portable de la poche de son blouson, puis pianota sur les touches et plaqua le récepteur contre son oreille.

— Envoyez deux inspecteurs de la police scientifique à Pine Bluff, lança-t-il à l'un de ses adjoints, et demandez aux maîtres-chiens de la brigade cynophile de venir fouiller les bois avec leurs bergers allemands. Il y a des traces de sang dans la maison de Mlle Corley, et il se pourrait qu'un cadavre ait été caché à proximité du chalet.

— Tu crois que la mère du bébé a été tuée ? interrogea Samantha dès qu'il eut raccroché.

— J'espère que non, marmonna-t-il, mais c'est une éventualité que je ne dois pas écarter. Si elle n'a été que légèrement blessée, ce qui est possible, mes collègues et moi la retrouverons.

— Tu me le jures ?

— Oui. Et je n'ai pas l'habitude de manquer à ma parole.

— Ni de laisser les gens résoudre seuls leurs problèmes, je le sais. Quand nous étions en terminale ensemble et que l'un de tes copains avait besoin d'un service, tu aurais préféré te casser les deux jambes plutôt que de lui refuser ton aide.

Après avoir rangé son téléphone au fond de sa poche, John franchit le seuil de la cuisine avec d'infinies précautions et fouilla le gros sac rose bonbon qui s'affaissait au pied d'un buffet.

— Qu'y a-t-il là-dedans ? lui demanda Samantha en allant s'asseoir à son bureau.

— Trois bouteilles de lait maternisé, un plaid, des couches, quelques vêtements de rechange pour le bébé, un canard en plastique et des produits de toilette.

— Mais rien qui nous permette d'identifier la mère de la petite ?

— Absolument rien.

— Dommage qu'elle ne nous ait pas laissé ses papiers, car j'aurais aimé savoir qui elle était.

— Et moi donc !

John saisit le biberon qui trônait sur la table, puis le

tourna et le retourna entre ses mains comme s'il s'était agi d'un objet insolite tout droit sorti d'un magasin de curiosités.

— Que dois-je faire de ce truc ? lança-t-il à Samantha.

— Le réchauffer au bain-marie, répondit-elle, amusée.

— Au bain-*quoi* ?

— Au bain-marie. Remplis une casserole d'eau, pose-la sur la gazinière et allume le…

— Si je me servais de ton micro-ondes au lieu de t'obéir, on gagnerait du temps.

— Sans doute, mais le lait se mettrait à bouillir et risquerait de brûler la gorge du bébé.

Après avoir suivi à la lettre les instructions que lui avait données Samantha, John alla chercher un reflex numérique dans son 4x4 et revint photographier la scène du crime.

— Apporte-moi le biberon, lui intima Samantha.

Dès qu'il se fut exécuté avec une étonnante docilité, elle introduisit délicatement la tétine entre les lèvres de sa petite protégée.

— Ce bijou t'appartient ? lui demanda soudain John, un doigt pointé vers la boucle d'oreille qui étincelait derrière la porte de la cuisine.

— Non, répondit-elle. C'est la maman de la fillette qui a dû le perdre en se débattant.

— Reste à savoir pourquoi la pauvre femme s'est réfugiée chez toi.

— Et si elle est encore en vie…

2

Une demi-heure plus tard, trois voitures de police arrivèrent à Pine Bluff, toutes sirènes hurlantes, et s'arrêtèrent au pied du perron. Jack Wilkins et Tom Fritz, les deux maîtres-chiens de la brigade cynophile, jaillirent de l'une d'elles et saluèrent John d'un signe de tête.

— Il y a des taches de sang à l'intérieur de la maison, leur dit-il, ce qui prouve que la victime s'est débattue et que son agresseur lui a donné un coup de poing ou a essayé de l'égorger avant de la traîner vers les bois. Si ce type est armé et se sent menacé, il n'hésitera pas à vous tirer dessus. Alors soyez prudents.

— Ne vous inquiétez pas, nous avons déjà eu affaire à ce genre d'individu, répliqua Jack Wilkins. Par où s'est-il enfui ?

— Par la porte du cellier. Comme il est peu probable qu'il soit revenu sur ses pas pour regagner la route en contrebas, il faudrait que vous alliez d'abord fouiller les bosquets qui se trouvent à l'arrière du chalet.

— Entendu.

Tenant en laisse les bergers allemands qu'ils avaient eux-mêmes dressés, Jack et Tom dévalèrent le raidillon sablonneux qui longeait un appentis coiffé de tuiles délavées et s'éloignèrent en direction de la forêt.

— Inspecteurs Turner et Akers, police scientifique,

lança à John l'un des occupants de la deuxième voiture. Quelles pièces voulez-vous que nous examinions en premier ?

— Le vestibule et la cuisine, répondit-il. C'est là que l'agresseur a frappé la victime.

— Y a-t-il eu effraction ?

— Oui. Relevez les empreintes sur la poignée de la porte d'entrée et ne négligez aucun détail.

Pendant que Jeff Turner gravissait les marches du perron, une grosse sacoche noire à la main, John s'accroupit sous l'une des fenêtres du salon et écarta les feuilles mortes qui jonchaient un parterre de fleurs fanées.

— Quelqu'un a piétiné ce massif récemment et, vu la taille de ses bottes, il se pourrait bien que ce soit notre homme, jeta-t-il à Dave Akers.

— Je vais faire un moulage et chercher d'autres traces de pas autour de la maison, déclara ce dernier.

— Merci. Quand vous aurez terminé, il faudra que vous inspectiez le vieux break garé dans la cour.

— A qui appartient-il ?

— Je n'en ai aucune idée et Mlle Corley non plus, mais il y a de fortes chances que ce soit la victime qui l'ait laissé ici.

Dès que Dave eut extirpé un sachet de plâtre de la mallette qu'il avait posée en bas du perron, John téléphona au responsable du service des cartes grises et lui indiqua le numéro d'immatriculation du véhicule.

— Le propriétaire de cette voiture s'appelle Harry Finch, l'informa aussitôt son correspondant.

— Où habite-t-il ?

— A Atlanta.

« La femme qui s'est réfugiée chez Sam doit être

l'épouse ou la maîtresse de ce type », se dit John en allant chercher une lampe électrique dans son 4x4.

Après avoir enfilé des gants, il ouvrit l'une des portières du break, puis dirigea le faisceau de sa torche vers le tapis de sol en poussant un soupir de contrariété. Seuls gisaient sous le tableau de bord une canette de soda, un paquet de chewing-gums, une boîte en carton ornée du logo d'un fast-food d'Atlanta et un chausson de bébé.

— Ce n'est pas ça qui va m'aider à identifier la conductrice, marmonna-t-il.

A l'intérieur de la boîte à gants, il ne trouva rien d'autre que la carte grise de la voiture, un vieil album de bandes dessinées aux pages couvertes de gribouillis et une dizaine de mouchoirs en papier.

— Enfin quelque chose d'intéressant ! s'exclama-t-il en apercevant un long cheveu blond sur le dossier du siège conducteur et un morceau de tissu dans le cendrier de la console.

Après avoir photographié le véhicule sous tous les angles, il saisit le cheveu et le bout d'étoffe à l'aide d'une pince, puis les glissa dans un sac en plastique et alla ouvrir le hayon.

— Dire que les femmes ont la réputation d'emporter trop de bagages quand elles partent en vacances ! ironisa-t-il à la vue du jean délavé, des tongs vert pomme, des deux balconnets en dentelle, des strings et des produits de beauté éparpillés au fond du coffre.

Si la conductrice du break ne s'était encombrée d'aucune valise et d'aucun vanity-case, c'était sans doute parce qu'elle se savait en danger et avait dû quitter précipitamment son domicile. Mais pourquoi s'était-elle débarrassée de ses papiers d'identité ? Pour brouiller les pistes et essayer d'échapper à celui ou à celle qui avait décidé de la tuer ? Peut-être…

Le front soucieux, John éteignit sa lampe et rejoignit Jeff Turner en haut du perron.

— Quand vous aurez fini d'inspecter le hall et la cuisine, il faudra que votre collègue et vous alliez examiner la voiture de la victime, lui lança-t-il.

— Qu'y a-t-il dans le sac que vous tenez à la main ?

— Un cheveu et un morceau de tissu que j'ai trouvés à l'intérieur du véhicule. J'aimerais que vous les emportiez au labo et que vous les analysiez. En attendant, suivez-moi. Je vais vous montrer les taches de sang dont je vous ai parlé.

Lorsque John franchit le seuil du chalet, Jeff sur les talons, Samantha était assise à son bureau et berçait la fillette à laquelle elle venait de donner le biberon. Si les habitants de Butterville, qui l'avaient toujours traitée de garçon manqué, avaient assisté à la scène, ils auraient été tellement étonnés de la voir serrer un bébé dans ses bras avec une douceur quasi maternelle qu'ils en auraient eu le souffle coupé.

« Ne te laisse pas séduire par cette calamité, Wise ! se dit John en s'approchant d'elle d'un pas réticent. Rappelle-toi ce qui t'est arrivé la dernière fois que tu es tombé amoureux, et tâche de garder la tête froide. »

— Ne pleure pas, mon ange, glissa Samantha à l'oreille de l'enfant. Je comprends que tu sois triste d'avoir été séparée de ta maman, mais je la remplacerai du mieux que je pourrai, je te le jure.

Puis, à l'adresse de John, elle ajouta :

— Sais-tu qui est la mère de ce bout de chou ?

— Pas encore, maugréa-t-il. J'ai eu beau fouiller le break de fond en comble, je n'ai pas réussi à trouver son permis de conduire ni sa carte d'identité.

— Moi, en revanche, j'ai fait une importante découverte pendant que tu discutais avec tes collègues de la police scientifique.

— Ah bon ! Quel genre de découverte ?

— J'ai déboutonné la grenouillère de la petite et j'ai vu que son prénom avait été brodé à la machine sur l'envers du vêtement.

— Comment s'appelle cette jolie demoiselle ?

— Emmie.

Un tendre sourire aux lèvres, Samantha nicha la tête du bébé au creux de son épaule et caressa ses boucles blondes d'un doigt précautionneux.

— Va donc examiner de plus près le contenu du sac à langer, conseilla-t-elle à John. Tu l'as fouillé tellement vite tout à l'heure que certains détails t'ont peut-être échappé.

— Bonne idée ! approuva-t-il avant de regagner la cuisine et de plonger ses mains gantées dans le fourre-tout.

Les bouteilles de lait maternisé, le paquet de couches, les lingettes, le flacon de shampooing et la boîte de talc qu'il posa sur la table provenaient d'un hypermarché d'Atlanta. Quant aux brassières rose pâle, à la barboteuse et au plaid en mohair qui avaient été soigneusement pliés par la mère d'Emmie, ils auraient pu être achetés au rayon layette de n'importe quel grand magasin.

— Il n'y a ni chéquier ni carte de crédit là-dedans, et pour cause ! s'exclama-t-il en brandissant une liasse de billets. La maman de la petite a préféré régler ses factures en espèces pour ne pas laisser de traces.

— La pauvre a dû être obligée de quitter le domicile conjugal à la suite d'une violente dispute avec son mari, murmura Samantha.

— Ça, c'est ce que tu crois, mais tu n'as pas la moindre preuve de ce que tu avances, riposta John. La femme que nous recherchons a peut-être kidnappé Emmie dans un square d'Atlanta et fui la police au volant d'une voiture volée… Quel âge a la gamine, à ton avis ?

— Deux ou trois mois. Elle arrive tout juste à tenir la tête droite.

— D'après le service des cartes grises, le break que conduisait sa mère appartient à un certain Harry Finch. As-tu déjà entendu parler de ce type ?

— Non. D'où est-il originaire ?

— D'Atlanta.

— Je ne connais personne là-bas.

— Même pas une vieille copine de classe ou un ancien collègue ?

— Même pas ! La plupart des gens que j'ai côtoyés dans l'exercice de mon métier ces cinq dernières années habitent à Butterville.

— Il existe pourtant bien un lien entre la maman d'Emmie et toi. As-tu eu des problèmes récemment ?

— Sur le plan professionnel, tu veux dire ?

— Oui. Quelqu'un t'a-t-il menacée ?

Samantha acquiesça de la tête et devint aussi blanche que les murs de son bureau.

— Que t'est-il arrivé ? s'inquiéta John.

— Je me suis rendue chez Leonard Cultrain au début

de la soirée et il a failli me flanquer son poing dans la figure.

— Chez Leonard Cultrain ! Tu es malade ou quoi ? Ce type est une brute de la pire espèce et il aurait pu t'assommer. Qu'est-ce qui t'a pris d'aller le voir ?

— J'ai voulu lui parler de son fils, mais il a refusé de m'écouter. Le pauvre petit Joey est terrorisé depuis la mort de sa mère et préfère rester avec ses grands-parents maternels plutôt que de retourner auprès de son père.

— Pas étonnant qu'il soit effrayé ! Chaque fois que Leonard rentrait ivre à la maison, il traitait sa femme de tous les noms et la battait sous les yeux du gamin. Le soir où il l'a étranglée, les policiers qui l'ont arrêté ont oublié de lui lire ses droits avant de lui passer les menottes et c'est ce qui lui a permis de sortir de prison au bout de trois semaines.

— Penses-tu que ce soit lui qui ait frappé ou tué la maman d'Emmie ?

— Je ne sais pas. Comme je n'ai trouvé aucun papier d'identité dans les affaires de cette malheureuse, je crois plutôt qu'elle était en fuite et qu'elle s'est réfugiée à Pine Bluff parce qu'elle te connaissait, mais je ne suis sûr de rien.

— Vu l'état dans lequel était Leonard lorsque je l'ai quitté ce soir, il a pu venir m'attendre à Pine Bluff et la confondre avec moi.

— Pour en avoir le cœur net, j'irai rendre visite à ce salaud et je…

— Chut ! s'exclama Samantha, l'air horrifié. Tu as oublié qu'il y avait un enfant ici.

— Eh bien ! s'exclama John en s'inclinant vers elle, le

regard étincelant d'ironie. Depuis quand es-tu allergique aux gros mots ?

— Depuis que j'ai trouvé un bébé au fond de mon armoire, riposta-t-elle du tac au tac. C'est Emmie et elle seule que ton vocabulaire risque de choquer. En ce qui me concerne, j'ai tellement l'habitude de me faire insulter que je me moque pas mal de tes écarts de langage.

— Inutile de me préciser que tu es une dure à cuire ! Je m'en étais déjà aperçu. A côté des jeunes femmes délicates et maniérées qu'il m'est arrivé de croiser dans les salons d'Atlanta ces dernières années, tu as l'air d'un vrai petit soldat.

« Tu parles d'un compliment ! répliqua en elle-même Samantha, vexée que John la prenne pour un sosie de Calamity Jane. Si ce goujat s'imagine que je serais incapable de rivaliser d'élégance avec les pimbêches que son père lui a présentées, il se trompe sur toute la ligne. »

— Merci d'être monté à Pine Bluff ce soir et de m'avoir aidée à tenir le coup, lança-t-elle à voix haute. J'espère que ton enquête aboutira très vite et qu'elle nous permettra de retrouver la maman d'Emmie saine et sauve.

— Que vas-tu faire d'Emmie en attendant que le miracle se produise ? La placer dans un orphelinat ?

— Je n'en sais rien. Il faudra que je réfléchisse à la question quand j'aurai les idées un peu plus claires.

— Qui s'occupera d'elle d'ici là ?

— Moi. Ce que je voudrais, c'est que sa mère revienne la chercher dès demain matin et que les choses s'arrangent d'elles-mêmes.

— Comme dans un conte de fées ?

— Exactement ! Tu n'aimes pas les fins heureuses ?

— Si, mais je ne suis pas assez naïf pour croire qu'elles

existent. Entre la vraie vie et ce qu'on nous montre au cinéma, il y a un abîme.

— Ah, ce que tu peux être pessimiste ! s'écria Samantha en serrant très fort Emmie sur son cœur et en priant le ciel que sa mère ne l'ait pas abandonnée.

— Vous avez fini votre travail ? demanda John à ses collègues de la police scientifique une heure et demie plus tard.

— Oui, acquiesça Jeff Turner. Les empreintes que nous avons relevées dans la cuisine et dans le vestibule nous permettront d'identifier facilement la victime et son agresseur.

— A condition que les deux soient fichés, précisa Dave Akers. Avant de quitter Pine Bluff et de retourner au labo, il faudrait que je fasse subir un test génétique à la fillette pour vérifier si la conductrice du break et elle sont bien apparentées.

— Non, je vous défends de la toucher, jeta Samantha d'une voix vibrante d'indignation. Quand vous aurez retrouvé sa mère, elle vous dira elle-même tout ce que vous voudrez savoir.

— Le problème, Sam, rétorqua John avec un soupçon d'agacement, c'est que notre enquête risque de durer des semaines et de nous mener dans une impasse. A supposer que la mère d'Emmie soit morte, nous serons obligés de rechercher les membres de sa famille et de leur confier la petite.

— D'où l'intérêt des prélèvements d'A.D.N., déclara Dave Akers en s'approchant d'Emmie et en lui frottant l'intérieur des joues à l'aide d'une brosse. Et voilà ! s'exclama-t-il au bout de quelques secondes. Cette charmante demoiselle n'a plus rien à craindre de moi.

— Tant mieux ! marmonna Samantha avant de jaillir de son fauteuil et de se précipiter vers l'escalier. Viens, ma puce, dit-elle à la fillette dès qu'elle eut gravi les marches et regagné sa chambre. Je vais te faire un joli cadeau pour te féliciter de ta patience.

Lorsqu'elle redescendit au rez-de-chaussée après le départ de Jeff Turner et de Dave Akers, John considéra d'un air étonné la poupée qu'elle avait offerte à Emmie.

— Je ne savais pas que tu collectionnais les poupées de chiffon, lui lança-t-il avec un zeste d'ironie.

— Celle-là ne ressemble à aucune autre, lâcha-t-elle, le front belliqueux. Elle s'appelle Bitsy et je l'ai reçue le soir de mon arrivée à l'orphelinat, il y a vingt ans. Comme j'étais triste d'avoir perdu mes parents et que personne n'arrivait à me consoler, la directrice est allée chercher des morceaux de tissu dans la lingerie et a passé toute la nuit derrière sa machine à coudre. Le matin, à mon réveil, j'ai trouvé Bitsy au pied de mon lit et depuis, je n'ai jamais eu le cœur de m'en séparer.

— Désolé de m'être moqué de toi. Je n'ai pas voulu te blesser.

— Que tu l'aies voulu ou non, le résultat est le même. Si tu avais été privé d'affection pendant ton enfance, tu comprendrais ce que j'éprouve et tu éviterais de me taquiner.

— Je sais que tu dois beaucoup à cette directrice d'orphelinat et que, sans elle, tu aurais eu du mal à surmonter ton chagrin.

— Je ne suis pas la seule à lui être redevable. Elle était tellement gentille qu'elle avait offert une poupée à chaque pensionnaire du foyer. Quand nous lui demandions d'où elles venaient et pourquoi leur visage ressemblait à une cosse de haricot beurre, elle nous répondait qu'elles avaient le teint jaune parce qu'elles étaient nées dans les champs de blé qui étaient situés près des vignobles de Dawson, à la sortie de la ville.

— Et vous la croyiez ?

— Oui, car nous avions une confiance aveugle en elle. Nous avions tous été traumatisés par le décès ou la négligence de nos parents et nous avions besoin de nous raccrocher à…

Des aboiements et des coups de sifflet l'interrompirent.

— Ce sont les maîtres-chiens de la brigade cynophile qui sont enfin de retour, expliqua John à Samantha en allant accueillir les deux policiers au bas du perron. Avez-vous trouvé quelque chose d'intéressant ? leur demanda-t-il.

— Non, répondit Jack Wilkins. Comme le type que nous traquions avait dû garer sa voiture de l'autre côté du torrent, nous nous sommes arrêtés à River Ridge et nous avons rebroussé chemin.

— Avez-vous aperçu des traces de pneus sur la route ?

— Oui, mais cela ne nous avance pas à grand-chose. Les jeunes de la région ont l'habitude d'organiser des rodéos automobiles à cet endroit et la chaussée est dans un tel état que nous avons jugé inutile de continuer nos recherches.

— Demain, en plein jour, vous aurez peut-être plus de chance.

— Espérons-le.

Après avoir téléphoné au gérant de l'une des stations-service de Butterville pour le prier de remorquer le break de Harry Finch jusqu'à la fourrière, John salua Jack Wilkins et Tom Fritz d'une brève poignée de main, puis alla rejoindre Samantha.

— Pendant que tu montes coucher le bébé, je vais nettoyer ta natte de raphia et le parquet du vestibule, lui dit-il en désignant les taches qu'elle évitait soigneusement de regarder.

— Ne te crois pas obligé de jouer les femmes de ménage, répliqua-t-elle d'un ton acide. Je peux me débrouiller sans toi.

— Et t'écrouler de fatigue dès que j'aurai le dos tourné ? Il n'en est pas question ! Ce qu'il te faut, c'est une bonne nuit de sommeil et…

— Oh ! cela m'étonnerait que j'arrive à fermer l'œil. Après tout ce qui vient de se passer, je suis trop énervée pour me mettre au lit.

— Veux-tu que je reste et que je te tienne compagnie jusqu'à ce que tu t'endormes ?

— Non, merci. Comme tu me l'as fait remarquer il y a un instant, je suis une dure et je n'ai pas besoin qu'on me chante des berceuses.

— Ça, je le sais. Quand tu laisseras un homme te donner un coup de main, les poules auront des dents.

Un sourire se dessina sur les lèvres de Samantha.

— Pour te prouver que tu m'as mal jugée, Wise, rétorqua-t-elle, j'accepte ton aide de bon cœur. Pendant que tu balaieras ma cuisine et que tu nettoieras le parquet du vestibule, j'irai coucher Emmie et charger mon fusil. Si le sale type qui s'est introduit chez moi ce soir s'avise de remettre les pieds ici et de me menacer, je n'hésiterai pas à lui trouer la peau.

« Quel cran ! Quelle combativité ! » se dit John en regardant la jeune femme gravir l'escalier et en sentant une flambée de désir lui incendier les veines.

— Allez, au travail ! bougonna-t-il après s'être arraché de mauvaise grâce à sa contemplation. Plus tôt j'aurai fini de faire le ménage, plus vite je pourrai reprendre mon enquête et interroger cet ivrogne de Leonard Cultrain.

3

Dès que John eut quitté Pine Bluff, Samantha descendit chercher dans sa cuisine le sac et le couffin que les inspecteurs de la police scientifique n'avaient pas jugé nécessaire d'emporter au laboratoire, puis elle verrouilla l'épais battant de chêne qui ouvrait sur le perron et regagna le premier étage à pas mesurés.

— Demain, nous irons nous balader en ville, toutes les deux, et je t'achèterai un vrai berceau, promit-elle à Emmie après l'avoir lavée et changée. Mais, d'ici là, tu seras obligée de dormir dans le moïse que ta maman nous a laissé.

En guise de réponse, le bébé gazouilla en tendant ses menottes vers les cheveux de la jeune femme et en tirant énergiquement dessus.

— Dis donc, petite coquine, tu me fais mal.

Emmie agita les bras sans lâcher les longues mèches brunes qu'elle avait enroulées autour de son index.

— Si je ne veux pas devenir chauve, il va falloir que je me méfie de toi dorénavant. Tu es encore pire que l'employée du salon de coiffure de Butterville !

Emue de voir un sourire angélique éclairer les jolis traits de la fillette, Samantha la déposa avec une infinie délicatesse au creux du moïse, puis se pencha vers elle et lui effleura le front d'un baiser.

— Passe une bonne nuit, princesse, lui chuchota-t-elle à l'oreille.

Les yeux déjà fermés, Emmie étala ses petits doigts potelés sur le jeté de dentelle rose qui habillait le couffin et s'endormit.

De crainte que l'inconnu qui s'était introduit chez elle quelques heures plus tôt ne sorte brusquement de sa cachette et ne vienne troubler le sommeil du bébé, Samantha alla chercher le fusil de chasse qu'elle avait appris à manier quand elle était adolescente et plaqua la crosse contre le tiroir de sa table de chevet.

— J'ai eu tort de refuser l'offre de John, murmura-t-elle avant de se glisser entre ses draps et de réprimer un frisson. Si j'avais accepté qu'il reste à Pine Bluff ce soir, j'aurais été en sécurité avec lui et je ne serais pas en train de grelotter comme une idiote au fond de mon lit.

Mais, à la réflexion, mieux valait trembler de peur jusqu'à l'aube que de passer une nuit entière en compagnie d'un horrible macho dévoré d'ambition qui, à en croire la rumeur publique, rêvait de partir exercer ses talents de fin limier — et de séducteur invétéré — à Atlanta.

Dès qu'il se fut garé près de la vieille ferme délabrée où habitaient les Cultrain, John descendit de son véhicule et se massa les tempes pour essayer d'atténuer la violente migraine qui lui enserrait le crâne.

« Au lieu d'aller se ruiner dans tous les bistrots de Butterville, ce fainéant de Leonard devrait s'acheter des outils et rénover sa bicoque », pensa-t-il en arrachant une écaille de peinture à la rambarde du perron et en sentant les trois premières marches vaciller dangereusement sous ses pas.

Etonné de ne voir aucun rai de lumière filtrer entre les lames des persiennes, il gravit l'escalier et tambourina de ses deux poings sur la porte du vestibule.

— Qui est là ? demanda Lou Lou Cultrain d'un ton hargneux.

— L'inspecteur Wise, répondit John. Ouvrez-moi, et en vitesse !

— Qu'est-ce que vous voulez ? marmonna son interlocutrice après avoir tiré le panneau de bois vermoulu devant lequel il s'impatientait.

— Parler à votre fils.

— Vous savez quelle heure il est ?

— Oui, mais je ne peux pas me permettre d'attendre jusqu'à demain matin. Où est Leonard ?

— Dans son lit. Si vos hurlements ne l'ont pas réveillé, il doit être en train de dormir, comme tous les honnêtes gens de Butterville.

— Allez le chercher. J'ai des questions de la plus haute importance à lui poser.

Lou Lou resserra autour de sa taille les pans du vieux peignoir troué qui moulait son ample poitrine, puis lança par-dessus son épaule :

— Tu as de la visite, Lennie. Ce crampon de Wise n'a pas encore fini de te harceler.

— Quel casse-pieds, celui-là ! bougonna Leonard en jaillissant de sa chambre, la barbe hirsute et les cheveux en broussaille. C'est pour me souhaiter une bonne nuit que vous êtes venu me voir ? ajouta-t-il d'un ton rogue à l'adresse de John.

— Non. C'est pour vous demander ce que vous avez fait entre 18 et 20 heures ce soir.

— Je suis resté à la maison et j'ai dîné avec ma mère.

Elle avait préparé du poulet à l'estragon et je me suis régalé.

— Mon fils vous dit la vérité, inspecteur, confirma Lou Lou. Il a vidé son assiette en moins de dix minutes et ensuite, nous avons regardé un match de base-ball à la télé.

— Pourquoi vous intéressez-vous à mon emploi du temps ? jeta Leonard à John.

— Parce qu'il y a eu un... incident chez Samantha Corley, à Pine Bluff.

— Quel genre d'incident ?

— Un homme s'est introduit dans le chalet et a blessé une jeune femme dont nous ignorons l'identité.

Un rictus moqueur déforma la bouche lippue de Leonard.

— Dommage que Mlle Corley n'ait pas été poignardée ! s'exclama-t-il. Cela lui aurait appris à se mêler de mes affaires.

— Il paraît qu'elle est venue vous rendre visite ce soir et que vous l'avez très mal accueillie, grommela John.

— Forcément ! Elle veut me priver de mes droits parentaux et m'empêcher d'élever mon fils. Alors, vous pensez bien que je n'allais pas la remercier et dérouler le tapis rouge en son honneur !

— Est-ce pour lui donner une bonne leçon que vous êtes entré chez elle en son absence ?

— Si j'étais monté à Pine Bluff, je lui aurais flanqué une telle raclée qu'elle m'aurait tout de suite reconnu. Quand je suis en colère contre quelqu'un et que je décide de lui casser la figure, je n'ai pas l'habitude de me cacher comme un froussard.

— Vous ne voyez pas que vous nous embêtez avec vos

questions, inspecteur ? marmonna Lou Lou en tiraillant le col effiloché de son peignoir. Maintenant que mon pauvre Lennie vous a dit ce qu'il savait, fichez le camp d'ici et laissez-nous dormir ! Il est minuit passé et je tombe de sommeil.

— D'accord, je m'en vais, maugréa John, les mâchoires contractées. Mais je n'hésiterai pas à revenir si je découvre que votre fils et vous m'avez menti.

Puis, à l'intention de Leonard, il ajouta d'un ton sec :

— Tenez-vous à l'écart de Mlle Corley ou vous aurez affaire à moi.

— Inutile de me menacer, Wise ! riposta son interlocuteur, nullement impressionné. La dernière fois que vos hommes m'ont arrêté, ils se sont tellement mal débrouillés que je suis sorti de prison au bout de trois petites semaines.

— Oh ! ce n'est pas à ce genre de punition que je pensais, Cultrain. C'est à quelque chose de beaucoup plus... expéditif.

Le lendemain, Samantha décida de prendre des vacances pour pouvoir s'occuper d'Emmie et demanda à l'une de ses collègues de se charger des dossiers qui lui avaient été confiés. Après avoir donné le biberon à la fillette, elle adressa un rapport aux services sociaux de Butterville et se rendit au commissariat de police en serrant le bébé sur son cœur.

— Bonjour, mademoiselle Corley, lui lança Philip Floyd, l'un des adjoints de John.

— Bonjour, Phil, jeta-t-elle avec un large sourire. L'inspecteur Wise est-il là ?

— Oui. Il est en train de téléphoner.

— Croyez-vous que ma visite va le déranger ?

— Pas du tout ! Si vous avez besoin de son aide, n'hésitez pas à aller lui parler. Son bureau se trouve à droite, au fond du couloir.

— Merci du renseignement.

— Quand il est arrivé au poste ce matin, il m'a raconté ce qui s'était passé à Pine Bluff hier soir. J'espère que cela ne vous a pas traumatisée ?

— Non, rassurez-vous, je me suis vite remise du choc que j'avais reçu en rentrant chez moi. Dans mon métier, on est souvent confronté au pire. J'ai donc l'habitude de gérer des crises et de contrôler mes émotions.

Emmie dans les bras, Samantha enfila l'un des deux couloirs aux murs laqués d'ivoire qui s'étiraient de part et d'autre du hall d'accueil, puis s'approcha d'un panneau vitré et regarda John coller à son oreille le récepteur gris anthracite qu'il tenait à la main. Tout en lui — ses épais cheveux noirs coupés très court sur la nuque, ses yeux d'obsidienne où dansait une lueur de farouche détermination et ses traits altiers qu'on aurait crus taillés dans un bloc de granit — dénotait l'irréductible volonté de celui qu'aucun adversaire ne pourrait terrasser, quel que soit l'enjeu du combat.

Lorsqu'il aperçut la jeune femme derrière la porte, il lui fit signe d'entrer et se hâta de raccrocher.

— A qui téléphonais-tu, si ce n'est pas indiscret ? l'interrogea-t-elle en s'asseyant dans le fauteuil qu'il lui désignait.

— Au chef de la brigade cynophile, répondit-il. Je lui ai demandé d'envoyer deux hommes à Pine Bluff pour qu'ils fouillent les alentours de ton chalet.

— Tes collègues de la police scientifique ont-ils réussi à identifier la maman d'Emmie ?

— Non. J'ai appelé les gars du labo ce matin, à la première heure, et ils m'ont promis de me faxer le résultat de leurs analyses dès que possible, mais je n'ai encore rien reçu.

— J'espère que la pauvre est en vie et que vous n'allez pas tarder à la retrouver.

— Que vas-tu faire en attendant ?

— M'occuper du bébé. Je me suis accordé une semaine de congé et j'ai adressé un rapport aux services sociaux pour respecter la procédure.

— Crois-tu que ce soit une bonne idée de garder la petite chez toi ?

— Je ne le crois pas, j'en suis persuadée. Comme j'ai grandi dans un orphelinat, je suis mieux placée que n'importe qui d'autre pour savoir que c'est une expérience traumatisante. Tant que la mère d'Emmie ne pourra pas veiller sur sa fille, je vais donc jouer les baby-sitters.

— Si j'avais la moindre idée de l'endroit où ton mystérieux visiteur d'hier soir a caché cette malheureuse, je volerais à son secours et je la ramènerais immédiatement à Pine Bluff, mais l'enquête piétine et j'ignore quand elle aboutira.

— As-tu téléphoné aux directeurs de tous les hôpitaux de la région ?

— Oui.

— Et que t'ont-ils répondu ?

— Qu'aucune jeune femme n'avait été admise aux urgences la nuit dernière.

— Ce qui signifie ?

— Que la maman d'Emmie peut avoir été tuée

par son agresseur et abandonnée quelque part dans la montagne.

A cette idée, Samantha sentit un frisson incoercible lui secouer les épaules.

— As-tu interrogé Leonard Cultrain ? demanda-t-elle à John.

— Naturellement ! s'exclama-t-il en empoignant l'un des stylos qui jaillissaient de son pot à crayons et en dévissant le capuchon d'une main rageuse. Je suis allé lui rendre visite hier soir.

— Et que t'a-t-il dit ?

— Qu'il te flanquerait volontiers une bonne correction, mais qu'il ne s'était pas introduit dans ton chalet pour te punir de vouloir lui retirer son autorité parentale.

— Où était-il à l'heure où ma porte a été fracturée ?

— Chez lui. Sa mère, qui a assisté à l'entretien, a prétendu qu'ils avaient dîné ensemble et regardé un match de base-ball à la télé.

— Pas étonnant qu'elle lui ait fourni un alibi ! C'est une vraie teigne qui déteste la police et ment comme elle respire.

— Je sais qu'on ne peut pas se fier à elle et je n'ai pas l'intention de la croire sur parole. Si les empreintes qu'on a relevées à Pine Bluff correspondent à celles de Leonard ou si ses bottes sont de la même pointure que celles de l'agresseur, je le convoquerai au poste et il faudra qu'il s'explique. Avant de le quitter, je lui ai demandé de ne s'approcher de toi sous aucun prétexte et je l'ai averti que je lui ferais sa fête à la moindre incartade.

— C'est très gentil de ta part d'avoir pris ma défense.

Non pas que j'aie peur de ce type, mais je te suis reconnaissante de…

La sonnerie du téléphone interrompit net la conversation.

— Inspecteur Wise à l'appareil, lança John après avoir décroché. Que désirez-vous ?… D'accord, je vous remercie de m'avoir prévenu.

— Qui était-ce ? s'informa Samantha dès qu'il eut raccroché.

— Un policier d'Atlanta. Harry Finch, le propriétaire du break qui a été abandonné devant ton chalet, était en vacances à Miami ces derniers jours et, quand il est rentré chez lui hier, il s'est aperçu qu'on lui avait volé sa voiture.

— Pour en être arrivée à cette extrémité, la maman de la petite devait être désespérée.

— Ou avoir enfreint la loi.

— Tu crois qu'elle avait kidnappé le bébé et qu'elle craignait de se faire arrêter si elle ne se dépêchait pas de quitter la région ?

— Maintenant que nous savons de quoi elle est capable, c'est une hypothèse qu'il va falloir envisager.

A la pensée qu'Emmie ait pu être victime d'un rapt, Samantha sentit son cœur se serrer.

— Ne t'inquiète pas, mon ange, lui dit-elle, je te protégerai jusqu'à ce que tes parents viennent s'occuper de toi.

Dès qu'il se retrouva seul dans son bureau, John consulta le fichier des enfants disparus, mais en vain. Aucun des bébés dont la photographie s'encadrait sur l'écran ne ressemblait à Emmie.

Pour tromper son impatience, il décida de se rendre au

quartier général de la police scientifique, à une vingtaine de kilomètres de Butterville.

— Où en sont vos recherches ? demanda-t-il à Jeff Turner en pénétrant dans le laboratoire.

— J'ai fini de numériser les données qui ont été recueillies à Pine Bluff hier et j'attends que l'ordinateur compare les différentes empreintes digitales qui ont été relevées chez Mlle Corley avec celles que mes collègues avaient déjà répertoriées. L'ennui, c'est que la plupart de ces empreintes sont assez floues et que je ne suis pas certain de pouvoir les exploiter.

— En dehors des repris de justice, quelles sont les personnes dont le nom figure dans votre fichier ?

— Les membres de la fonction publique et les militaires. Si notre homme appartient à l'une ou l'autre de ces deux catégories ou s'il a fait de la prison, j'espère que nous arriverons à l'identifier avant ce soir.

— Avez-vous analysé le sang de la victime ?

— Pas encore, hélas ! Je suis débordé de travail en ce moment et je n'ai même pas eu le temps de m'occuper des tests génétiques.

— Vous n'êtes donc pas sûr que la conductrice du break soit la mère de l'enfant ?

— Non.

— Au début de l'après-midi, j'ai téléphoné aux directeurs de toutes les maternités de la région, mais aucune Emmie n'y a vu le jour ces deux ou trois derniers mois.

— Peut-être est-elle née ailleurs qu'en Géorgie.

— C'est ce que je me suis dit. La jeune femme qui a amené la petite à Butterville pouvait fort bien venir d'un autre Etat et avoir kidnappé la fillette en cours de route.

— Y a-t-il eu des alertes enlèvement cette semaine ?

— Pas que je sache. En admettant qu'un rapt ait eu lieu à Atlanta, à Cedartown ou à Sandy Springs, les parents du bébé se seraient déjà manifestés et nous en aurions été informés.

— Si la maman d'Emmie a divorcé de son mari, il est possible que celui-ci l'ait menacée et qu'elle ait voulu l'empêcher de revoir la gamine.

— Ce qui expliquerait pourquoi elle s'est enfuie de son domicile sans prendre la peine de boucler ses valises ni de…

— Ça y est ! interrompit Jeff Turner, le regard soudé aux deux empreintes digitales qui se superposaient au millimètre près sur l'écran de son ordinateur. Nous avons enfin identifié la conductrice du break.

— Comment s'appelle-t-elle ?

— Honey Dawson. Vous la connaissez ?

— Oui, acquiesça John, le premier choc passé.

« Et je me demande quelle sera la réaction de Sam quand elle découvrira que la disparue est sa meilleure amie », ajouta-t-il mentalement.

Samantha empila à l'arrière de sa fourgonnette les paquets de couches, les vêtements de bébé, le berceau en kit et les mille autres choses qu'elle avait achetées, puis déposa Emmie dans son siège-auto et se mit au volant.

— Tiens ! s'exclama-t-elle en apercevant de gros nuages à l'horizon. Il va pleuvoir.

Habituée aux violentes tempêtes qui transformaient les routes en torrents à cette époque de l'année, elle s'empressa de quitter le parking du magasin qu'elle venait de dévaliser et se faufila entre les dizaines de voitures qui encombraient les rues de Butterville. Le festival d'automne du comté de Dawson avait un tel succès que les touristes affluaient des quatre coins du pays pour y assister et pour admirer la somptueuse mosaïque que les forêts moirées d'or dessinaient sur les flancs escarpés des Appalaches.

Lorsque Samantha bifurqua en direction de Pine Bluff, une berline aux phares allumés jaillit d'un bosquet à la vitesse d'une fusée et heurta le pare-chocs de sa fourgonnette.

— Quel chauffard ! maugréa-t-elle quand le conducteur du véhicule joua à saute-mouton avec un dos-d'âne et faillit la précipiter au fond du ravin. A force de se prendre pour un pilote de stock-car, il va nous tuer.

A la troisième secousse, une peur panique s'empara d'elle et lui glaça le sang.

— Je sais qui est ce type, murmura-t-elle en s'agrippant à son volant comme un naufragé à sa bouée. C'est l'homme qui s'est introduit chez moi hier et qui a blessé la mère d'Emmie.

S'il s'attaquait à elle maintenant, était-ce parce qu'il lui en voulait personnellement ou parce qu'il avait l'intention de récupérer le bébé ?

4

Lorsque le conducteur de la berline tamponna une nouvelle fois le pare-chocs de sa fourgonnette, Samantha serra à droite pour l'empêcher de la pousser vers la glissière de sécurité qui longeait un à-pic, et remonta l'allée de Pine Bluff à une telle vitesse qu'elle faillit percuter le tronc d'un érable.

— Ne crains rien, ma chérie, dit-elle à Emmie en l'entendant pleurer, comme si elle avait deviné qu'un grave danger les menaçait. Ce cinglé ne nous fera aucun mal.

Mais à peine avait-elle achevé sa phrase que l'homme prit un virage à la corde et fonça sur elle dans un hurlement de pneus.

Talonnée par la peur, elle s'arrêta au pied du perron, puis empoigna le siège-auto où sanglotait le bébé et s'engouffra à l'intérieur de son chalet. Après avoir fermé à double tour la porte d'entrée, elle souleva le rideau qui habillait la fenêtre de sa cuisine et vit une ombre s'approcher de la maison.

— Je parie que ce détraqué va casser une vitre et essayer de kidnapper la petite, marmonna-t-elle, les paumes moites et le cœur battant à se rompre.

Sachant que personne ne pourrait la sauver si elle appelait à l'aide, elle épaula le fusil qu'elle avait descendu de sa chambre au début de la matinée et sortit rapidement du vestibule.

— Halte-là ou je tire, cria-t-elle à tue-tête.

Comme le conducteur de la berline n'avait pas l'air de prendre sa menace au sérieux, elle pressa la détente avec une froide détermination. Stoppé net dans sa course, l'homme regagna sa voiture à reculons, puis se glissa derrière le volant et démarra sur les chapeaux de roues.

— Calme-toi, ma puce, lança Samantha à Emmie dès qu'elle l'eut rejointe. Maintenant que le vilain monsieur qui voulait t'enlever est parti, tu n'as plus aucune raison de pleurer.

Mais, de crainte qu'il ne revienne rôder autour du chalet pendant la nuit, elle se précipita vers son téléphone et composa le 911.

Dès que ses collègues de la police scientifique eurent analysé les échantillons de sang qu'ils avaient rapportés de Pine Bluff la veille au soir et confirmé que la victime était bien Honey Dawson, John quitta le parking du laboratoire à toute vitesse et décida d'aller annoncer à Samantha que la jeune femme dont ils n'avaient pas encore retrouvé la trace était son amie d'enfance.

— Ah, la barbe ! grommela-t-il quand la sonnerie de son mobile l'obligea à ralentir.

— C'est vous, chef ? lui demanda Philip Floyd d'une voix que des grésillements rendaient presque inaudible.

— Oui, jeta-t-il avec hargne dans le micro. Qui voulez-vous que ce soit ?

— Excusez-moi de vous déranger, mais nous avons reçu un appel de Mlle Corley.

— Que vous a-t-elle dit ?

— Qu'elle était descendue faire des courses au centre de Butterville et que, sur le chemin du retour, le conducteur d'une berline avait essayé de pousser sa camionnette dans le ravin.

— A-t-elle réussi à identifier cet homme ?

— Non. Comme il a heurté l'arrière de son fourgon trois fois de suite et qu'elle était éblouie par les phares de sa voiture, elle n'a pu distinguer son visage ni relever le numéro d'immatriculation du véhicule. En haut de la corniche, elle a tourné à droite et il l'a suivie jusque chez elle.

— Merci de m'avoir prévenu, Floyd. Je serai à Pine Bluff dans moins d'un quart d'heure.

— Où êtes-vous en ce moment ?

— Sur la nationale qui relie Blue Ridge à Butterville. Je me dépêche.

Après avoir fourré son téléphone dans la poche de son blouson, John mit sa sirène en marche et parcourut à une vitesse vertigineuse la quinzaine de kilomètres qui le séparaient encore de Pine Bluff.

Quand il arriva au pied du chalet, il descendit de son 4x4 et gravit le perron, tous ses sens en alerte. De gros nuages, que le vent ballottait au-dessus des Appalaches, survolaient la cime des arbres et transformaient la forêt en théâtre d'ombres. De loin en loin, le hululement d'un hibou ou le glapissement d'un coyote se mêlait aux grondements de tonnerre qui ébranlaient les vitres de la maison.

— Ouvre-moi, Sam, cria-t-il à pleins poumons pour essayer de couvrir le tumulte de l'orage. Maintenant que je suis là, tu n'as plus rien à craindre.

Aussitôt, la porte du hall tourna sur ses vieux gonds rouillés et la frêle silhouette de Samantha s'encadra dans l'embrasure.

« Ce qu'elle a l'air vulnérable ! » pensa John en la voyant trembler comme une feuille.

Pendant une infinité de secondes, il détailla avec émotion les traits tirés de la jeune femme et les yeux noyés de larmes du bébé. Puis, de peur de se laisser attendrir par leur évidente fragilité, il s'obligea à baisser la tête et pénétra dans le vestibule.

Lorsqu'il étudiait la criminologie à l'université d'Atlanta, il était tombé amoureux de l'une de ses condisciples dont la grâce éthérée aurait fait pâlir de jalousie toutes les starlettes d'Hollywood et, le jour où elle lui avait appris qu'elle était enceinte, il avait failli lui sacrifier ses belles ambitions.

— Tu es fou de t'être entiché de cette dévergondée et de vouloir l'épouser, s'était indigné son père, qui rêvait de le marier à la fille d'un sénateur. Es-tu sûr qu'elle ne te raconte pas des histoires ?

— Oui, avait répondu John. Elle m'aime et serait incapable de me mentir.

Mais, la semaine suivante, il avait découvert que sa fiancée le trompait avec un professeur de droit et que cet homme était le père du bébé.

« A partir de maintenant, je changerai de petite amie comme de chemise, s'était-il juré, amer, et je ne laisserai plus personne me piéger. »

— Je... je ne me sens pas très bien, balbutia Samantha en s'appuyant contre lui. J'ai eu tellement peur que je suis à deux doigts de m'évanouir.

— C'est normal, répliqua-t-il avant de lui encercler

la taille et de la guider vers la cuisine. Tu as failli avoir un grave accident et tu es en état de choc.

— Si j'avais perdu le contrôle de mon fourgon et que je sois tombée du haut de la corniche, il se serait agi d'un meurtre, pas d'un accident. Le type qui me suivait avait décidé de me supprimer et de kidnapper Emmie.

— Qu'est-ce qui te fait croire cela ?

— Mon intuition. Et elle me trompe rarement.

— Vu le métier que tu exerces, il est possible que cet homme ait voulu t'effrayer pour te punir de lui avoir retiré l'autorité parentale.

— C'est à Leonard Cultrain que tu songes ?

— Entre autres. Les pères indignes que tu as l'habitude de côtoyer sont souvent des brutes sans foi ni loi qui préfèrent employer la manière forte.

— De là à pousser ma camionnette au fond d'un ravin et à se rendre coupables d'un double assassinat, il y a un pas qu'ils n'oseraient pas franchir.

— Leonard a déjà de l'expérience dans ce domaine. Il a tué sa femme sous l'emprise de l'alcool et, comme il est sorti de prison au bout de trois semaines, il n'hésiterait certainement pas à récidiver.

— S'il avait eu l'intention de se venger de moi, il m'aurait étranglée ou battue à mort, mais il ne lui serait pas venu à l'idée de me suivre en voiture et de maquiller son crime en accident de la route. Il est trop fruste pour avoir prémédité ce genre de choses.

Samantha se laissa tomber sur une chaise et réfléchit, le front plissé.

— Plus j'y pense, enchaîna-t-elle d'une voix ténue, plus je suis persuadée que l'agresseur de la mère d'Emmie et le chauffard qui s'est amusé à heurter le pare-chocs de mon fourgon sont une seule et même personne. Ce type veut s'emparer de la petite, et rien ne pourra l'empêcher d'atteindre son but.

— Tu oublies que je suis policier et qu'il est de mon devoir de la protéger des timbrés tels que lui, riposta John en regardant la jeune femme bercer la fillette et en sentant une bouffée de tendresse lui gonfler le cœur.

« Quand elle se mariera et qu'elle aura des enfants, elle sera la meilleure des mères », se dit-il.

Puis, absurdement jaloux de l'homme qui réussirait un jour à l'apprivoiser et avec lequel elle accepterait de fonder une famille, il enfouit ses mains dans les poches de son blouson et regagna le vestibule à longues enjambées.

— Il faut que j'aille voir s'il y a des traces de pas autour du chalet et si toutes les fenêtres sont bien fermées, lança-t-il à Samantha. Où pourrais-je trouver des planches, un marteau et des clous ?

— Sous le vieil appentis, l'informa-t-elle. Pourquoi me demandes-tu cela ?

— Parce que le type qui est venu ici ce soir a peut-être essayé de s'introduire dans ton salon en brisant un carreau et que je ne veux pas te laisser courir le moindre risque.

— Pendant que tu fais le tour de la maison et que tu cherches des indices, je vais m'occuper de la petite. Je l'ai emmenée en ville cet après-midi et elle doit être morte de faim.

Dès que John eut claqué la porte derrière lui, Samantha réchauffa le biberon d'Emmie, puis s'assit dans le rocking-chair et regarda la fillette boire son lait avec une amusante gloutonnerie.

— J'ignore où se cache ta maman, mon ange, lui

dit-elle, mais je prendrai bien soin de toi jusqu'à ce qu'elle revienne. J'ai tellement souffert d'avoir perdu mes parents que je serais incapable de te placer dans un foyer d'accueil. Quand je me suis retrouvée orpheline à l'âge de sept ans, Mlle Mazie, la charmante vieille dame qui a confectionné ta poupée, et Honey Dawson, ma meilleure amie, ont été les seules personnes à pouvoir me consoler de mon chagrin. Honey n'avait ni père ni mère et elle savait ce que j'éprouvais parce qu'elle ressentait exactement la même chose que moi. A nous deux, nous étions invincibles et, chaque fois que nous nous liguions contre les autres enfants de Butterville, qui nous traitaient de sauvageonnes, nous avions l'impression de tenir le monde entre nos mains.

Jolie comme un cœur avec ses grands yeux émeraude et son visage à l'ovale très pur, Honey avait été pom-pom girl pendant son adolescence et avait eu un succès fou auprès des garçons. Oubliant la méchanceté dont ils avaient fait preuve envers elle à l'école primaire, ils avaient tous essayé de la séduire et de l'attirer dans leur lit.

Tous, sauf John Wise, qui ne lui avait jamais prêté la moindre attention. Issu de l'une des plus riches familles du comté, il avait eu une jeunesse insouciante et n'avait fréquenté que des filles de milliardaires, superficielles et raffinées.

— S'il avait su que j'étais folle de lui à l'époque et que je rêvais de l'épouser, il aurait préféré s'enfuir au bout du monde plutôt que de m'inviter au bal de fin d'année, murmura Samantha juste avant que la porte du vestibule ne s'ouvre à la volée.

— N'aie pas peur, Sam, ce n'est que moi, lui dit John en la rejoignant dans la cuisine. J'ai trouvé des traces de pas sous l'un des bow-windows de ton salon et elles sont identiques à celles que j'ai montrées hier à Dave Akers. Il y a donc des chances que l'agresseur de la mère d'Emmie et le tien ne soient qu'un seul et même homme.

— As-tu fait un moulage ?

— Oui, mais je n'ai relevé aucune empreinte digitale sur l'encadrement de la fenêtre.

— Et qu'en déduis-tu ?

— Que ton chauffard n'a pas essayé de s'introduire chez toi ou qu'il avait pensé à enfiler des gants.

— Tu crois qu'il s'agit d'un tueur professionnel ?

— Pas forcément. On voit beaucoup de thrillers à la télé de nos jours et tout le monde sait quelles précautions il faut prendre avant de commettre un délit.

— Si les petits malfrats imitent les héros de leurs séries préférées, cela doit compliquer la tâche des policiers.

— A qui le dis-tu ! Pour identifier le type qui a failli te pousser dans le ravin, je vais être obligé de retrouver sa voiture. Bien que tu n'aies pas eu le temps de noter le numéro d'immatriculation du véhicule, pourrais-tu me le décrire ?

— Non. J'ai juste remarqué que c'était une berline de couleur sombre.

— Etait-elle noire, gris foncé ou bleu marine ?

— Je n'en ai aucune idée.

— Il ne me reste donc qu'à aller examiner ton fourgon. Puisque cet homme a heurté l'arrière de ta camionnette, il y a probablement des traces de peinture sur le hayon.

— J'espère que tu as raison… Il faut absolument boucler cette enquête. La petite Emmie a besoin de sa maman et plus tôt elles seront réunies, mieux cela vaudra.

John s'accroupit devant le rocking-chair où était assise

Samantha et plongea son regard de jais dans celui, pailleté d'or, de la jeune femme.

— Je me suis rendu au quartier général de la police scientifique cet après-midi, lui confia-t-il. Quand je suis arrivé au laboratoire, Jeff Turner était en train de comparer les empreintes digitales qu'il avait relevées à Pine Bluff avec celles qui figuraient déjà dans son fichier, et il n'a pas mis très longtemps à identifier la conductrice du break. Lorsque j'ai découvert qui elle était, j'ai reçu un sacré choc.

— Pourquoi ?

— Parce que nous la connaissons, toi et moi.

— Où habite-t-elle ? A Butterville ?

— Plus maintenant, mais elle y a passé son enfance et son adolescence.

— Ah bon ! Comment s'appelle-t-elle ?

— Honey Dawson.

Samantha se figea, la bouche arrondie de stupéfaction.

— J'aurais dû deviner qu'Emmie était la fille de Honey, murmura-t-elle dès qu'elle eut recouvré l'usage de la parole. Elle a les mêmes yeux qu'elle et le même…

— Ne t'emballe pas, Sam, coupa John en se redressant. Tant que le prélèvement d'A.D.N. n'aura pas été analysé, nous ne pourrons pas affirmer qu'il existe un lien de parenté entre Honey et le bébé. Si Honey a eu le cran de voler une voiture, il est possible qu'elle ait kidnappé Emmie et que le père de la petite ait lancé un détective privé ou un homme de main à ses trousses.

— Jamais elle n'aurait osé faire cela, protesta Samantha, rouge de colère. Je suis sûre qu'elle est la mère d'Emmie… Sûre et certaine !

— Pourquoi en es-tu persuadée ?

— Parce qu'elle m'avait dit que, quand elle aurait des enfants, elle leur donnerait des prénoms de footballeurs. Elle était une fervente admiratrice des Cow-Boys de Dallas et, comme l'un des plus célèbres joueurs de l'équipe s'appelait Emmit, elle a dû baptiser sa fille « Emmie » en hommage à ce champion.

— Je comprends que tu la défendes, répliqua John. Elle a été ta seule confidente pendant toutes ces années que tu as passées à l'orphelinat et il est normal que tu la croies incapable de kidnapper qui que ce soit, mais tu oublies un détail.

— Lequel ?

— Cela fait un bout de temps qu'elle a quitté Butterville et il se pourrait qu'elle ait changé.

— Au point de se transformer en criminelle ? Tu veux rire ! Elle a tellement souffert d'avoir été abandonnée à sa naissance qu'elle n'aurait pas eu le cœur de séparer un bébé de sa mère. Si elle a volé une voiture à Atlanta, c'est parce qu'elle était aux abois et qu'elle n'a pas eu d'autre solution. Comme elle savait que je l'accueillerais à bras ouverts et que je la protégerais, elle a dû se dire qu'elle serait en sécurité à Pine Bluff et que personne n'aurait l'idée de la suivre jusqu'ici.

— Il semblerait, hélas, qu'elle se soit trompée.

Samantha bondit de son rocking-chair et coula un regard furtif vers la natte de raphia que John s'était efforcé de nettoyer la veille au soir.

— Tu crois que son agresseur l'a tuée et qu'il a caché son… son corps dans la forêt ? interrogea-t-elle d'une voix blanche.

— J'aimerais te répondre non pour te tranquilliser,

mais ce serait malhonnête de ma part, répliqua-t-il. A l'heure actuelle, j'ignore ce qui est arrivé à ton amie et je n'ai aucune piste sérieuse à explorer.

— Que vas-tu faire pour essayer de la retrouver ?

— Publier sa photo et lancer un appel sur internet. Il est possible que des habitants d'Atlanta aient aperçu Honey en compagnie d'un homme à l'allure suspecte et que leur témoignage me permette de dresser le portrait-robot de ce type.

— Espérons que ton enquête avancera très vite, car je ne voudrais pas qu'Emmie grandisse loin de sa maman.

Touché de voir des larmes embuer les jolis yeux noisette de Samantha, John lui tapota le poignet en un geste réconfortant.

— Honey s'est réfugiée à Pine Bluff parce qu'elle savait que tu prendrais soin d'elle comme du temps où vous étiez à l'orphelinat.

— Ce n'est pas moi qui l'ai aidée à tenir bon autrefois, c'est l'inverse. Le lendemain de mon arrivée au foyer, elle m'a entendue pleurer dans mon lit et elle est venue me remonter le moral. Sans son amitié, j'aurais été complètement déboussolée et j'aurais fini par fuguer.

— Après son départ de Butterville, t'a-t-elle souvent donné de ses nouvelles ?

— Pas très souvent, non. Elle ne m'a passé que quatre ou cinq coups de fil et m'a envoyé une demi-douzaine de cartes postales. Si j'avais pu me douter qu'elle avait de gros problèmes, je lui aurais téléphoné chaque week-end et je me serais…

— Arrête de culpabiliser, Sam ! interrompit John. Honey a quitté la région de son plein gré et tu n'as rien à te reprocher. Quand nous saurons dans quel guêpier elle s'est fourrée et pourquoi on a voulu l'éliminer, nous aurons vite fait de la retrouver.

— Tu me le promets ?

— Solennellement.

— Avez-vous réussi à vous emparer de la gamine ?

— Non, jeta l'agresseur de Honey dans le micro de son portable. Sa mère l'a confiée à une amie et m'a filé entre les doigts.

— Comment s'appelle cette amie ?

— Samantha Corley. Elle habite à Butterville et a l'air très amoureuse d'un dénommé John Wise, un flic à la manque qui se prend pour Colombo.

— Tuez-les tous les deux s'ils posent trop de questions. Je ne veux pas qu'ils puissent remonter jusqu'à moi.

5

— Maintenant que nous savons que c'est Honey qui est venue se réfugier chez moi hier, il ne nous reste plus qu'à mettre les bouchées doubles et à la retrouver, jeta Samantha, l'esprit en effervescence. Par quoi allons-nous commencer ?

— Nous verrons cela une fois que tu te seras reposée, répondit calmement John. Après ce qui t'est arrivé ce soir, tu dois être fatiguée et il vaudrait mieux que tu montes te coucher.

— J'aimerais bien t'obéir, mais c'est impossible. J'ai acheté un berceau en kit aujourd'hui, et si je ne veux pas qu'Emmie passe encore une nuit dans son minuscule couffin, il va falloir que je retrousse mes manches.

— Où est-il, ce berceau ?

— A l'arrière de ma fourgonnette. Quand je me suis rendu compte que le chauffard qui avait failli me pousser dans le ravin m'avait suivie jusqu'à Pine Bluff, je me suis précipitée à l'intérieur du chalet et j'ai épaulé mon fusil.

— Dans le seul but d'intimider ce sale type et de l'obliger à déguerpir ?

— Non. Je ne me suis pas contentée de le menacer, je lui ai carrément tiré dessus.

— Waouh ! s'exclama John. Comment a-t-il réagi lorsque le coup de feu est parti ?

— Il a battu en retraite et s'est remis au volant de sa voiture. Si je n'avais pas employé les grands moyens, il serait entré dans la maison et aurait kidnappé Emmie.

— Tu as de la chance qu'il n'ait pas été armé, car il n'aurait pas hésité à te tuer.

— Je le sais, figure-toi ! C'est bien pour cela que j'ai préféré prendre les devants et lui montrer que je n'étais pas une poule mouillée.

Amusé par le petit air bravache qu'arborait Samantha, John s'autorisa un sourire.

— Tu as raté ta vocation, Sam, lui dit-il d'une voix gentiment railleuse. Au lieu d'étudier le droit et d'aider les assistantes sociales de Butterville à protéger les enfants martyrs, tu aurais dû t'engager dans les F.S. et devenir tireuse d'élite.

— Qu'est-ce que les F.S. ? demanda-t-elle, les prunelles élargies de perplexité.

— Les Forces Spéciales. Il s'agit de militaires triés sur le volet auxquels l'état-major ne confie que des missions périlleuses.

— Puisque tu trouves que je ressemble à un soldat, comparée aux jolies filles que tu as l'habitude de draguer, il n'est pas étonnant que tu me reproches d'être restée dans le civil.

— Oh ! mais loin de moi l'envie de te reprocher quoi que ce soit, Sam. Le métier que tu as choisi est on ne peut plus honorable et je m'en voudrais de t'inciter à en changer.

— Heureusement, car je n'ai pas l'intention de me reconvertir. Mon travail me plaît et je me fiche pas mal de ton opinion. Si je suis moins élégante que tes petites amies, c'est parce que j'ai mieux à faire que d'aller dévaliser les boutiques de mode d'Atlanta et de passer mes soirées à me pomponner.

— Message reçu cinq sur cinq, mon général ! se moqua John en claquant des talons comme un officier au garde-à-vous.

Et, d'un ton pince-sans-rire, il ajouta :

— Bien que tu préfères manier ton fusil de chasse au fait de te mettre aux fourneaux, voudrais-tu préparer le dîner pendant que je vais chercher le berceau d'Emmie dans ta camionnette ?

— Avec grand plaisir, riposta Samantha. J'ai hâte de troquer mon uniforme de soldat contre un tablier de soubrette.

— Et moi, je suis impatient de te voir cuisiner. Qu'as-tu de bon à me proposer ?

— De la soupe au riz et aux légumes. Cela te convient ?

— Parfaitement.

— Après le repas, j'irai jeter un coup d'œil sur les cartes postales que Honey m'a envoyées.

— Excellente idée ! Si nous savons où elle est allée ces derniers temps et qui elle a fréquenté, cela facilitera mon enquête.

— J'espère que tu dis vrai et que toute cette histoire ne sera bientôt plus qu'un lointain cauchemar.

Laissant Samantha et Emmie seule à seule, John sortit du chalet et retira son portable de la poche intérieure de son blouson.

— La conductrice du break qui s'est introduite chez Mlle Corley hier soir s'appelle Honey Dawson, annonça-t-il à Philip Floyd. Elle a passé son enfance à l'orphelinat de Butterville et a quitté la région depuis. Pourriez-vous diffuser sa photo sur le Web, inscrire son nom dans le fichier des personnes disparues et lancer un appel à témoins ?

— Oui, je m'en occupe.

— Merci. Comme l'agresseur de Honey Dawson est sans doute le même homme que celui qui a failli pousser Samantha Corley dans le ravin, je vais rester à Pine Bluff cette nuit pour le cas où il reviendrait rôder autour de la maison. Si des internautes se manifestent, avertissez-moi immédiatement.

— Entendu, chef. Je vous donnerai un coup de fil dès qu'il y aura du nouveau.

Après avoir glissé son téléphone au fond de sa poche et dégringolé le perron, John s'approcha de la camionnette de Samantha et ouvrit le hayon.

— Elle a dû dévaliser tous les magasins de Butterville, grommela-t-il à la vue de la ribambelle d'objets qu'elle avait entassés à l'arrière du véhicule.

Avec un soupir d'agacement, il alla déposer au milieu du hall d'entrée la baignoire en plastique rose qu'elle avait calée contre le dossier de son siège, puis fit la navette entre le chalet et le fourgon jusqu'à ce que ce dernier soit vide.

— Merci de ton aide, lui dit Samantha en surgissant de la cuisine, un tablier enroulé autour de ses hanches, et en éventrant une à une la vingtaine de boîtes qu'il venait de transporter.

— Où veux-tu que je mette le berceau que tu as acheté ?

— Dans la chambre qui se trouve à côté de la mienne, au premier étage.

— Très bien. Pendant que tu ranges tes autres emplettes, je vais assembler les éléments du kit et…

— Personne ne t'y oblige, tu sais, coupa Samantha avant de pivoter sur elle-même et de gravir l'escalier, les bras chargés de couches, de lingettes et de chaussons. Il y a plein d'outils dans les tiroirs de mon établi et je suis capable de m'en servir.

— Oh ! je m'en doute, s'exclama John, mais je préfère te montrer mes talents de bricoleur plutôt que de te regarder jongler avec tes tournevis.

— Tu as peur que je m'y prenne mal et que je me blesse ?

— Oui. Un accident est vite arrivé.

— Puisque tu sembles avoir oublié ce détail, je te rappelle que j'ai l'habitude de me débrouiller seule.

— Si aucun des habitants de Butterville ne t'a proposé son aide depuis que tu as emménagé à Pine Bluff, c'est parce que tu tiens trop à ton indépendance et que tu as toujours refusé les coups de main qu'on aurait pu te donner.

Samantha pénétra dans la petite mansarde aux murs lambrissés qu'elle avait l'intention de transformer en nursery et fit signe à John de poser le berceau devant la fenêtre, là où virevoltaient les premiers rayons du soleil chaque matin.

— Tu te trompes, Wise, lui dit-elle. Si aucun de nos concitoyens ne m'a proposé son aide depuis que j'ai acheté le chalet, ce n'est pas parce que je les ai dissuadés de voler à mon secours, c'est parce qu'ils n'ont pas eu envie de me rendre service. Lorsque j'étais enfant, ils préféraient me traiter de sauvageonne ou de garçon manqué plutôt que de m'offrir un peu d'affection, et ils n'ont pas changé. Pour eux, je suis la fille d'un flic corrompu et je n'ai que ce que je mérite. Point à la ligne !

Voyant des larmes perler aux cils de Samantha, John lâcha les morceaux de bois qui l'encombraient et la prit dans ses bras.

— Va-t'en, jeta-t-elle après avoir essayé en vain de lui échapper. Je n'ai pas besoin de toi.

— Il est hors de question que je passe la nuit ailleurs qu'à Pine Bluff, répliqua-t-il avec fermeté. Tant que je n'aurai pas retrouvé le type qui a agressé Honey et qui t'a suivie jusqu'ici ce soir, je ne te quitterai pas d'une semelle.

Puis il pencha la tête et voulut cueillir sur la bouche pulpeuse de la jeune femme le plus torride des baisers, mais, à la seconde même où il allait capturer ses lèvres, les pleurs d'Emmie rompirent le charme.

— Redescends vite au rez-de-chaussée, conseilla-t-il à Samantha dès que l'insupportable sentiment de frustration qui l'oppressait se fut atténué. La petite te réclame.

— Si tu préfères le baby-sitting au bricolage, lâcha-t-elle en s'écartant de lui, je ne vois aucun inconvénient à ce que tu lui donnes le biberon et à ce que tu me laisses assembler seule son berceau.

— Non, j'aime encore mieux me trancher les dix doigts que de m'occuper d'un bébé.

— Pourquoi détestes-tu les enfants ?

— Je ne les déteste pas, marmonna John. Je suis mal à l'aise avec eux, c'est tout.

Et, de peur que Samantha ne lui pose d'autres questions,

il se plongea dans la lecture de la notice que le fabricant du kit avait jointe aux morceaux de bois.

— Tu ne devrais pas t'attacher à Emmie et trop la gâter, lança John à Samantha lorsqu'elle vint coucher la fillette dans la nursery une demi-heure plus tard. Si Honey est encore en vie, elle l'emmènera loin de Butterville dès que nous aurons réussi à la retrouver et tu seras triste à mourir le jour où elle te l'enlèvera.

— Je sais que j'aurai de la peine à ce moment-là, mais je m'en remettrai, ne t'en fais pas. Le principal est que la petite se plaise à Pine Bluff. Le reste n'a aucune espèce d'importance.

— Est-ce pour la consoler d'avoir été séparée de sa maman que tu l'as couverte de cadeaux ?

— Oui. Grâce aux poupées et aux animaux en peluche qu'on leur offre, les enfants se sentent sécurisés et oublient leurs chagrins.

John leva un doigt vers la lampe que Samantha avait suspendue au plafond de la chambre et qu'encerclaient des poneys harnachés de jaune, de rose et de bleu.

— A quoi sert ce truc ? lui demanda-t-il.

— A endormir les bébés, répondit-elle en regagnant le corridor à pas de velours. Quand ils se réveillent au milieu de la nuit et qu'ils fondent en larmes, la lanterne musicale leur chante des berceuses et le mobile se met automatiquement à tournoyer au-dessus de leur tête.

— On n'arrête pas le progrès !

— Ça, c'est vrai. Les fabricants de jouets ont une telle imagination que j'ai failli me ruiner cet après-midi. Si j'avais eu des milliers de dollars en poche, j'aurais dévalisé toutes les boutiques spécialisées de Butterville.

— Encore une chance que tu ne sois pas richissime, car il m'aurait fallu des heures pour vider ta fourgonnette, maugréa John avant de dégringoler l'escalier à la suite de Samantha et d'aller s'asseoir à la table de la cuisine.

— En remerciement de l'aide que tu m'as apportée, je vais te servir un potage dont tu me diras des nouvelles, riposta-t-elle, amusée de l'entendre ronchonner.

Puis, de l'air mystérieux d'un illusionniste qui s'apprête à réaliser le plus étonnant des tours de magie, elle souleva le couvercle de la soupière qu'elle venait de poser sur la nappe et d'où s'échappait une délicieuse odeur de légumes mitonnés.

— Mmm ! s'écria John. J'en ai déjà l'eau à la bouche.

— Comme quoi on peut être un vrai petit soldat et un fin cordon-bleu, ironisa-t-elle en prenant place à côté de lui et en remplissant leurs deux assiettes à ras bord. Ce n'est pas parce que j'exerce un métier habituellement réservé aux hommes que je suis incapable de me transformer en fée du logis et de préparer un bon minestrone.

— Où as-tu appris à cuisiner ?

— A l'orphelinat. Mlle Mazie, qui adorait les spécialités italiennes, nous répétait sans cesse, à Honey et à moi, que nous devions nous débrouiller avec les cartes que le destin nous avait distribuées et que, plus nous aurions de cordes à notre arc, mieux nous nous en tirerions dans la vie. Elle pensait qu'il était inutile de ruminer son chagrin et de s'apitoyer sur son sort. « Le passé est le passé, nous disait-elle quand nous avions le cœur gros. Et, puisqu'il est impossible de défaire ce qui a été fait, tournez-vous vers l'avenir au lieu de perdre votre temps à ressasser vos regrets. »

— Honey était-elle une battante, elle aussi ?

— En apparence, oui. Mais, sous ses dehors invincibles, elle cachait une immense vulnérabilité. C'est parce qu'elle avait désespérément besoin d'être aimée qu'elle a collectionné les aventures tout au long de son adolescence. Elle s'imaginait que les garçons qui l'invitaient au bal ou au cinéma étaient amoureux d'elle et qu'ils sauraient lui offrir ce dont ses parents l'avaient privée en l'abandonnant à sa naissance.

— Pourquoi a-t-elle décidé de quitter la région un beau matin ?

— Pour pouvoir réaliser l'un de ses rêves. Elle était une fan inconditionnelle des Cow-Boys de Dallas, comme je te l'ai déjà expliqué, et, à force de les regarder disputer des matchs à la télé, elle s'était mis en tête de devenir leur meneuse de ban.

— Le président du club l'a-t-il engagée ?

— Je ne sais pas. Après son départ de Butterville, elle ne m'a parlé que de ses voyages et des hommes qu'elle avait rencontrés.

John goûta à son minestrone d'un air pensif.

— Si Honey a échappé par miracle à son agresseur, qui a-t-elle pu appeler à l'aide ? demanda-t-il.

— Dwayne Hicks, jeta Samantha sans hésiter. Ils ont été amoureux l'un de l'autre dans le temps et ont quitté la région ensemble, mais Dwayne est rentré seul au bercail quelques mois plus tard.

— Demain, j'irai l'interroger et nous verrons bien ce qu'il me répondra. Crois-tu qu'il soit le père d'Emmie ?

— Non. Quand Honey et lui se sont séparés et qu'il est revenu à Butterville, elle n'était pas encore enceinte.

— Dans ce cas, il faut vite que nous découvrions qui

est le père du bébé. Peut-être s'agit-il de l'homme qui t'a suivie jusqu'à Pine Bluff ce soir et que tu as pris pour un tueur à gages ou pour un kidnappeur. Comme Honey a toujours mené une vie dissolue, il est possible qu'elle ait eu de mauvaises fréquentations et qu'elle doive une grosse somme d'argent à des malfrats.

Un éclair de fureur zébra les jolis yeux en amande de Samantha.

— Honey est certes assez volage, admit-elle du bout des lèvres, mais elle n'a rien d'une Marie-couche-toi-là, contrairement à ce que tu insinues, et je te défends de critiquer sa façon de…

— Ne t'énerve pas, Sam ! coupa John. Je ne suis pas en train de dénigrer ton amie, je m'efforce simplement d'être objectif et de n'écarter aucune hypothèse. Si tu veux que mon enquête progresse, il va falloir que tu acceptes de regarder la réalité en face, qu'elle soit reluisante ou non.

— Pardon de m'être emportée. Je sais que tu fais de ton mieux pour retrouver Honey et je t'en remercie. Dès que nous aurons fini de dîner et que j'aurai lavé la vaisselle, j'irai chercher les cartes postales qu'elle m'a envoyées et je te dirai quelles personnes elle a fréquentées depuis son départ.

— Moi, pendant ce temps, je téléphonerai aux hôteliers des environs et je leur demanderai de vérifier leurs registres. L'homme que nous recherchons est peut-être descendu dans l'une des nombreuses auberges du comté.

— A cette époque de l'année, cela m'étonnerait qu'il y ait encore une chambre de libre à Butterville. Le festival d'automne bat son plein et des hordes de vacanciers ont envahi la région.

— Je m'en suis aperçu ce soir, quand je suis revenu du Q.G. de la police scientifique. La route de Blue Ridge était noire de monde.

— Tu sais ce que tu devrais faire ?

— Non.

— Appeler tes adjoints et leur ordonner d'aller inspecter les granges et les chalets vides qui se trouvent à flanc de montagne. Si j'avais agressé une jeune femme et décidé de la séquestrer, c'est là que je l'aurais emmenée.

— La forêt de Butterville est la planque idéale, tu as raison.

Samantha effleura de l'index le contour de son assiette et laissa échapper un soupir.

— Chaque fois que je pense à Honey, avoua-t-elle à John, je l'imagine agonisant seule au fond d'une cave ou d'un grenier à foin et je m'en veux de ne pas pouvoir lui porter secours.

— Aie confiance en moi, Sam, répondit-il en se levant de table. Je vais tout mettre en œuvre pour la sauver… Tout, tu entends ?

6

Dès que Samantha eut lavé la vaisselle et regagné le premier étage, John téléphona à ses adjoints pour leur demander d'aller fouiller toutes les granges et toutes les maisons abandonnées des environs de Butterville le lendemain matin. Puis, comme la grosse horloge à balancier qui égrenait les secondes de son tic-tac monotone au fond du vestibule était en train de sonner les douze coups de minuit, il s'allongea sur le canapé du salon, les paupières lourdes, mais, avant qu'il n'ait pu s'endormir, l'un des robinets de la salle d'eau qui se trouvait juste au-dessus du séjour se mit à couler.

L'espace d'un battement de cœur, il s'imagina pénétrant dans le cabinet de toilette en catimini et contournant le lavabo à pas comptés. Si, par chance, la vitre opaque qui encerclait le bac à douche venait à se briser, il effleurerait d'une lente caresse les épaules veloutées de Samantha, essuierait du bout de l'index les milliers de gouttelettes irisées cascadant entre ses jolis seins ronds et promènerait un doigt fébrile sur le…

— Du calme, espèce d'idiot ! marmonna-t-il en se frottant les yeux pour tenter d'effacer son rêve. Malgré l'étonnante douceur dont elle fait preuve envers Emmie, Sam Corley est la pire tigresse que tu aies jamais rencontrée et, à moins de vouloir gâcher ta vie, tu n'as pas intérêt à tomber amoureux d'elle.

Quand le grincement d'une porte au-dessus de sa tête l'informa que Samantha avait quitté la salle d'eau, John chassa à grand-peine les images qui dansaient une sarabande effrénée sur l'écran de ses paupières closes, puis se pelotonna sous le plaid strié de beige et de brun qui habillait le sofa et plongea dans le sommeil comme dans un gouffre insondable.

Après avoir enfilé un pyjama en flanelle bleu marine et regagné sa chambre, Samantha sortit de l'un des tiroirs de sa coiffeuse la petite boîte marquetée de bronze et d'ivoire où elle avait rangé les six cartes postales que lui avait adressées Honey.

— Au lieu de tendre l'oreille pour essayer de savoir ce que cet arrogant de John fabrique au rez-de-chaussée, je devrais l'aider à boucler son enquête, murmura-t-elle. Plus vite je serai débarrassée de lui, moins je risquerai de lui tomber dans les bras.

Oubliant l'indicible plaisir qu'elle avait éprouvé lorsqu'il avait failli lui voler un baiser au début de la soirée, elle s'assit entre les rideaux de dentelle de son baldaquin et parcourut des yeux le premier des messages que Honey lui avait envoyés.

« Salut, Sam !

» Dwayne et moi sommes arrivés à Memphis hier et nous avons visité la maison d'Elvis Presley. Nous avons pu admirer les costumes extravagants qu'il avait portés sur scène et nous promener dans le parc de Graceland.

Ensuite, nous sommes allés au centre-ville et nous avons passé la nuit à faire la fête.

» Dommage que tu aies refusé de nous accompagner, car tu te serais beaucoup amusée.

» Amicalement,

Honey. »

La deuxième carte postale qu'avait reçue Samantha représentait le musée des Beaux-Arts de Montgomery, la capitale de l'Alabama.

« Chère Sam,

» Comme je n'ai plus un dollar en poche, je vais être obligée de rester à Montgomery jusqu'à ce que j'aie gagné un peu d'argent.

» J'ai trouvé un emploi de serveuse au Billy Bob's Barbecue. Ce grill est un vrai bouiboui, mais les clients me donnent de bons pourboires. L'un de mes collègues, un type très séduisant qui se prénomme Randy, n'arrête pas de me faire les yeux doux et j'ai du mal à lui résister.

» Contrairement à Dwayne, qui aimerait retourner à Butterville dès que possible, je voudrais aller visiter la Louisiane et le Texas.

» Toi et moi, nous aurions dû partir en voyage ensemble à la fin de nos études. Si tu avais accepté de me suivre à ce moment-là, tu ne l'aurais pas regretté.

» A bientôt !

Honey. »

Quelques semaines plus tard, Samantha avait reçu une troisième carte postale en provenance de Shreveport, une ville industrielle située au bord de la Red.

« Salut, Sam !

» Dwayne a préféré rentrer chez lui plutôt que de

m'accompagner en Louisiane parce qu'il se sentait perdu loin de la Géorgie et j'ai rompu avec Randy, le garçon hyper-sexy dont je t'avais parlé.

» Puisque je n'ai plus d'homme dans ma vie, j'ai décidé d'aller me balader à La Nouvelle-Orléans avant de me rendre au Texas. Quand je pense à tous les endroits merveilleux que je n'ai pas encore eu la chance de visiter, j'ai hâte de boucler mes valises.

» Il y a des jours où tu me manques terriblement, Sam, mais je ne regrette pas d'avoir quitté Butterville et je ne suis pas pressée d'y retourner.

Honey. »

La quatrième carte que Samantha avait trouvée dans sa boîte aux lettres un vendredi matin avait été postée à Dallas.

« Ça y est ! Je suis enfin arrivée au Texas et j'ai assisté à une séance d'entraînement des Cow-Boys.

» Lorsque j'ai appris que l'une des meneuses de ban de l'équipe avait démissionné la semaine dernière et que le président du club lui cherchait une remplaçante, j'ai sauté sur l'occasion et j'ai posé ma candidature. Croise les doigts pour moi, Sam. Si je suis engagée, je serai folle de joie et, la prochaine fois qu'un match sera retransmis à la télé, tu pourras me regarder.

» Comme une bonne nouvelle ne vient jamais seule, il faut que je t'avoue quelque chose d'important : j'ai rencontré l'homme de ma vie et je suis tellement amoureuse de lui que je n'hésiterai pas à lui accorder ma main le jour où il me demandera de l'épouser.

» A bientôt !

Honey. »

Après avoir relu les deux autres messages très succincts que son amie lui avait envoyés, Samantha rangea les cartes postales dans ce qu'elle appelait sa « boîte à trésors » et se glissa entre ses draps.

— Quoi qu'en pense cet entêté de John, je suis sûre que Honey est la maman d'Emmie et qu'elle aurait été incapable de kidnapper un bébé, marmonna-t-elle avant de fermer les yeux et de succomber au sommeil.

Dès son réveil, le lendemain matin, John bondit du canapé où il avait passé une nuit agitée et téléphona à Doris Banning, la propriétaire de l'une des meilleures auberges de Butterville.

— Bonjour, madame Banning, lui lança-t-il poliment. Ici, John Wise.

— Ah ! bonjour, inspecteur. En quoi puis-je vous être utile ?

— J'aimerais savoir si un inconnu conduisant une berline de couleur sombre est descendu chez vous ?

— Pour quelle raison me demandez-vous cela ?

— Parce que Honey Dawson, une ancienne pensionnaire de l'orphelinat, a été blessée l'autre soir et que je suis à la recherche de son agresseur.

— Ah ! ne me dites pas que cette petite traînée est revenue s'installer en Géorgie.

— S'installer, peut-être pas, mais il semblerait qu'elle ait eu de gros problèmes et qu'elle ait voulu se réfugier chez Samantha Corley, sa meilleure amie.

— Où se trouve-t-elle maintenant ?

— Je n'en sais rien. Le type qui l'avait suivie jusqu'à Pine Bluff l'a probablement kidnappée.

Il y eut un long silence sur la ligne, puis la voix haut perchée de Doris résonna de nouveau dans l'écouteur.

— Pardon d'avoir réagi comme je l'ai fait, inspecteur. Malgré la piètre opinion que j'ai de cette fille, je n'aurais pas dû l'insulter.

— Que lui reprochez-vous ?

— D'avoir brisé le cœur de mon fils à l'époque où elle habitait encore à Butterville. Il a eu tellement de chagrin quand elle l'a quitté qu'il a failli se suicider.

— Pourriez-vous consulter la liste de vos clients et me dire si l'une de vos chambres est occupée par un étranger voyageant seul ?

— Oui. Je vais vérifier.

John entendit Doris tourner les pages de son registre et se mit à arpenter le tapis du salon.

— Tous les hommes que j'héberge actuellement sont des vacanciers qui sont venus assister au festival d'automne en famille, reprit-elle au bout de cinq minutes.

— Aucun d'eux ne vous a paru suspect ?

— Non, mais je n'hésiterai pas à vous téléphoner en cas de problème et j'espère que vous n'allez pas tarder à retrouver la petite Dawson. Malgré le peu de sympathie que j'ai pour elle, je n'aimerais pas que son agresseur la laisse mourir de faim au fond des bois.

— Merci de vous être montrée aussi coopérative, madame Banning, et excusez-moi de vous avoir dérangée, lança John avant de raccrocher et de griffonner quelques mots sur la première page de son agenda.

Puisque briser les cœurs à la chaîne avait été le passe-temps favori de Honey quand elle vivait à Butterville, il était fort possible qu'un habitant du comté — Dwayne

Hicks ou Andrew Banning, par exemple — lui ait gardé rancune de son infidélité et ait voulu se venger d'elle.

Comme elle adorait son fils et qu'elle ne supportait pas de le voir souffrir, Doris Banning aurait également eu de bonnes raisons de s'en prendre à Honey, mais elle était percluse de rhumatismes et ne pouvait se déplacer sans sa canne. Il était donc peu probable qu'elle soit montée jusqu'à Pine Bluff et qu'elle ait eu assez d'énergie pour…

— Ah ! tu es déjà debout, s'exclama Samantha en dévalant l'escalier et en apercevant John au coin de la cheminée. As-tu bien dormi ?

— Non, répondit-il avec un sourire. Et toi, as-tu fait de jolis rêves ?

— Pas vraiment. J'ai beaucoup pensé à ton enquête entre deux cauchemars et j'ai eu l'impression que la nuit durait une éternité. De nous trois, Emmie est la seule à ne pas avoir trouvé le temps long.

— Cela ne m'étonne pas. Le berceau que tu lui as acheté hier a dû lui paraître mille fois plus confortable que son couffin.

— Quand je me suis réveillée et que je suis allée l'embrasser, elle était en train d'admirer les poneys qui gambadaient au-dessus de sa tête et elle avait l'air fascinée par leurs cabrioles.

— Dommage que les adultes n'aient pas la même capacité d'émerveillement que les enfants !

— Ni la même insouciance. S'il suffisait de regarder tournoyer un mobile pour oublier tous ses problèmes, ce serait fabuleux.

Samantha planta un rapide baiser sur les boucles blondes d'Emmie, puis s'engouffra dans la cuisine et brancha le chauffe-biberon ultrasophistiqué que lui avait vendu le gérant d'un magasin d'électroménager.

— J'ai téléphoné à Doris Banning il y a cinq minutes, l'informa John en la rejoignant et en allumant le percolateur qui encombrait le plan de travail. Elle m'a dit qu'aucun homme à l'allure suspecte n'était descendu à l'auberge ces derniers jours. Dès que j'aurai posé deux ou trois petites questions aux propriétaires des motels qui se trouvent à la sortie de Butterville, j'irai parler à son fils et à Dwayne Hicks.

— A son fils ! répéta Samantha. Pourquoi tiens-tu à interroger Andrew ?

— Parce qu'il a été amoureux de Honey autrefois et qu'elle l'a laissé tomber comme une vieille chaussette, d'après ce que j'ai cru comprendre.

— Si tu t'imagines qu'il lui en veut à mort depuis cette époque-là et qu'il l'a égorgée dans un accès de colère, tu fais fausse route. Je lui ai rendu visite cet été et il m'a semblé très heureux.

— A-t-il une nouvelle petite amie ?

— Oui. Quand je lui ai demandé ce qu'il pensait de sa rupture avec Honey, il m'a répondu que c'était la meilleure chose qui lui soit jamais arrivée et que cela l'avait aidé à mûrir.

— Doris, elle, n'a pas pardonné à Honey d'avoir quitté Andrew. Elle l'accuse de lui avoir brisé le cœur et de l'avoir poussé au suicide.

— Pas étonnant ! C'est une vraie mère poule qui a toujours eu tendance à surprotéger son fils et qui aurait aimé le garder sous cloche jusqu'à la fin des siècles.

— La crois-tu capable d'avoir engagé un homme de main et organisé l'agression de Honey ?

— Bien sûr que non ! Elle est tellement pieuse qu'elle n'aurait pas pu avoir une idée aussi diabolique.

Pendant que Samantha s'asseyait dans son rocking-chair et donnait le biberon à Emmie, John remplit de café brûlant le mazagran qu'il avait sorti d'un placard et le vida à longs traits.

— Puisque tu es convaincue que Doris et Andrew Banning sont hors de cause, jeta-t-il en posant la tasse au fond de l'évier, il ne me reste plus qu'un suspect à aller interroger : Dwayne Hicks.

— Veux-tu que je t'accompagne ?

— Et comment ! Après ce qui t'est arrivé hier soir, je n'ai pas envie de vous laisser seules à Pine Bluff, Emmie et toi. Le type qui a essayé de te tuer est en liberté et je ne tiens pas à ce que tu sois obligée de lui tirer dessus encore une fois.

— Il va falloir que je monte chercher le sac à langer de la petite, alors. Pourrais-tu t'occuper d'elle jusqu'à ce que je revienne ?

— Moi, m'occuper d'un bébé ? Tu plaisantes ! se récria John. Je suis policier, pas puériculteur.

— Si je te suppliais de donner le biberon à Emmie ou de faire sa toilette, je comprendrais que tu éprouves une certaine appréhension, mais tout ce que je te demande, c'est de la serrer dans tes bras et de ne pas la laisser tomber, riposta Samantha avant de se lever et de lui tendre son précieux fardeau.

Puis, amusée de le voir bercer la fillette avec des gestes maladroits, elle sortit de la cuisine et gravit l'escalier, un sourire à fleur de lèvres.

— Redescends vite, Sam ! hurla John cinq minutes plus tard. Emmie n'a pas l'air en forme.

— Pourquoi dis-tu cela ? s'inquiéta-t-elle en descendant les marches.

— Parce qu'elle vient de vomir sur mon épaule. Tu crois qu'elle a une indigestion et qu'on va devoir l'emmener à l'hôpital ou appeler un médecin ?

— Mais non, imbécile ! s'exclama Samantha, hilare. Les bébés ont l'habitude de régurgiter un peu de lait après avoir bu leur biberon.

— Ce n'est pas *un peu* de lait qu'elle a régurgité, protesta John, c'est un demi-litre au moins. Regarde dans quel état elle a mis mes vêtements !

— Si tu tiens à ton pull-over et à ta chemise comme à la prunelle de tes yeux, tu n'auras qu'à les laver quand tu rentreras chez toi ce soir et les taches partiront.

John huma le col de son chandail et esquissa une grimace de dégoût.

— Impossible d'aller interroger qui que ce soit tant que je ne me serai pas débarrassé de ces guenilles ! maugréa-t-il. Je n'ai pas envie que Dwayne Hicks sente l'odeur de vomi et se paie ma tête dès que j'aurai tourné les talons.

— Veux-tu que je monte chercher un paquet de lessive pendant que tu te déshabilles et que…

— Surtout pas ! Je ne suis pas venu ici pour faire un numéro de strip-tease.

— Ah bon ? Je croyais que tu étais un séducteur et que tu aimais bien t'effeuiller sous le regard ébloui de tes admiratrices.

— *Primo*, je n'ai ni l'âme ni l'étoffe d'un don Juan. *Secundo*, tu n'es pas l'une de mes admiratrices.

— Ça, je te le confirme.

— Il est donc inutile que je me donne en spectacle.

— Totalement inutile, en effet.

Imperméable à l'ironie du ton, John tendit Emmie à Samantha, puis entraîna celle-ci vers son 4x4 et l'aida à y prendre place.

— Où m'emmènes-tu ? lui demanda-t-elle dès qu'il se fut engouffré à l'intérieur du véhicule et qu'il eut quitté Pine Bluff.

— Chez moi, répondit-il en dévalant la route de corniche. Une fois que je me serai changé, nous irons voir les hôteliers de la région.

— Comme certains d'entre eux ne connaissent pas Honey, j'ai apporté une photo d'elle.

— Qui date de quand ?

— Du jour de son départ de Butterville. A moins qu'elle ne se soit fait teindre ou couper les cheveux ces derniers mois, le portrait est très ressemblant et aidera les gens que tu vas interroger à l'identifier.

Après avoir fourré dans la poche de son jean le cliché que lui tendait Samantha, John s'arrêta devant la modeste villa où il habitait, puis alla troquer sa chemise et son pull-over tachés contre un autre bleu foncé et revint se glisser derrière le volant de son 4x4.

— Tu m'as reproché hier soir de ne pas m'être engagée dans l'armée, lui lança Samantha, mais je ne suis pas la seule à avoir raté ma vocation. Vu la vitesse à laquelle tu t'es changé, tu devrais démissionner de la police et participer à des défilés de haute couture. Les stylistes de New York ou de Los Angeles seraient tellement époustouflés par ton élégance et ton agilité qu'ils te feraient un pont d'or.

— Merci du conseil, riposta-t-il. Si je suis fatigué

un jour de mener des enquêtes, je ne manquerai pas de le suivre.

— Je l'espère bien. Cela te permettra de gagner des fortunes et d'agrandir le cercle de tes admiratrices.

— A supposer que je me reconvertisse dans le mannequinat et que je vole la vedette aux stars actuelles des podiums, t'inscriras-tu à mon fan-club ?

— Certainement pas ! J'ai horreur des prétentieux.

Un demi-sourire aux lèvres, John traversa le centre de Butterville et s'arrêta au pied de l'un des plus gros complexes touristiques de la région.

— Comme la petite s'est endormie, reste ici avec elle, intima-t-il à Samantha avant de sauter à terre et de s'engouffrer dans le hall d'accueil de l'hôtel.

— Bonjour, inspecteur, lui lança le réceptionniste. Qu'y a-t-il pour votre service ?

— J'aimerais savoir si l'une de vos chambres est occupée par un homme seul.

— C'est peu probable. A cette époque de l'année, nous n'hébergeons que des groupes de vacanciers qui viennent assister au festival.

John extirpa de sa poche la photographie que lui avait confiée Samantha et la montra à son interlocuteur.

— Cette jeune femme s'appelle Honey Dawson, déclara-t-il. Elle a habité à Butterville autrefois et pourrait être en danger. L'avez-vous aperçue ?

— Non. Aucune de nos clientes ne lui ressemble.

— Vous en êtes sûr ?

— Absolument. Si une beauté pareille était entrée ici, je n'aurais pas oublié son visage.

Après avoir pris congé du réceptionniste et quitté le hall d'accueil, John se remit au volant de son 4x4 et alla se garer derrière les deux poids lourds qui encombraient le parking d'un Restoroute.

— Salut ! lança-t-il aux conducteurs en s'accoudant au bar. Que transportez-vous dans vos semi-remorques ?

— Du matériel informatique, précisa l'un des hommes. Il faut que je sois à Montgomery au début de la soirée et, comme j'ai roulé une partie de la nuit, j'ai décidé de m'arrêter ici pour manger un morceau.

— Moi, j'ai été obligé de faire un détour par le comté de Dawson parce que ma fille Kristi m'a demandé de lui rapporter une poupée du coin, déclara l'autre camionneur. Ces poupées ont un tel succès que toutes les gamines en veulent une.

John sortit de sa poche la photographie de Honey et la posa sur le comptoir.

— Auriez-vous vu cette jeune femme, par hasard ? jeta-t-il à ses interlocuteurs.

— Non, répondirent-ils de concert, mais elle est rudement belle.

— Et vous, lança-t-il à la propriétaire du Restoroute, l'avez-vous aperçue ?

— Si c'était le cas, je m'en souviendrais, rétorqua-t-elle en examinant le portrait d'un air admiratif. Que lui est-il arrivé ?

— Elle a disparu et il se pourrait qu'elle ait été kidnappée.

— Pauvre petite !

Jugeant inutile de poursuivre son interrogatoire, John glissa le cliché dans son portefeuille et rejoignit Samantha sur le parking.

— Personne n'a été capable de me fournir le moindre renseignement, grommela-t-il en tournant sa clé de contact et en démarrant. Au lieu de rendre visite aux autres hôteliers de la région, allons tout de suite chez Dwayne Hicks.

— J'espère qu'il ne sera pas déjà parti travailler et qu'il acceptera de nous aider, car les météorologues ne sont pas très optimistes. Il paraît que la température va chuter et qu'il gèlera à pierre fendre la nuit prochaine. Si l'agresseur de Honey la séquestre dans une cabane en rondins ou si elle a réussi à lui échapper et qu'elle se cache au fond des bois, elle risque d'attraper une pneumonie.

— Il est vrai que la montagne n'est pas le refuge idéal en cette saison. Dès que le vent du nord se met à souffler, il fait un froid sibérien en altitude.

Lorsque John et elle arrivèrent à proximité du mobile home où habitaient les Hicks, Samantha aperçut un pick-up rouge au pied du bungalow et poussa un soupir de soulagement.

— Dwayne est encore là, Dieu merci, murmura-t-elle en débouclant sa ceinture de sécurité. Comme je le connais bien, il vaut mieux que je t'accompagne et que je mène l'interrogatoire à ta place.

— Entendu, mais à une condition.

— Laquelle ?

— Que tu me laisses reprendre les choses en main si tu t'aperçois qu'il te raconte des bobards. Tout ce que je veux, c'est qu'il nous dise la vérité.

— Il nous la dira, ne t'en fais pas.

— Le crois-tu capable d'avoir blessé Honey ?

— Non. Il est possible, en revanche, qu'elle l'ait appelé à l'aide ou qu'elle lui ait avoué qui était le père d'Emmie.

Samantha enroula un plaid autour des épaules de la fillette, puis descendit du 4x4 et frappa à la porte du mobile home.

— Bonjour, Sally, lança-t-elle à l'épouse de Dwayne dès que celle-ci eut tiré le battant. Pourrions-nous avoir une petite conversation avec ton mari ?

— Bien sûr ! s'exclama la jeune femme en invitant Samantha et John à entrer. Vous avez de la chance qu'il ait été retardé, car il devrait déjà être parti travailler à l'heure qu'il est.

Vêtu d'une salopette de mécanicien et d'un pull-over à col roulé, Dwayne surgit de la cuisine à l'instant même où John allait pénétrer dans le salon à la suite de Sally.

— Qu'est-ce que vous me voulez, inspecteur ? lui demanda-t-il, l'air stupéfait.

— Nous aimerions te parler de Honey, s'empressa de répondre Samantha.

— Il lui est arrivé quelque chose ?

— Oui, mais je ne sais pas quoi. Quand je suis rentrée à Pine Bluff avant-hier, j'ai aperçu des traces de sang à l'intérieur de la maison et j'ai trouvé un bébé au fond de mon armoire.

— Qui t'a dit que c'était Honey qui s'était introduite chez toi et pas une parfaite inconnue ?

— Les enquêteurs de la police scientifique. Le résultat des analyses auxquelles ils ont procédé ne nous laisse aucun doute à ce sujet. D'après eux, Honey aurait été blessée et traînée hors du chalet.

Les traits décomposés, Dwayne alla s'asseoir sous la fenêtre et plaqua ses mains sur ses genoux pour les empêcher de trembler.

— As-tu eu des nouvelles de Honey ces derniers

temps ? lui demanda Samantha. T'a-t-elle téléphoné du Texas ou d'ailleurs ?

— Oui, avoua-t-il. Elle m'a appelé il y a deux semaines et m'a informé qu'elle reviendrait peut-être à Butterville cet automne.

— L'as-tu rencontrée depuis son coup de fil ?

— Non, pas une seule fois. Je… j'avais promis à ma femme de ne plus chercher à la revoir et j'ai tenu parole.

John, qui était resté silencieux jusque-là, tourna vers Sally un regard acéré.

— Et vous, madame Hicks, qu'avez-vous à nous dire ? lui lança-t-il d'un ton abrupt.

— Rien du tout, maugréa-t-elle en s'asseyant à côté de son mari et en lui prenant la main avec une excessive douceur. Pourquoi voudriez-vous que j'aie des renseignements à vous donner ?

— Parce que vous auriez pu être jalouse de Honey et lui tendre un guet-apens.

— Dans quel but ?

— Dans le but de l'effrayer et de la pousser à quitter très vite la région.

— Navrée de vous décevoir, inspecteur, mais je ne suis pas du genre à menacer d'un couteau ou d'un pistolet les ex de mon mari.

— Admettons.

— L'enfant que tu tiens dans tes bras est-elle la fille de Honey ? demanda Dwayne à Samantha.

— Nous ne le savons pas encore, répliqua-t-elle. Nous ne serons fixés que quand nous aurons reçu le résultat du test d'A.D.N. qu'elle a subi.

— Je parie que cette peste de Honey a volé la gamine,

bougonna Sally. Elle a le chic pour se fourrer dans de sales histoires.

— Si elle l'a réellement kidnappée, ce qui m'étonnerait, riposta Samantha, c'est sans doute parce que la petite était en danger et qu'elle a voulu la sauver.

— Tu parles ! Elle est tellement frivole qu'elle n'aurait pas eu l'idée de s'encombrer d'un bébé.

— Où étiez-vous avant-hier, entre 18 et 20 heures ? jeta John à Dwayne.

— Ici, répondit Sally à la place de son mari. Nous sommes restés ensemble toute la soirée et nous avons regardé un vieux western à la télé.

— Est-ce exact, monsieur Hicks ? insista John.

— Oui, confirma Dwayne d'une voix presque imperceptible.

Mais il était évident qu'il mentait.

— Merci de nous avoir consacré un peu de votre temps, à Mlle Corley et à moi, lui lança John avec une politesse guindée. Si Honey vous redonne de ses nouvelles ou si vous vous souvenez d'un détail qui pourrait m'aider dans mon enquête, n'hésitez pas à me téléphoner.

Puis, le dos droit comme un I, il entraîna Samantha hors du bungalow et s'immobilisa sous la fenêtre du salon.

— As-tu revu cette garce de Honey, Dwayne ? s'écria brusquement Sally.

— Non, je te le jure, protesta son mari.

— Et ce bébé que Sam nous a amené, est-il le tien ?

7

Figée au pied du mobile home, Samantha dressa l'oreille pour essayer d'entendre la réponse de Dwayne.

— Non, il n'est pas le mien, jeta-t-il avec force. Jamais je n'aurais pu te tromper.

— N'empêche que tu es encore amoureux de Honey, avoue-le ! hurla Sally. Chaque fois qu'on te parle d'elle, tes yeux s'illuminent et tu te mets à rire aux anges comme un idiot. Qu'est-ce que tu lui trouves, à cette petite égoïste ?

— Honey n'est pas égoïste. Elle a le cœur sur la main et n'hésiterait pas à risquer sa vie si l'un de ses amis était en danger. Son seul défaut, c'est cette bougeotte chronique dont elle est atteinte depuis des années. Dès qu'elle a un peu d'argent en poche, elle s'achète un billet de train et part à l'aventure.

— Moi, j'ai toujours pensé qu'elle avait le diable au corps et une girouette à la place du cerveau. Quand elle habitait encore à Butterville, elle s'amusait à vamper les hommes en battant de ses faux cils et en tortillant des hanches. Vu le plaisir qu'elle prenait à se bichonner, je parie qu'elle rêvait de ressembler à Jean Harlow ou à Marilyn Monroe et qu'elle se décolorait les cheveux.

— Non, tu te trompes. Elle n'avait pas besoin de fréquenter les salons de coiffure ni les instituts de beauté pour avoir l'air d'une star de cinéma. Lorsqu'elle était adolescente, elle avait un tel charme qu'elle aurait pu être élue Miss Géorgie à l'unanimité.

Convaincue que les répliques maladroites de Dwayne allaient exciter la jalousie de sa femme, Samantha se haussa sur la pointe des pieds et jeta un coup d'œil par la fenêtre.

— Dis-moi la vérité, Dwayne, lança soudain Sally d'une voix perçante. La gamine que Sam a recueillie est-elle ta fille ?

— J'ai déjà répondu à cette question, bougonna son mari. Il y a plus d'un an que je n'ai pas vu Honey. Il est donc impossible que je sois le père de son enfant.

— Peut-être ne l'as-tu pas revue depuis que tu m'as épousée, mais je sais que tu es resté en contact avec elle et qu'elle t'a appelé une dizaine de fois au moins.

— Comment l'as-tu découvert ?

— Grâce au téléphone dernier cri que tu t'es acheté à Noël. Je me suis aperçue que tu avais enregistré son numéro et qu'elle t'avait laissé de nombreux messages.

— Tu… tu as osé m'espionner ?

— Oui. Et je ne le regrette pas, car j'ai trouvé cela très instructif.

Dwayne jaillit du canapé, l'air mi-indigné, mi-apitoyé.

— Si tu ne veux pas que ta jalousie te rende complètement dingue, il va falloir que tu te fasses soigner, ma pauvre Sally, jeta-t-il avant de sortir du salon et de claquer la porte derrière lui.

— Vite ! glissa John à Samantha en l'entraînant vers son 4x4. Allons-nous-en !

— Qu'as-tu pensé de l'attitude de Dwayne ? lui

demanda-t-elle dès qu'ils se furent engouffrés à l'intérieur du véhicule.

— Qu'elle était bizarre. Je ne crois pas qu'il soit le père d'Emmie, mais je suis sûr qu'il ne nous a pas dit toute la vérité.

— Moi aussi, j'en suis persuadée. Sally est tellement irascible et tellement possessive qu'il a dû avoir peur de la contrarier.

— L'idéal serait que tu l'appelles une fois qu'il aura quitté son mobile home et que tu lui reposes les questions auxquelles il n'a pas eu le courage de répondre en présence de sa femme.

— D'accord. Je lui téléphonerai dans une demi-heure et nous verrons comment il réagira.

Après avoir remis en marche le moteur de son 4x4, John désigna de l'index la vieille voiture vert sapin qui était garée au pied d'un platane, de l'autre côté de la chaussée.

— A qui appartient cette épave ? questionna-t-il.

— A Sally, l'informa Samantha. Elle l'a achetée d'occasion au début de l'année.

— Ne ressemble-t-elle pas à la berline de couleur sombre qui a heurté ta fourgonnette hier soir ?

— Si, mais il doit y en avoir plein d'autres du même genre sur les routes du comté. Sally a beau être maladivement jalouse, je ne l'imagine pas agressant Honey et jouant aux autos tamponneuses en haut de la corniche.

— Est-ce ton fameux flair qui t'incite à la disculper ?

— Oui.

— Moi, je pense plutôt que tu es trop confiante, riposta John juste avant que la sonnerie de son portable ne lui déchire les tympans. Allô ! jeta-t-il dans le micro. Wise à l'appareil… Ah ! c'est vous, Floyd. Avez-vous inspecté toutes les granges et toutes les maisons abandonnées des environs ?… Très bien. Continuez à fouiller et expédiez une dizaine d'hommes à Pine Bluff. J'aimerais que les recherches se poursuivent dans un rayon de huit kilomètres autour du chalet.

A peine avait-il salué son adjoint que son BlackBerry se mit à vibrer et que le nom de son père s'afficha sur l'écran. Pendant une fraction de seconde, il faillit éteindre le récepteur et le fourrer dans sa poche, mais, de crainte que Samantha ne s'étonne de le voir faire la sourde oreille, il préféra prendre la communication.

— Bonjour, papa, lança-t-il avec une gaieté feinte. Que se passe-t-il ?

— J'ai eu le maire de Butterville en ligne ce matin et il m'a dit qu'une jeune femme avait été kidnappée avant-hier soir à Pine Bluff, grommela Kenneth Wise. J'espère que tu ne vas pas te charger de cette enquête et perdre un temps fou à courir après un petit malfrat sans envergure. Au cas où tu l'aurais oublié, je te rappelle que le gouverneur est impatient de te rencontrer et qu'il serait impoli de ta part de ne pas assister au grand bal qu'il va donner à la fin de la semaine.

— Si j'ai réussi à attraper l'agresseur de Honey Dawson d'ici là, je viendrai te rejoindre à Atlanta samedi prochain et je t'accompagnerai au…

— C'est cette cavaleuse de Dawson qui s'est évanouie dans la nature ?

— Oui.

— Qui peut bien se soucier d'une dévergondée comme elle ?

— Samantha Corley, sa meilleure amie, et la fillette qu'elle lui a confiée. Depuis que Honey a disparu, elles sont en danger, toutes les deux, et il est de mon devoir de les protéger.

— Au lieu de jouer les redresseurs de torts et de galvauder ton talent, pense donc à ta carrière ! Tu es trop intelligent pour rester dans ce trou de Butterville et pour gâcher tes chances de succès. A Atlanta, tu ne fréquenteras que de riches héritières et des…

— Si j'estimais que la vie de Honey Dawson valait moins cher que celle d'une femme du monde, quel genre d'homme serais-je ? interrompit John avant de saluer son père d'un bref « au revoir » et de lancer rageusement son BlackBerry sur le tableau de bord du 4x4. En dehors de Dwayne Hicks, à qui Honey aurait-elle pu demander de l'aide ? jeta-t-il à Samantha.

— A Mlle Mazie, répondit-elle sans l'ombre d'une hésitation. Elle l'adorait et savait qu'elle serait incapable de la trahir.

— Où habite-t-elle depuis qu'elle a pris sa retraite ?

— Dans une grande maison que lui a léguée son oncle. Lorsque nous étions enfants, Honey et moi, nous allions souvent jouer à cache-cache ou cueillir des myrtilles au fond de son jardin.

— Crois-tu qu'elle nous trouverait très mal élevés si nous arrivions chez elle à l'improviste ?

— Non. Elle serait ravie, au contraire, de nous donner un coup de main.

— Quel plaisir de te revoir, ma chère petite ! s'exclama Mlle Mazie quand elle ouvrit la porte d'entrée de son imposante demeure et qu'elle aperçut Samantha en haut du perron. Qui est ce beau jeune homme que tu m'as amené ?

— L'inspecteur Wise. Il enquête sur la disparition de Honey et aimerait que vous l'aidiez à la retrouver.

— Encore faudrait-il que je sache où elle est. La dernière fois que j'ai eu de ses nouvelles, c'était il y a des mois et des mois. Elle m'a écrit de Dallas pour me dire que l'une des employées des Cow-Boys avait démissionné et qu'elle espérait la remplacer. Comme elle adorait le football dans le temps et qu'elle rêvait d'être engagée par le président d'un grand club, sa lettre ne m'a pas étonnée.

— Elle ne vous a pas téléphoné depuis ?

— Non. J'en ai déduit qu'elle avait réussi à se faire embaucher et qu'elle était très occupée. Si j'avais pu me douter qu'elle avait de graves ennuis, je me serais beaucoup inquiétée.

Mlle Mazie fixa de son regard limpide le bébé qui somnolait dans les bras de Samantha et eut un sourire.

— Qui est la mère de cet angelot ? interrogea-t-elle d'une voix douce.

— Je n'en sais rien, répliqua la jeune femme, mais il y a de fortes chances que ce soit Honey. Elle m'a confié la fillette avant de disparaître et je l'ai trouvée au fond de mon armoire à linge en rentrant chez moi.

— Pauvre petite chérie ! Comment s'appelle-t-elle ?

— Emmie. Pour la consoler d'avoir été séparée de sa maman, je lui ai donné la poupée que vous aviez déposée au pied de mon lit le lendemain de mon arrivée à l'orphelinat.

— Dès que je le pourrai, je lui en confectionnerai une autre, encore plus jolie. Elle aura de longs cheveux blonds et de grands yeux émeraude pareils à ceux de Honey.

— Merci, mademoiselle Mazie. Je suis persuadée que ce magnifique cadeau lui plaira et qu'elle le conservera jusqu'à la fin de sa vie.

Samantha se pencha vers la vieille dame et effleura sa joue ridée d'un baiser affectueux.

— Ne vous faites pas trop de souci, lui chuchota-t-elle à l'oreille. L'inspecteur Wise est l'un des meilleurs policiers que je connaisse et il ne va certainement pas tarder à nous ramener Honey. Dès qu'il aura réussi à l'arracher des griffes de son kidnappeur, nous viendrons vous rendre visite tous ensemble.

Puis, rompue d'émotion, elle pivota sur elle-même et dévala le perron.

— Maintenant que j'ai eu la chance d'être présenté à Mlle Mazie, je comprends pourquoi tu l'aimes autant, déclara John en la rejoignant au pied de l'escalier. Elle est d'une incroyable gentillesse et elle a l'air d'adorer les enfants.

— Honey était sa préférée autrefois et elle doit avoir hâte que tu la retrouves, murmura Samantha une seconde avant que son portable ne se mette à sonner. Allô ! jeta-t-elle. Qui est à l'appareil ?

— Dwayne Hicks. Je suis très inquiet pour Honey et je voudrais participer aux recherches que l'inspecteur Wise a organisées.

— Si tu tiens vraiment à te rendre utile, dis-nous ce que tu sais au lieu de tourner autour du pot. As-tu vu Honey ces dernières semaines ?

— Non, je te le jure. Cela fait plus d'un an que je ne l'ai pas vue.

— Sally aurait-elle pu lui téléphoner en cachette et lui tendre un piège ?

— Je ne crois pas, mais elle est tellement jalouse que tout est possible. J'ai beau lui répéter que Honey est une amie et rien d'autre, elle refuse de m'écouter.

— Où étais-tu avant-hier soir ?

— A… à la maison, avec ma femme.

— Tu en es sûr ?

— Oui.

— Puisque Honey t'a passé une bonne dizaine de coups de fil, t'a-t-elle avoué qu'elle avait un enfant et de gros problèmes ?

— Si c'était le cas, tu penses bien que je l'aurais aidée.

— Qui est le père du bébé, à ton avis ?

— Je n'en ai pas la moindre idée. Le type très séduisant dont elle a fait la connaissance à Montgomery doit en savoir plus que moi.

— Comment s'appelle-t-il ?

— Randy Ackerman. Il travaillait au Billy Bob's Barbecue à l'époque, mais il a peut-être démissionné au début de l'année.

— Merci du renseignement, Dwayne. Nous allons essayer de retrouver cet homme.

— De qui parles-tu ? demanda John à Samantha dès qu'elle eut remis son portable dans son sac.

— D'un certain Randy Ackerman, avec lequel Honey a eu une liaison à Montgomery.

— Penses-tu que Dwayne t'ait dit la vérité cette fois ?

— Oui et non. Quand il m'a juré qu'il n'avait pas revu Honey depuis son mariage, il m'a paru sincère. Lorsqu'il a prétendu que Sally et lui étaient restés ensemble avant-hier soir, j'ai eu du mal à le croire, en revanche.

— De quoi le soupçonnes-tu ?

— De vouloir fournir un alibi à sa femme. Jusqu'à maintenant, j'étais convaincue de l'innocence de Sally, mais plus je réfléchis à la manière dont elle s'est comportée, plus j'ai des doutes à son sujet.

— Les traces de pas que j'ai trouvées au pied de ton chalet étaient pourtant celles d'un homme chaussant du 43. L'épouse de Dwayne a-t-elle un frère ou un oncle qui habite à Butterville et qui aurait pu se charger de la sale besogne à sa place ?

— Pas à ma connaissance.

— Au lieu de retourner l'interroger et de nous heurter encore une fois à un mur, allons consulter le fichier central de la police. Si le dénommé Randy Ackerman a eu maille à partir avec les autorités, nous aurons vite fait de le localiser.

John aida Samantha à s'asseoir dans son 4x4 et s'installa derrière le volant.

— Sois patiente, ma puce, dit la jeune femme à Emmie lorsque la fillette plissa son joli front bombé et éclata en sanglots. Dès que nous serons arrivés au poste, je te changerai et je te donnerai ton biberon.

— Au cas où tu ne t'en serais pas aperçue quand tu es venue me rendre visite hier matin, je te signale que mon bureau n'est pas une pouponnière, objecta John à l'instant même où son BlackBerry se mettait à sonner.

— Ici, Philip Floyd, lança une voix essoufflée à

l'autre bout de la ligne. Je suis au pied du vieux moulin de Butterville.

— Qu'avez-vous trouvé ?

— Des traces de pas semblables à celles que vous aviez relevées à Pine Bluff, une chaînette argentée et un médaillon en forme de cœur.

— Ne bougez pas, je vous rejoins.

— Qui était-ce ? interrogea Samantha en regardant John démarrer à pleins gaz.

— Floyd. Il nous attend à River Ridge.

— Qu'a-t-il découvert là-bas ?

— De nouveaux indices.

— Qui pourraient t'aider à boucler ton enquête ?

— Eventuellement.

« Mon Dieu, faites que Honey soit encore en vie ! » implora en elle-même Samantha, déconcertée par le soudain laconisme de John.

Le front barré d'un pli inquiet, il dévala la petite route qui menait à l'ancienne minoterie du comté et s'arrêta au bord du torrent.

— Voici la chaîne et le pendentif que j'ai trouvés sur la berge ! lui dit Philip dès qu'il eut jailli de son 4x4. Peut-être appartiennent-ils à la disparue.

— Ou à une campeuse qui serait venue bivouaquer au pied du moulin et qui les aurait égarés. Rien ne nous prouve que ce collier ait été porté par Honey Dawson.

— Si, lâcha Samantha d'une voix étranglée. C'est le seul objet que sa mère lui ait laissé le jour où elle l'a abandonnée.

Puis, à la vue des gros rochers maculés de sang qui surplombaient la crique, elle eut l'impression que deux mains glacées lui serraient la gorge et l'empêchaient de respirer.

8

Samantha regarda le pendentif que brandissait Philip Floyd et se rappela la conversation qu'elle avait eue avec Honey vingt ans plus tôt.

— Comment tu le trouves, mon collier ? lui avait demandé son amie un soir où elles s'étaient cachées dans la buanderie de l'orphelinat pour pouvoir partager leurs secrets à l'écart des autres pensionnaires du foyer.

— Drôlement beau, avait-elle répondu, admirative. Qui est-ce qui te l'a donné ?

— Ma mère. Elle l'a mis autour de mon cou quand j'étais encore un bébé et ensuite, elle a été obligée de quitter Butterville.

— Il y a une photo de ton papa et d'elle à l'intérieur du médaillon ?

— Non, mais ça ne fait rien. Si elle a choisi un bijou en forme de cœur, c'est parce qu'elle a voulu me montrer qu'elle m'aimait et qu'elle se souviendrait de moi toute sa vie.

— Au lieu de t'offrir un joli cadeau et de se sauver, elle aurait dû te garder et essayer d'être la plus gentille des mamans.

— Oh ! je suis sûre qu'elle est très gentille et qu'elle regrette de m'avoir laissée tomber.

— Pourquoi est-ce qu'elle a préféré s'enfuir que de rester en Géorgie et de s'occuper de toi ?

— A cause de son métier peut-être. Je parie qu'elle avait un vilain patron qui la forçait à travailler du matin au soir et qui détestait les enfants.

— Tu en connais, des patrons aussi méchants ?

— Oui. L'autre jour, j'ai entendu Mlle Mazie dire à sa copine Angelina que le directeur de la scierie et celui de la papeterie étaient des bourreaux qui traitaient leurs employés comme des esclaves et qui mériteraient d'être jetés au fond d'un cachot.

— Oh là là ! Je ne savais pas qu'il y avait des bourreaux à Butterville.

Les yeux voilés de larmes, Samantha regarda le torrent tourbillonner à ses pieds et sentit des frissons voleter le long de sa nuque. Si Honey, qui pesait à peine cinquante kilos et qui n'avait jamais appris à nager, avait été précipitée du haut des rochers, elle avait dû lutter en vain contre les remous et se noyer.

— Es-tu sûre que ce collier appartient à ton amie ? l'interrogea John en lui encerclant la taille d'un bras réconfortant.

— Oui, malheureusement, répondit-elle tout bas. Elle l'aimait beaucoup et ne l'ôtait même pas pour faire sa toilette ni pour dormir.

— Le fermoir a dû s'ouvrir au moment où son agresseur l'a balancée dans le vide.

— Crois-tu qu'elle ait pu s'agripper à la branche d'un arbre et en réchapper ?

— J'ai bien peur que non. A cette époque de l'année, l'eau est tellement froide qu'il est impossible d'y séjourner plus de cinq minutes sans mourir d'hypothermie.

— Moi, je suis persuadée que Honey est encore en vie, et si tu ne veux pas que je t'accuse d'avoir baissé les bras trop tôt, tu as intérêt à la retrouver.

— Inutile de me menacer, Sam ! s'exclama John. Je n'avais pas l'intention d'abandonner les recherches et de m'avouer vaincu.

Puis, à l'adresse de Philip Floyd, il ajouta du ton d'un général sermonnant l'un de ses officiers sur un champ de bataille :

— Au lieu de rester planté là jusqu'à ce que le mystère s'éclaircisse d'un coup de baguette magique, dépêchez-vous de téléphoner au Q.G. et demandez-leur de nous envoyer des renforts !

— Pour quoi faire ? s'étonna son adjoint qui, à la différence d'un soldat, n'avait pas l'habitude d'obéir aveuglément aux ordres qu'il recevait.

— Pour nous aider à explorer le lit du torrent. Il y a des poches d'eau aux alentours de River Ridge et la disparue pourrait s'y être noyée.

« Non ! voulut protester Samantha. Il est impossible que Honey se soit laissé couler. Elle aimait tellement la vie qu'elle a dû se battre comme une lionne et trouver un moyen d'échapper à son agresseur. »

Mais aucun des mots qui se bousculaient au fond de sa gorge ne réussit à franchir le seuil de ses lèvres.

— Je vais confier ce bijou à mes collègues de la police scientifique, lui dit John en ôtant la chaînette des mains de Philip et en ouvrant le médaillon.

— Ça alors ! s'écria-t-elle à la vue des deux minuscules photographies qui ornaient l'intérieur du pendentif. Emmie a un frère.

— Si ton amie est bien la maman de la petite, il

semblerait en effet qu'elle ait mis au monde des jumeaux, confirma-t-il après avoir jeté un œil sur les clichés.

L'un des bébés, qui portait une grenouillère rose tendre, souriait à l'objectif et serrait un doudou en peluche dans ses bras. L'autre, vêtu d'une barboteuse et d'un anorak bleu ciel, sommeillait au creux d'un moïse.

— Tu penses que Honey a gardé son fils avec elle et qu'ils sont tombés dans le torrent ? questionna Samantha, les lèvres exsangues.

— Non, la détrompa John. Il n'y avait qu'un siège-auto, qu'un couffin et qu'un sac à langer dans la voiture de Harry Finch, ce qui prouve qu'Emmie était la seule et unique passagère du break.

— Je ne demande qu'à te croire, mais reconnais que j'ai de bonnes raisons de m'inquiéter. Si Honey a donné naissance à des jumeaux, pourquoi les a-t-elle séparés ?

— Pour mieux les protéger. Quand on se sent menacé, on essaie toujours de réduire les risques auxquels on est exposé en les divisant.

Samantha resserra autour des épaules frissonnantes d'Emmie le plaid en mohair qu'elle avait apporté de Pine Bluff et planta un gros baiser sur le petit nez mutin de la fillette.

— Chez qui Honey a-t-elle bien pu laisser le frère de ce bout de chou ? murmura-t-elle.

— Chez une personne de confiance dont nous découvrirons tôt ou tard l'identité, répondit John. Lorsque nous saurons qui est ce mystérieux ami, il ne nous restera plus qu'à aller lui parler et il nous sera facile ensuite d'assembler les pièces du puzzle.

— Dommage que nous n'ayons trouvé aucun indice dans les affaires d'Emmie !

— Si Honey n'a pas cherché à nous mettre sur la piste, c'est certainement par mesure de précaution. Son agresseur devait vouloir s'emparer des bébés pour une raison que nous ignorons et elle n'avait pas intérêt à commettre la moindre imprudence.

Voyant deux hommes-grenouilles descendre d'un car de police et enfiler leurs combinaisons, John prit Samantha par le coude et l'entraîna d'autorité vers son 4x4.

— Reste au chaud pendant que mes collègues explorent le lit du torrent, lui conseilla-t-il. La petite et toi avez l'air frigorifiées.

— Combien de temps les recherches vont-elles durer ? demanda-t-elle en s'asseyant docilement à l'intérieur du véhicule.

— Je n'en sais rien, maugréa-t-il. Le courant est tellement rapide en cette saison que cela risque de compliquer la tâche des plongeurs.

Puis, impatient de superviser le travail de ces derniers, il alla vite les rejoindre au pied des rochers.

« Quel cauchemar ! » se répéta Samantha tout au long de l'après-midi.

Alors que les hommes-grenouilles essayaient de retrouver le cadavre de Honey entre les écueils et que Philip Floyd fouillait les alentours de l'ancienne minoterie avec des membres de la brigade cynophile, Dave Akers et Jeff Turner, appelés en renfort, s'activaient sur la berge.

Comme le bruit s'était répandu qu'une opération de grande envergure se déroulait à River Ridge, plusieurs habitants de Butterville offrirent spontanément leur aide aux policiers. Certains avaient fréquenté Honey à l'époque où elle faisait des ravages dans le cœur des garçons et semblaient avoir hâte de lui porter secours. Les autres ne vinrent participer aux recherches que par mimétisme ou par curiosité.

— Si cet idiot s'imagine que je vais le suivre, il se berce d'illusions, marmonna Sally Hicks en regardant son mari gravir un talus jonché de feuilles mortes et en croisant ses bras sur sa poitrine d'un air buté.

— Voulez-vous que je vous serve un peu de café ? proposa la gérante d'un snack-bar à Samantha.

— Oui, merci, répondit cette dernière avec un sourire de gratitude. Il y a des heures que je suis assise dans ce 4x4 et j'ai besoin d'un remontant.

— Ne vous tracassez pas, mademoiselle Corley. Votre amie Honey a toujours eu du courage à revendre et ça m'étonnerait qu'elle se soit noyée. Telle que je la connais, je parie qu'elle a réussi à semer son agresseur et qu'elle se cache dans la forêt.

— J'aimerais être aussi optimiste que vous, Bernice, mais plus le temps passe, plus je crains qu'il ne soit trop tard et que personne n'arrive à la retrouver.

— Que savez-vous de la vie qu'a menée Honey Dawson depuis son départ de Butterville ? demanda Renee Renfree, la rédactrice en chef d'une gazette locale, à Samantha.

— Pas grand-chose, jeta celle-ci, agacée. Elle ne m'a pas téléphoné très souvent et je n'ai pas essayé de lui extorquer des confidences.

— Est-il vrai qu'elle s'est réfugiée chez vous avant-hier soir et qu'elle a abandonné son bébé à Pine Bluff ?

— « Abandonné » n'est pas le terme adéquat et, quelle que soit mon intime conviction, rien ne nous dit que Honey est la maman d'Emmie. Il se peut qu'elle ait enlevé la petite pour la protéger de…

— Tais-toi, Sam, coupa John en surgissant de la forêt, le jean maculé de boue. Et vous, madame Renfree, ajouta-t-il d'un ton péremptoire, laissez Mlle Corley tranquille. Ce n'est pas elle qui a été chargée de l'enquête et je vous défends de la harceler.

— Puisque vous ne voulez pas que je l'interviewe, répondez vous-même à mes questions. L'enfant qu'elle a recueillie est-elle la fille de Honey Dawson ?

— Nous l'ignorons.

— Quand serez-vous fixés ?

— Dès que nous connaîtrons le résultat du test d'A.D.N. que le bébé a subi.

— Est-il normal que vos collègues de la police scientifique n'aient pas encore déposé leurs conclusions ?

— Allez leur demander s'ils font exprès de lambiner et vous verrez ce qu'ils vous diront.

— Pensez-vous que Honey ait été tuée par l'homme qui s'est introduit à Pine Bluff l'autre soir et qui l'a traînée jusqu'à River Ridge ?

— Non. Les deux seules choses dont je suis sûr, c'est qu'elle a été blessée et qu'elle est en danger. Le reste relève de la divination et, comme vous pouvez vous en douter, je ne suis pas un fervent adepte des sciences occultes.

— Au fond de vous-même, vous devez pourtant bien avoir une petite idée du sort qui a été réservé à cette pauvre…

— L'interview est terminée, madame Renfree, coupa brutalement John. Je n'ai aucune information sensationnelle à vous donner.

Puis, aveugle au regard furibond que lui avait valu sa

riposte, il alla rejoindre Dave Akers et Jeff Turner au bord de la crique.

« Je parie qu'elle va en entendre des vertes et des pas mûres, se dit Samantha en voyant la journaliste agiter son micro sous le nez de Sally Hicks et d'une autre jeune femme dont le mari avait été fou amoureux de Honey. Si elle leur demande ce qu'elles pensent de la disparue, je sais ce qu'elles lui répondront : que c'est une briseuse de ménages et la pire des égoïstes. »

Lorsque les gros nuages charbonneux que le vent du nord avait ballottés au-dessus des toits de Butterville vinrent se liquéfier sur les berges du torrent, les policiers regagnèrent leurs voitures et les habitants du comté qui avaient participé aux recherches quittèrent River Ridge à la vitesse de l'éclair.

— Tes collègues ont-ils trouvé quelque chose qui puisse t'aider dans ton enquête ? lança Samantha à John dès qu'il se fut remis au volant de son 4x4.

— Non. Rien de plus que des cheveux blonds et des traces de sang. Ils ont eu beau fouiller les bois et explorer toutes les poches d'eau environnantes, ils n'ont pas réussi à localiser Honey.

— Tant mieux, car cela signifie qu'elle ne s'est pas noyée et qu'elle n'est pas morte de froid dans la forêt.

— Ne crie pas victoire trop tôt, Sam. Ce n'est pas parce que ton amie a l'air de s'être évaporée que tu dois la croire hors de danger. Le type qui l'a blessée et traînée jusqu'ici n'est pas un enfant de chœur et cela m'étonnerait qu'il lui ait rendu sa liberté. Après avoir voulu la jeter du haut des rochers, il est possible qu'il se soit ravisé et qu'il l'ait enfermée dans le coffre de sa berline.

— Pour l'emmener où ?

— Dieu seul le sait. Il se peut également que Honey ait été tuée à River Ridge et que le courant ait emporté son corps loin de la crique. Plus les jours passent, plus nos chances de la retrouver vivante s'amenuisent.

La mine sombre, John empoigna sa clé de contact et suivit la longue file de fourgons et de voitures qui cahotaient à flanc de montagne.

— As-tu faim ? demanda-t-il à Samantha en arrivant au centre de Butterville.

— Pas tellement, rétorqua-t-elle, l'estomac noué.

— Qu'as-tu avalé depuis notre départ de Pine Bluff ?

— Rien. On m'a offert du café il y a une heure, mais j'étais tellement angoissée que je n'ai même pas été capable de le boire.

— Si tu continues à sauter des repas, tu vas finir par tomber malade et la pauvre petite Emmie devra être placée dans un foyer d'accueil.

— Ah non, alors ! Plutôt mourir que de la confier à des étrangers !

— Voilà exactement la réponse que j'espérais entendre ! riposta John avant de s'arrêter sur le parking de la mairie et de se précipiter vers un snack-bar où il venait souvent déjeuner le week-end. Bonsoir, Tonya, lança-t-il à la gérante, une jolie rousse aux yeux bleus qui adorait flirter avec les habitués du restaurant. Pourriez-vous me donner deux cuisses de poulet, un sachet de chips, une bouteille de ketchup et ce splendide gâteau à la vanille et au chocolat que j'ai aperçu dans la vitrine ?

— A votre service, inspecteur Wise ! s'exclama la

jeune femme en le gratifiant d'un grand sourire. Avez-vous réussi à retrouver Honey Dawson ?

— Pas encore. Mes collègues et moi avons fouillé les bois qui entourent le moulin de River Ridge et exploré le lit du torrent, mais nos recherches n'ont rien donné.

— Peut-être serez-vous plus chanceux demain ou après-demain.

— Espérons-le.

John saisit les sacs en papier que lui tendait Tonya, puis jeta trois billets de dix dollars sur le comptoir et courut rejoindre Samantha.

— Qu'as-tu acheté de bon ? l'interrogea cette dernière dès qu'ils eurent quitté le parking de l'hôtel de ville entre deux gerbes d'eau.

— Du poulet rôti, un sachet de chips, une bouteille de ketchup et un superbe gâteau marbré qui devraient t'ouvrir l'appétit.

— Comment as-tu deviné que j'adorais le chocolat ?

— Grâce à mon sixième sens. Si tu croyais être la seule à avoir du flair, tu peux dire adieu à tes belles illusions : je suis la perspicacité incarnée.

— Et la modestie, tu connais ?

Après avoir remonté l'allée de Pine Bluff dans un éclat de rire, John s'arrêta au pied du perron et aida Samantha à descendre du 4x4.

— Pourquoi ai-je la désagréable impression qu'on nous épie ? maugréa-t-il pendant qu'elle gravissait prudemment les marches.

L'oreille aux aguets, il se retourna vers les arbres qui dominaient le chalet du haut de leur cime détrempée, mais n'aperçut rien d'autre que des feuilles mortes voltigeant au-dessus des fourrés.

— Tu as entendu quelque chose de bizarre ? s'inquiéta Samantha.

— Non, non, la rassura-t-il. Va vite te mettre à l'abri, j'arrive.

L'agresseur de Honey s'engouffra dans la berline qu'il avait garée au milieu des broussailles, à proximité de l'ancienne minoterie de Butterville, puis consulta la boîte vocale de son portable et rappela la dernière personne à lui avoir laissé un message.

— C'est moi, lança-t-il en guise de préambule.

— Avez-vous réussi à enlever la gamine et à la faire disparaître de la circulation ?

— Pas encore. Le policier dont je vous ai parlé hier soir s'est installé chez Samantha Corley pour pouvoir la protéger à longueur de journée et il n'a pas l'air impatient de décamper.

— Tâchez de le neutraliser avant qu'il ne comprenne ce qui se passe.

— Et l'autre bébé, savez-vous où il se trouve ?

— Je crois que oui. J'ai deviné à qui son idiote de maman l'avait confié et je ne devrais pas tarder à lui mettre la main dessus.

— Bonne nouvelle ! Ces maudits jumeaux et leur mère nous ont déjà donné assez de fil à retordre.

— A propos de Honey Dawson, l'avez-vous rattrapée et éliminée ?

— Bien sûr ! Je… je l'ai jetée dans un torrent à la sortie de Butterville et, comme l'eau était glacée, elle est morte en moins de cinq minutes.

— Quand vous vous serez débarrassé de sa fille, quittez la région le plus vite possible et veillez à ce que personne ne vous suive.

— Entendu.

Après avoir éteint son portable et enfilé des gants ignifugés, l'agresseur de Honey attrapa les vieux morceaux de tissu imbibés de kérosène qu'il avait empilés sur le tableau de bord de sa berline et, dès que la pluie eut cessé de marteler le toit de la voiture, il se dirigea vers Pine Bluff d'un pas résolu.

Une fois arrivé au pied du chalet, il éparpilla les chiffons sous la véranda et le bûcher, là où les menuiseries et la charpente étaient restées sèches malgré l'orage, puis il extirpa des allumettes de la poche de sa canadienne et les craqua avec une joie féroce.

— Rien de tel qu'un grand feu de bois pour tuer les cafards ! murmura-t-il en regardant s'enflammer les parois du chalet.

9

Dès que Samantha et Emmie se furent endormies, John s'assit dans le rocking-chair et écouta la grosse horloge du vestibule agiter indolemment son balancier. Tout à coup, alors qu'il fermait les yeux et qu'il allait succomber lui aussi au sommeil, une drôle d'odeur lui piqua les narines. Une odeur âcre qu'il avait déjà respirée le jour où l'une des vieilles maisons du centre de Butterville avait pris feu, et où il avait aidé les propriétaires à sauver leurs meubles.

— Oh, nom d'un chien ! s'écria-t-il en bondissant de son fauteuil et en voyant des flammes lécher les piliers de la véranda.

Convaincu qu'il s'agissait d'un incendie criminel et que seuls des spécialistes pourraient le circonscrire, il empoigna son portable et composa hâtivement le numéro des pompiers.

— Ici, l'inspecteur Wise, jeta-t-il au chef de brigade. Venez vite à Pine Bluff. La maison de Mlle Corley est en train de brûler.

Puis, de peur que la porte du hall ne soit bientôt transformée en torche et que toutes les issues ne soient condamnées les unes après les autres, il gravit deux à deux les marches de l'escalier et pénétra en trombe dans la chambre de Samantha.

— Réveille-toi, Sam, hurla-t-il. Quelqu'un a mis le feu à ton chalet.

— Le feu ! répéta-t-elle en se dressant sur son séant, les yeux lourds de sommeil et le cerveau embrumé. Mais... pourquoi le détecteur d'incendie ne s'est-il pas déclenché ?

— Parce qu'il est hors d'usage.

— Ça m'étonnerait. Je l'ai acheté d'occasion il y a moins d'un an et celui qui me l'a vendu m'a certifié qu'il était en très bon état.

— Il faut croire que ce type t'a bernée. Au lieu de gober ses mensonges, tu aurais dû tester l'appareil et demander à un professionnel de venir le réparer.

— Désolée d'avoir été trop naïve et de m'être laissé embobiner par...

— Arrête de t'excuser et dépêche-toi de te lever ! Le temps presse.

— As-tu téléphoné aux pompiers ?

— Evidemment ! C'est la première chose que j'ai faite quand j'ai senti une odeur de fumée et que j'ai aperçu des flammes par la fenêtre de la cuisine.

— Qui a répondu à ton appel ?

— Le chef de corps en personne. Il m'a dit que ses hommes et lui seraient à Pine Bluff dans dix minutes, mais nous avons intérêt à nous remuer si nous ne voulons pas mourir asphyxiés avant leur arrivée.

Prise d'une soudaine frénésie, Samantha enfila la robe de chambre qui gisait au pied de son lit, puis chaussa ses pantoufles et s'élança vers la chambre d'Emmie.

— As-tu des extincteurs en état de marche ? lui demanda John dès qu'elle eut sorti Emmie de son berceau et quitté la pièce.

— Oui, acquiesça-t-elle au moment où la sirène d'alarme du détecteur d'incendie se décidait enfin à retentir. Il y en a un à l'étage et un autre en bas, au fond du hall.

— Où cela, à l'étage ?

— Dans la salle d'eau.

— Cours le chercher et n'hésite pas à t'en servir. Pendant que tu veilles sur la petite, je vais redescendre au rez-de-chaussée et empêcher le feu de se propager.

— Sois prudent, je t'en supplie.

— Tâche de l'être, toi aussi.

Après avoir enveloppé Samantha et Emmie d'un long regard, John dévala l'escalier et alla jeter un œil par la fenêtre de la cuisine.

Comme les flammes rampaient sur le plancher de la véranda et prenaient déjà d'assaut la porte d'entrée, il se rua vers l'extincteur suspendu à l'une des cloisons du vestibule, puis ouvrit l'un des bow-windows du salon et sortit de la maison.

— Si je tenais le salaud qui s'est permis de jouer les pyromanes, grommela-t-il en aspergeant de neige carbonique les clins du cellier, je le tuerais de mes propres mains et je l'enverrais brûler en enfer.

Dès qu'il eut réussi, non sans peine, à éteindre les brandons qui s'échappaient du brasier et à étouffer les langues de feu qui dévoraient les fragiles parois du chalet, il s'engouffra dans la buanderie et cria de toute la force de ses poumons :

— Viens vite, Sam ! Il n'y a plus de danger.

« Enfin, presque plus », rectifia-t-il au fond de lui-même lorsque le vent attisa l'incendie qui couvait sous le vieil appentis adossé au garage et que des flammèches s'envolèrent jusqu'en haut de la loggia.

Après avoir plaqué un mouchoir humide sur le nez et sur la bouche d'Emmie pour empêcher la fillette d'inhaler de la fumée, Samantha dévala l'escalier entre deux quintes de toux et rejoignit John au rez-de-chaussée.

— Sortons d'ici, lui dit-il avant de la prendre par le bras et de la guider vers un bosquet, loin des poutres carbonisées du bûcher et des brandons qui virevoltaient au-dessus des solives de la véranda.

— Que vas-tu faire ? s'inquiéta-t-elle en le voyant pivoter d'un quart de tour et regagner la maison à grandes enjambées.

— Essayer de sauver ce qui peut l'être, hurla-t-il sans ralentir le pas. Reste là et attends-moi.

Lorsque le bruit aigu d'une sirène se mêla au ronflement de l'incendie et qu'un camion jaillit de la forêt, Emmie fronça son petit nez retroussé et se mit à pleurer.

— N'aie crainte, ma chérie, lui glissa Samantha à l'oreille. Ce sont les pompiers de Butterville qui viennent nous aider et, maintenant qu'ils sont là, nous ne courons plus le moindre risque.

Pendant que le chef de brigade et trois de ses hommes dirigeaient leur lance à eau sur le brasier, John dégaina son revolver et partit inspecter les abords du chalet.

— Si l'agresseur de ta maman a cru qu'il lui suffirait de frotter une allumette pour se débarrasser de nous, il doit être déçu, murmura Samantha à Emmie. Quand nous aurons réussi à l'attraper, les juges lui infligeront une telle punition qu'il regrettera d'avoir voulu te faire brûler vive.

— Avez-vous besoin de quelque chose, mademoiselle Corley ? demanda un lieutenant à la jeune femme.

— Non, merci, rétorqua-t-elle. La petite et moi allons très bien.

— Avez-vous inhalé de la fumée ?

— Un peu, mais pas au point d'endommager mes poumons.

— Et le bébé ?

— Comme j'avais pris la précaution de poser un mouchoir humide sur sa bouche et sur son nez avant de quitter la maison, il est inutile qu'un médecin l'examine.

— Savez-vous ce qui a provoqué l'incendie ?

— Pas précisément. Tout ce que je peux vous dire, c'est que mon installation électrique était conforme aux normes de sécurité et qu'il n'y a eu aucun court-circuit.

— D'où le feu est-il parti ?

— De l'extérieur du chalet. J'étais en train de dormir dans ma chambre, au premier étage, quand l'inspecteur Wise, qui montait la garde au rez-de-chaussée, est venu m'avertir qu'il avait aperçu des flammes par la fenêtre de la cuisine. J'en ai donc déduit que quelqu'un de mal intentionné avait répandu de l'essence ou un autre produit du même genre autour de la véranda et que cette personne s'était amusée ensuite à gratter une allumette.

— Qui soupçonnez-vous ?

— L'agresseur de Honey Dawson. Hier, il a tenté de me pousser dans le ravin et, comme j'ai réussi à lui échapper, il est repassé à l'action ce soir.

— Pourquoi a-t-il essayé de vous tuer ?

— Oh ! ce n'est pas après moi qu'il en a, c'est après Emmie. Au début, j'ai cru qu'il voulait simplement la kidnapper, mais je me suis trompée. Son seul but, en réalité, est de se débarrasser du bébé par tous les moyens et, tant qu'il ne sera pas arrivé à ses fins, il ne nous laissera aucun répit.

— Puisque l'incendie est d'origine criminelle, selon vous, je vais demander à un expert de venir à Pine Bluff et d'examiner les débris.

— Très bonne idée ! approuva Samantha juste avant qu'une détonation ne la fasse sursauter.

« Qui a tiré ? s'interrogea-t-elle avec anxiété. John ou le type qui a mis le feu à mon chalet ? Et lequel des deux a abattu l'autre ? »

Quand John vit un homme aux cheveux roussis s'enfuir de Pine Bluff comme un voleur, il se lança à sa poursuite, son revolver à la main.

— Si ce minable croit pouvoir m'échapper, il ne va pas tarder à déchanter, grommela-t-il en dévalant le raidillon tapissé de feuilles mortes qui menait à River Ridge et en gagnant peu à peu du terrain.

Mais, alors qu'il se frayait un chemin à travers des broussailles pour essayer de réduire la distance qui le séparait encore de l'inconnu, ce dernier se retourna et braqua sur lui le canon d'un browning.

Dans un réflexe d'autoprotection, John se cacha derrière le tronc d'un vieux chêne et entendit la balle siffler à son oreille.

— Ça, tu me le paieras, espèce de cinglé ! cria-t-il avant de se remettre à courir et d'enjamber un fossé rempli d'eau fangeuse.

Quand il arriva à proximité de l'ancienne minoterie de Butterville, à l'endroit même où son adjoint avait retrouvé le collier de Honey quelques heures plus tôt, le vrombissement d'un moteur l'arrêta net dans son élan.

Blême de rage, il vit une berline jaillir des fourrés, de l'autre côté du torrent, puis dévaler à tombeau ouvert la petite route qui vagabondait au pied des Appalaches et qui servait de point de ralliement aux amateurs de rodéos automobiles.

— Ah, te voilà enfin ! s'exclama Samantha dès que John eut remonté le long chemin forestier qui reliait River Ridge à Pine Bluff. J'ai entendu un coup de feu et je me suis fait un sang d'encre. Es-tu blessé ?

— Non, jeta-t-il, hors d'haleine. Le type que je pourchassais m'a tiré dessus, mais la balle a ricoché sur le tronc d'arbre derrière lequel je m'étais caché et il m'a raté.

— Que s'est-il passé ensuite ?

— Il a regagné sa berline et s'est sauvé à une telle vitesse que je n'ai même pas eu le temps de relever le numéro d'immatriculation de sa voiture.

— Où l'avait-il garée ?

— A côté de l'ancienne minoterie. Il a dû nous observer avec des jumelles pendant que nous explorions le lit du torrent et revenir au moulin juste après notre départ.

— Oh mon Dieu !

— Comme il a l'air bien décidé à vous éliminer, Emmie et toi, il va falloir que vous quittiez Pine Bluff et que vous alliez vous cacher dans un endroit sûr.

— Il n'en est pas question ! s'écria Samantha. Je préfère affronter ce malade que de m'enfuir à toutes jambes et de me faire traiter de froussarde par les habitants de Butterville.

— Si tu m'obéis, personne ne t'accusera de lâcheté, lui promit John. Les gens savent que tu es quelqu'un d'intrépide et, au lieu de te critiquer, ils te féliciteront de ta sagesse.

— Où comptes-tu emmener la petite ? Chez Mlle Mazie ?

— Oui. Vu l'accueil qu'elle nous a réservé ce matin, je parie qu'elle sera très heureuse de nous offrir son aide.

— Je veux bien la laisser s'occuper d'Emmie jusqu'à la fin de ton enquête, mais à condition qu'elle ne coure aucun danger.

— Pas de problème ! Je demanderai à mes hommes de surveiller sa maison jour et nuit.

— Lorsque l'agresseur de Honey s'apercevra que nous avons choisi une vieille dame comme baby-sitter, il ira rôder sous ses fenêtres et n'aura aucun mal à tromper la vigilance de tes adjoints.

— Oh ! ne crois pas cela. Trois d'entre eux sont des spécialistes de la protection rapprochée et il est difficile de les prendre en défaut.

— Par mesure de prudence, je préférerais quand même que nous soyons discrets. Si nous faisons semblant de garder Emmie avec nous et que nous l'emmenons chez Mlle Mazie en secret, le type qui a essayé de nous tuer ce soir continuera à nous pourchasser et la petite ne risquera plus rien.

— Deux précautions valent mieux qu'une, c'est vrai, reconnut John.

Puis, se tournant vers l'expert que le responsable de la caserne avait dépêché à Pine Bluff, il ajouta d'un ton impatient :

— Avez-vous réussi à déterminer l'origine du sinistre, monsieur McBride ?

— Oui, acquiesça son interlocuteur. Il semblerait que quelqu'un ait disséminé des chiffons imbibés de kérosène sous la véranda. Je vais analyser dès demain matin les débris calcinés que j'ai trouvés en haut du perron et je vous enverrai un rapport circonstancié que Mlle Corley pourra transmettre à sa compagnie d'assurances.

— Merci.

— J'espère que ta police couvre les dégâts des eaux, dit John à Samantha lorsque les pompiers eurent quitté Pine Bluff.

— Oh, Seigneur ! s'exclama-t-elle en pénétrant dans le vestibule et en voyant des lambeaux de papier peint noirci flotter au pied de l'escalier. On se croirait dans la cale du Titanic.

— Au lieu de te lamenter, va t'habiller et faire tes bagages. Dès que tu seras prête, nous emmènerons la petite chez Mlle Mazie et ensuite, je téléphonerai au type avec lequel Honey a eu une liaison à Montgomery. Plus tôt nous saurons qui est le père de ses enfants, plus nous aurons de chances de la retrouver.

— Morte ou vivante ?

— Vivante… Du moins, je l'espère.

— Mais tu n'en es pas sûr ?

— Non.

Après s'être débarrassée de sa chemise de nuit, de sa robe de chambre et de ses pantoufles maculées de suie, Samantha prit une douche et laissa l'eau chaude cascader sur son front jusqu'à ce que les images cauchemardesques qui se bousculaient devant ses yeux hagards se soient effacées. Puis, impatiente de boucler ses valises et d'aller mettre Emmie à l'abri du danger, elle enfila le premier peignoir qui lui tomba sous la main et sortit en flèche de son cabinet de toilette.

— Ah ! je... je croyais que tu m'attendais au rez-de-chaussée, balbutia-t-elle en apercevant John au milieu du couloir. Comment se fait-il que tu sois monté me rejoindre ? L'un de tes hommes t'a téléphoné pendant que je me lavais et tu n'oses pas me dire que le corps de Honey a été retrouvé en aval de River Ridge ?

— Non, la détrompa-t-il d'une voix rauque. Personne ne m'a appelé.

— Même pas l'indocile Philip Floyd ?

— Même pas lui.

— Pourquoi as-tu l'air aussi nerveux, alors ?

— Parce qu'il y a une chose dont je rêve depuis hier et qui finit par m'obséder.

— Quelle chose ?

— Celle-ci, murmura John avant de s'approcher de Samantha à pas lents et de l'enfermer étroitement dans ses bras.

10

John se pencha vers Samantha, puis s'empara avec une infinie douceur de ses lèvres. Chaudes, humides, savoureuses comme la pulpe d'un fruit gorgé de soleil, elles frémirent sous la caresse et laissèrent échapper une faible plainte, à peine un murmure, qui, au lieu de le ramener à la raison, lui fit perdre le peu de lucidité qu'il lui restait.

Le corps et l'esprit enfiévrés, il mêla son souffle à celui, brûlant, qui emplissait sa bouche et se grisa de volupté jusqu'à en oublier sa méfiance à l'égard des jeunes femmes au caractère bien trempé. « Si l'agresseur de Honey avait tué Sam, je n'aurais jamais pu la serrer dans mes bras et la sentir vibrer tout contre moi », se dit-il alors que le baiser s'épanouissait. Après le terrible danger qui l'avait menacée et auquel il avait réussi à l'arracher *in extremis*, il n'avait plus qu'une hâte, qu'un désir : l'entraîner vers de lointains paradis où ses craintes se dissiperaient et où son chagrin s'évanouirait comme par enchantement.

Du bout des doigts, John décrivit des arabesques de feu le long du cou de Samantha et improvisa le plus troublant des arpèges sur ses épaules satinées.

« Arrête-toi avant qu'il ne soit trop tard ! lui conseilla une petite voix intérieure, qu'il essaya en vain de réduire au silence. Sam ne ressemble pas aux jolies écervelées que tu as l'habitude de séduire et elle n'est pas du genre à se satisfaire d'une seule nuit d'amour. Ce qu'elle souhaite, c'est fonder une famille et rester à Butterville jusqu'à la fin de ses jours alors que toi, tu as d'autres objectifs, d'autres rêves. Si tu couches avec elle ce soir et que tu la laisses tomber dès que ton enquête sera terminée, elle se sentira humiliée et tu t'en voudras de l'avoir blessée. »

Brutalement dégrisé, John relâcha son étreinte, puis inspira à fond pour résister à l'envie impérieuse qui lui venait de reprendre Samantha dans ses bras et de s'emparer des trésors qu'il s'était contenté jusque-là d'effleurer.

— Pardon de t'avoir volé un baiser, jeta-t-il en enfouissant ses mains dans les poches de son jean. Je ne sais pas ce qui m'est passé par la tête, mais je te promets de ne pas recommencer.

— Inutile de… de t'excuser ! bredouilla-t-elle, les pommettes cramoisies. Après la rude épreuve que nous avons traversée, il est normal que nous ayons eu un moment d'égarement.

— C'est l'incendie de ton chalet que tu qualifies de « rude épreuve » ?

— Oui. Quand on se croit en sécurité dans une maison et qu'on la voit flamber, on est tellement secoué qu'on n'a plus les idées claires.

— Lorsque tu auras récupéré un peu de ton sang-froid, pourras-tu aller t'habiller et boucler tes valises ? Il est déjà 23 heures et j'ai hâte de reprendre mon enquête.

— Moi aussi, je suis impatiente d'emmener Emmie loin de Pine Bluff et de t'aider à retrouver Honey.

— Dès que nous aurons confié la petite à Mlle Mazie,

nous chercherons ce qui est arrivé à son frère et à Honey.

— A nous deux, je suis sûre que nous réussirons à les sauver et que tout ira ensuite pour le mieux dans le meilleur des mondes.

— J'aimerais partager ton optimisme, Sam, mais je crains que nous ne soyons pas encore au bout de nos peines.

— Peu importe le nombre d'obstacles que nous devrons franchir et le temps que nous mettrons à résoudre l'énigme ! L'essentiel est que nous y arrivions.

« Quelle idée j'ai eue de lui rendre son baiser ! se reprocha Samantha en regagnant sa chambre et en entassant au fond d'un gros sac à bandoulière les vêtements qu'elle avait sortis. Au lieu de me blottir dans les bras de John comme la dernière des idiotes, j'aurais dû le repousser de toutes mes forces et le gifler. »

Honteuse de ne pas avoir su se contrôler et d'avoir espéré naïvement que l'étreinte passionnée dont elle était prisonnière allait durer une éternité, elle troqua son peignoir contre un jean délavé, un chemisier et un cardigan. Puis elle vida le placard d'Emmie et descendit au rez-de-chaussée, où flottait une odeur nauséeuse de bois brûlé.

— Pendant que tu remontes chercher la petite, je vais mettre tes bagages dans le coffre de mon 4x4, lui dit John, son portable à la main.

— A qui étais-tu en train de téléphoner ?

— A Philip Floyd. Comme mes autres adjoints ne sont pas de service, c'est à lui que j'ai demandé de surveiller la maison de Mlle Mazie cette nuit.

— Tu le crois capable d'obéir à tes ordres et de garder les yeux ouverts ?

— Oui. Il a beau être indiscipliné parfois, il sait qu'Emmie est en danger et qu'il a intérêt à rester vigilant. Avant de l'appeler, j'ai passé un coup de fil à Bo Simmons, le meilleur charpentier du comté, et je l'ai prié de venir à Pine Bluff dès que possible.

— Tu n'aurais pas dû te donner cette peine. Je suis assez grande pour ouvrir l'annuaire et pour y chercher le numéro d'un artisan.

— Ah, ce que tu es pénible, Sam ! s'écria John en attrapant le sac et la valise qu'elle avait posés au pied de l'escalier. Lorsque quelqu'un t'offre son aide, tu ne pourrais pas dire merci au lieu de te mettre à ronchonner ?

— Excuse-moi d'avoir réagi comme je l'ai fait, jeta Samantha avec un petit sourire contrit. Je suis tellement habituée à me débrouiller toute seule que j'ai fini par oublier les règles de la politesse.

— Ravi de voir qu'il te reste un minimum de lucidité !

— Oh ! ce n'est pas parce que je reconnais humblement mes torts que je t'autorise à en rajouter. Je suis sans doute moins bien élevée que tes amies de la haute société, mais j'ai d'autres qualités.

— Ah bon ! Lesquelles ?

— La persévérance et le courage.

— La prochaine fois que tu iras en ville, il faudra que tu penses à t'acheter un dictionnaire.

— Pourquoi ?

— Pour pouvoir y chercher la définition des termes que tu viens d'employer. Si tu suis mon conseil, tu verras que la persévérance est un défaut quand elle tourne à l'entêtement et que le courage n'est pas synonyme de témérité.

— Merci de cette leçon de sémantique, monsieur Je-sais-tout, riposta Samantha en pirouettant sur elle-même et en remontant l'escalier.

— Enfin un peu de gratitude ! ironisa John. Je croyais que le mot « merci » t'écorchait les lèvres et que tu l'avais rayé de ton vocabulaire.

Après avoir confié Emmie à Mlle Mazie, Samantha installa une poupée dans le siège-auto de la fillette comme elle eût fait d'un vrai bébé, puis s'assit à l'avant de la voiture et balaya des yeux la dizaine de véhicules aux vitres teintées qui étaient garés le long du trottoir.

— Si l'agresseur de Honey est en train de nous épier, lança-t-elle à John, il va s'imaginer qu'Emmie est encore avec nous et n'aura pas l'idée de venir la chercher ici, au centre de Butterville.

— Maintenant qu'elle est en sécurité, il ne nous reste plus qu'à téléphoner au dénommé Randy Ackerman, répliqua-t-il en se glissant derrière le volant de son 4x4 et en démarrant dans un rugissement d'enfer.

— Tu connais son numéro ?

— Non, mais je ne devrais pas avoir trop de mal à le trouver.

— Où m'emmènes-tu ?

— Au poste de police. Vu l'heure qu'il est, c'est là-bas que nous serons le mieux pour passer des coups de fil et pour prendre des décisions.

— J'espère que l'ex-petit ami de Honey saura ce qui lui est arrivé et qu'il pourra nous donner tous les renseignements dont nous avons besoin.

— Ne rêve pas, Sam ! Quand on enquête sur la disparition d'une jeune femme dont la vie sentimentale et professionnelle a été mouvementée, il est rare qu'on découvre les tenants et les aboutissants de l'affaire dès les premiers interrogatoires.

Irritée par l'excessive prudence de John, Samantha tourna vers lui un regard courroucé.

— Toi aussi, tu devrais t'acheter un dictionnaire, maugréa-t-elle, car il y a un mot dont tu as oublié la signification.

— Quel mot ? s'informa-t-il avec une pointe d'ironie.

— « Optimisme ». Chaque fois que j'essaie de positiver, tu me dis que j'ai tort de croire aux *happy ends*.

— Ce que je veux, ce n'est pas te saper le moral, c'est te montrer la réalité telle qu'elle est pour que tu ne tombes pas de haut le jour où tu t'apercevras que les miracles n'existent pas et qu'il est inutile de se cramponner à ses illusions.

Après s'être arrêté devant l'entrée du poste de police, John guida Samantha vers son bureau, puis demanda à ses collègues de Montgomery les coordonnées de l'ancien petit ami de Honey et composa d'un doigt impatient le numéro de téléphone qu'ils lui avaient indiqué.

— Randy Ackerman, jeta une voix rocailleuse au bout du fil. Que désirez-vous ?

— Vous parler de Mlle Dawson. Je suis l'inspecteur Wise et je vous appelle de Butterville, en Géorgie.

— Il est arrivé quelque chose à Honey ?

— Oui. Elle a été agressée par un homme dont nous ignorons l'identité et elle a disparu.

— Oh, la pauvre ! Comment pourrais-je vous aider à la retrouver ?

— En répondant à mes questions. Quand avez-vous vu Honey pour la dernière fois ?

— Il y a plus d'un an. Elle a démissionné de son poste de serveuse dès qu'elle a eu assez d'argent en poche et elle a quitté Montgomery parce qu'elle avait envie de voyager.

— Vous ne lui en avez pas voulu de vous avoir laissé tomber ?

— Pas du tout ! Je savais depuis le début de notre relation qu'elle était incapable de rester très longtemps au même endroit et qu'elle finirait tôt ou tard par s'en aller.

— A aucun moment, vous n'avez essayé de la retenir ?

— Non. Si vous croyez que c'est moi qui l'ai kidnappée, vous vous trompez. J'aimais beaucoup Honey et je n'ai gardé que d'excellents souvenirs de notre liaison.

— Vous avait-elle dit qu'elle rêvait d'être engagée par le président des Cow-Boys de Dallas ?

— Bien sûr ! Elle ne me parlait que de cela et ne ratait jamais un match à la télé.

— Etes-vous resté en contact avec elle après son départ de Montgomery ?

— Pas vraiment. Elle m'a juste envoyé une jolie carte postale de Shreveport à son arrivée en Louisiane et m'a informé qu'elle avait trouvé un emploi de serveuse dans un restaurant cajun. Elle comptait mettre un peu d'argent de côté pour pouvoir ensuite se rendre à La Nouvelle-Orléans et au Texas.

— Vous rappelez-vous le nom de ce restaurant ?

— Oui. Il s'agissait du Big Daddy's.

— Merci du renseignement. Si d'autres choses vous reviennent à la mémoire dans les prochains jours, n'hésitez pas à me téléphoner.

— Entendu. J'espère que vous allez retrouver Honey, car c'est une fille formidable qui mérite d'être heureuse.

— Je vais faire de mon mieux, monsieur Ackerman, mais la situation est très préoccupante, je ne vous le cache pas.

Dès que John eut raccroché, Samantha s'assit sur un coin du bureau.

— Que t'a dit Randy Ackerman ? s'informa-t-elle.

— Rien qui me permette de boucler mon enquête en moins de dix minutes. Il n'en veut pas à ton amie de l'avoir quitté et lui souhaite tout le bonheur du monde.

— Comme Dwayne Hicks ?

— Exactement. L'un et l'autre ont eu la même réaction.

— Cela ne m'étonne pas. Honey n'est pas le genre de fille qu'on peut oublier du jour au lendemain ou qu'on peut haïr pendant des années. Les hommes l'adorent parce qu'elle est jolie, drôle, intelligente et qu'elle n'aime pas se compliquer la vie.

— Après son départ de Montgomery, elle s'est rendue à Shreveport et a trouvé du travail dans un restaurant cajun.

John alluma son ordinateur et chercha sur internet le numéro du Big Daddy's.

— Crois-tu que l'établissement sera encore ouvert ? lui demanda Samantha en le voyant enfoncer les touches de son téléphone.

— Oui, répondit-il. Les Louisianais n'ont pas la réputation d'être des couche-tôt.

Et, lorsqu'il perçut un léger déclic au bout de la ligne, il s'empressa d'ajouter :

— Ici, l'inspecteur Wise. Pourrais-je parler au propriétaire du Big Daddy's ?

— C'est moi. Que me voulez-vous ?

— Mlle Dawson, l'une de vos anciennes employées, a disparu et j'aimerais que vous répondiez à une ou deux questions.

— Allez-y, je vous écoute.

— A l'époque où Honey travaillait pour vous, l'avez-vous vue flirter avec des clients ?

— Non, mais l'un de mes serveurs s'est amouraché d'elle et ils sont sortis ensemble.

— Comment s'appelle cet homme ?

— Eric Cumberland.

— Où habite-t-il ?

— Du côté de Summer Grove, au sud de Shreveport. Si vous lui passez un coup de fil dès maintenant, vous n'aurez pas de mal à le joindre, car il est toujours chez lui à cette heure-ci.

— Pourriez-vous m'indiquer ses coordonnées ?

— Volontiers.

Après avoir empoigné l'un des stylos qui traînaient sur son bureau, John noircit la première page d'un calepin, puis prit congé de son correspondant et composa le numéro qu'il venait de noter.

— Personne ne vous a dit qu'il était impoli de réveiller les gens au beau milieu de la nuit ? jeta une voix ensommeillée à l'autre bout de la ligne avant qu'il n'ait eu le temps de se présenter. Qui êtes-vous ?

— L'inspecteur Wise. Je vous téléphone de Butterville en Géorgie.

— Oh ! pardon, je… je suis désolé d'avoir été désagréable.

— Ce n'est pas à vous de vous excuser, monsieur Cumberland, c'est à moi. Je n'aurais pas dû vous déranger à une heure aussi tardive.

— Pourquoi m'appelez-vous ?

— Pour vous parler de Honey Dawson. Elle a été victime d'une agression et j'interroge toutes les personnes qui l'ont connue. Avez-vous eu de ses nouvelles récemment ?

— Oui. Elle m'a passé un coup de fil de Dallas il y a deux ou trois semaines et je l'ai trouvée très nerveuse.

— Que vous a-t-elle dit ?

— Pas grand-chose, mais j'ai eu l'impression qu'elle s'était mise dans un sale pétrin et qu'elle ne savait pas comment se tirer d'affaire.

— Lui avez-vous proposé de venir vous rejoindre à Shreveport ?

— Non. Je sors avec une autre fille maintenant et ma petite amie n'aurait pas aimé que j'offre l'hospitalité à l'une de mes ex.

— Honey vous a-t-elle retéléphoné par la suite ?

— Pas une seule fois.

— Et vous n'avez pas essayé de la rappeler ?

— Bien sûr que si ! Je lui ai même laissé un message, qui est resté sans réponse.

— Où habitait-elle, à Dallas ?

— A la périphérie de la ville, je crois… Attendez une minute, inspecteur. Je vais aller chercher la carte postale qu'elle m'a expédiée dès son arrivée au Texas et que j'ai dû ranger dans l'un des tiroirs de mon bureau.

— Merci.

— Voilà ! je l'ai trouvée, s'écria triomphalement Eric Cumberland après un long silence. Avez-vous de quoi écrire ?

— Oui.

John nota l'adresse que lui dictait son correspondant, puis raccrocha et entraîna Samantha vers son 4x4.

— Je t'emmène chez moi, lui annonça-t-il comme si c'était la chose la plus naturelle du monde. Pendant que tu te reposeras, je prendrai une douche et je bouclerai mes valises. Ensuite, nous irons ensemble à l'aéroport d'Atlanta et nous…

— A l'aéroport d'Atlanta ! répéta-t-elle, abasourdie. Où partons-nous ?

— A Dallas. Quand nous aurons découvert ce qui a bien pu arriver à Honey là-bas, nous aurons déjà fait un grand pas en avant.

11

La maison que louait John était un modeste pavillon situé à proximité du poste de police et entouré d'un jardinet au milieu duquel se dressait un gigantesque magnolia. Avec ses murs blanchis à la chaux, son toit de tuiles rose fané et ses petites fenêtres à croisillons, elle était très différente du somptueux manoir que possédaient les Wise à l'autre bout du comté et de l'hôtel particulier qu'ils avaient acheté à Atlanta.

— Pourquoi es-tu venu habiter ici ? s'étonna Samantha en remontant le sentier sablonneux qui folâtrait entre des massifs d'azalées.

— Pour plus de commodité, répondit John. Quand il y a une urgence et que l'un de mes adjoints me téléphone en pleine nuit, je n'ai pas besoin de traverser tout Butterville. Il me suffit de sortir de chez moi et de parcourir une centaine de mètres à pied.

— Tes parents ne t'en ont pas voulu de les avoir quittés ?

— Non. Mon « cher » papa ne s'intéresse qu'à sa sacro-sainte carrière et ma mère est une maîtresse de maison accomplie qui passe la majeure partie de son temps à organiser des réceptions. Ce qu'ils souhaitent, ce n'est pas que je retourne vivre avec eux, c'est que je gravisse rapidement les échelons de la hiérarchie et que je leur fasse honneur.

— Ils n'aiment pas le métier que tu exerces ?

— Pas tellement. Ils trouvent qu'il manque de prestige et que je devrais me lancer un jour dans la politique. A leurs yeux, seuls les sénateurs et les gouverneurs sont dignes de respect.

— Ton père n'a-t-il pas été policier autrefois ?

— Si, mais il ne l'est pas resté très longtemps. Dès qu'il a été élu maire de Butterville, son ambition n'a plus eu de limites et il ne s'est épargné aucun effort pour réaliser ses rêves de grandeur.

Après avoir posé à l'entrée du vestibule le gros sac qu'elle portait en bandoulière, Samantha pénétra en silence dans le salon de John et jeta autour d'elle un regard admiratif. Meublée de fauteuils à haut dossier, d'un canapé en cuir chocolat sur lequel chatoyaient des coussins bleu pâle et d'une énorme bibliothèque dont les étagères pliaient sous le poids de statuettes et d'encyclopédies, la pièce, à la fois sobre et chaleureuse, aurait pu servir de décor à l'un de ces films intimistes qu'elle affectionnait.

— Fais comme chez toi, conseilla John en se dirigeant vers l'escalier. Je vais me raser et me changer.

Recrue de fatigue, Samantha s'installa au coin de la cheminée qui occupait tout un angle du séjour et ferma les yeux.

« Si nous n'avions pas un avion à prendre et une enquête à mener, nous nous serions assis côte à côte sur le sofa et nous nous serions embrassés à perdre haleine, se dit-elle, trop épuisée pour empêcher son imagination de vagabonder. Ensuite, il m'aurait emmenée dans sa chambre et nous nous serions aimés jusqu'au petit matin sans nous préoccuper d'autre chose que de notre… »

— J'ai téléphoné à l'aéroport d'Atlanta et j'ai réservé deux places sur le prochain vol à destination de Dallas, annonça John après avoir regagné le salon, un sac de voyage à la main.

— A l'aéroport ! répéta Samantha en battant des cils. Oh ! excuse-moi, je… j'étais tellement éreintée que je me suis endormie.

— As-tu fait de beaux rêves pendant que j'étais dans ma salle de bains ?

— Non. Je… je me suis écroulée comme une masse et je n'ai songé à rien.

— Quand j'ai dévalé l'escalier il y a une minute et que je t'ai vue sourire dans ton sommeil, j'aurais pourtant juré que tu étais aux anges.

— Ce qui prouve que tu manques de perspicacité.

— Si c'était le cas, je n'aurais pas décidé de devenir policier.

— Disons, alors, que tu t'es surestimé et que tu n'as pas choisi le bon métier.

Une étincelle d'humour éclaira les yeux de velours sombre de John.

— Au lieu de me critiquer et de jouer les conseillères d'orientation, dépêche-toi de te lever, ordonna-t-il à Samantha. Nous avons un long chemin à faire avant d'arriver à Atlanta.

Dès que l'avion à bord duquel ils étaient montés au début de la matinée eut atterri à Dallas-Fort Worth, l'aéroport international de Dallas, John regarda Samantha somnoler à côté de lui, la joue collée à la vitre du hublot, et fut tenté de planter sur ses lèvres entrouvertes le plus impertinent des baisers.

« Dommage que nous ne soyons pas venus ici pour passer des vacances idylliques, mais pour mener une enquête ! songea-t-il, des envies de caresses au bout des doigts. Si je n'avais pas une mission à remplir et un coupable à démasquer, j'irais me balader avec Sam dans le parc de Rochester et je l'embrasserais au détour d'une… »

S'arrachant à sa rêverie, John s'inclina vers la jeune femme et lui tapota l'épaule.

— Réveille-toi, lui dit-il d'une voix feutrée. Nous sommes arrivés.

— Où ? murmura-t-elle en soulevant la frange soyeuse de ses cils et en redressant péniblement la tête.

— A Dallas.

— J'ai dormi pendant le vol ?

— Oui. La nuit a été tellement mouvementée que tu t'es écroulée de fatigue dès que nous avons quitté l'aéroport d'Atlanta.

— D'habitude, je suis plus solide que cela.

— Peut-être, mais ce n'est pas tous les jours que quelqu'un essaie de te tuer.

— Il est vrai que ces dernières quarante-huit heures ont été éprouvantes.

— J'espère que les prochaines le seront mille fois moins et que tu vas pouvoir te remettre de tes émotions.

— Moi, ce que j'aimerais, c'est que nous découvrions très vite pourquoi Honey s'est enfuie du Texas et qui est le sale type dont elle a croisé la route.

Voyant les autres passagers sortir de la carlingue en file indienne, Samantha se leva de son siège, puis ajusta sur son épaule la bandoulière de son sac et descendit de l'avion d'un pas déterminé.

Après avoir loué un cabriolet aux chromes rutilants, John l'aida galamment à s'y installer et l'emmena à la périphérie de la ville.

— Ces immeubles auraient grand besoin d'être rénovés, observa-t-elle vingt minutes plus tard, lorsqu'ils arrivèrent dans une rue bordée de palmiers et qu'elle aperçut le complexe résidentiel où avait vécu son amie avant de disparaître. On dirait que leurs façades n'ont pas été repeintes depuis des dizaines d'années et que les garde-corps des balcons sont sur le point de s'effondrer.

— Comme Honey ne devait pas gagner des mille et des cents, il n'est pas étonnant qu'elle ait préféré habiter ici plutôt que dans les tours ultramodernes du centre-ville, répliqua John. Le loyer y est sans doute beaucoup moins élevé.

— Qui allons-nous interroger en premier ?

— Le concierge. Puisque nous ne connaissons personne à Dallas, lui seul pourra nous renseigner.

— A condition qu'il se souvienne de Honey.

— Oh ! il y a peu de chances qu'il l'ait oubliée. Partout où elle passe, elle a le don de se faire remarquer.

— Est-ce un compliment, une critique ou un simple constat ?

— Un simple constat. Je n'ai pas à approuver ni à désapprouver l'attitude de ton amie.

— Encore heureux !

Talonné par Samantha, John pénétra dans le hall de l'immeuble et frappa à la porte de la loge.

— Bonjour, monsieur, lança-t-il au vieil homme qui lui ouvrit. Je suis inspecteur et j'enquête sur la disparition de l'une de vos locataires.

— Vous appartenez à la police de Dallas ? s'informa son vis-à-vis d'un air suspicieux.

— Non, mais Honey Dawson, la jeune femme que je recherche, a été victime d'une agression à Butterville, en Géorgie, et je voudrais que vous m'aidiez à la retrouver.

— Cette pauvre petite Honey a été victime d'une agression ? répéta le concierge, les yeux arrondis de stupeur. Je n'arrive pas à le croire.

— Pourquoi ?

— Parce que c'est une fille adorable et que tout le monde l'aimait dans le quartier.

— Tout le monde, sauf la personne qui l'a blessée et kidnappée.

— Si vous pensez que l'un des habitants de cet immeuble lui a fait du mal, vous vous trompez. Elle n'avait aucun ennemi ici.

— Pourriez-vous me guider jusqu'à son appartement et me laisser fouiller dans ses placards ?

— Non, ce serait contraire à la loi.

— Je vous en prie, monsieur, implora Samantha. Honey est ma meilleure amie et je suis très inquiète à son sujet. L'homme qui s'en est pris à elle a essayé de me tuer et a mis le feu à ma maison. Alors, il faut absolument qu'on le démasque et qu'on…

— D'accord, d'accord, coupa le concierge en empoignant son trousseau de clés et en allant ouvrir une porte au fond d'un couloir. N'oubliez pas de fermer quand vous partirez, bougonna-t-il avant de tourner les talons et de regagner sa loge.

— Honey ne devait pas rouler sur l'or, remarqua John dès qu'il eut franchi le seuil du studio et balayé des yeux les chaises, les fauteuils et la table bon marché qui meublaient le salon.

— Oh ! tu as vu ? s'écria Samantha, un doigt pointé vers un cadre en plastique qui renfermait un portrait de Honey et de ses deux enfants. Cette photo, qui a probablement été prise dans une maternité de Dallas le lendemain de la naissance des jumeaux, prouve que ni Emmie ni son frère n'ont été kidnappés.

— Il semblerait bien, en effet, que ton amie soit la mère des bébés.

— Ravie de te l'entendre dire ! Orgueilleux et obstiné comme tu l'es, je croyais que tu ne voudrais jamais l'admettre.

— Ce n'est pas par orgueil ni par obstination que je suis resté sceptique jusqu'à maintenant, c'est parce que je n'ai pas l'habitude de tirer des conclusions hâtives et de bâcler mes enquêtes.

— Moi, je pense plutôt que tu es un horrible phallocrate et que cela t'a fait plaisir de me river mon clou. Quand tu discutes avec des femmes, il faut toujours que tu essaies d'avoir le dessus.

Indifférent au regard irrité que lui décochait Samantha, John pénétra d'un pas tranquille dans la chambre de Honey, puis s'approcha du petit bureau à cylindre qui trônait au pied du lit et en ouvrit un à un les tiroirs.

— Tu as trouvé quelque chose de louche ? lui demanda Samantha en le voyant brandir des relevés de compte et froncer les sourcils.

— Oui, acquiesça-t-il. Après avoir été dans le rouge pendant plus d'un an, ton amie semble avoir subitement touché le jackpot.

— Combien a-t-elle en banque ?

— Dix mille dollars. La somme a été déposée en une seule fois et cela m'étonnerait qu'il s'agisse de ses économies. Même si elle a empoché de gros pourboires quand elle était serveuse au Big Daddy's, il est impossible qu'elle ait mis autant d'argent de côté.

— Ce qui signifie ?

— Qu'elle a peut-être trempé dans un trafic de drogue ou fait chanter une personne haut placée.

A l'idée que Honey ait pu fréquenter des dealers et suivre leur exemple, Samantha sentit son cœur manquer un battement.

— Ces robes ont dû coûter les yeux de la tête, murmura-t-elle à la vue des fourreaux en lamé or suspendus aux cintres du dressing. Tu crois que Honey était la maîtresse d'un magnat du pétrole et qu'il l'a comblée de cadeaux pour la remercier de lui avoir accordé ses…

— Qu'est-ce que vous fabriquez ici ? jeta une voix indignée depuis l'entrée du studio. On ne vous a pas dit que la violation de domicile était un grave délit au Texas ?

— Bonjour, mademoiselle, lança John à la jolie brunette qui s'encadrait dans l'embrasure de la porte. Je suis inspecteur de police et je cherche des informations sur Honey Dawson. La connaissez-vous ?

— Oui. J'habite l'appartement d'à côté et j'ai souvent eu l'occasion de bavarder avec elle.

— Comment vous appelez-vous ?

— Roberta Frontera. Qu'est-il arrivé à Honey ?

— C'est justement ce que je voudrais savoir.

— Honey et moi sommes des amies d'enfance, expliqua Samantha à Roberta. Nous avons grandi ensemble dans un orphelinat de Géorgie et, bien qu'elle ait décidé un beau matin de partir à l'aventure, nous sommes restées très proches l'une de l'autre. Au début de la semaine, elle est venue se réfugier chez moi, mais j'étais absente à ce moment-là. Quand je suis rentrée à la maison, j'ai aperçu des taches de sang sur le plancher du vestibule et j'ai trouvé un bébé au fond de mon armoire à linge.

— Oh, mon Dieu ! J'aurais dû me douter que Honey était en danger.

— Pourquoi ?

— Parce qu'il s'est passé quelque chose de curieux il y a une dizaine de jours. Alors que je revenais d'une soirée en ville, je l'ai vue sortir de ce studio comme si elle avait le diable aux trousses.

— Quelle heure était-il ?

— Minuit moins le quart.

— Vous a-t-elle dit de qui elle avait peur ?

— Non. Elle s'est enfuie à une telle vitesse que je n'ai pas pu lui parler. Tout ce que je sais, c'est qu'un drôle de type s'était introduit chez elle l'an dernier et qu'il lui avait volé ses sous-vêtements.

— Avait-elle porté plainte contre lui ?

— Bien sûr ! Elle était allée le dénoncer à la police et lui avait même intenté un procès.

— Où est cet homme actuellement ?

— Derrière les barreaux, je suppose. Il a été condamné et jeté en prison.

— Connaissez-vous son identité ?

Roberta secoua la tête en signe de dénégation.

— Il y a autre chose qui m'a paru bizarre, reprit-elle d'un ton confidentiel. Alors qu'elle avait du mal à joindre les deux bouts depuis son arrivée au Texas, Honey s'est brusquement mise à courir les boutiques de luxe et à y dépenser des fortunes. A voir les robes et les bijoux qu'elle s'achetait, on aurait cru qu'elle avait gagné une somme faramineuse à la loterie et que cet argent lui brûlait les doigts.

— Avait-elle un petit ami ?

— Oui. Elle sortait avec un certain Jimmy qui était huissier appariteur et qu'elle avait rencontré au tribunal.

— Jimmy comment ?

— Je n'en ai aucune idée.

— Honey vous a-t-elle dit qu'elle avait des enfants ?

— Oui. Elle était très fière d'eux et les aimait de tout son cœur. J'espère qu'il ne leur est rien arrivé et qu'ils sont en sécurité.

— Ce Jimmy dont vous venez de nous parler est-il le père des bébés ? demanda John à Roberta.

— Je l'ignore, marmonna-t-elle en haussant les épaules. Je sais juste qu'il était très amoureux d'elle et qu'il l'a beaucoup aidée pendant sa grossesse.

— Il faut vite que nous le retrouvions, glissa Samantha à John.

— Merci d'avoir répondu à nos questions, mademoiselle, lança ce dernier à leur interlocutrice. Vous nous avez été d'un grand secours.

Puis, dès que la jeune femme se fut éloignée, il entraîna Samantha hors du studio.

— Avant de rendre visite au dénommé Jimmy, jeta-t-il brièvement, nous allons essayer de découvrir si le fétichiste contre lequel Honey a porté plainte est encore en prison ou s'il a été libéré.

— Qui va pouvoir nous renseigner ?

— Mes homologues texans. Bien que je vienne d'un autre Etat, il n'y a aucune raison pour qu'ils refusent de coopérer.

Lorsque John et Samantha arrivèrent à l'hôtel de police vingt minutes plus tard, ils furent accueillis par un homme d'une quarantaine d'années au visage taillé à la serpe.

— Je suis l'inspecteur Ed Arnold, leur dit-il en les introduisant dans son bureau.

— Et moi, l'inspecteur Wise, déclara John. J'enquête sur la disparition d'une jeune femme qui est née en Géorgie et qui a vécu récemment à Dallas.

— Comment s'appelle cette jeune femme ?

— Honey Dawson. A en croire Roberta Frontera, l'une de ses amies, elle aurait été victime d'un voyeur qui serait entré chez elle en son absence et qui lui aurait dérobé de la lingerie.

— A-t-elle porté plainte contre cet individu et l'a-t-elle attaqué en justice ?

— Oui. D'après Mlle Frontera, il aurait été condamné à une peine d'emprisonnement.

— A quand remontent les faits ?

— A l'an dernier.

Ed Arnold ouvrit un gros classeur métallique et en sortit une chemise en carton rouge, dont il étala le contenu sur son bureau.

— Honey Dawson a effectivement été harcelée par un dénommé Neil Kinney, jeta-t-il en se frottant le menton. Il l'a suivie pendant deux ou trois semaines avant de s'introduire dans son studio pour lui voler ses sous-vêtements.

— Où le procès a-t-il eu lieu ? s'enquit John.

— A Dallas. Dès l'énoncé du verdict, Neil Kinney a été emmené à la maison d'arrêt et incarcéré.

— Est-il encore derrière les barreaux ?

— Non, hélas ! Il a été relaxé il y a un mois. Comme il risquait de récidiver, nous avons prévenu Mlle Dawson de sa libération et lui avons conseillé de nous appeler au moindre problème.

— A-t-elle téléphoné à l'un de vos collègues depuis ?

— Pas que je sache. Mais, si elle a disparu, il est évident que Neil Kinney est le suspect numéro un. Quand elle était allée témoigner contre lui au tribunal, il l'avait traitée de sale petite cafteuse et lui avait dit qu'il se vengerait d'elle à sa sortie de prison.

12

« Si ce pervers s'est imaginé que Honey lui appartenait, il a dû lui en vouloir d'être sortie avec d'autres hommes et d'avoir porté des enfants qui n'étaient pas de lui, pensa John en se rappelant les nombreux cours de psychologie criminelle que des spécialistes du profilage lui avaient donnés à l'université. Cela expliquerait pourquoi il a essayé de tuer Emmie hier soir. »

— Savez-vous où se trouve Neil Kinney maintenant ? demanda-t-il à Ed Arnold.

— Non, rétorqua ce dernier après avoir jeté un nouveau coup d'œil sur les feuillets dactylographiés qu'il avait étalés devant lui. Nous ne connaissons ni l'adresse de ses amis ni celle des membres de sa famille qui auraient pu l'héberger. Mais, comme il a bénéficié d'une libération conditionnelle, il lui est interdit de quitter le Texas jusqu'à la fin de sa période probatoire. S'il a suivi Mlle Dawson en Géorgie, il sera donc réincarcéré dès que nous l'aurons arrêté et il devra purger le reste de sa peine.

— Quel est le nom du magistrat qui a mené les débats lors de son procès ?

— Le juge Theodore Wexler. Il est sans doute au tribunal à cette heure-ci.

— Croyez-vous qu'il acceptera de me recevoir ?

— Oui. Lorsque vous lui aurez expliqué ce qui vous

a amené à Dallas, il comprendra que vous ayez hâte de retrouver Neil Kinney.

John sortit une carte de visite de son portefeuille et la tendit à Ed Arnold.

— Merci de m'avoir écouté, inspecteur, lui lança-t-il. Quand vous aurez d'autres informations à me transmettre, téléphonez-moi.

— Je n'y manquerai pas, soyez-en sûr, déclara Ed Arnold. Chaque fois que je peux rendre service à un collègue, je le fais de bon cœur.

— Ce type ne m'inspire pas confiance, glissa Samantha à John dès qu'ils eurent quitté le commissariat et regagné leur cabriolet. Il a beau avoir été tout sucre tout miel dès notre arrivée, je ne pense pas qu'il soit impatient de te donner un coup de main.

— Rien d'étonnant à cela ! Il est chez lui à Dallas et ne doit pas aimer que des flics venus de Géorgie ou d'ailleurs envahissent son territoire.

— Ah ! j'ignorais qu'il y avait une telle rivalité entre les policiers des différents Etats.

— Il ne s'agit pas d'une rivalité proprement dite, mais plutôt d'une saine émulation. Quand les circonstances l'exigent, nous ne demandons pas mieux que de coopérer avec nos homologues texans ou californiens.

John se gara au pied du palais de justice, puis entraîna Samantha vers le hall d'accueil et s'approcha d'une jeune employée aux ongles laqués de rose fuchsia.

— Pourrais-je parler au juge Wexler ? lui lança-t-il après s'être présenté.

— Pas pour l'instant, car il est en salle d'audience, répliqua-t-elle. Mais, si vous voulez bien patienter un peu, il sera ravi de vous recevoir lorsque les débats qu'il préside seront terminés.

— A-t-il un huissier appariteur prénommé Jimmy ?

— Oui. C'est un garçon très gentil et très sérieux que tout le monde adore.

— Quel est son nom de famille ?

— Bartow.

— Il faudra également que je l'interroge.

— Comme je suis débordée de travail aujourd'hui, je vais demander à l'une de mes collègues de vous accompagner jusqu'au bureau de M. Wexler et d'aller dire à Jimmy que vous aimeriez le rencontrer.

— Merci. J'espère qu'il pourra m'aider à boucler mon enquête.

— Si vous lui posez des questions, il n'essaiera pas de les éluder, rassurez-vous. Il n'y a pas plus franc ni plus honnête que lui.

— Je ne sais pas qui a essayé de nous tuer, Emmie et moi, mais il est peu probable qu'il s'agisse de Jimmy Bartow, lança Samantha à John dès qu'ils se retrouvèrent seuls dans le cabinet de travail de Theodore Wexler. Il a l'air trop inoffensif pour avoir mis le feu à mon chalet.

— Attends de lui avoir parlé avant de le rayer de la liste des suspects. Ce n'est pas parce qu'on t'a chanté ses louanges que tu dois le croire blanc comme neige. Je connais un tas de gens à qui tu donnerais le bon Dieu sans confession et qui n'hésiteraient pas à te tirer dessus en cas de litige.

— Est-ce encore ton pessimisme maladif qui te fait dire cela ?

— Non. Je ne suis pas pessimiste, je suis *réaliste*. Nuance !

— Puisque tu as l'air de me trouver très naïve, je te rappelle que mon métier m'oblige à côtoyer des bourreaux d'enfants et que je ne suis donc pas née de la dernière…

— Il paraît que vous avez demandé à me parler, coupa le juge en franchissant le seuil de son bureau d'un pas solennel.

— En effet, Votre Honneur, confirma John avec déférence. Je suis l'inspecteur Wise et voici Samantha Corley, une amie ! Nous arrivons tout droit de Butterville en Géorgie et nous aimerions que vous nous aidiez à…

— De Butterville en Géorgie ! releva Theodore Wexler après s'être assis dans son fauteuil. Le Texas n'est-il pas hors de votre juridiction ?

— Si, mais les circonstances m'ont amené à venir enquêter là où a vécu Honey Dawson, la jeune femme que je recherche.

— Honey Dawson… Ce nom me dit vaguement quelque chose.

— Cela n'a rien de surprenant. Mlle Dawson a attaqué en justice un certain Neil Kinney et c'est vous qui avez été chargé du dossier.

— Ah oui ! Je me rappelle la virulence dont elle a fait preuve le matin du procès et les menaces que l'accusé a proférées à l'énoncé de la sentence. Comme il s'était introduit chez elle par effraction et qu'il lui avait volé de la lingerie, il a été condamné à une peine d'emprisonnement… Pourquoi vous intéressez-vous à cette banale histoire de cambriolage ?

— Parce que Honey Dawson est arrivée à Butterville il y a trois jours et que personne ne l'a revue depuis.

— C'est dans mon chalet qu'elle est venue se réfugier, précisa Samantha. Quand je suis rentrée à la maison, j'ai aperçu des taches de sang un peu partout au rez-de-chaussée et j'ai trouvé sa petite fille au fond d'une armoire.

— Tiens ! s'exclama Theodore Wexler en pianotant sur le cuir de son sous-main. J'étais loin de me douter qu'elle avait un enfant.

— Elle n'en a pas un, mais deux. En fouillant son appartement, nous avons découvert une photo d'elle avec ses jumeaux et nous ignorons où est passé l'autre bébé.

— Vous pensez que Neil Kinney l'a kidnappé après avoir agressé Mlle Dawson ?

— Oui.

— Vous qui l'avez connu, Votre Honneur, lança John, croyez-vous qu'il ait été capable de suivre Honey jusqu'à Butterville et de la tuer ?

— Vu l'état dans lequel il était à l'issue du procès, je ne serais pas étonné qu'il en ait voulu à la plaignante de l'avoir dénoncé et qu'il ait cherché à se venger d'elle. Avez-vous demandé à vos collègues de Dallas où il se trouvait à l'heure actuelle ?

— Evidemment, mais ils n'ont pas été en mesure de me renseigner.

— Je ne sais pas en quoi je pourrais vous être utile, alors.

— Avez-vous eu des nouvelles de Honey ces derniers mois ?

Theodore Wexler se leva de son fauteuil et considéra John d'un air condescendant.

— Bien sûr que non ! protesta-t-il. Je suis un homme marié, inspecteur Wise, et j'ai une réputation à soutenir.

Si j'avais eu une liaison avec Mlle Dawson et que Portia, mon épouse, l'ait appris, elle m'aurait quitté et toute la ville en aurait fait des gorges chaudes.

— Est-ce une photo de votre femme ? questionna Samantha en contemplant le magnifique portrait suspendu à l'une des cloisons du bureau.

— Oui, acquiesça le juge, un sourire au coin des lèvres. La première fois que je l'ai rencontrée, elle venait d'être élue Miss Texas.

— Cela ne m'étonne pas qu'elle ait gagné le concours. Elle est très belle.

— Tellement belle que je n'aurais pas eu l'idée de la tromper.

« Il ment », se dit John, qui n'avait pas l'habitude de se laisser berner par un suspect ou par un simple témoin, fût-il magistrat et imbu de sa supériorité.

— Pourrions-nous parler à votre huissier appariteur ? lança-t-il à Theodore Wexler.

— Non, grommela ce dernier. Il est absent aujourd'hui.

— Dans ce cas, il ne nous reste plus qu'à aller l'interroger à son domicile. Comme il est sorti avec Honey Dawson, il sait peut-être si elle a d'autres ennemis que Neil Kinney.

— Demandez son adresse à ma secrétaire et, quand vous serez en face de lui, ne prenez pas au pied de la lettre ce qu'il vous racontera. Jimmy est un employé modèle, mais il a une vie privée chaotique et un sacré tempérament. Chaque fois que l'une de ses conquêtes lui reproche son infidélité et le quitte, il ne songe qu'à débusquer une nouvelle proie et perd le sens des réalités.

— Merci de m'avoir prévenu, Votre Honneur. Je ne manquerai pas de suivre votre conseil.

— Que penses-tu du juge Wexler ? glissa Samantha à John dès qu'ils eurent regagné le hall d'accueil.

— Que c'est un fieffé menteur, répondit-il à mi-voix. De tous les hommes auxquels nous avons parlé de ton amie depuis le début de notre enquête, il est le seul à ne pas être tombé amoureux d'elle et je trouve cela suspect.

— Honey a un tel charme que personne ne pourrait lui résister.

— Personne, sauf moi.

— Tu n'as jamais eu envie de la séduire ?

— Jamais. Il y a d'autres jolies filles à Butterville qui me plaisent beaucoup plus qu'elle.

— Qui, par exemple ?

— Devine !

Pressée de se soustraire au regard éloquent dont l'enveloppait John, Samantha accéléra le pas et allait s'engouffrer dans le secrétariat quand un huissier en uniforme jaillit du greffe.

— Vous êtes l'inspecteur Wise ? demanda-t-il à John.

— Oui, confirma celui-ci. Et vous, qui êtes-vous ?

— Jimmy Bartow. On m'a dit que vous vouliez me parler.

— J'ai effectivement deux ou trois questions à vous poser au sujet de Honey Dawson, mais je croyais que vous étiez en congé aujourd'hui.

— On vous a mal renseigné. Je suis arrivé au tribunal à l'heure habituelle ce matin et je n'ai pas l'intention de m'absenter.

— Y a-t-il un endroit où nous serions plus à l'aise qu'ici pour bavarder ?

— Bien sûr ! Suivez-moi, je vous prie.

Le dos raide, Jimmy guida John et Samantha vers une petite pièce au fond d'un couloir et referma la porte derrière eux.

— Qu'est-il arrivé à Honey ? jeta-t-il dès qu'ils se furent assis à la longue table autour de laquelle les magistrats venaient délibérer à huis clos lors d'un procès.

— Nous ne le savons pas précisément, répliqua Samantha. Je suis l'une de ses meilleures amies et, comme elle a disparu au début de la semaine, j'ai hâte de la retrouver.

— Moi aussi, je suis impatient de la revoir. Elle s'est enfuie un soir de son studio et depuis, elle ne m'a plus donné de ses nouvelles.

— Avant de se sauver, vous a-t-elle dit de qui ou de quoi elle avait peur ?

— Non. Et, vu les relations très… cordiales que nous entretenions, je ne comprends pas qu'elle ait pu partir sans un mot d'explication.

— Etiez-vous amoureux d'elle ?

— Naturellement ! Tous les hommes qui la connaissaient l'adoraient.

— Sauf celui qui a essayé de la tuer, lâcha John, la mine sévère. Est-ce parce que vous l'avez menacée qu'elle a quitté Dallas en quatrième vitesse et qu'elle est allée se réfugier à Butterville ?

— En voilà, une idée ! se récria Jimmy. Je l'aimais trop pour lui faire du mal.

— Mais, si elle a refusé de coucher avec vous, il

est possible que vous lui en ayez voulu de vous avoir repoussé et que vous l'ayez brutalisée.

— Non, vous n'y êtes pas ! Honey et moi étions d'excellents amis et j'aurais été incapable de lever la main sur elle.

— Qu'éprouvait-elle à votre égard ?

— De l'amitié, je viens de vous le dire. La première fois que je l'ai rencontrée, elle avait déjà un homme dans sa vie et elle était tellement folle de lui que je n'ai pas essayé de l'évincer.

— Comment s'appelait cet homme ?

— Reed Tanner. Ils ont eu une brève liaison, puis il a décidé de partir en Californie et cette rupture l'a beaucoup affectée.

— Alors, en bon camarade, vous lui avez gentiment ouvert les bras ?

— Oui, avoua Jimmy d'un air penaud. Nous avons passé ensemble une nuit fantastique que je ne suis pas près d'oublier.

— Pourquoi ne lui avez-vous pas demandé de vous épouser ?

— Parce qu'elle n'avait qu'une idée en tête : se faire engager par le président d'un grand club de foot. Ce qui l'intéressait, ce n'était pas de se marier et de fonder une famille, c'était de fréquenter des membres de la jet-set et de mener la vie de château. Moi, je ne suis qu'un modeste employé et je n'aurais jamais pu lui offrir les jolies robes dont elle rêvait.

— Avant de quitter Dallas, vous a-t-elle dit que Neil Kinney, l'homme qui s'était introduit chez elle et qui lui avait volé sa lingerie, était sorti de prison ?

— Non. Je ne savais pas que ce psychopathe avait été libéré.

— Qui d'autre que lui en voulait à Honey ?

— L'une des candidates au poste de meneuse de ban des Cow-Boys. Honey m'a confié un soir qu'il y avait une rivalité féroce entre elles et qu'elles avaient été à deux doigts d'en venir aux mains.

— Comment s'appelle cette « charmante » jeune femme ?

— Tiffany Maylor. Elle est issue d'une riche famille de bijoutiers.

— Et le juge Wexler, a-t-il eu une liaison avec Honey ?

— Oui. Un jour, je l'ai entendu annoncer à son fils Teddy qu'elle était enceinte de lui et qu'elle allait mettre au monde des jumeaux, mais, au lieu de se réjouir à l'idée d'avoir un petit frère et une petite sœur, Teddy a piqué une de ces crises !

— Qu'a-t-il répondu à son père ?

— Que Honey était une traînée et qu'il avait intérêt à se débarrasser d'elle avant que cette histoire ne s'ébruite.

— Theodore Wexler est-il réellement le père des bébés ?

— Je n'en sais rien. Lui, par contre, en était persuadé et Honey avait peur qu'il ne les lui enlève dès leur naissance. Malgré sa mine débonnaire et ses sourires mielleux, c'est un homme impitoyable que tout le monde redoute au tribunal.

— Croyez-vous qu'il aurait osé suivre Honey jusqu'à Butterville et la kidnapper pour pouvoir s'emparer des enfants ?

— Non, mais il n'aurait pas hésité à engager un homme de main et à lui laisser faire le sale boulot.

— A l'heure qu'il est, nous avons donc quatre coupables possibles : Neil Kinney, Tiffany Maylor, le juge Wexler et Teddy, son fils.

— Tu oublies le dénommé Reed Tanner, lança Samantha à John. Il pourrait être le père des jumeaux, lui aussi, et avoir essayé de les récupérer. Quand allons-nous l'interroger ?

— Dès que le juge Wexler nous aura accordé un nouvel entretien, répondit-il en bondissant sur ses pieds. Puisqu'il nous a menti sans vergogne lorsque nous lui avons parlé de ses relations avec Honey, cela prouve qu'il n'a pas la conscience tranquille et j'aimerais bien savoir ce qu'il nous cache.

— Nous devrions également rendre visite à son épouse et ajouter son nom à la liste des suspects, car elle avait un sérieux mobile.

— Lequel ?

— La jalousie. Les femmes trompées haïssent tellement leurs rivales qu'il leur arrive de les tuer.

13

« Cette petite peste de Honey Dawson a l'air d'avoir collectionné les ennemis comme d'autres les timbres et les papillons », pensa John, irrité par les frasques de la jeune femme et furieux qu'elle ait osé se décharger d'une partie de ses problèmes sur Samantha.

— Où pourrions-nous trouver Reed Tanner ? demanda-t-il à Jimmy.

— Je l'ignore, marmonna ce dernier. Tout ce que je peux vous dire, c'est qu'il possède un ranch aux environs de Springton et qu'il ne l'a pas vendu avant de partir en Californie, car il s'agit d'un domaine qu'il a hérité de sa mère.

— Quel est le nom de ce domaine ?

— Le Double Kay. A votre place, inspecteur, j'irais y faire un tour pour voir si la maison est vide ou si cet imbécile de Reed s'y est réinstallé.

— Est-ce parce que vous lui en voulez encore d'avoir réussi à séduire Honey que vous parlez de lui en ces termes ?

— Au contraire ! Ce que je lui reproche, c'est de l'avoir quittée et de lui avoir brisé le cœur. J'aime tellement Honey que j'aurais préféré la savoir heureuse avec cet abruti plutôt que malheureuse sans lui.

Jimmy se leva, le regard sombre, et arpenta la pièce d'un pas fébrile.

— Où sont les jumeaux ? questionna-t-il en s'immobilisant devant une porte capitonnée et en fourrant ses poings dans les poches de son veston.

— La petite fille est en sécurité, répondit évasivement John. Quant à son frère, nous ne savons pas ce qu'il est devenu. Avez-vous la moindre idée de l'endroit où Honey aurait pu le cacher ?

— Non. Je ne comprends pas qu'elle soit partie sans avoir cherché à me joindre. Si elle s'était confiée à moi, je l'aurais aidée à résoudre ses problèmes et je me serais occupé de ses enfants.

— A supposer qu'elle ait été harcelée une nouvelle fois par Neil Kinney, est-il possible qu'elle ait demandé à Theodore Wexler d'héberger l'un des bébés ?

— Certainement pas ! Il la traitait comme une moins que rien et aurait préféré se briser une jambe plutôt que de lui donner un coup de main. Après la naissance des jumeaux, il a voulu lui offrir une grosse somme d'argent afin qu'elle renonce à ses droits sur les petits et qu'elle l'autorise à les adopter. Ce m'as-tu-vu est tellement riche et tellement influent qu'il se croit tout permis.

— Où habite-t-il ?

— Dans un ranch très luxueux à la sortie de Dallas. Derrière la maison, il y a deux piscines, un terrain de foot et plusieurs courts de tennis.

— Un terrain de foot et plusieurs courts de tennis ! répéta John, sidéré. Le juge est un mordu de sport ?

— Non, le détrompa Jimmy. C'est son Teddy adoré qui se prend pour un champion et qui perd son temps à s'entraîner. Quand il était étudiant, il s'imaginait qu'il allait être sélectionné par un célèbre coach et qu'on lui décernerait des dizaines de trophées, mais son père a beau avoir le bras long, il n'a pas pu le pistonner. Les présidents des grands clubs cherchent des joueurs de talent, pas des fils à papa qui passent leurs soirées à se soûler au whisky.

John extirpa de son portefeuille l'une des cartes de visite qu'il y avait glissées à son départ de Butterville et la fourra dans la main de Jimmy.

— Si Honey vous téléphone ou si vous avez des renseignements à me donner, appelez-moi dès que possible, lui conseilla-t-il.

Puis, impatient de retourner voir Theodore Wexler, il sortit de la salle des délibérations et entraîna Samantha vers le bureau du magistrat.

— Je trouve bizarre que le juge nous ait menti, lança-t-elle en trottinant à côté de lui. Il devait bien se douter que Jimmy Bartow était au courant de sa liaison avec Honey et qu'il nous en parlerait.

— Sans doute s'est-il dit que Jimmy était son employé et qu'il n'oserait pas se montrer trop bavard de peur d'être licencié. Les hommes de sa trempe se croient tellement supérieurs au commun des mortels qu'ils ne craignent ni Dieu ni diable.

— Ce dont il ne s'est pas rendu compte, c'est que Jimmy était fou de Honey et que personne ne pourrait l'obliger à se taire.

— Heureusement qu'il ne s'est pas laissé intimider, car il nous a appris un tas de choses très intéressantes. Grâce à lui, nous avons découvert que ton amie était tombée amoureuse d'un certain Reed Tanner et que ce type, qui était peut-être le père de ses enfants, l'avait plaquée.

John s'approcha de la longue table demi-lune à laquelle était assise l'une des collaboratrices de Theodore Wexler et gratifia la jeune femme d'un sourire.

— J'aimerais m'entretenir une nouvelle fois avec le juge Wexler, lui dit-il. Voudriez-vous l'avertir que l'inspecteur Wise demande à lui parler ?

— Navrée, il vient juste de quitter le tribunal.

— Où est-il allé ?

— Chez lui.

— Pourriez-vous m'indiquer son adresse ?

— Non, je n'en ai pas le droit.

— Si vous refusez de coopérer et que vous m'empêchiez de mener mon enquête à bien, vous serez accusée d'obstruction et votre patron ne sera pas content.

La secrétaire hésita une minute, puis arracha une feuille à son bloc-notes et y inscrivit les coordonnées de Theodore Wexler.

— Merci, lança John avant de s'emparer du morceau de papier et de sortir du palais de justice à grandes foulées.

— On se croirait à la Maison-Blanche, murmura Samantha lorsqu'elle aperçut le ranch des Wexler au bout d'une allée ombragée de chênes séculaires.

Des statues d'éphèbes et de nymphes disséminées sur le gazon, tels des soldats au garde-à-vous, se dressaient de chaque côté d'un escalier monumental : tout ici était le symbole même du luxe et de la perfection. Très différente des piquets en fer rouillés et des barbelés dont se servaient la plupart des éleveurs texans pour empêcher leur bétail de divaguer hors des pâturages, une clôture de bois immaculée encerclait la pelouse et s'étirait insolemment le long des corrals.

— Je m'explique mieux maintenant pourquoi Jimmy Bartow a traité Theodore Wexler de m'as-tu-vu, maugréa John en s'arrêtant au bas du perron et en descendant de voiture. Ce type a l'air de prendre beaucoup de plaisir à étaler ses richesses.

— Si c'est lui qui a offert à Honey les dix mille dollars qu'elle a déposés sur son compte en banque, rétorqua Samantha, il a dû avoir l'impression de lui donner une simple obole.

— Quel que soit le montant de sa fortune, il a intérêt à nous dire la vérité cette fois, car je ne me laisserai pas impressionner par son arrogance.

— Moi non plus. J'ai une sainte horreur des baudruches gonflées d'orgueil et de fatuité qui ne pensent qu'à écraser les autres de leur luxe et de leur mépris.

Après avoir gravi l'escalier d'un même pas, John et Samantha frappèrent à la porte du ranch et échangèrent un bref regard de connivence lorsque celle-ci se mit à tourner lentement sur ses gonds.

— Pourrions-nous parler à M. Wexler ? demanda John à la jeune servante qui venait de tirer des deux mains le lourd battant de cèdre ouvragé.

— Oui, acquiesça-t-elle avec un petit sourire poli. Qui dois-je annoncer ?

— L'inspecteur Wise et Mlle Corley. Il sait qui nous sommes, car il nous a accordé un entretien au palais de justice.

— Veuillez patienter une minute. Je vais l'avertir de votre visite.

— Merci.

— Ah ! vous êtes déjà là, s'exclama Theodore Wexler en jaillissant de son salon quelques minutes plus tard. Vous n'avez pas perdu de temps.

— Vous vous doutiez que nous allions passer vous voir à votre domicile ? s'étonna John.

— Naturellement ! Je n'ai pas eu besoin de m'acheter une boule de cristal pour le deviner. Il m'a suffi de réfléchir un peu.

— Puisque vous êtes aussi perspicace, comment se fait-il que vous nous ayez menti ?

— Ce n'est pas par plaisir que je vous ai caché la vérité, inspecteur, c'est par nécessité. Je suis un homme que tout le monde respecte à Dallas et je n'ai pas envie qu'un scandale ternisse ma réputation.

— Votre femme sait-elle que vous avez eu une aventure avec Mlle Dawson ?

— Oui. Et il y a belle lurette qu'elle m'a pardonné cette incartade. Au lieu de me harceler, vous devriez vous rendre chez mon huissier. Ce type est amoureux de Honey et ne supporte pas que d'autres hommes lui tournent autour.

— J'ai déjà interrogé M. Bartow et il m'a dit que votre fils n'avait pas sauté de joie lorsque vous lui aviez parlé de la grossesse de Honey. Est-il exact que vous avez offert de l'argent à cette malheureuse pour qu'elle vous laisse adopter ses enfants ?

— Non, c'est faux ! s'insurgea Theodore Wexler, le regard flamboyant. Comme je pensais être le père des jumeaux, je lui ai expliqué qu'ils recevraient une meilleure éducation si je les élevais à sa place.

— Vous admettez donc que vous avez essayé de lui voler ses bébés ?

— Pas du tout ! Je lui ai proposé de leur donner mon nom et de prendre soin d'eux, ce qui n'est pas la même chose.

— Est-ce parce qu'elle vous a ri au nez et envoyé balader que vous l'avez kidnappée ? lança Samantha au juge.

— Je n'ai pas kidnappé Honey, mademoiselle Corley, protesta-t-il en martelant ses mots. Quand elle a disparu il y a une dizaine de jours, j'ai engagé un détective privé pour qu'il la retrouve et qu'il la ramène à Dallas de gré ou de force, mais il a échoué lamentablement.

— De gré *ou de force* ! répéta John d'un ton caustique. Vous arrive-t-il parfois de recourir à la violence, Votre Honneur ?

Theodore Wexler désigna de l'index les toiles de maître qui ornaient l'un des murs de son vestibule et s'autorisa un sourire.

— Non, répondit-il. Regardez autour de vous, inspecteur Wise, et vous verrez que je peux obtenir tout ce que je veux sans être obligé de me salir les mains. Je suis tellement riche et tellement puissant que personne n'aurait l'audace de me résister.

— A part Honey Dawson. Elle a préféré s'occuper elle-même de ses bébés et continuer à tirer le diable par la queue plutôt que de vous les confier et d'empocher des dizaines de milliers de dollars.

— Peu importe ce qu'elle a préféré ! Les jumeaux sont *mes* enfants et il est hors de question que je laisse une garce les élever.

— Comment osez-vous… ? lança Samantha au juge. Comment osez-vous insulter Honey ? C'est une fille merveilleuse qui croque la vie à belles dents et qui serait incapable de la moindre méchanceté. Bien qu'elle adore jouer de son charme, elle n'a jamais fait de mal à qui que ce soit.

— Sinon aux pauvres types qu'elle a plaqués et qui ont eu le cœur brisé.

— Ce qui est votre cas ?

— Absolument pas ! Je me méfie des allumeuses dans son genre et il aurait fallu que je sois le dernier des idiots pour éprouver envers elle autre chose qu'une banale attirance physique.

— Votre femme sait-elle que vous souhaitez adopter les enfants de votre ancienne maîtresse et acceptera-t-elle de s'occuper d'eux ? demanda John à Theodore Wexler.

— Oui, répondit ce dernier avec un tranquille aplomb. Quand je prends une décision, Portia n'a pas l'habitude de la contester. Depuis que je l'ai épousée, elle s'est toujours pliée à mes volontés.

— Où est-elle en ce moment ?

— Chez son esthéticienne. Comme nous allons célébrer notre anniversaire de mariage le week-end prochain et donner une grande fête à cette occasion, je lui ai offert une séance de soins afin qu'elle soit resplendissante de beauté le soir de la réception.

— Et votre fils, est-il à la maison ?

— Non. Il y a déjà un bon bout de temps qu'il n'habite plus ici.

— Où pourrais-je le trouver ?

— Dans l'appartement qu'il possède au centre de Dallas. Mais pourquoi diantre souhaitez-vous le rencontrer ? C'est un gentil garçon qui aurait été incapable de toucher à un seul cheveu de Honey.

— Inutile de le défendre ! Je ne l'ai encore accusé de rien. Je veux juste lui demander ce qu'il a pensé de votre aventure avec Mlle Dawson.

— Au lieu d'aller l'embêter, vous devriez vous dépêcher de rentrer à Butterville et laisser la police de Dallas s'occuper du reste. L'inspecteur Arnold et ses collègues connaissent les Texans mieux que vous et auront vite fait de boucler leur enquête.

— Désolé, Votre Honneur, lança John, un sourire sarcastique aux lèvres, mais je ne retournerai en Géorgie que quand j'aurai trouvé les réponses à toutes les questions que je me pose.

Puis, dès que Theodore Wexler lui eut indiqué l'adresse de son fils, il ajouta d'un ton mordant :

— Je reviendrai voir votre épouse demain et vous n'aurez pas intérêt à m'empêcher de lui parler. Quel que soit le montant de votre fortune, vous ne pourrez ni m'acheter ni m'obliger à abandonner mes investigations.

— Je déteste ce type, maugréa Samantha lorsque John et elle eurent regagné leur cabriolet et quitté le ranch des Wexler. S'il tient à sa réputation, pourquoi veut-il élever les enfants de Honey et rendre publique la liaison qu'il a eue avec elle ?

— Moi non plus, je ne comprends pas son attitude. A la seconde même où les gens découvriront qu'il a trompé sa femme et qu'il souhaite séparer des bébés de leur maman, ils cesseront de le considérer comme un homme intègre et lui tourneront le dos.

— Il a donc tout à perdre dans cette histoire.

— A moins qu'il ne nous ait menti de bout en bout. Peut-être a-t-il engagé un détective privé parce que Honey lui avait réclamé une pension alimentaire et qu'il refusait de lui verser un seul centime.

— Ce qui signifierait qu'il est bel et bien le père des jumeaux, mais qu'il n'a aucune envie de subvenir à leurs besoins.

— Exactement. Quand les gros bonnets tels que lui ont un problème et se sentent menacés, ils ne s'embarrassent pas de scrupules.

— Espérons que son fils sera plus facile à amadouer et qu'il acceptera de répondre à nos questions.

— Oh ! j'en doute. Tu sais ce que dit le proverbe ?

— Non.

— « Les chats ne font pas des chiens. »

— Ce qui est sûr en tout cas, c'est que Teddy Wexler a les mêmes goûts de luxe que son père, lança Samantha à John en voyant s'encadrer dans le pare-brise du cabriolet le superbe complexe résidentiel dont le juge leur avait donné l'adresse. A en croire ce qui est écrit là-bas, il y a une piscine chauffée, un Jacuzzi, une salle de remise en forme, un restaurant, un bar, une boîte de nuit et des boutiques au sous-sol de chaque immeuble.

— Tu penses bien que l'héritier du grand, du riche, du célèbre Theodore Wexler n'allait pas habiter un taudis ! Quand on a passé son enfance et son adolescence dans l'un des plus beaux ranchs de Dallas, on ne se contente pas d'un modeste pavillon de banlieue ni d'un studio au dernier étage d'un gratte-ciel délabré.

— Toi aussi, tu es issu d'une famille fortunée, mais cela ne t'a pas empêché de quitter le manoir de tes parents et de louer une petite maison.

— Comme quoi, on peut être né avec une cuillère d'argent dans la bouche et mener une vie normale.

Après s'être garé entre une Mustang et une Jaguar flambant neuves, John guida Samantha vers l'immense hall de la résidence, puis s'approcha du comptoir en acajou derrière lequel s'affairait une réceptionniste.

— J'aimerais parler à Teddy Wexler, lui dit-il. Voudriez-vous le prévenir de ma visite ?

— Bien sûr ! s'exclama la jeune femme avant d'enfoncer le bouton de son Interphone. Vous avez deux nouveaux invités, monsieur Wexler, jeta-t-elle dans le micro. Dois-je les laisser monter ?

— Oui, acquiesça une voix pâteuse. Plus on est de fous, plus on rit.

— J'ai l'impression que notre « hôte » a bu un peu trop d'alcool, glissa Samantha à John dès qu'ils se furent engouffrés dans l'ascenseur. Tu crois qu'il va être en état de répondre à tes questions ?

— Je l'espère, car je n'ai pas envie de patienter jusqu'à ce qu'il ait dessoûlé.

— S'il a abusé du whisky, nous aurons peut-être moins de mal à lui soutirer des renseignements que s'il était à jeun. Il paraît qu'il n'y a rien de tel qu'une bonne rasade de scotch pour délier les langues.

— Qui t'a dit celà ?

— L'une des assistantes sociales avec qui j'ai l'habitude de travailler.

A peine la cabine s'était-elle immobilisée en douceur à l'avant-dernier étage de l'immeuble que Samantha en sortit comme une flèche.

— Quel est le numéro de l'appartement de Teddy, déjà ? demanda-t-elle à John.

— Le 2304, lui rappela-t-il avant d'aller sonner à l'une des portes alignées de part et d'autre d'un long couloir.

Monsieur Wexler, je suppose ? lança-t-il à l'homme qui vint lui ouvrir, un verre de bourbon à la main.

— Oui, confirma son vis-à-vis. Qui que vous soyez, vous arrivez juste à temps : la fête bat son plein et il reste du champagne au fond des bouteilles.

Puis, à l'adresse de Samantha, qui se tenait un peu en retrait, il ajouta d'un air égrillard :

— Salut, ma jolie ! Tu es drôlement bien roulée, dis donc !

« Je vais le tuer », pensa John, furieux de voir le regard concupiscent de Teddy s'attarder sur la bouche aux contours pulpeux de la jeune femme et s'insinuer dans l'échancrure de son corsage.

— Mademoiselle se prénomme Samantha, précisa-t-il entre ses dents serrées, et je vous prie de ne pas la tutoyer.

— Oh, ça va ! s'exclama Teddy, un sourire insolent aux lèvres. De quel droit vous permettez-vous de me donner des ordres ?

— Du droit que me confèrent mon métier et mon grade.

— Que faites-vous de beau dans la vie, monsieur le rabat-joie ?

— Je suis inspecteur de police à Butterville, en Géorgie.

— Et comment vous appelez-vous ?

— John Wise.

— Ravi de vous rencontrer, inspecteur Wise. Qu'est-ce qui vous amène au Texas ?

— Nous sommes venus ici pour essayer de retrouver Honey Dawson, ma meilleure amie, déclara Samantha. Elle a disparu au début de la semaine et nous voudrions vous poser deux ou trois petites questions à son sujet. Acceptez-vous d'y répondre ?

— Non, pas ce soir. Au cas où vous ne l'auriez pas remarqué, je vous signale que je suis occupé et que je n'ai pas le temps de…

Voyant l'une de ses invitées — une jolie brune aux yeux bleus — jaillir du salon, une flûte de champagne entre les mains, Teddy suspendit sa phrase, puis sortit dans le couloir et referma la porte derrière lui.

— Si vous n'avez rien à vous reprocher, monsieur Wexler, lança John d'un ton doucereux, montrez-vous coopératif et nous ne vous retiendrons que cinq minutes.

— Qu'est-ce qui vous fait croire que je connais cette Honey Dawson dont vous venez de me parler ?

— La conversation édifiante que nous avons eue avec votre père. Il nous a avoué qu'elle avait été sa maîtresse et qu'il désirait adopter ses enfants. Le jour où il vous a dit qu'elle était enceinte, qu'avez-vous éprouvé ?

— De la colère et du dégoût. Comme c'est un gentleman, il a voulu aider cette garce en lui donnant dix mille dollars après la naissance des jumeaux, mais elle a refusé de lui confier les bébés et a essayé de lui soutirer une somme d'argent astronomique.

— Ce qui a dû vous agacer au plus haut point. N'avez-vous pas eu envie à ce moment-là de vous débarrasser de Honey pour l'empêcher de mettre la main sur l'immense fortune des Wexler ?

— Non. Je ne suis pas vindicatif de nature et je n'aime pas employer la manière forte. Si quelqu'un s'en est pris à Honey Dawson, c'est certainement à cause de sa cupidité et de ses mœurs dissolues. Elle a le cœur tellement sec et la cuisse tellement légère que l'un de ses ex-petits amis a pu vouloir se venger d'elle.

John se pencha vers Teddy et, sans se presser le moins du monde, examina les nombreuses égratignures qui lui zébraient les joues.

— Qui vous a fait cela, monsieur Wexler ? s'informa-t-il avec suavité.

— Ce cinglé de Reed Tanner. Il a débarqué ici il y a un peu plus d'une heure et a failli m'assommer d'un crochet du droit.

— Pourquoi vous a-t-il tapé dessus ?

— Parce qu'il est jaloux de moi depuis des années. Quand nous étions en terminale ensemble, j'étais plus doué que lui au foot et il ne m'a pas encore pardonné d'avoir été élu meilleur attaquant du championnat interscolaire.

— N'a-t-il pas eu une liaison avec Honey Dawson avant qu'elle ne rencontre votre père ?

— Si. Et je ne serais pas étonné qu'il soit le père des jumeaux. A votre place, inspecteur, j'irais lui demander où il était au début de la semaine, lorsque son ancienne petite amie a disparu.

— Merci de votre précieux conseil, mais ne vous croyez pas obligé de me faire d'autres suggestions. J'ai l'habitude de conduire des enquêtes policières et je sais très bien comment m'y prendre.

John regarda les santiags que portait Teddy et les compara mentalement à celles, moins fines et moins pointues, dont Dave Akers avait relevé les empreintes au pied du chalet de Samantha. Vu le luxe et l'oisiveté dans lesquels vivait le fils du juge, il y avait peu de chances qu'il se soit déguisé un jour en cow-boy et qu'il ait chaussé des bottes de travail à larges semelles.

— Où étiez-vous lundi dernier ? jeta John d'une voix cassante.

— Au ranch, avec mes parents et leurs invités, répliqua Teddy, un sourire mauvais aux lèvres. Si vous ne me croyez pas, posez-leur la question et ils vous confirmeront ce que je viens de vous dire.

— Ce n'est pas parce que vous avez un alibi en béton que vous devez fanfaronner, monsieur Wexler. Puisque vous avez de l'argent à ne plus savoir qu'en faire, il vous aurait été facile d'engager des tueurs et de les lancer aux trousses de Honey. J'espère pour vous que vous n'êtes pas responsable de sa disparition, car rien ni personne ne pourra m'empêcher de démasquer son agresseur et de l'envoyer moisir en prison, qu'il soit pauvre comme Job ou riche à millions.

14

Samantha venait de regagner le parking de la résidence quand un coup de feu éclata à une vingtaine de mètres de l'endroit où elle se trouvait.

— Baisse-toi, lui intima John avant de s'élancer hors de l'immeuble et de l'obliger à s'accroupir derrière leur cabriolet.

— As-tu vu qui a tiré ? demanda-t-elle, le premier moment de stupeur passé.

— Non. Quand j'ai entendu la détonation, je suis sorti du hall comme un fou et je ne me suis préoccupé que de ta sécurité.

— Tu crois que celui qui nous a canardés est encore là et qu'il nous tuera si nous nous avisons de monter dans la voiture ?

— J'ai bien peur que oui.

— Qu'allons-nous faire, alors ?

— Essayer de le débusquer. Pendant que je vais inspecter les abords de la résidence, reste ici et sois prudente.

— Plutôt que de te laisser prendre tous les risques, je préférerais t'accompagner et t'aider à neutraliser le cinglé qui a osé nous…

— Il n'en est pas question, Sam, grommela John en

dégainant son revolver. C'est moi qui suis policier, pas toi, et il est de mon devoir de te protéger.

Avec l'acuité d'un chasseur à l'affût de sa proie, il scruta les alentours de l'immeuble, puis longea silencieusement la Mustang près de laquelle il s'était garé et se faufila entre deux énormes 4x4 dont les chromes étincelaient à la lueur des réverbères.

A peine avait-il enjambé l'étroite bande de gazon qui séparait le parking du trottoir qu'un nouveau coup de feu résonna à ses oreilles et que la lunette arrière d'une vieille Cadillac vola en éclats.

— Si tu t'imagines que je vais te faciliter la tâche et te laisser me tuer sans réagir, espèce de tordu, tu te fais des illusions, hurla John en voyant une ombre s'enfuir et en lui tirant dessus. Monte vite dans le cabriolet et boucle ta ceinture de sécurité ! cria-t-il à Samantha dès qu'il entendit vrombir un moteur de l'autre côté de la rue. Il faut à tout prix qu'on rattrape ce salaud.

— As-tu pu noter le numéro d'immatriculation du véhicule ? lui demanda-t-elle lorsqu'il vint la rejoindre et qu'il se mit au volant.

— Non, répondit-il après avoir empoigné la clé de contact et démarré. Je ne sais même pas de quelle couleur était la carrosserie.

— Tu penses que c'est Teddy Wexler qui nous a attaqués ?

— Ça m'étonnerait. Il était encore avec ses invités quand nous sommes redescendus au rez-de-chaussée. A moins d'un miracle, il lui aurait donc été difficile d'arriver en bas de l'immeuble avant nous.

— Peut-être notre agresseur est-il l'ancien petit ami de Honey.

— Tu veux parler de Reed Tanner ?

— Oui. Comme il est venu ici au début de la soirée et qu'il était d'humeur bagarreuse, il aurait fort bien pu rester en embuscade au pied de la résidence et nous regarder entrer dans le hall.

— Il est possible, en effet, qu'il se soit planqué derrière une voiture et qu'il nous ait guettés.

— Mais… ? Car je suppose qu'il y a un *mais*.

— La personne qui a essayé de nous trouer la peau n'avait pas une silhouette de cow-boy ni une démarche très masculine.

— Tu ne crois tout de même pas que… que c'est une femme qui nous a tiré dessus ? bredouilla Samantha, le regard élargi de stupéfaction.

— Si, confirma John en tournant à droite, puis à gauche. J'ai eu la nette impression que notre agresseur savait mieux prendre ses jambes à son cou que manier une arme.

— Dans ce cas, il n'y a plus que deux suspectes en lice : la belle Portia Wexler et cette Tiffany Maylor dont Jimmy Bartow nous a parlé.

— Demain matin, nous irons interroger l'épouse du juge et, que cela lui plaise ou non, il faudra bien qu'elle réponde à nos questions.

— J'espère que son mari ne lui aura pas ordonné entre-temps de nous jouer la comédie, histoire d'endormir nos soupçons.

— Oh ! je doute qu'il ose pousser l'arrogance jusque-là. Il a dû se rendre compte que rien ne m'empêcherait de découvrir la vérité et qu'il était donc inutile de me mener en bateau.

John bifurqua dans la petite rue transversale que venait

d'emprunter l'homme — ou la femme — qu'il pourchassait et appuya à fond sur la pédale d'accélérateur.

— Ah, quelle poisse ! bougonna-t-il en s'arrêtant à un feu rouge et en voyant disparaître au loin le véhicule qu'il s'était efforcé vainement de rattraper.

— Tu sais ce que je ferais à ta place ? lui jeta Samantha, déçue de ne pas avoir réussi à identifier le conducteur.

— Non.

— Je téléphonerais à Ed Arnold et je lui demanderais d'aller perquisitionner au domicile de Teddy Wexler. Tu as beau dire que ce don Juan de pacotille n'a pas pu descendre de son appartement plus vite que nous, je suis persuadée qu'il nous a caché un tas de choses et que nous aurions tout intérêt à fouiller dans ses placards.

— Le problème, c'est qu'un policier n'a pas le droit de pénétrer chez quelqu'un sans y avoir été autorisé par un magistrat habilité. Si tu veux que j'arrive à convaincre l'inspecteur Arnold d'ouvrir une enquête, il va donc falloir que nous retournions sur le parking de l'immeuble et que je récupère les douilles des cartouches dont s'est servi notre agresseur.

— En admettant que tu les retrouves, ces fichues douilles, y a-t-il un juge dans cette ville qui acceptera de s'en prendre au fils d'un confrère ?

— Rien n'est moins sûr. Comme il nous l'a expliqué en long, en large et en travers, Theodore Wexler est une sommité à Dallas et beaucoup de gens au tribunal ont peur de lui déplaire.

— Raison de plus pour persévérer. Puisque nous venons de Géorgie et que nous n'avons pas grand-chose à craindre de ce prétentieux, nous sommes les seuls à pouvoir l'attaquer de front.

Un sourire étira les lèvres de John.

— Ce que j'aime chez toi, Sam, c'est ton audace et ta détermination, rétorqua-t-il avant d'embrayer et d'exécuter un demi-tour digne d'un pilote de rallye.

— Ravie de constater que tu ne m'accuses plus d'être téméraire et entêtée ! riposta-t-elle en s'agrippant de ses dix doigts à sa ceinture de sécurité. Il y a du progrès.

Dès qu'il eut regagné le parking du complexe résidentiel et ramassé les douilles qui gisaient au pied d'un réverbère, John téléphona à Ed Arnold et lui raconta brièvement ce qui s'était passé.

— Apportez-moi les balles qui ont failli vous transpercer le crâne et je les ferai analyser, lui dit son collègue.

— Avez-vous réussi à localiser Neil Kinney ?

— Pas encore, mais nous y travaillons.

— Pourriez-vous demander un mandat de perquisition et venir fouiller l'appartement de Teddy ?

— Vous n'y pensez pas ! se récria Ed. Le juge Wexler est un homme très respecté à Dallas et je ne connais aucun magistrat qui oserait s'en prendre à lui. Pour que l'un de ses confrères accepte de nous aider, il faudrait que vous ayez des preuves formelles de la culpabilité de son fils. Ce qui n'est pas le cas, j'imagine ?

— Non.

— Le contraire m'aurait étonné.

— Puisque vous êtes au commissariat, voudriez-vous chercher l'adresse d'une certaine Tiffany Maylor ? Honey et elle ont été candidates à un poste de meneuse de ban et il paraît qu'elles ont failli s'entretuer.

— Vous croyez vraiment que cette jeune femme aurait eu l'idée saugrenue de kidnapper Mlle Dawson à cause d'une simple rivalité professionnelle ?

— Si deux de mes copines de fac ne s'étaient pas tapé dessus un jour parce qu'elles convoitaient la même place de serveuse, c'est une hypothèse que j'aurais écartée d'emblée. Mais, la nature humaine étant ce qu'elle est, je préfère explorer toutes les pistes, même les plus farfelues.

— Ne quittez pas, je vais consulter mes fichiers.

— Merci.

Pendant que l'inspecteur Arnold pianotait sur le clavier de son ordinateur, John coula un regard vers Samantha et la vit étouffer un bâillement. « Au lieu de l'obliger à rester éveillée, je devrais la conduire à l'hôtel et la laisser dormir jusqu'à demain matin », se dit-il, conscient de lui avoir imposé un rythme d'enfer depuis l'incendie de son chalet.

— Vous êtes encore en ligne, Wise ? lança Ed de sa voix caverneuse.

— Oui.

— J'ai trouvé l'adresse que vous m'avez demandé de chercher. La dénommée Tiffany Maylor habite dans une vieille maison restaurée qui a été divisée en plusieurs appartements et qui est située à deux pas du fief des Cow-Boys.

Après avoir noté sur la première page de son agenda les coordonnées que son collègue lui avait indiquées, John remit en marche le moteur de son cabriolet et prit la direction du stade.

— Où m'emmènes-tu ? murmura Samantha en dodelinant de la tête.

— Chez la rivale de Honey. J'aurais préféré te conduire à l'hôtel et aller interroger seul cette teigne, mais je n'ai pas envie que notre agresseur s'introduise dans ta chambre pendant que tu dormiras et qu'il te tue d'une balle en plein cœur.

— Comme je ne veux pas que tu continues ton enquête sans moi, ça tombe bien.

— Vous êtes Tiffany Maylor ? demanda John à la jolie rousse vêtue d'un short en jersey et d'un bustier ultramoulant qui vint lui ouvrir.

— Non, le détrompa-t-elle. Je suis Cara, la colocataire et la meilleure copine de Tiff.

— Où se trouve votre amie en ce moment ?

— Pourquoi voulez-vous le savoir ?

— Parce que je suis inspecteur de police et que j'ai des questions à lui poser.

— A quel sujet ?

— Au sujet d'une jeune femme qui s'appelle Honey Dawson et qui a disparu.

— Vous êtes la deuxième personne à me parler de cette fille.

— Qui d'autre que moi a prononcé son nom devant vous ?

— Un certain Reed Tanner. Il a débarqué ici en compagnie d'une détective privée et m'a demandé si j'avais eu de ses nouvelles récemment.

— Que lui avez-vous répondu ?

— Que je n'avais aucune idée de l'endroit où elle se cachait. Je sais juste qu'elle a essayé à plusieurs reprises de se faire engager par le président des Cow-Boys depuis son arrivée à Dallas et qu'elle n'était pas en bons termes avec Tiff.

— Avez-vous eu l'occasion de la croiser ces dernières semaines ?

— Non. Comme je suis étudiante à l'école préparatoire de médecine et que j'ai horreur du foot, il est rare que j'aille perdre mon temps au stade.

— Que vous a dit Mlle Maylor à propos de Honey ? jeta Samantha à Cara.

— Qu'elle était très sexy et que les hommes béaient d'admiration devant elle. Tiff la détestait cordialement parce qu'elle la trouvait un peu trop délurée, mais elle aurait été incapable de la kidnapper.

— Laquelle des deux a obtenu le poste de meneuse de ban ?

— Tiff. Elle s'est battue à la loyale et a été choisie en toute impartialité.

— Où est-elle à cette heure-ci ?

— Chez Teddy Wexler. Il donne une soirée dans son appartement et l'y a invitée.

— Depuis quand fréquente-t-elle le fils du juge ?

— Depuis pas mal d'années. Ils sont sortis ensemble autrefois et sont restés bons amis après leur rupture. Tiff m'a dit un jour que Teddy savait s'amuser mieux que personne et qu'elle ne voulait pas rater une seule de ses réceptions.

— Est-ce une photo de Mlle Maylor que j'aperçois là-bas ? interrogea John en désignant le portrait qui était suspendu à l'une des cloisons du salon.

— Oui, confirma Cara. Elle est jolie, n'est-ce pas ?

— Très jolie, mais on peut avoir l'air d'un ange et être la pire des criminelles.

— Si vous connaissiez Tiff, vous ne la soupçonneriez pas d'avoir tué Honey Dawson. Elle est trop délicate et trop raffinée pour abattre quelqu'un de sang-froid.

— Possède-t-elle une arme ?

— Ce n'est pas à moi que vous devriez poser cette question, inspecteur, c'est à elle. Alors, attendez qu'elle soit de retour et…

— Comme elle risque de s'attarder chez Teddy Wexler et que je n'ai pas une minute à perdre, je préférerais que vous y répondiez vous-même. Votre amie s'est-elle acheté un pistolet ?

Cara se mordilla longuement les lèvres d'un air indécis, puis finit par lâcher :

— Oui. Elle m'a dit qu'elle avait peur de se faire attaquer dans la rue et qu'il lui permettrait de se défendre en cas de besoin.

— S'agit-il d'un 7,65 ou d'un 6,35 ?

— Je n'en sais rien. Quand elle l'a rapporté à la maison, je lui ai conseillé de ne pas le laisser sur la table du salon parce que je déteste les armes à feu.

— Où l'a-t-elle rangé ?

— Dans sa chambre.

— Et il y est encore ?

— Je ne pense pas. Chaque fois qu'elle sort le soir, elle le glisse au fond de son sac.

« Pour se protéger d'un éventuel agresseur ou pour pouvoir éliminer ceux et celles qui oseraient contrecarrer ses plans ? » se demanda John, les yeux rivés à la photographie très glamour de Tiffany.

— Merci d'avoir répondu à mes questions, mademoiselle, lança-t-il à Cara avant d'entraîner Samantha hors de la maison et de se remettre au volant de leur cabriolet.

— Je parie que tu as hâte de rendre une deuxième petite visite au fils du juge et que nous ne sommes pas près d'aller nous coucher, maugréa-t-elle en bouclant sa ceinture de sécurité et en réprimant un bâillement.

— Bravo, Sherlock Holmes ! se moqua-t-il. Tu as tout deviné.

— Encore vous ! s'indigna Teddy quand il ouvrit la porte et se retrouva nez à nez avec John. Vous n'avez pas bientôt fini de me casser les pieds ?

— Possédez-vous une arme à feu, Wexler ?

— Cela ne vous regarde pas. Vous êtes loin de Butterville ici et vous n'avez pas le droit de m'interroger. Seuls les policiers de Dallas seraient autorisés à débarquer chez moi en pleine nuit.

— Ils ne vont pas tarder à arriver, soyez-en certain. J'ai conseillé à l'inspecteur Arnold de demander un mandat de perquisition et de venir fouiller votre appartement.

— Le jour où il en obtiendra un, les éléphants auront des ailes.

— Oh ! je ne crois pas que votre père puisse vous protéger indéfiniment. Si vous avez quoi que ce soit à vous reprocher, je prouverai votre culpabilité et je vous expédierai derrière les barreaux à une telle vitesse que vous n'aurez même pas le temps de réagir.

— C'est ce qu'on verra.

— Au lieu de faire le malin et de me chauffer les oreilles, allez donc chercher Mlle Maylor. J'aimerais avoir un entretien avec elle.

— Qui vous a dit qu'elle était là ?

— L'une de ses amies.

— Eh bien ! elle vous a menti. Je n'ai pas vu Tiff de la soirée.

— A d'autres ! La jolie brune qui est sortie de

votre salon pendant que nous bavardions tout à l'heure ressemblait trait pour trait à Tiffany. Alors, arrêtez de me baratiner et demandez-lui de venir nous rejoindre avant que je ne m'énerve.

Après avoir poussé un soupir de résignation, Teddy tourna la tête vers le fond de son vestibule et lança d'une voix de rogomme :

— Pose ton assiette de petits-fours, Tiff, et approche. Quelqu'un meurt d'envie de faire ta connaissance.

— De qui parles-tu, mon chou ? s'informa la jeune femme en jaillissant de la salle de séjour.

— De l'inspecteur Wise. Il enquête sur la disparition de Honey Dawson et aimerait savoir si c'est toi qui l'as kidnappée.

— Je ne vous accuse de rien, mademoiselle Maylor, se hâta de préciser John quand il vit les autres invités de Teddy se masser au fond du hall, le regard brillant de curiosité. Je veux juste vous interroger.

— Là, tout de suite ?

— Oui. A moins que vous ne teniez à ce que vos amis attrapent au vol des bribes de notre conversation, sortez dans le couloir. Vous y serez à l'abri des oreilles indiscrètes.

Soucieuse apparemment d'éviter les commérages, Tiffany obéit sans broncher et Teddy, qui n'avait pas l'air très rassuré malgré ses fanfaronnades, s'empressa de l'imiter.

— Parlez-moi de Honey Dawson, intima John à la jeune femme. Quel genre de relations aviez-vous avec elle ?

— Des relations assez tendues, ce qui n'a rien d'étonnant. Nous convoitions le même poste et aucune de nous ne voulait déclarer forfait. Nous avions donc peu de chances de sympathiser.

— Les autres candidates étaient-elles aussi déterminées que vous deux ?

— Non. Ma seule vraie rivale était Honey.

— Vous êtes-vous dit parfois que le meilleur moyen de vous débarrasser d'elle serait de la kidnapper ?

— Jamais ! Je n'ai pas eu besoin d'en arriver à cette extrémité pour la battre à plates coutures. Les responsables du club se sont vite aperçus que ses manières laissaient à désirer et ils m'ont choisie à l'unanimité. Honey est une petite aventurière qui a été abandonnée par ses parents à sa naissance et qui a grandi au fin fond de la Géorgie alors que moi, je suis la fille d'un riche bijoutier que tout le monde connaît à Dallas.

Samantha, qui s'était bien gardée jusque-là d'intervenir, sentit une froide colère la gagner.

— Ce n'est pas parce que Honey a passé son enfance et son adolescence dans un orphelinat qu'elle aurait été une moins bonne meneuse de ban que vous, mademoiselle Maylor, lança-t-elle d'une voix incisive. Comme elle a été habituée dès son plus jeune âge à ne compter que sur elle-même et à lutter contre l'adversité, elle sait à quel point il est difficile de se faire une place au soleil et elle aurait pu servir d'exemple aux gamines qui vivent dans des quartiers défavorisés et qui rêvent de s'en évader.

Cinglée par la virulence du ton, Tiffany s'adossa au mur et tirailla nerveusement l'une des bretelles de sa robe.

— Quand avez-vous vu Honey Dawson pour la dernière fois ? lui demanda John.

— Le jour où ma candidature a été retenue.

— Il ne vous est pas arrivé depuis de la croiser chez des amis ?

— Non. Je n'ai pas les mêmes fréquentations qu'elle, Dieu merci.

— Où étiez-vous au début de la semaine ?

— Ici, à Dallas. Je dois m'entraîner tous les soirs avec les autres meneuses de ban des Cow-Boys et je n'ai pas intérêt à rater une seule séance.

— Votre colocataire m'a dit que vous vous étiez acheté une arme à feu et qu'elle ne vous quittait presque jamais. Voudriez-vous me la montrer ?

— Bien sûr ! s'exclama Tiffany en ouvrant le petit sac perlé qu'elle avait glissé sous son bras.

— Laissez-moi faire, lui ordonna John avant de plonger une main dans le réticule et d'en extirper un pistolet dont le canon ne portait aucune trace de poudre.

Celui — ou celle — qu'il avait pris en chasse dans les rues du centre-ville trois quarts d'heure plus tôt ne pouvait donc pas s'en être servi pour lui tirer dessus.

— Et vous, Wexler, ajouta-t-il, le regard soupçonneux, possédez-vous un revolver ?

— A vous de le deviner, inspecteur ! ironisa Teddy. Si vous n'avez aucun talent d'extralucide, demandez à un magistrat de délivrer un mandat de perquisition à vos collègues de Dallas et vous le saurez.

Puis, manifestement ravi d'avoir eu le dernier mot, il prit Tiffany par le coude et s'engouffra avec elle dans son appartement.

— Quelle plaie, ce type ! fulmina John en guidant Samantha vers l'ascenseur. Il est encore plus prétentieux et horripilant que son père, ce qui n'est pas peu dire.

— Maintenant que nous les avons interrogés, Tiffany et lui, qu'allons-nous faire ?

— Dormir. Tu es tellement fatiguée que tu tiens à peine sur tes jambes.

— Où as-tu réservé des chambres ?

— Dans un hôtel qui se trouve à cinq cents mètres d'ici. Veux-tu que nous nous arrêtions dans un snack-bar en cours de route et que je t'offre à dîner ?

— Non, merci. Je suis trop inquiète au sujet de Honey et de son petit garçon pour pouvoir avaler quoi que ce soit.

15

— Si j'ai réservé une suite plutôt que deux chambres indépendantes, c'est par prudence, expliqua John à Samantha après avoir donné un généreux pourboire au bagagiste de l'hôtel et claqué la porte derrière lui. Je sais que tu n'aimes pas avoir un garde du corps, mais l'homme ou la femme qui a essayé de te tuer pourrait récidiver et je ne tiens pas à ce qu'il t'arrive malheur.

— Tu as bien fait de prendre cette précaution, jeta-t-elle, à bout de forces. Je suis tellement exténuée que je serais incapable de me défendre en cas de danger.

— Au lieu de t'obliger à me suivre chez Teddy Wexler et chez Tiffany Maylor, j'aurais dû t'amener ici au début de la soirée et te laisser dormir.

— Non, je n'aurais pas réussi à fermer l'œil. Chaque fois que je pense à Honey, je l'imagine agonisant au fond d'un ravin ou dans une cabane de bûcheron quelque part en Géorgie et j'en perds le sommeil.

— Où qu'elle soit, je remuerai ciel et terre pour la retrouver, je te le promets.

— Merci. Après toutes les horreurs que les gens t'ont dites sur elle, je suis étonnée que tu aies encore envie de voler à son secours. Contrairement à ce qu'ont prétendu les Wexler et cette poison de Tiffany, Honey n'est ni une débauchée ni une croqueuse de diamants. Bien qu'elle adore papillonner et s'acheter de jolies robes, elle est loyale, honnête et pleine de…

— Inutile d'énumérer ses qualités, Sam ! Je sais que vous êtes très proches l'une de l'autre et que tu as besoin de son amitié.

— Pourquoi tiens-tu autant à lui venir en aide ? Parce que tu es policier et qu'il est de ton devoir de rechercher les personnes disparues ?

— Pas seulement. Si tu n'avais pas été impliquée dans cette histoire et si je n'avais pas eu peur de te perdre, j'aurais sans doute mené mon enquête avec moins de fougue et de passion.

Touchée par cet aveu, Samantha leva la main vers John et lui effleura la joue d'une caresse.

— Merci de ne pas m'avoir laissée tomber, lui dit-elle. Tu es l'homme le plus merveilleux que je connaisse.

— Et toi, la jeune femme la plus séduisante que j'aie jamais rencontrée, murmura-t-il en l'enfermant dans ses bras et en la serrant sur son cœur.

— Moi, séduisante ? Tu délires ! Je suis une sauvageonne qui vit au fond des bois et qui préfère les vieux jeans délavés aux robes du soir.

— Je me moque pas mal de ta façon de t'habiller. Ce qui me plaît, ce ne sont pas tes vêtements, ce sont tes jolis yeux noisette, tes magnifiques cheveux bruns qui se parent de reflets dorés au soleil et ton caractère à l'emporte-pièce. Tu es une battante que rien ni personne ne peut décourager et je trouve cela très sexy.

— Si tu veux que je te croie, il va falloir que tu me donnes une preuve de ta sincérité.

— Quel genre de preuve ?

— Une preuve tangible et irréfutable.

— Mais encore ?

— Un baiser.

— Bref et amical ? Ou long et voluptueux ?

— Long et voluptueux, évidemment ! Est-ce trop te demander ?

— Oh, que non ! se récria John avant de pencher la tête vers Samantha et de capturer avec une ardeur d'affamé les lèvres qu'elle lui offrait.

La nuque ployée en arrière, l'esprit égaré, elle laissa sa langue s'aventurer à la rencontre de celle, dure, chaude, qui pointait entre ses dents, puis en goûta le subtil parfum et frissonna de plaisir comme si des milliers de papillons aux ailes frémissantes se mettaient à danser sur sa peau le plus exquis des ballets.

Quand, d'une main habile, John défit les minuscules perles de nacre qui fermaient le col de son chemisier et qu'il tissa un voile de caresses à la naissance de sa gorge, elle se cambra pour l'aider à dégrafer son balconnet et à la libérer du carcan de dentelle qui entravait chacun de ses gestes. « Au diable la prudence ! » se dit-elle lorsqu'il posa sa bouche dans le doux vallonnement de ses seins et qu'il déversa une pluie de baisers sur leurs pointes érigées. Répondre, ne serait-ce qu'une fois, une seule et inoubliable fois, à l'appel du désir, vibrer, flamber, se consumer de volupté jusqu'à en perdre la raison et découvrir enfin ce monde magique de l'extase dont Honey lui avait souvent parlé, rien d'autre ne comptait tout à coup.

— Que j'ai envie de toi, mon ange ! lui avoua John une demi-seconde avant que son BlackBerry ne se mette à sonner.

— Eteins ton téléphone ou jette-le par la fenêtre,

maugréa-t-elle. Cette nuit n'appartient qu'à nous et personne n'a le droit de venir la gâcher.

— Pas même quelqu'un qui aurait eu des nouvelles de Honey ?

Subitement désenivrée, Samantha resserra les pans soyeux de son corsage autour de sa poitrine dénudée et alla s'asseoir sur son lit, le buste raide.

— Allô ! lança John dans le micro de son portable dès que son cœur eut cessé de battre la chamade et que sa respiration eut repris un rythme normal.

— Ah, ce n'est pas trop tôt ! grommela son père. Pourquoi ne m'as-tu pas répondu immédiatement ?

— Parce que je… parce que j'étais très occupé.

— J'ai appelé l'un de tes adjoints ce matin et il m'a dit que tu étais parti au Texas en compagnie de Samantha Corley. Qu'est-ce que vous fabriquez là-bas ?

— Nous interrogeons toutes les personnes qui ont connu Honey Dawson et qui sont susceptibles de nous aider à la retrouver.

— Quel besoin as-tu de rechercher cette traînée ? A force de provoquer les hommes, elle a dû attirer l'attention d'un pervers et tomber entre ses griffes.

— D'où l'importance de mes investigations. Si l'homme qui l'a kidnappée est un maniaque sexuel, il faut vite que je le mette hors d'état de nuire.

— Au lieu de t'éterniser à Dallas, reviens en Géorgie par le premier avion et oublie cette histoire ridicule d'enlèvement. Tu as mieux à faire que de voler au secours d'une petite aguicheuse qui a trop souvent joué avec le feu depuis son adolescence.

— Tu oublies qu'elle a des enfants en bas âge et que l'un d'eux a disparu. A moins d'être irresponsable et de n'avoir aucune conscience professionnelle, je ne peux donc pas rester les bras croisés.

— Pourquoi as-tu invité Samantha Corley à t'accompagner au Texas ?

— Pour ne pas la laisser seule à Pine Bluff. Le type qui a agressé Honey s'en est également pris à elle et je ne veux pas qu'il la tue.

— Tu aurais dû demander à tes adjoints de la protéger vingt-quatre heures sur vingt-quatre et ne plus te préoccuper d'elle. Si mes amis d'Atlanta découvrent que tu fréquentes la fille d'un ripou, les commérages vont aller bon train et ta carrière sera fichue.

— Ça, papa, c'est le cadet de mes soucis. J'ai une jeune femme et un bébé à retrouver. Le reste ne présente aucun intérêt à mes yeux.

— Tu te moques du qu'en-dira-t-on ?

— Royalement.

— Tu as tort de ne pas t'en méfier. Les mauvaises langues sont nombreuses à Butterville et pourraient t'accuser de t'être affiché avec cette petite Corley dont le père était corrompu jusqu'à la moelle.

— Puisque ta mémoire a l'air de te jouer des tours, je te rappelle que personne n'a su pourquoi son épouse et lui avaient été assassinés. Les gens ont inventé toutes sortes d'histoires à leur sujet et la pauvre Sam a beaucoup souffert de ces cancans, mais la vérité était peut-être différente de ce qu'on a bien voulu nous raconter.

— A t'entendre, on croirait que tu t'es entiché de cette fille et que tu souhaites innocenter ses parents dans le seul but de la conquérir.

John leva les yeux au ciel, excédé.

— Je ne suis pas amoureux d'elle, papa, déclara-t-il après avoir traversé le salon et fermé la porte de la chambre où s'était réfugiée Samantha. Il n'y a que de l'amitié entre nous.

« De l'amitié et une indéniable attirance physique », faillit-il ajouter au souvenir du baiser brûlant que la jeune femme et lui avaient échangé cinq minutes plus tôt.

— Quels que soient tes sentiments à son égard, ne la laisse pas te tourner la tête, lui conseilla son père. Tu t'es fixé des objectifs très précis lorsque tu m'as rendu visite au début du mois d'août et personne ne doit t'empêcher de les atteindre. Me suis-je bien fait comprendre ?

— Oui, mais il est inutile que tu t'inquiètes. Je n'ai aucune envie d'épouser Sam.

— A la bonne heure ! s'exclama Kenneth Wise avant de raccrocher.

« Aucune envie, vraiment ? » s'interrogea John en lançant son téléphone sur le canapé et en collant son oreille au lourd panneau de bois qui le séparait de Samantha.

Puis, irrité de ne pas pouvoir répondre à cette obsédante question, il alla prendre une douche froide.

« Pourquoi hésite-t-il à venir me retrouver ? se demanda Samantha, pétrifiée sur son lit. Parce qu'il a reçu une mauvaise nouvelle et qu'il ne sait pas comment me l'annoncer ? Ou parce qu'il m'en veut d'avoir osé me jeter à son cou dans des circonstances aussi dramatiques ? »

Quand John l'avait serrée contre lui à la briser, elle avait senti une grande joie la submerger et avait cru qu'il vibrait d'un désir égal au sien. Mais lorsque la sonnerie intempestive de son BlackBerry l'avait obligé à relâcher son étreinte, elle s'était rendu compte que tout — la musique un peu folle qui avait résonné dans sa tête au moment où leurs lèvres s'étaient jointes, le tumulte d'émotions que ce baiser avait déchaîné en elle et la douce euphorie qui lui avait fait oublier son habituelle réserve — n'avait été qu'un délicieux mirage.

Après avoir ragrafé son soutien-gorge et reboutonné son chemisier avec des gestes saccadés, Samantha se leva de son lit et regagna le séjour d'un pas hésitant.

— Qui t'a téléphoné ? demanda-t-elle à John.

— Mon père, répondit-il en sortant de la salle de bains et en essuyant ses cheveux humides à l'aide d'une grande serviette-éponge quadrillée de blanc et de gris.

— Que voulait-il ?

— Me rappeler les objectifs très ambitieux que je m'étais fixés et m'avertir que ma carrière serait irrémédiablement compromise si je ne me méfiais pas de la rumeur publique. Il aimerait que je rentre en Géorgie par le premier avion et que j'aille le rejoindre à Atlanta.

— Lui as-tu expliqué pourquoi tu étais venu à Dallas ?

— Oui, mais il se moque de mon enquête. Tout ce qu'il attend de moi, c'est que je fasse des courbettes à ses amis et que j'arrive le plus vite possible au sommet de la hiérarchie.

— Que lui as-tu répondu quand il t'a conseillé de quitter le Texas ?

— Que j'avais une mission à remplir et que je ne partirais pas d'ici avant d'avoir obtenu des résultats.

— Une fois que nous aurons retrouvé Honey et son petit garçon, obéiras-tu à ton père ?

— Je ne sais pas encore. Cela dépendra des circonstances.

A l'idée que John pourrait bientôt disparaître de sa vie,

Samantha eut l'impression qu'une flèche empoisonnée lui transperçait le cœur.

— Veux-tu que… que nous allions dans ma chambre et que nous passions la nuit ensemble ? balbutia-t-elle, honteuse de son manque d'amour-propre.

— Non, jeta-t-il fermement. Il est tard et tu as besoin de te reposer.

Lorsqu'il ouvrit les yeux le lendemain matin, John se rappela les rêves torrides qui étaient venus hanter son sommeil et sentit une violente migraine lui labourer le crâne.

— Voilà ce que c'est que d'oublier ses belles résolutions et de jouer les séducteurs ! grommela-t-il en sautant à bas de son lit. On perd son temps à se faire du cinéma au lieu de dormir comme un loir et, quand on se réveille, on a le cerveau en marmelade.

Après avoir pris une douche rapide et enfilé les premiers vêtements que ses doigts avaient rencontrés, il rejoignit Samantha et l'entraîna hors de leur suite.

— Où allons-nous ? lui demanda-t-elle dès qu'ils se furent engouffrés dans leur cabriolet et qu'ils eurent quitté le parking de l'hôtel.

— Chez les Wexler, marmonna-t-il. J'ai une suspecte à interroger et plus tôt je saurai ce qu'elle pense des projets d'adoption de son mari, plus vite je pourrai boucler mon enquête.

— Quel genre d'accueil va-t-elle te réserver ?

— Un accueil glacial, j'imagine. Lorsqu'on est l'épouse d'une personnalité, on ne fait pas de politesses à un simple flic et on ne se lie pas d'amitié avec lui. On le regarde du haut de sa grandeur et on daigne à peine lui sourire.

— Est-ce de cette façon que ta mère réagirait si elle se trouvait un jour dans la même situation que Portia Wexler ?

— A peu près. Les femmes du monde se prennent souvent pour le sel de la terre et préféreraient se trancher la langue que de dire merci à un subalterne.

— Moi qui étais persuadée que tu rêvais d'en conduire une à l'autel, je n'en reviens pas. Les jolies filles de milliardaires que tu as fréquentées pendant tes études étaient-elles toutes des bêcheuses ?

— Pas toutes, non. Il y en avait trois ou quatre parmi elles qui étaient adorables et auxquelles j'aurais volontiers passé la bague au doigt.

« Que croyais-tu, idiote ? se reprocha Samantha, irritée de la violente jalousie qui lui mordait le cœur. Qu'en posant une question indiscrète, tu obtiendrais une réponse anodine ? »

— A quoi penses-tu ? lui demanda John en remontant l'allée ombragée qui menait au ranch des Wexler et en s'arrêtant au bas du perron.

— A rien d'intéressant, maugréa-t-elle avant de descendre de voiture, les lèvres boudeuses, et de l'accompagner jusqu'en haut de l'escalier.

— Bonjour, lança-t-il à la jeune domestique qui vint leur ouvrir. Pourrais-je parler à Mme Wexler ?

— Oui, répondit son interlocutrice. Veuillez me suivre.

— Enchantée de faire votre connaissance, inspecteur Wise, déclara Portia Wexler dès que John et Samantha eurent franchi le seuil de l'immense salon où elle les attendait.

Superbement vêtue d'un tailleur en shantung bleu lavande qui s'harmonisait à ravir avec sa carnation de lis, une rivière de diamants autour du cou, elle semblait avoir réinventé les mots « élégance » et « distinction ».

— Je savais que j'allais recevoir votre visite ce matin, reprit-elle d'un ton affecté, car mon mari m'avait informée que vous souhaitiez me rencontrer.

— Etes-vous au courant des relations que Mlle Dawson et lui ont entretenues ? lui demanda John sans préambule.

— Cela va de soi, affirma Portia, un sourire pincé aux lèvres. Theodore ne me cache rien.

— Avez-vous eu l'occasion de croiser Honey et de lui parler ?

— Non. Comme elle ne représentait pas une menace à mes yeux, j'ai préféré l'ignorer plutôt que de m'abaisser à la convoquer au ranch et à lui faire la morale.

— Qui, de votre époux ou d'elle, a mis un terme à cette liaison ?

— Mon époux. Il s'est vite lassé de ses minauderies et de sa cupidité. Quand ses enfants sont nés, elle a prétendu qu'ils étaient de lui pour essayer de nous extorquer des dizaines de milliers de dollars, mais je n'ai pas cru un mot de ce qu'elle a raconté. Honey Dawson est une petite intrigante qui aime séduire des hommes riches et leur soutirer de grosses sommes d'argent. Elle n'est pas la seule jeune femme à se conduire de cette façon, remarquez. Les *call-girls* qui proposent leurs services à des magnats de la finance emploient les mêmes méthodes qu'elle.

Indignée par l'attitude hautaine de Portia et par le

mépris sans bornes qu'elle affichait à l'égard de Honey, Samantha eut toutes les peines du monde à conserver son calme.

— Le juge nous a dit hier qu'il voulait adopter les jumeaux et leur offrir la meilleure des éducations, laissa-t-elle tomber d'une voix sèche. Que pensez-vous de ce projet, madame Wexler ?

— Qu'il prouve la bonne foi et l'exceptionnelle générosité de Theodore. Si c'est lui qui a conçu ces bébés, ce dont je doute, je ne demanderai pas mieux que de les accueillir au sein de notre famille et de les élever.

— Puisque vous ne croyez pas qu'ils soient les enfants de votre mari, qui est leur père, selon vous ?

— Je l'ignore. Honey Dawson a mené une vie tellement dissolue dès son arrivée à Dallas qu'il m'est impossible d'avoir des certitudes à ce sujet. Tout ce que je sais, c'est qu'elle est sortie avec un dénommé Reed Tanner juste avant de rencontrer Theodore et que ce fou furieux pourrait bien être le père des gamins.

— Pourquoi traitez-vous Reed Tanner de fou furieux ? lança John à Portia.

— Parce qu'il a tabassé mon fils après être venu faire du grabuge au ranch. Ce type est un malade qui montre le poing dès qu'on ose lui tenir tête et qui aurait grand besoin de consulter un psy.

— Que vous a-t-il dit quand il est passé vous voir ?

— Qu'il était à la recherche de Honey Dawson et des petits.

— Si c'était lui qui les avait kidnappés, quel intérêt aurait-il eu à débarquer chez vous et à vous demander de leurs nouvelles ?

— Je n'en ai pas la moindre idée. Peut-être ignorait-il

réellement où ils se trouvaient. Vu les mœurs douteuses de son ex, il n'y aurait rien de surprenant à ce qu'il veuille lui enlever les bébés. Aucun père digne de ce nom ne laisserait une dépravée telle que Honey Dawson s'occuper de ses enfants. Cette fille a été abandonnée par sa propre mère et ne sait pas ce qu'est l'instinct maternel. Je ne serais donc pas étonnée qu'elle se soit débarrassée des jumeaux comme de paquets encombrants et qu'elle ait fait mine de disparaître pour pouvoir aller mener la belle vie à Hollywood, à Las Vegas ou ailleurs.

« Je vais obliger cette vipère à avaler les diamants de son collier jusqu'à ce qu'elle s'étouffe », fulmina Samantha, scandalisée par les propos outrageants de Portia.

Mais, au fond d'elle-même, une petite voix insidieuse lui rappela que Honey s'était souvent moquée des habitantes de Butterville qui avaient préféré se mettre la corde au cou dès la fin de leurs études et passer leurs journées à pouponner plutôt que de goûter aux joies du papillonnage.

— Avez-vous réussi à éliminer le deuxième bâtard ? lança l'agresseur de Honey dans le micro de son portable.

— Pas encore. Et vous, avez-vous découvert où l'inspecteur Wise avait caché la gamine ?

— Non.

— Il faut qu'on se dépêche de retrouver ces gosses, car la situation devient de plus en plus critique. Tant qu'ils seront en vie, je ne pourrai pas dormir tranquille. Au lieu de les garder, cette imbécile de Honey aurait dû prendre l'argent que je lui offrais et se faire avorter.

16

— Je n'en reviens pas que les gens puissent dire autant de mal de Honey, lança Samantha à John dès qu'ils eurent quitté le ranch des Wexler et pris la direction de Springton. A les écouter, on croirait que la pauvre est entièrement responsable de ce qui lui est arrivé et qu'ils n'ont, eux, aucun reproche à se faire.

— Si tu travaillais dans la police, tu serais habituée à ce type de réaction. Quand j'interroge un suspect pour la première fois, il est rare qu'il s'effondre et qu'il signe ses aveux sans sourciller. Avant de craquer et de reconnaître ses torts, il essaie en général de louvoyer et de m'induire en erreur.

— Je me doute bien que les Wexler ne sont pas les seuls à chercher des boucs émissaires, mais je trouve cela très dur à encaisser.

— A force de côtoyer des mères indignes et des pères alcooliques qui battent leurs enfants entre deux verres de whisky, tu devrais t'être rendu compte que la vie n'était pas un long chemin semé de roses.

— Oh ! il y a des années que je m'en suis aperçue et c'est ce qui m'a poussée à choisir le métier que j'exerce. J'ai tellement horreur de l'injustice que je serais incapable de laisser qui que ce soit martyriser un innocent en toute impunité. Lorsque j'entends parler d'un petit garçon ou d'une petite fille victime de maltraitance, je me démène comme un beau diable pour que les services sociaux interviennent et que des sanctions soient prises contre les parents.

— Chaque fois que tu sauves un gamin et qu'il est placé dans un foyer d'accueil, qu'éprouves-tu ?

— Du soulagement parce que je sais que ses bourreaux ne pourront plus le frapper. Et une immense tristesse parce que j'aurais préféré que son père et sa mère soient conscients de leurs responsabilités. Quand je dois éloigner un enfant de sa famille et le confier à des étrangers, cela me fend le cœur, mais je n'ai pas d'autre choix.

Samantha regarda défiler les corrals qui déroulaient leur tapis d'herbe drue de chaque côté de la route et pianota impatiemment sur le cuir de son siège.

— Sommes-nous encore loin du Double Kay ? demanda-t-elle à John.

— Non, nous sommes arrivés, répondit-il en désignant de l'index une vieille ferme aux volets clos qu'encerclaient de vastes prairies.

— Quelle différence entre le ranch des Wexler et celui de Reed Tanner ! Si le richissime Theodore et la belle Portia étaient obligés de vendre leur splendide manoir et de venir habiter ici, ils auraient l'impression de déchoir.

— Il est vrai que la maison n'a rien d'un château. Les volets auraient besoin d'un bon coup de peinture et le toit semble sur le point de s'effondrer.

— Tu ne trouves pas bizarre que tous les enclos soient vides ?

— Non. Vu les milliers d'herbes folles qui ont envahi les corrals et les paddocks, il vaut mieux que les animaux n'aillent pas y pâturer, car ils risqueraient de s'intoxiquer.

— Reed Tanner doit préférer les antiquités aux vaches et aux chevaux.

— Pourquoi dis-tu cela ?

— Parce que j'aperçois un pick-up rouillé au centre d'une prairie et qu'il a l'air vieux comme Hérode. Si les conseillers municipaux décident un jour d'ouvrir un musée des horreurs à Springton, ils auront au moins une pièce à exposer.

Un mince sourire aux lèvres, John s'arrêta dans la cour de la ferme, puis sauta de son siège et aida Samantha à descendre du cabriolet.

— Cette fois, c'est moi et moi seul qui vais mener l'interrogatoire, décréta-t-il. Compris ?

— Compris, maugréa-t-elle en lui emboîtant le pas.

A peine avaient-ils gravi les marches du perron que la porte du vestibule s'ouvrit à toute volée et qu'un homme à la carrure impressionnante surgit devant eux.

— Vous êtes Reed Tanner ? lui demanda John.

— Oui, acquiesça son vis-à-vis d'une voix rêche. Que désirez-vous ?

— Vous parler d'une jeune femme qui s'est fait agresser au début de la semaine et qui a disparu. Je suis l'inspecteur Wise et je viens de Butterville, en Géorgie.

— Qui vous a donné mon adresse ?

— Un ami de la victime. Il paraît que vous n'habitez plus ici ?

— C'est exact. J'ai quitté Springton il y a environ un an et je suis allé m'établir à San Francisco.

— Vous vous plaisez là-bas ?

— Beaucoup.

— Pourquoi avez-vous éprouvé le besoin de revenir dans le coin ?

— Pour des raisons personnelles.

Reed montra la pancarte qu'un agent immobilier avait accrochée au-dessus de la porte et précisa avec un petit haussement d'épaules :

— J'ai décidé de vendre le Double Kay.

— Comment se fait-il que vous ne vous en soyez pas débarrassé avant de partir en Californie ? questionna John, intrigué par l'évidente nervosité de son interlocuteur. Vous avez préféré le laisser à l'abandon plutôt que de le céder à un éleveur du coin ?

— Oui. La mort de ma mère a été traumatisante et je… je n'ai pas eu le courage de revenir au Texas ces douze derniers mois.

— Je vous comprends, monsieur Tanner, déclara Samantha d'une voix pleine de sollicitude. Perdre un être cher est une épreuve très douloureuse.

— En effet, confirma-t-il laconiquement.

— On m'a dit que Honey Dawson et vous étiez sortis ensemble, lança John, indifférent aux états d'âme de Reed Tanner. Vous a-t-elle informé qu'elle avait mis au monde des jumeaux cet été ?

— Pourquoi me demandez-vous cela ? Parce que vous croyez que je suis le père des bébés ?

— Et vous, que pensez-vous ?

— Qu'ils pourraient aussi bien être mes enfants que ceux d'un autre.

— Mlle Dawson a-t-elle essayé de vous joindre depuis son accouchement ?

Reed s'adossa au chambranle de la porte, le regard fuyant, et feignit de ne pas avoir entendu la question.

— Mlle Dawson a-t-elle essayé de vous joindre depuis son accouchement ? répéta John avec impatience.

— Oui, confessa Reed de mauvais gré. Elle m'a envoyé un petit mot de Dallas après avoir quitté la maternité.

— L'avez-vous revue à ce moment-là ou lui avez-vous téléphoné ?

— Non.

— Que vous a-t-elle écrit ?

— Qu'elle avait donné le jour à des jumeaux.

— Et rien de plus ?

— Si, mais je ne me souviens que du premier paragraphe de sa lettre.

— Pas possible ! Vous avez déjà des trous de mémoire à votre âge ?

Un doigt glissé sous la ceinture de son jean, les yeux au loin, Reed ne releva pas le sarcasme.

— Mlle Corley et moi avons retrouvé l'un des enfants de Honey Dawson, lui annonça John tout à trac pour essayer de le déstabiliser.

— Ah, quelle bonne nouvelle ! s'écria-t-il en sortant enfin de sa réserve. Comment va-t-elle ?

— Qui vous a dit que c'était de la petite fille que je vous parlais et non pas de son frère ?

— Personne, grommela Reed, visiblement furieux d'être tombé dans le piège que John lui avait tendu et de s'être trahi. J'avais une chance sur deux de deviner juste et j'ai tapé dans le mille.

— Avez-vous la moindre idée de l'endroit où Honey Dawson a caché l'autre bébé ?

— Non.

— Vous l'ignorez vraiment ? Ou vous le savez et vous avez décidé de garder le silence ?

— Je l'ignore vraiment.

— Dans ce cas, vous ne verrez sans doute aucun inconvénient à ce que je fouille toutes les pièces de votre maison.

Un nerf se mit à tressauter au coin de la bouche de Reed.

— Avez-vous un mandat de perquisition ? lança-t-il d'une voix mal assurée.

— Pourquoi m'en faudrait-il un ? riposta John. Si vous êtes seul au Double Kay et que vous n'avez rien à vous reprocher, laissez-moi entrer et nous en aurons vite terminé.

— Navré, je n'ai pas l'habitude de collaborer avec la police.

— Vous préférez mener votre petite enquête en solo et rouer de coups les personnes que vous rencontrez ?

— Qui s'est plaint d'avoir été frappé ?

— Teddy Wexler, votre vieux copain. Il m'a dit que vous étiez arrivé chez lui sans crier gare et que vous aviez failli l'assommer dans un accès de jalousie.

— Dans un accès de *quoi* ? lâcha Reed, l'air stupéfait.

— Dans un accès de jalousie, répéta John. Il paraît qu'il était plus doué que vous au foot autrefois et que vous ne lui avez pas pardonné d'avoir été élu meilleur attaquant du championnat interscolaire.

— Il vaut mieux entendre cela que d'être sourd.

— Ce n'est pas à cause de votre ancienne rivalité sportive que vous avez frappé M. Wexler ?

— Non. Quelles autres inepties ce crétin a-t-il débitées ?

— Il m'a conseillé de venir ici dès que possible et de

vous demander où vous étiez au début de la semaine, lorsque Mlle Dawson a disparu.

— Il croit que j'ai enlevé Honey ?

— Manifestement. Il pense que vous êtes le père des jumeaux et que vous avez voulu les récupérer. A-t-il tort ou raison de vous soupçonner de kidnapping ?

— Raison, bien sûr ! Tout ce que dit un Wexler est parole d'évangile à Dallas.

— Comme je ne suis pas texan, je me moque des traditions locales. Découvrir la vérité est la seule chose qui m'intéresse.

— J'ai hâte, moi aussi, de savoir qui s'en est pris à Honey et à ses enfants.

— Est-ce pour essayer de la retrouver que vous êtes allé faire un esclandre chez les Wexler hier ?

— Qui vous a raconté cela ?

— L'épouse du juge en personne. D'après elle, vous avez débarqué au ranch à l'improviste et vous vous êtes montré particulièrement agressif. Vous arrive-t-il souvent de perdre votre sang-froid ?

— Non. Je ne me sers de mes poings qu'en cas d'absolue nécessité. Quand on me traite de haut et qu'on m'accuse des pires turpitudes, je suis bien obligé de me défendre.

— De quel genre de turpitudes Mme Wexler vous a-t-elle accusé ?

— Aucune importance ! J'ai déjà oublié toutes les horreurs qu'elle m'a jetées à la figure.

— Dommage que votre mémoire soit défaillante encore une fois, ironisa John, car j'aurais aimé savoir ce que le juge et sa famille vous reprochent.

— Allez leur poser la question, inspecteur, suggéra

Reed avec une égale acidité, et ils se feront un plaisir de vous répondre.

— A moins qu'ils ne souffrent d'amnésie sélective, eux aussi. Depuis que mon enquête m'a amené à Dallas, j'ai l'impression que les gens ont de plus en plus de mal à se servir de leurs petites cellules grises et à se rappeler ce qui s'est passé ces derniers mois. Y aurait-il eu une épidémie d'encéphalite au Texas avant mon arrivée ?

— Comme je ne suis rentré au bercail que très récemment, je ne peux pas vous le dire. Il est possible que les fortes chaleurs du début de l'automne aient détraqué le cerveau des…

— Aidez-nous à retrouver Honey, monsieur Tanner, je vous en supplie, coupa Samantha. Nous avons déjà perdu assez de temps.

— Sur ce point-là, je suis d'accord avec vous, mademoiselle Corley, maugréa Reed, le visage rembruni. La situation est tellement grave que nous n'avons pas intérêt à lambiner.

— Que craignez-vous, au juste ? lui demanda John.

— Que Honey ne soit en danger de mort. Elle s'est rendue à San Francisco il y a une semaine, mais j'étais absent au moment de sa visite et depuis, elle ne m'a plus donné de ses nouvelles. Alors, j'ai sauté dans un avion à destination du Texas et je me suis mis à sa recherche.

— Quand avez-vous quitté la Californie ?

— Avant-hier.

— Et vous êtes venu directement à Dallas ?

— Oui. Si vous croyez que j'ai fait un détour par la Géorgie et que j'ai kidnappé Honey, vous vous trompez.

— Avez-vous une preuve de votre bonne foi ?

Pour toute réponse, Reed extirpa de la poche de son jean le ticket d'enregistrement de ses bagages et le tendit à John.

— Avez-vous signalé la disparition de Mlle Dawson à mes collègues de San Francisco ? l'interrogea ce dernier en jetant un coup d'œil sur le document.

— Cela va sans dire. Je suis allé les voir la veille de mon départ et ensuite, j'ai engagé une détective privée pour qu'elle m'aide à retrouver Honey.

— Comment s'appelle-t-elle ?

— J. R. Dionne.

— Est-elle restée en Californie ou vous a-t-elle accompagné au Texas ?

— Elle m'a accompagné et a pris le même vol que moi.

— Pourrais-je lui parler ?

— Non, car elle n'est pas au Double Kay en ce moment. Si vous voulez lui poser des questions, vous n'aurez qu'à me donner le numéro de votre portable et je lui demanderai de vous téléphoner.

— Puisqu'elle et vous avez déjà mené votre enquête, qu'avez-vous découvert ?

— Que le juge Wexler se croyait le père des jumeaux et souhaitait les adopter. Il s'est entouré des meilleurs avocats de Dallas pour être sûr d'obtenir gain de cause, mais, en dépit de ses nombreuses relations dans le milieu judiciaire, il a peur que les magistrats chargés du dossier ne refusent de retirer l'autorité parentale à Honey.

— Ce qui fait de lui le suspect numéro un.

— Tout juste !

— Qui d'autre que Theodore Wexler aurait eu intérêt à kidnapper Mlle Dawson ?

— Neil Kinney, un fétichiste qui s'est introduit chez elle en son absence l'an dernier. Comme elle a porté plainte contre lui parce qu'il lui avait volé de la lingerie, il a été condamné à une peine d'emprisonnement et écroué.

— Où se trouve-t-il à l'heure actuelle ?

— A Dallas. Il m'a suivi hier et j'ai eu un mal fou à le semer.

— Quel genre de véhicule conduisait-il ?

— Un pick-up au capot bosselé.

Pendant que John noircissait l'une des pages de son agenda à grands traits de plume, Reed s'inclina vers Samantha, le front barré d'un pli soucieux.

— La fille de Honey est-elle en bonne santé ? lui demanda-t-il.

— Oui, le rassura-t-elle. Sa maman lui manque, mais elle est en sécurité et je vous promets de veiller à ce qu'il ne lui arrive rien.

— Merci. Je… j'étais très inquiet à son sujet.

— Je n'en doute pas, monsieur Tanner. Si j'avais été à la place de Honey, c'est à vous que j'aurais confié l'autre bébé.

« Qu'on ne me parle plus de l'intuition féminine ! » se dit John après avoir revissé le capuchon de son stylo d'une main irritée et fourré son calepin dans la poche de son blouson.

Contrairement à ce que semblait croire Samantha, dont la gentillesse n'avait d'égale que la naïveté, Reed Tanner pouvait s'être querellé avec Honey à San Francisco et avoir décidé de la suivre jusqu'en Géorgie pour lui enlever ses enfants et l'empêcher de les vendre à Theodore Wexler dès son retour au…

Tiré de ses pensées par la sonnerie de son portable,

John tendit sa carte de visite à Reed et empoigna le récepteur.

— Ici, Wise, jeta-t-il en dévalant les marches du perron. Qui est à l'appareil ?

— Ed Arnold. Mes hommes et moi avons trouvé la planque de Kinney.

— Qui t'a téléphoné ? demanda Samantha à John lorsqu'ils eurent quitté le Double Kay.

— L'inspecteur Arnold, marmonna-t-il après s'être engagé sur l'autoroute qui menait à Dallas. Il sait où se cache Neil Kinney et nous attend là-bas.

— T'a-t-il donné d'autres précisions ?

— Non. Il m'a juste indiqué l'adresse de Kinney et a raccroché.

— Les Texans ne sont décidément pas très bavards. Tu as vu avec quelle réticence Reed Tanner a répondu à tes questions ?

— Pour ne pas m'en être rendu compte, il aurait fallu que je sois sourd et aveugle. Ce type est une énigme et j'ai eu beau le cuisiner, je n'ai pas réussi à le cerner.

— Moi, je l'ai trouvé plutôt sympathique malgré son côté ténébreux.

— C'est ce que j'ai remarqué. Quand il s'est penché vers toi et qu'il t'a demandé si Emmie était en bonne santé, on aurait cru que tu étais fascinée par lui et impatiente de le réconforter.

— Il avait l'air tellement inquiet que je m'en serais voulu de ne pas le rassurer.

— Tu oublies qu'il est l'un des principaux suspects et que nous devons nous méfier de lui comme de tous les autres hommes qui ont été amoureux de Honey.

— Je ne comprends pas qu'elle se soit jetée au cou de Theodore Wexler après le départ de Reed Tanner. Lorsqu'on aime les cow-boys au charme ravageur, on ne s'entiche pas d'un petit juge ventripotent.

— A moins que ce petit juge n'ait de l'argent plein les poches et le bras très long. Le jour où elle l'a rencontré, Honey s'est peut-être dit qu'il pourrait l'aider à atteindre son objectif — devenir meneuse de ban d'un club de foot — et qu'elle n'avait donc pas intérêt à le repousser.

— Tu crois qu'elle est sortie avec lui par opportunisme ?

— Oui. Je sais que tu trouves d'innombrables qualités à ton amie, mais reconnais qu'elle ne renonce pas facilement à ses rêves et qu'elle ne recule devant rien pour les réaliser.

— Si tu avais été abandonné à la naissance et que tu aies grandi dans un orphelinat, tu ne t'étonnerais pas de son manque de scrupules et de sa détermination. Elle a une revanche à prendre sur la vie et elle la prendra, quoi qu'il lui en coûte.

— A condition que son ravisseur veuille bien lui en laisser le temps.

La maison que louait Neil Kinney était un petit pavillon de banlieue au toit moussu et à la façade lézardée que des rosiers défleuris griffaient du bout de leurs épines au moindre souffle de vent.

Quand elle en franchit le seuil à la suite de John et de l'inspecteur Arnold, Samantha eut l'impression de pénétrer dans l'antre d'un fou. Epinglées aux murs du salon, derrière un canapé en skaï et une table basse encombrée de magazines féminins, des dizaines de photographies de Honey composaient un étrange kaléidoscope. Sur certaines d'entre elles, on la voyait se blottir contre Reed Tanner et lever vers lui un regard énamouré. D'autres la montraient au bras de Theodore Wexler dans les rues de Dallas. D'autres encore avaient été prises depuis la naissance des jumeaux.

— Ce malade s'est remis à la traquer dès sa sortie de prison, maugréa Ed Arnold après avoir balayé les clichés des yeux.

— C'est lui, là ? questionna Samantha en désignant le portrait d'un homme aux cheveux roux, au visage taché de son et à la silhouette androgyne.

— Oui. Il a l'air falot et inoffensif au premier abord, mais il ne faut pas se fier aux apparences. Sous ses allures d'adolescent attardé, gentil et un peu niais, il cache une âme de pervers et une impitoyable cruauté. S'il a kidnappé Honey Dawson pour la punir de l'avoir dénoncé à la police, je doute qu'il lui ait laissé la vie sauve.

Ed saisit la longue enveloppe en papier kraft posée sur l'étagère d'un vieux vaisselier et en retira un petit rectangle de bristol.

— Neil Kinney sait qui vous êtes et où vous habitez, mademoiselle Corley, reprit-il de sa voix sépulcrale. Il a noté votre nom, votre adresse et votre numéro de téléphone au dos de ce cliché.

— Comment a-t-il pu se procurer cette photo de moi ? jeta-t-elle, interloquée.

— Il a dû la trouver dans l'un des placards de Honey Dawson lorsqu'il s'est introduit chez elle l'an dernier.

— Quand vos hommes et vous aurez réussi à mettre la main sur ce fou, inspecteur Arnold, lança John, les mâchoires crispées, j'espère que vous l'enverrez croupir en prison et qu'il n'en sortira plus jamais.

— Ce ne sera pas à nous d'en décider, ce sera aux magistrats et aux jurés devant lesquels il comparaîtra.

— Si on vous demande de venir témoigner à la barre, essaierez-vous de minimiser le rôle qu'il a joué dans toute cette histoire ?

— Non. Je vous garantis que nous ne lui ferons pas de cadeau.

Dès que John et Samantha eurent quitté la maison de Neil Kinney et regagné leur voiture, ils s'engagèrent en silence sur une petite route mal empierrée qui serpentait entre de vieux immeubles aux vitres cassées et des usines désaffectées. Soudain, sortant d'un hangar comme un bolide, un pick-up heurta l'aile gauche du cabriolet et le propulsa contre un poteau électrique.

Ebranlé par la violence du choc et aveuglé par les airbags qui avaient jailli du tableau de bord, John mit cinq ou six secondes à recouvrer ses esprits. Puis, de peur que Samantha n'ait été blessée, il se pencha vers elle pour l'aider à déboucler sa ceinture de sécurité et à quitter son siège. Mais à peine avait-elle réussi à ouvrir la portière avant droite qu'un homme aux cheveux roux la tira sans ménagement hors de l'habitacle et la plaqua au sol.

17

— Ne bougez pas ou je tire, cria John en descendant de voiture et en brandissant son revolver.

Au lieu d'obtempérer, Neil Kinney prit Samantha aux épaules et la tira vers son pick-up.

— Lâchez-moi, espèce de cinglé ! hurla-t-elle avant de lui décocher une ruade qui, loin de le calmer et de lui faire perdre l'équilibre, sembla décupler sa colère et ses forces.

— Ferme-la, petite garce ! intima-t-il d'une voix nasillarde. Si tu continues à me casser les oreilles, je vais finir par m'énerver.

— Et alors ? Vous ne croyez tout de même pas que je pourrais avoir peur d'un minable tel que vous ?

— Je t'ai dit de la fermer, grommela Neil Kinney. Combien de fois faudra-t-il que je te le répète ?

— Une centaine de fois, au moins, riposta vaillamment la jeune femme. Dès qu'on me donne des ordres, je deviens sourde.

— Dommage pour toi que tu refuses de la boucler, car je connais un moyen très efficace de t'y obliger.

— Quel moyen ?

— Une bonne raclée. Cela te plairait ?

Renonçant à se servir de son arme de crainte de blesser Samantha, John se rua vers Neil Kinney, puis le jeta à terre d'un coup de tête dans l'estomac et l'immobilisa, le dos au sol.

— Je sais qui vous êtes et ce que vous avez fait, Kinney, lança-t-il, son revolver à la main. C'est vous qui avez agressé Honey Dawson au début de la semaine. Vous qui avez essayé de pousser Sam du haut de la corniche de Pine Bluff et qui avez mis le feu à son chalet. Vous encore qui nous avez tiré dessus hier soir, quand nous sommes sortis de chez Teddy Wexler.

— Non, je vous jure que je suis innocent.

— Si ce que vous dites est vrai, pourquoi venez-vous de vous en prendre à Sam ?

— Parce que je voulais lui demander des nouvelles de Honey. Comme elle est sa meilleure amie, elle doit être au courant de ce qui lui est arrivé et, grâce aux indications qu'elle m'aurait données, j'aurais peut-être réussi à la retrouver.

— Vous n'avez aucune idée de l'endroit où elle se cache ?

— Absolument aucune. Elle a quitté Dallas il y a une dizaine de jours et depuis, je suis tellement inquiet que je n'arrive plus à dormir.

— Vous n'êtes pas le seul dans cette ville à regretter qu'elle ait disparu sans laisser de traces. Il y a un tas d'autres gens qui m'ont tenu le même discours que vous et rien ne me prouve que vous êtes plus sincère qu'eux.

— Oh ! je le suis, croyez-moi. J'aime Honey de tout mon cœur et je ne supporte pas de la savoir en danger.

— Votre prétendu amour pour elle ne vous a pas empêché de vous introduire dans son studio l'an dernier et de lui voler de la lingerie.

— Ça, c'est de l'histoire ancienne. Pendant que j'étais

en prison, j'ai réfléchi à ce que j'avais fait et je me suis rendu compte que j'avais eu tort de l'insulter le matin de mon procès. Dès que j'ai été libéré, je suis allé lui présenter mes excuses et je lui ai dit que je lui ficherais la paix à partir de maintenant.

— Comment expliquez-vous, alors, que nous ayons trouvé des portraits de ses enfants chez vous ? lança Samantha à Neil Kinney. Si vous ne vous étiez pas remis à traquer Honey et à la harceler, vous n'auriez pas pu photographier les jumeaux.

— Et vous ne vous seriez même pas aperçu de sa disparition, compléta froidement John. Vous croyez être amoureux d'elle et ne vouloir que son bonheur, mais, en réalité, vous ne rêvez que d'une chose : l'asservir. Chaque fois que vous l'avez vue au bras d'un autre homme, vous avez eu l'impression d'être trahi et, au lieu de la laisser vivre sa vie, vous avez décidé de vous venger d'elle en l'empêchant de…

— Honey m'appartient, coupa Neil Kinney d'une voix suraiguë. Elle m'appartient et personne n'a le droit de la toucher… Personne, vous entendez ?

— Est-ce parce que vous la considérez comme votre propriété que vous l'avez poursuivie jusqu'en Géorgie et que vous l'avez agressée ?

— Je ne l'ai ni poursuivie ni agressée. Je suis resté à Dallas et je l'ai cherchée partout.

— Vous mentez ! Vous vous êtes battu avec elle à Pine Bluff et, quand elle a essayé de vous échapper, vous l'avez frappée.

— Non. Même si je lui en ai voulu de m'avoir trompé et d'avoir mis au monde les enfants d'un autre homme pendant que j'étais sous les verrous, j'aurais été incapable de lui faire du mal.

La mine dubitative, John attrapa Neil Kinney par le col de sa chemise et l'obligea à se redresser.

— Honey est-elle encore en vie ou l'avez-vous jetée au fond d'un ravin après l'avoir égorgée ? lui demanda-t-il du ton d'un magistrat interrogeant un prévenu.

— J'espère qu'elle est encore en vie, mais je n'en suis pas certain, car ce n'est pas moi qui l'ai kidnappée.

— Pour que je vous croie, il faudrait que vous me donniez une preuve de votre innocence.

— Quelle preuve pourrais-je vous donner ? J'habite seul dans une vieille maison à la sortie de Dallas et, comme je n'ai ni voisins ni amis, personne ne sait ce que j'ai fabriqué ces deux dernières semaines.

— Il est donc possible que vous vous soyez rendu à Butterville et que vous ayez enlevé Honey.

— Non. Le jour où j'ai été libéré, le juge de l'application des peines m'a défendu de quitter le Texas et j'ai intérêt à lui obéir si je ne veux pas être renvoyé en prison.

A bout de patience, John extirpa son portable de sa poche et le lança à Samantha.

— Informe l'inspecteur Arnold que nous tenons Kinney et dis-lui de venir le chercher, lui intima-t-il. Lorsque ce malade aura passé une nuit en cellule, il arrêtera de nous prendre pour des imbéciles patentés et se décidera peut-être à changer de refrain.

Quand Ed Arnold et ses hommes eurent menotté Neil Kinney, celui-ci jura une nouvelle fois ses grands dieux qu'il aimait Honey plus que tout au monde et qu'il ne l'avait pas kidnappée.

Lasse de l'entendre clamer son innocence et de ne

pas pouvoir démêler le vrai du faux, Samantha resserra frileusement autour de sa taille les pans de son manteau et s'adossa avec un soupir au tronc rugueux d'un arbre.

— Je vais téléphoner à un garagiste et lui demander de remorquer ce tas de ferraille, lui annonça John après avoir examiné l'aile et le capot emboutis de leur cabriolet.

— Comment allons-nous regagner notre hôtel ? s'inquiéta-t-elle.

— En voiture. L'un des coéquipiers d'Ed Arnold m'a proposé de nous raccompagner au centre-ville et j'ai accepté.

— Tu as bien fait. Je suis tellement fatiguée et choquée que je n'aurais pas la force de marcher.

— As-tu mal quelque part ?

— Non, rassure-toi, je n'ai pas été blessée. J'ai juste besoin d'un peu de temps pour récupérer.

— Après ce qui vient de se passer, il n'est pas étonnant que tu sois bouleversée. Ce dingue de Kinney a failli te kidnapper sous mon nez et Dieu sait ce qui te serait arrivé si je n'avais pas été capable de le maîtriser.

— Lorsqu'il m'a attrapée par le bras, j'ai eu l'impression de revivre un cauchemar vieux de vingt ans. Le jour où mon père et ma mère ont été assassinés, leur meurtrier a essayé de m'enlever et je l'ai mordu à la jambe jusqu'à ce qu'il se décide à me lâcher.

— Heureusement que tu as eu la bonne idée de lui déchiqueter le mollet, car cela a permis aux policiers de l'identifier.

— Reste que mes parents ont été abattus et que je n'ai pas réussi à les sauver.

— Ce n'est pas ta faute, Sam. Tu n'étais qu'une petite

fille à l'époque et, malgré tout ton courage, tu n'aurais pas pu empêcher ce drame.

— J'aimerais en être sûre, mais, quand je suis seule dans mon chalet le soir et que je revois la scène, il m'arrive d'en douter.

Dès que Samantha et lui eurent regagné leur hôtel, John inspecta chaque pièce de leur suite comme s'il ne croyait plus à la culpabilité de Neil Kinney et qu'il s'attendait à trouver un intrus derrière les rideaux du salon ou dans le placard de la salle de bains.

— Que fais-tu ? l'interrogea-t-elle lorsqu'il écarta les courtines de son lit et qu'il jeta un œil sous le sommier.

— Je m'assure que personne n'est entré ici pendant que nous étions chez les Wexler et au Double Kay.

— Neil Kinney a réussi à te convaincre de son innocence ?

— Non, mais je suis persuadé qu'il a un complice et que son arrestation n'a rien résolu. Ce n'est pas parce qu'il dormira en prison cette nuit que nous devons nous sentir en sécurité.

— Quand il m'a obligée à sortir du cabriolet et qu'il m'a plaquée au sol, j'ai eu tellement peur que j'ai failli m'évanouir.

— Vu les coups de pied que tu lui as donnés et l'aplomb avec lequel tu lui as tenu tête, on n'aurait pas dit que tu étais terrorisée.

— Et pourtant, je l'étais.

— Moi, lorsqu'il s'est mis à te tirer vers son pick-up, j'ai cru qu'il allait te tuer et cela m'a rendu fou, avoua John en s'approchant de Samantha et en l'enfermant dans le cercle magique de ses bras.

En proie à un brusque vertige où se diluaient sa fatigue et ses angoisses, elle se haussa sur la pointe de ses mocassins et cueillit d'elle-même le baiser dont elle rêvait.

— Arrête, Sam, jeta John d'une voix saccadée dès que leurs lèvres se furent séparées. Si tu continues, je ne vais pas pouvoir me maîtriser.

— Oh ! mais je l'espère bien, murmura-t-elle avant de déboutonner sa chemise de cow-boy et de le dénuder jusqu'à la taille.

Avec une audace qu'elle aurait trouvée scandaleuse une demi-heure plus tôt, elle laissa ses doigts papillonner le long de son torse athlétique et s'envoler vers le ceinturon en cuir clouté qu'il avait glissé sous les passants de son jean.

Vite, qu'ils se noient dans le flot du plaisir ! se dit-elle en palpant la lourde boucle de métal argenté et en libérant l'ardillon.

Lorsqu'elle tira sur la fermeture Eclair qui l'obligeait à refréner son ardeur et qu'elle sentit frémir au creux de sa paume le sexe durci de John, elle se cambra, ivre de désir, puis attisa d'une lente, très lente caresse la fièvre qui le consumait et le fit basculer entre les courtines de soie du baldaquin.

— Dieu, que tu es belle, Sam ! jeta-t-il quand elle se débarrassa à la hâte de ses vêtements et qu'elle vint le rejoindre sans autre parure que sa médaille de baptême et ses jolis cheveux bruns.

Le cœur battant à se rompre, ils s'attardèrent l'espace d'un éternel instant au bord du gouffre de volupté où ils allaient sombrer et se grisèrent en pensée de l'irrésistible tourbillon qui les emporterait bientôt loin du dédale d'incertitudes dans lequel la disparition de Honey les avait entraînés.

— J'ai tellement envie de toi que je vais mourir si je dois patienter une seconde de plus, murmura John à l'oreille de Samantha avant de lui écarter les genoux et de pénétrer en elle d'un coup de reins énergique. Tu es vierge ? lâcha-t-il soudain, le regard agrandi d'incrédulité. Pourquoi me l'as-tu caché ?

— Parce que je ne voulais pas que tu te croies obligé de quitter ma chambre, avoua-t-elle en s'arquant contre lui jusqu'à ce que leurs deux corps enlacés s'épousent à la perfection. Tu aurais préféré que je te dise la vérité et qu'on en reste là ?

— Non. Il y a des jours et des nuits que je rêve de te faire l'amour.

— Dommage que je ne m'en sois pas rendu compte hier soir, car j'aurais profité de ta faiblesse au lieu de te laisser t'enfermer dans la salle de bains.

— Profité ou abusé ?

— Abusé. Et sans le moindre remords.

— Je l'aurais parié ! s'exclama John, un sourire aux lèvres. Puisque tu n'as aucun scrupule et que tu te permets de me défier, je vais t'infliger une terrible punition.

Mais, lorsqu'il s'enfonça au cœur de sa chair et qu'il accéléra peu à peu son rythme, Samantha vit des myriades d'étoiles composer au-dessus de sa tête un brasier tellement somptueux qu'elle eut l'impression de recevoir le plus divin des châtiments.

« Même si ce qui vient de se passer entre Sam et moi est la meilleure chose qui me soit arrivée, j'aurais dû mieux me contrôler et éviter de lui donner de faux espoirs », songea John dès que le vent de folie qui lui avait troublé les idées se fut apaisé.

Tôt ou tard, il n'aurait pas d'autre choix que de quitter Butterville pour aller faire carrière à Atlanta et Samantha, qui le croyait sûrement amoureux d'elle, considérerait son départ comme une désertion.

« Demain, je ne m'intéresserai qu'à mon enquête et je reprendrai mes distances », se promit-il avant de fermer les yeux et de s'endormir d'un sommeil agité.

Ce fut la sonnerie perçante de son portable qui réveilla Samantha à l'aube.

Après s'être coulée hors des bras de John, elle s'élança vers le salon et extirpa le petit récepteur de son sac à bandoulière.

— Allô ! jeta-t-elle sans avoir pensé à vérifier le numéro de son correspondant. Qui est à l'appareil ?

— Quelqu'un que vous ne connaissez pas, scanda une voix métallique. Si vous tenez à votre amie d'enfance et que vous ne voulez pas la laisser mourir de faim, retournez en Géorgie dès que possible et attendez que je vous donne de nouvelles instructions.

— Comment puis-je être certaine que Honey est encore en vie et que vous m'aiderez à la retrouver ? Pour que j'accepte de vous obéir, il faudrait que vous me disiez qui vous êtes et que…

— Ce n'est pas à vous de fixer les règles du jeu, mademoiselle Corley, c'est à moi. Alors suivez mes consignes et patientez jusqu'à mon prochain appel.

18

Quand Samantha réveilla John et lui apprit que le ravisseur de Honey l'avait appelée, il lui arracha le mobile des mains et composa en toute hâte le numéro du portable de Philip Floyd.

— Ici, Wise, jeta-t-il. Etes-vous encore en faction devant la maison de Mlle Mazie ?

— Naturellement, chef ! s'exclama son adjoint. J'ai passé la nuit sous ses fenêtres.

— Et vous n'avez rien remarqué d'anormal ?

— Non. Pourquoi me demandez-vous cela ?

— Parce que le type qui a kidnappé Honey Dawson vient de téléphoner à Mlle Corley et qu'il lui a conseillé de retourner en Géorgie le plus vite possible. Alors, j'ai eu peur qu'il n'ait retrouvé la trace d'Emmie et décidé de lui faire subir le même sort qu'à sa mère.

— Ce n'est pas le cas, rassurez-vous. Il y a cinq minutes, j'ai vu Mlle Mazie ouvrir les volets de la nursery et bercer la petite.

— Avait-elle l'air affolée ou terrorisée, comme si quelqu'un la menaçait ?

— Pas du tout ! Elle m'a semblé très calme et très heureuse de pouvoir s'occuper du bébé.

— Tant mieux, car je n'aurais pas aimé qu'elle ait des problèmes à cause de moi.

— Quand allez-vous rentrer à Butterville ?

— Aujourd'hui. Je vais sauter dans le premier avion en partance pour Atlanta et je serai au poste à la fin de la matinée.

Pendant que Samantha empilait au fond de son sac de voyage la dizaine de vêtements qu'elle avait extirpés d'un placard, John s'habilla en un tour de main, puis appela l'aéroport de Dallas-Fort Worth et une compagnie de taxis.

— Range ton téléphone dans la poche droite de ton cardigan et sors-le dès qu'il se mettra à sonner, intima-t-il à la jeune femme en quittant l'hôtel où ils venaient de passer une nuit merveilleuse et en se gardant bien de faire allusion à leur folle étreinte. Si le ravisseur de Honey essaie de te joindre, il ne faudra pas que tu l'obliges à patienter.

— J'espère qu'il tiendra parole et qu'il me donnera très vite de nouvelles instructions.

— Moi, ce que j'espère surtout, c'est qu'il accumulera les erreurs et que je pourrai facilement le coincer. Les malades tels que lui se croient souvent supérieurs au reste de l'humanité et plus ils ont confiance en eux, moins ils jugent nécessaire de brouiller les pistes.

Une fois arrivé à Butterville, John étudia les cartes d'état-major qu'avaient dressées les géographes du comté et envoya ses hommes inspecter les granges, les maisons, les chalets et les cabanes de bûcheron qu'ils n'avaient pas encore fouillés.

Pendant qu'il bavardait avec un conseiller municipal, il entendit sonner le portable de Samantha, puis vit la jeune femme parler à son correspondant et sortir du poste de police au pas de course.

— Qui vient de t'appeler ? l'interrogea-t-il dès qu'il eut réussi à la rattraper.

— Le ravisseur de Honey, jeta-t-elle après quelques secondes de réflexion. Il m'a donné rendez-vous à l'orphelinat.

— Et tu vas y aller seule ?

— Evidemment ! Il m'a avertie que, si je te demandais de m'accompagner, il n'hésiterait pas à tuer Honey et, comme il n'avait pas l'air de plaisanter, j'ai préféré lui obéir sans discuter.

— Quitte à tomber dans un piège ?

— Oui. Je suis prête à prendre tous les risques pour sauver Honey.

— Ce que veut le salaud qui l'a enlevée, ce n'est pas t'aider à la retrouver, c'est te kidnapper et te garder prisonnière jusqu'à ce que tu lui dises où est Emmie.

— Il faudra qu'il soit très patient, alors, car j'aimerais mieux m'arracher la langue que de lui fournir le moindre renseignement.

John prit Samantha par le bras et l'entraîna vers une voiture banalisée.

— Il est hors de question que je te laisse aller seule à ce fichu rendez-vous, bougonna-t-il en l'obligeant à se glisser derrière le volant.

— Que feras-tu pendant que je conduirai ? lui demanda-t-elle après avoir saisi le trousseau de clés qu'il lui tendait.

— Je m'allongerai entre les sièges et la banquette pour ne pas alerter le ravisseur de Honey. Puisqu'il se croit plus malin que moi, je vais lui montrer qu'il a eu tort de me sous-estimer.

Dès qu'elle eut bifurqué sur l'étroite route de montagne

qui menait à l'ancien orphelinat de Butterville, Samantha se rappela la toute première nuit qu'elle avait passée dans le vieux bâtiment et sentit des larmes lui brûler les paupières. Traumatisée par l'assassinat de ses parents, elle s'était recroquevillée au fond de son lit, les yeux humides, et avait adressé au ciel une fervente prière.

« Si mon papa et ma maman sont à côté de vous, petit Jésus, dites-leur que je les aime très fort et que je ne les oublierai jamais, avait-elle murmuré dans l'obscurité. Quand celui qui les a tués a essayé de m'enlever, je l'ai mordu à la jambe et je lui ai fait tellement mal qu'il s'est enfui en hurlant. J'espère que les policiers le retrouveront demain matin et qu'ils le jetteront en prison parce qu'il est méchant et que je le déteste. »

Après avoir tenté en vain de déloger la grosse boule qui lui obstruait la gorge, Samantha tourna à droite et remonta l'allée tapissée de feuilles jaunies qui traversait le parc de l'orphelinat.

— Arrête-toi derrière un bosquet pour que j'arrive à descendre de la voiture sans que le ravisseur de Honey m'aperçoive, lui conseilla John. Et ensuite, tâche d'être prudente.

— Je le serai, ne t'inquiète pas, promit-elle avant de se garer au pied d'un énorme chêne dont les branches noueuses dessinaient comme une ogive de cathédrale à moins de trois mètres du perron.

L'œil aux aguets, elle sauta à bas de son siège, puis gravit lentement l'escalier et poussa la lourde porte bardée de ferrures du hall d'accueil. Laissée à l'abandon des années durant, la vieille bâtisse aux allures de château fort était devenue le royaume des campagnols, des chauves-souris et des araignées. De longues toiles soyeuses se balançaient entre les lustres à pendeloques de cristal qui quadrillaient le plafond du vestibule et une famille de mulots avait élu domicile sous l'une des fenêtres aux vitres fêlées de la buanderie.

Persuadée que l'agresseur de Honey l'épiait du haut de la mezzanine et impatiente de savoir qui il était, Samantha oublia la promesse qu'elle avait faite à John quelques minutes plus tôt et monta au premier étage avec son habituelle témérité. Lorsqu'elle passa devant l'atelier où Mlle Mazie confectionnait jadis ses poupées, un cri lui parvint. Un cri sourd et plaintif qui se mêlait aux aboiements d'un chien errant dans le lointain et au bruissement régulier des feuilles que le vent s'amusait à dérober aux arbres du parc.

Le cœur battant à grands coups, Samantha s'élança vers l'ancien dortoir des filles et fouilla la pénombre du regard.

— Oh, mon Dieu ! s'exclama-t-elle en apercevant Honey sur l'un des petits lits de fer qui meublaient la rotonde.

Ligotée et bâillonnée, le front ensanglanté, elle se contorsionnait pour essayer de se libérer, mais les cordelettes que son ravisseur avait enroulées autour de ses poignets et de ses chevilles s'enfonçaient dans sa chair au moindre de ses gestes et lui tailladaient la peau.

— Ce que je suis heureuse de t'avoir retrouvée ! lui dit Samantha avant de s'agenouiller à son chevet et de la débarrasser du mouchoir froissé en boule qui lui meurtrissait les lèvres. Cela fait des jours que je te cherche partout et, comme aucune des personnes que j'ai interrogées à Butterville ou à Dallas n'a pu me donner de tes nouvelles, j'ai cru que tu étais morte. Si j'avais su qu'on te séquestrait ici, à l'orphelinat, je me serais dépêchée de venir à ton secours et je n'aurais pas hésité une seconde à abattre le sale type qui…

— Attention, Sam ! hurla Honey quand elle vit une ombre menaçante jaillir du corridor et se précipiter vers son amie. Il va t'assommer.

Mais elle n'avait pas plus tôt lancé le dernier mot que son kidnappeur assena un violent coup de poing à Samantha et la projeta sur le lit.

John se glissa sous l'une des fenêtres du réfectoire, puis enroula son blouson autour de sa main droite et brisa un carreau. Dès qu'il eut pénétré dans la salle à manger et enfilé le hall d'accueil, il entendit des éclats de voix au premier étage et gravit prudemment l'escalier dont les marches grises de poussière s'envolaient au-dessus du vestibule.

— Vous ne pouvez pas nous tuer toutes les deux, s'écria Samantha pendant qu'il longeait la balustrade de la mezzanine à pas furtifs. La police vous retrouvera et vous serez condamné à trente ans de prison.

— Si vous ne voulez pas que je vous tranche la carotide, mademoiselle Corley, répliqua l'homme qu'elle s'efforçait de raisonner, dites-moi où vous avez caché la fille de votre amie et je me montrerai magnanime.

— Vous, magnanime ? Ça m'étonnerait ! Quand je vous aurai donné le renseignement que vous me demandez, vous vous empresserez de m'égorger pour que je ne risque pas de vous dénoncer. Il vaut donc mieux que je me taise et que je vous laisse jouer seul aux devinettes. Tant que vous ignorerez ce que j'ai fait du bébé, vous serez bien obligé de me supporter et d'épargner Honey.

— La première fois que je vous ai vue, je me suis douté que vous étiez la reine des enquiquineuses et que vous me causeriez un tas d'ennuis, mais ne croyez pas que je vais céder à votre petit chantage et…

— Les mains en l'air, Wexler ! interrompit John en s'engouffrant dans le dortoir, son revolver au poing. Lâchez votre couteau et écartez-vous de Mlle Corley.

— N'y comptez pas, Wise ! s'exclama Teddy avant de poser le tranchant de sa lame sur la carotide de Samantha et de grimacer un sourire.

— Ne la tuez pas, je vous en supplie, cria Honey. Ce n'est pas Sam que vous voulez, ce sont mes enfants et moi. Alors, fichez-lui la paix et je vous aiderai à retrouver Emmie, je vous le promets.

— Inutile de chercher à m'amadouer ! Je suis allé trop loin pour pouvoir m'arrêter aujourd'hui.

— Non, vous vous trompez, lança John d'une voix apaisante. Puisque vous n'avez assassiné personne, les magistrats se montreront cléments et ne vous infligeront qu'une peine symbolique.

— Si on me jette en prison, mon père me déshéritera.

— Et après ? Vous n'aurez qu'à vendre votre bel appartement dès que vous serez libéré et à chercher un emploi. Il y a des millions de gens qui gagnent leur pain à la sueur de leur front dans ce pays et ils ne s'en portent pas plus mal.

— Peut-être, mais cela fait des années que j'ai perdu l'habitude de travailler et je préférerais mourir plutôt que de devoir me remettre à trimer.

— Continuez à menacer Mlle Corley et c'est ce qui va vous arriver.

— Vous oseriez tirer sur le fils d'un juge et l'abattre comme un chien ?

— Oui. Vu les circonstances, personne ne me reprochera de m'être servi de mon revolver pour sauver deux innocentes.

Profitant d'un moment d'inattention de Teddy, Samantha lui envoya un coup de coude dans l'aine et réussit par miracle à le désarmer.

— Vous allez me le payer, petite garce, cria-t-il avant de se jeter à terre, ivre de fureur, et de ramasser son couteau à cran d'arrêt.

— Ne bougez plus, Wexler ! lui ordonna John quand il le vit ramper vers la jeune femme.

Puis, conscient du danger mortel qui la menaçait, il fit feu sans autre sommation. Mais, bien décidé à se battre jusqu'au bout malgré la douleur fulgurante qui devait lui vriller l'épaule droite, Teddy s'approcha de John et lui planta dans la cuisse la lame qu'il brandissait.

— Je… je vais appeler une ambulance, bredouilla Samantha en regardant s'étoiler de rouge les vêtements des deux hommes et en sortant son téléphone de la poche de son cardigan avec fébrilité.

— Je n'arrive pas à croire que tu sois là, Sam, murmura Honey après avoir réussi à se libérer des cordelettes qui lui cisaillaient les chevilles et les poignets. Si tu avais été blessée par ma faute, je m'en serais voulu jusqu'à la fin de ma vie.

— Peu importe ce qui m'est arrivé ! L'essentiel est que tu sois saine et sauve.

— As-tu pris soin d'Emmie ?

— Oui. Je l'ai laissée chez Mlle Mazie avant de partir enquêter à Dallas, et John a demandé à ses adjoints de veiller sur elle. Tu n'as donc aucune raison de t'inquiéter.

— Merci de l'avoir protégée. Grâce à toi, Teddy n'a pas pu la kidnapper.

— A qui as-tu confié son petit frère ?

— A l'un de mes ex, qui habite à San Francisco et qui s'appelle Reed Tanner.

— Nous le connaissons, lança John en attrapant l'une des vieilles taies de traversin empilées à même le plancher et en l'enroulant autour de sa cuisse pour essayer de stopper l'hémorragie. Nous l'avons interrogé hier, mais il ne nous a pas parlé du bébé.

— Oh, Seigneur ! s'exclama Honey, le teint livide. Quand je suis allée le voir sur son bateau la semaine dernière, il était absent et, comme j'étais pressée d'amener Emmie à Butterville, je lui ai laissé Troy sans savoir quand il rentrerait.

— Au lieu de t'affoler inutilement, téléphone à Reed, conseilla Samantha. Tu te souviens de son numéro ?

— Oui, acquiesça son amie avant de s'emparer du portable que lui tendait John et de se mettre à pianoter sur les touches. Allô, Reed ? jeta-t-elle au bout de quelques secondes. Ici, Honey. As-tu trouvé Troy et le petit mot que je t'avais écrit ?

19

— Troy va très bien, annonça gaiement Honey après avoir rendu son téléphone à John. Reed l'a pris sous son aile et s'est occupé de lui.

— Formidable ! s'exclama Samantha. Quand j'ai vu les deux photos qui ornaient ton médaillon, je me suis demandé où était le frère d'Emmie et je me suis beaucoup inquiétée à son sujet.

— Si je ne te l'ai pas confié, c'est parce que je me suis dit que le meilleur moyen de protéger les jumeaux serait de les séparer et de rester loin d'eux jusqu'à ce que tout danger soit écarté.

— Tu as eu raison d'être prudente. Ce monstre de Wexler est tellement cupide qu'il aurait été capable de les tuer pour ne pas avoir à partager la fortune de son père avec qui que ce soit.

Samantha regarda Teddy, qui s'était évanoui au pied du lit, et grimaça de dégoût.

— Cet égoïste mériterait qu'on l'abandonne ici, dans ce dortoir glacial, et qu'on le laisse se vider de son sang, maugréa-t-elle. Cela lui apprendrait à terroriser de pauvres bébés !

— Moi aussi, j'aimerais bien le voir mourir à petit feu, déclara John en resserrant autour de sa cuisse la longue bande d'étoffe qui lui servait de garrot, mais je préfère qu'il se morfonde en prison pendant des années et qu'il ait le temps de réfléchir aux conséquences de ses actes. Quand le juge Wexler saura ce que son fils a fait, il aura honte de lui et le rayera de son testament.

— A moins qu'il ne lui trouve des excuses et qu'il ne décide de…

La sirène d'une ambulance écourta la riposte.

— Je ne veux pas qu'on m'emmène à l'hôpital, s'écria Honey lorsqu'elle aperçut les trois civières que les brancardiers avaient descendues du véhicule. Tout ce que je souhaite, c'est serrer Emmie dans mes bras et lui dire que je l'aime.

— Dès que les médecins t'auront examinée, nous irons rendre visite ensemble à Mlle Mazie et tu pourras t'occuper de la petite, lui promit Samantha.

— Tu me le jures ?

— Croix de bois, croix de fer… Mais, comme tu es blessée et déshydratée, il va d'abord falloir qu'on te soigne.

— Une fois que j'aurai repris des forces et oublié ce cauchemar, tu sais ce que je ferai, Sam ?

— Non.

— Je te demanderai d'être la marraine de mes enfants. Bien qu'elle ait passé peu de temps à Butterville, je parie qu'Emmie s'est attachée à toi et qu'elle est impatiente de te revoir. Quant à Troy, je suis sûre qu'il t'adorera, lui aussi, et que tu n'auras aucun mal à l'apprivoiser.

— Merci, lâcha Samantha, la gorge nouée. Je serai très honorée d'avoir ces bouts de chou pour filleuls.

Dès que Honey eut quitté le service des urgences de l'hôpital, John et Samantha l'accompagnèrent chez Mlle Mazie, puis l'aidèrent à installer Emmie dans son siège-auto, à l'arrière de la voiture de police qui avait été mise à leur disposition, et l'emmenèrent à Pine Bluff.

— Mon chalet a failli partir en fumée, expliqua Samantha à son amie, mais John a réussi à limiter les dégâts et les employés de Bo Simmons ont accompli des prodiges ces deux derniers jours. Tu vas donc pouvoir dormir tranquille : le plafond de ta chambre ne te tombera pas sur la tête pendant ton sommeil.

— Je suis désolée de t'avoir attiré autant d'ennuis, Sam. Si j'avais su que ta maison serait incendiée, j'aurais évité de revenir à Butterville.

— Non, tu as bien fait de me confier Emmie. Quels que soient les risques que j'ai courus, j'ai été heureuse de m'occuper d'elle et d'initier ce macho de Wise aux joies du baby-sitting. Dommage que tu n'aies pas été là lorsque ta fille a osé tacher le pull-over et la chemise de Monsieur, car tu aurais piqué un de ces fous rires !

Après avoir décoché un clin d'œil ironique à John, Samantha s'arrêta au pied de son perron dans un grincement de freins fatigués, puis aida Honey à descendre de la voiture et se figea, le cœur au ralenti.

Debout en haut des marches, une carabine à la main, Sally Hicks les toisait d'un regard haineux.

— Que désirez-vous, madame Hicks ? lui demanda John sans se départir de son calme.

— Empêcher Honey de me prendre mon mari, répondit-elle en épaulant son fusil. Je sais qu'elle est rentrée à Butterville pour renouer avec lui, mais je ne la laisserai pas faire. Dwayne m'appartient et elle n'a pas le droit de me le voler. Quand il est revenu de l'Alabama, il m'a juré qu'il regrettait de l'avoir accompagnée à Montgomery et qu'il n'aimait que moi. Alors, elle a intérêt à déguerpir si elle ne veut pas recevoir une balle dans la peau.

— Ce n'est pas parce que Dwayne me manquait que je me suis enfuie de Dallas, c'est parce qu'un type très dangereux était à mes trousses et que son complice lui avait ordonné de kidnapper mes enfants, expliqua tranquillement Honey à Sally.

— Mon œil ! s'exclama cette dernière, folle de jalousie. Tu as toujours été une sale petite intrigante et je suis sûre que tu as amené ta fille à Butterville dans l'espoir d'attendrir mon mari. Comme il rêve de fonder une grande famille et que je n'ai pas encore réussi à tomber enceinte, tu as dû penser qu'il te suffirait de lui montrer tes bébés pour qu'il accepte de divorcer et de…

— Qu'est-ce que tu fabriques, ma chérie ? coupa Dwayne en jaillissant de la forêt, à bout de souffle. Lâche ton fusil, je t'en prie, et rentrons à la maison.

— Non, il faut d'abord que Honey arrête de te tourner autour et qu'elle s'en aille.

— Il y a longtemps que nous avons rompu, elle et moi. Longtemps que nous ne sommes plus amoureux l'un de l'autre et que nos chemins se sont séparés.

— Dwayne te dit la vérité, Sally, confirma Honey. Depuis que nous nous sommes quittés l'an dernier et que nous sommes partis chacun de notre côté, nous avons cessé toutes relations.

— C'est faux ! Tu l'as appelé une dizaine de fois et tu lui as laissé de nombreux messages. Si tu l'avais rayé de ta vie comme tu veux me le faire croire, pourquoi lui as-tu téléphoné ?

— Parce que j'avais de graves ennuis et que je ne savais pas à qui m'adresser. Quand je l'ai eu en ligne et que je lui ai demandé de m'aider, il m'a répondu qu'il t'aimait et qu'il lui était impossible de venir me retrouver à Dallas, car il aurait l'impression de te trahir.

— Tu as vraiment refusé d'aller la rejoindre ? jeta Sally à Dwayne.

— Oui, acquiesça-t-il en s'approchant d'elle et en lui confisquant son fusil. Je n'aime et n'aimerai jamais que toi.

— Vous êtes en état d'arrestation, madame Hicks, déclara John après avoir gravi les marches du perron et sorti des menottes de la poche de son blouson. Vous avez le droit de garder le silence et de ne parler qu'en présence de votre avocat. A partir de maintenant, tout ce que vous direz pourra être retenu…

— Non ! s'écria Honey. Je n'ai pas envie de porter plainte contre Sally.

— Tu en es sûre ? s'étonna Samantha.

— Absolument ! Si je veux que les habitants de Butterville me pardonnent mes erreurs et me respectent, il faut que je me montre indulgente envers eux et que je devienne quelqu'un de bien.

— Merci, Honey, lança Dwayne d'une voix émue. Tu es une chic fille.

Dès qu'il eut aidé sa femme à grimper dans le pick-up rouge cerise qu'il avait garé à la lisière de la forêt, Honey rejoignit John en haut du perron et le gratifia d'un sourire radieux.

— Je te suis très reconnaissante d'avoir protégé Emmie et Sam, lui dit-elle. Sans toi, elles seraient mortes à l'heure qu'il est.

— Oh ! je n'ai fait que mon devoir, rétorqua-t-il modestement avant de dévaler les marches avec une grimace de douleur et de prendre congé de Samantha.

Dallas,
une semaine plus tard

— Je suis tellement nerveuse que j'ai les jambes qui flageolent, glissa Honey à John et à Samantha lorsqu'ils pénétrèrent dans le cabinet juridique où Theodore Wexler leur avait donné rendez-vous. Que se passera-t-il si le juge refuse de se montrer raisonnable et s'obstine à vouloir m'enlever mes enfants ?

— Nous te défendrons bec et ongles, la rassura son amie. Tu n'es plus toute seule maintenant : tu as de nombreux alliés prêts à témoigner en ta faveur et à t'apporter leur soutien.

— Reed Tanner assistera-t-il à la réunion ? demanda John à Honey.

— Oui, acquiesça-t-elle. Il m'a dit qu'il amènerait Troy à Dallas ce matin et qu'il ferait de son mieux pour m'aider à gagner la bataille.

— Tu dois être impatiente de revoir ton fils.

— Le mot est faible. Depuis que j'ai été obligée de l'abandonner, je n'ai pas arrêté de penser à lui et de rêver du moment où je pourrais de nouveau le serrer dans mes bras.

— Tu ne l'as pas abandonné, Honey, tu l'as juste mis en sécurité pendant un certain temps, corrigea Samantha. Ce n'est pas la même chose.

— Je le sais bien, mais, quand je l'ai laissé sur le bateau

de Reed et que je me suis enfuie, j'ai eu l'impression de ne pas valoir plus cher que mes parents.

— Une fois que nous aurons réussi à convaincre Theodore Wexler de ne pas te traîner devant les tribunaux, tu oublieras vite tout ce que tu as enduré et tu cesseras de culpabiliser. Emmie et Troy ont de la chance d'avoir une maman telle que toi et, s'ils étaient capables de parler, ils te le diraient eux-mêmes.

— Merci de m'avoir remonté le moral, Sam. Cela me donne envie de me battre et de…

— Bonjour, Honey, interrompit Reed Tanner en sortant de la salle de conférences. Je suis heureux que tu n'aies gardé aucune séquelle de ton agression.

— Et moi, je suis contente de pouvoir enfin te remercier. Si tu ne t'étais pas occupé de Troy pendant que j'étais à Butterville, je me demande ce que le pauvre petit serait devenu.

— Oh ! je n'ai pas été le seul à veiller sur lui. Quelqu'un que j'ai hâte de te présenter m'a enseigné le b.a.-ba du baby-sitting et m'a beaucoup aidé.

— Enchanté de vous revoir, monsieur Tanner, lança John en donnant à Reed une longue poignée de main. La dernière fois que nous nous sommes rencontrés, je vous ai soupçonné d'avoir enlevé Troy et de vouloir kidnapper Emmie, mais je suis ravi de m'être trompé.

— Comme je ne vous avais pas réservé un accueil très chaleureux, il est normal que vous ayez eu des doutes à mon sujet. Si je vous ai caché certaines choses le jour où vous m'avez rendu visite au Double Kay, c'est parce que je n'avais pas confiance en vous. Je croyais que vous ne vous intéressiez qu'à votre enquête et que vous vous fichiez pas mal du bonheur de Troy.

— Où est-il, ce petit brigand ? questionna Honey, les traits éclairés d'un sourire.

— Dans les bras de la personne dont je t'ai parlé, répondit mystérieusement Reed avant de la prendre par le coude et de la guider vers la salle de conférences, où s'impatientaient Theodore Wexler et son bataillon d'avocats. Permets-moi de te présenter Josie, ajouta-t-il en s'approchant de la charmante jeune femme qui était assise à une table, le plus loin possible du juge, et qui serrait Troy sur son cœur. C'est à elle que tu dois témoigner ta gratitude, pas à moi, car elle a été la meilleure des baby-sitters.

— Merci de vous être occupée de ce chenapan, Josie, déclara Honey après avoir effleuré d'un baiser les joues duveteuses du bébé et essuyé les larmes qui lui brouillaient la vue. Je vous suis reconnaissante de tout ce que vous avez fait.

— Votre fils est tellement adorable que ce fut un plaisir. Maintenant que la police vous a enfin retrouvée, j'espère que…

— Vous allez jacasser encore longtemps ? grommela Theodore Wexler, les yeux soudés au cadran de sa Rolex. Au cas où ce « détail » vous aurait échappé, je vous signale que vous êtes dans un cabinet juridique, pas dans un salon mondain ni dans la pouponnière d'une maternité. Alors, asseyez-vous et terminons-en !

— Mesdames, messieurs, veuillez prendre place, lança à la cantonade l'un des défenseurs du magistrat. Comme vous le savez, nous sommes réunis pour décider du sort de Troy James Dawson et d'Emmie Samantha Dawson, les enfants de mon client et de Mlle…

— Pardon de vous couper la parole, maître, jeta Jimmy Bartow en pénétrant dans la salle de conférences.

— Que venez-vous faire ici, Bartow ? fulmina le juge.

— Ah ! tu es là, Jimmy, s'écria Honey avant de se précipiter vers le jeune homme et de l'embrasser à pleine bouche sous le regard ébahi des avocats. Quand j'ai cru que mon agresseur allait me tuer, j'ai songé à nous deux, ajouta-t-elle sans se préoccuper des ronchonnements de Theodore Wexler, et j'ai regretté de ne pas t'avoir dit certaines choses. Au lieu de prétendre que le foot et la mode étaient mes seuls centres d'intérêt dans la vie, j'aurais dû t'avouer que j'étais amoureuse de toi et que j'accepterais de grand cœur d'être ta femme si tu voulais bien me demander ma main.

— Si je voulais bien te demander ta main ! répéta Jimmy, l'air suffoqué. Comment as-tu pu imaginer que je refuserais de te passer la bague au doigt ? Dès notre première rencontre, j'ai été ébloui par ta beauté et depuis, je n'ai pas cessé une seconde de t'aimer.

— Pourquoi me l'as-tu caché ?

— Parce que je pensais n'être qu'un ami à tes yeux et que j'avais peur de te perdre.

— Il n'y avait pas de danger que je te laisse tomber. Je me plaisais tellement en ta compagnie que j'aurais été incapable de…

— Tout ça, ce n'est que du blablabla, maugréa Theodore Wexler, le visage congestionné. Vu les honoraires exorbitants que me réclament mes avocats chaque fois que je fais appel à eux, je n'ai aucune envie de vous regarder roucouler avec mon huissier jusqu'à l'heure du déjeuner, mademoiselle Dawson. Alors, de grâce, oubliez vos rêves de midinette et revenons à notre sujet.

— Asseyons-nous, mon amour, et écoutons ce que M. Wexler a de si important à te dire, conseilla Jimmy à Honey juste avant que Troy n'éclate en sanglots.

— Pourquoi ce petit braillard n'arrête-t-il pas de pleurer ? bougonna le juge, au comble de l'irritation.

— Parce que sa couche est sale et qu'il a une faim de loup, l'informa Reed Tanner, goguenard. Puisque vous prétendez être son père et que vous avez hâte de l'enlever à sa maman, voulez-vous le déshabiller et réchauffer son biberon ?

— Non, merci. Je préfère vous laisser cet insigne honneur.

— C'est bien ce qu'il me semblait. Comparée à votre ego hypertrophié, votre fibre paternelle n'est pas encore très développée.

Pendant que Reed ôtait délicatement Troy des bras de Josie et l'emmenait vers un canapé, au fond de la salle, John et Samantha échangèrent un clin d'œil amusé.

— Epargnez-moi vos sarcasmes, monsieur Tanner, grommela Theodore Wexler. Si vous croyez que votre attitude irrespectueuse suffira à me décourager, vous allez être déçu. Quoi que vous disiez, quoi que vous pensiez, vous ne pourrez pas éviter l'inévitable et m'empêcher de faire valoir mes droits. Les jumeaux sont mes enfants et il est normal que je…

— Ça, par exemple ! s'écria Jimmy en regardant Reed démailloter Troy avec l'aide de Josie et en apercevant une envie sur la hanche gauche du bébé.

— Ce n'est qu'un petit angiome, lui expliqua Samantha. Emmie en a un au même endroit.

— Comme tous les membres de ma famille paternelle depuis des générations. Lorsque j'avais sept ou huit ans, mon père me répétait sans cesse que cette tache de vin était le signe distinctif des Bartow et que je devais en être fier au lieu d'en avoir honte.

— Désolé pour vous, Votre Honneur, lança railleusement John à Theodore Wexler, mais, si vous voulez jouer les papas poules, vous allez être obligé de chercher d'autres bébés à dorloter.

— Je ne renoncerai à adopter les jumeaux que quand chacun d'eux aura été soumis à un test d'A.D.N., riposta le juge en se levant de son fauteuil et en tapant du poing sur la table.

— Oh ! ils ne vont pas tarder à en subir un, faites-moi confiance, lui dit Honey. J'ai tellement hâte d'être débarrassée de vous que je les emmènerai au laboratoire dès lundi matin.

Puis, impatiente de savourer son bonheur tout neuf, elle prit Troy dans ses bras et le tendit à Jimmy, des étoiles plein les yeux.

20

Dès leur retour à Butterville, John raccompagna Samantha à Pine Bluff dans un silence écrasant et préféra rester au bas du perron plutôt que de la suivre à l'intérieur du chalet.

« Maintenant que son enquête est terminée, il va sortir de ma vie et, s'il décide un jour d'aller rejoindre son père à Atlanta, je n'aurai même plus l'occasion de le croiser dans la rue », se dit-elle en montant les marches une à une et en sentant un grand froid l'envahir.

Contrairement à ce qu'elle avait espéré, ce n'était pas parce qu'il l'aimait qu'il lui avait fait l'amour une semaine auparavant, c'était parce qu'ils avaient échappé de peu à la mort et que le danger les avait rapprochés.

— A quoi penses-tu, Sam ? lui demanda-t-il d'une voix impersonnelle.

— A tout ce qui vient de se passer, jeta-t-elle du haut de l'escalier.

— As-tu besoin de quelque chose ?

« Oui ! faillit-elle s'écrier. J'ai besoin de ta tendresse, de ta chaleur, de tes baisers. »

Mais, de crainte que cet aveu ne l'incite à quitter Butterville dès le lendemain matin, elle ravala les mots qui lui brûlaient les lèvres et se borna à répondre :

— Non, merci. Tu sais bien que je suis une dure à

cuire et que j'ai l'habitude de me débrouiller sans l'aide de qui que ce soit.

— Il est vrai que tu as un punch incroyable et que tu pourrais en remontrer à la plupart de mes adjoints. Le courage et la force de caractère dont tu as fait preuve après la disparition de Honey m'ont épaté.

— Comme tu m'as souvent dit que j'étais un vrai petit soldat, tu aurais dû trouver normal que je veuille participer à ton enquête. La prochaine fois que tu auras un criminel à démasquer, appelle-moi à la rescousse et nous formerons une équipe du tonnerre.

— J'y penserai, répliqua John d'un ton qui démentait ses paroles. En attendant, évite d'aller tenir tête à Leonard Cultrain et tâche de ne pas prendre trop de risques dans l'exercice de ton métier.

— D'accord, lança Samantha, la gorge douloureuse.

Puis, incapable d'articuler un mot de plus, elle claqua derrière elle la porte de son vestibule et fondit en larmes.

Quand John arriva chez lui à la nuit tombée, il sentit une brusque migraine lui pilonner le crâne et se demanda pourquoi sa vie lui paraissait tout à coup aussi morne. Après l'arrestation de Teddy Wexler, de nombreux journalistes étaient venus l'interviewer et ses supérieurs hiérarchiques l'avaient chaudement félicité. Il n'avait donc aucune raison d'être triste et démoralisé, bien au contraire !

— Je dois manquer de sommeil, bougonna-t-il en feuilletant l'une des gazettes étalées sur la table basse et en balayant d'un regard éteint l'article dithyrambique que la rédactrice en chef avait écrit à son sujet. Demain, après une bonne nuit, je verrai les choses sous un autre angle et je…

Tiré de son monologue par la sonnerie du téléphone, John saisit le récepteur et le plaqua contre son oreille.

— Salut, mon grand ! s'exclama son père au bout du fil. Mon plus proche collaborateur m'a appris que ta photo avait fait la une de plusieurs quotidiens au Texas et je t'appelle pour te dire que je suis fier de toi. Tu as mené ton enquête avec une telle efficacité que tes chefs seront obligés de te récompenser.

— Ce qui est important, papa, ce n'est pas que j'obtienne ou non une promotion, c'est que Honey Dawson et ses deux enfants aient été sauvés.

— Sans doute, sans doute, mais il n'en reste pas moins que tu as été brillant et que cela va t'aider à gravir les échelons. Tous mes amis ont été époustouflés par ta performance et ont hâte de t'être présentés. Quand pourras-tu venir me rejoindre à Atlanta ?

Adossé aux balustres de l'escalier, sa migraine miraculeusement envolée, John vit des centaines d'images défiler devant ses yeux comme un film projeté en accéléré : Samantha berçant Emmie le soir de la disparition de Honey... le premier baiser qu'ils avaient échangé après l'incendie... leur folle équipée dans les rues de Dallas... la longue nuit qu'ils avaient passée ensemble sous les festons pourpres de leur ciel de lit... A aucun moment, Samantha n'avait essayé de l'enchaîner ni de lui arracher une quelconque promesse. Elle s'était contentée de lui insuffler un peu de sa joie de vivre et de son optimisme avec l'extraordinaire générosité qui la caractérisait.

— Quand pourras-tu venir me rejoindre à Atlanta ? répéta Kenneth Wise d'une voix agacée. Ta mère veut organiser une réception en ton honneur et elle aimerait savoir à quoi s'en tenir.

— Dis-lui de ne pas se donner cette peine, répliqua John en ayant l'agréable impression qu'un grand poids s'ôtait de ses épaules. J'ai décidé de rester à Butterville et de me mettre à enquêter sur l'assassinat des parents de Samantha Corley. Comme je suis convaincu que son père était innocent des crimes dont on l'a accusé, je vais m'efforcer de réhabiliter sa mémoire.

— Tu es fou, ma parole !

« Oui, fou d'amour pour Sam, riposta John en secret. Et impatient de lui demander sa main. »

Samantha était en train d'enfiler sa chemise de nuit lorsque le ronflement d'un moteur la fit tressaillir.

— Qui peut bien me rendre visite à une heure pareille ? s'interrogea-t-elle.

Sally Hicks ? Non ! Depuis que Dwayne lui avait déclaré sa flamme en présence de Honey, elle semblait s'être calmée et avoir enfin trouvé un certain équilibre. Leonard Cultrain ? Probablement… S'il avait appris que les magistrats chargés de statuer sur l'avenir de son fils avaient décidé de confier le petit garçon à ses grands-parents maternels, il devait écumer de rage et vouloir se venger.

Après avoir éteint sa lampe de chevet et empoigné son fusil, Samantha descendit sans bruit au rez-de-chaussée et jeta un œil par la fenêtre à tabatière du vestibule, mais le brouillard qui enveloppait la forêt était tellement dense qu'elle réussit tout juste à distinguer une ombre mouvante au bas du perron.

— Quel fléau, ce Leonard ! maugréa-t-elle avant d'ouvrir la porte du hall et de se pétrifier dans l'encadrement, le cœur agité de soubresauts.

L'homme au charme dévastateur qui gravissait l'escalier

d'un pas allègre ne ressemblait en rien à la brute avinée qu'elle s'était attendue à affronter.

— Que fais-tu ici, John ? demanda-t-elle, une fois revenue de sa stupeur. Quelqu'un a besoin de mes services ?

— Oui, acquiesça-t-il en allumant le plafonnier de la véranda et en examinant d'un air ébloui la nuisette translucide qu'avait revêtue la jeune femme. Moi.

— Ah bon ! Que t'arrive-t-il ?

— J'ai reçu un coup de fil de mon père ce soir et, pendant que je bavardais avec lui, je me suis rendu compte que je n'avais plus la moindre envie d'aller le rejoindre à Atlanta.

— Pourquoi préfères-tu rester à Butterville plutôt que de suivre ses conseils ?

— Parce que je t'aime et que je ne supporterais pas de te perdre.

Samantha ouvrit de grands yeux.

— Tu… tu m'aimes ? balbutia-t-elle.

— A la folie, rétorqua-t-il en l'attirant dans ses bras. A partir de maintenant, je voudrais que tu me laisses te protéger des ivrognes mal embouchés tels que Leonard Cultrain et des dangereux psychopathes qui…

— Pas question ! s'exclama-t-elle, espiègle. Je n'ai pas besoin d'un garde du corps.

— Oh ! ça, je le sais. Tu me l'as répété des dizaines de fois ces quinze derniers jours. Mais, comme je suis quelqu'un d'obstiné, je me suis dit que nous pourrions peut-être nous marier et veiller l'un sur l'autre jusqu'à la fin des temps. Que penses-tu de cette proposition ?

— Qu'elle est aussi séduisante que toi, mon amour, riposta Samantha avant de se serrer contre John et d'offrir ses lèvres au plus langoureux des baisers.

DANA MARTON

Passion sous surveillance

éditions Harlequin

Titre original : PROTECTIVE MEASURES

Traduction française de FRANÇOISE DORIS

83/85 boulevard Vincent-Auriol 75646 PARIS CEDEX 13.
Service Lectrices — Tél. : 01 45 82 47 47
www.harlequin.fr

1

Kaye Miller regardait ses collègues et amis rassemblés par petits groupes dans la salle de bal et se demandait lequel d'entre eux avait tenté de l'assassiner.

Une peur glacée s'insinua en elle, en même temps qu'un sentiment de stupeur et de trahison. Qui, et pourquoi ? Elle n'avait entrevu qu'une ombre indistincte derrière la vitre de la voiture — et le badge d'accès au parking du Capitole indiquant qu'il s'agissait d'un membre de son entourage.

— Peut-être au prochain mandat, dit-elle en réponse à une question de la députée Sawyer, tout en continuant à scruter la foule des invités.

Le monde politique était certes un panier de crabes, mais elle n'imaginait aucun d'eux dans le rôle d'un tueur.

— En amendant légèrement votre texte, ajouta-t-elle, reportant son attention sur son interlocutrice, vous devriez rallier suffisamment de voix.

— Mais puis-je compter sur votre aide ?

— Je vous appuierai de toutes mes forces, repartit-elle sincèrement, car elle était convaincue de la nécessité d'une réforme de l'éducation.

La députée la remercia et s'éloigna, la laissant seule

avec ses pensées et les images qui la hantaient. Le métal broyé, les pneus crissant sur le bitume…

Un accident, selon la police.

Elle aurait voulu le croire, mais n'y arrivait pas. L'homme l'avait heurtée délibérément. Et s'il recommençait ?

Brusquement, dans cette salle somptueusement décorée d'immenses guirlandes de roses et d'œillets rouges, elle éprouva une sensation d'oppression, comme si les murs se resserraient sur elle.

Ne sois pas ridicule, se morigéna-t-elle. Elle était en sécurité ici, entourée de deux cents politiciens au moins, sans compter les journalistes. Personne ne serait assez stupide pour s'attaquer à elle devant autant de monde.

Pourtant, quand quelqu'un la bouscula par-derrière, elle tressaillit violemment.

— Excusez-moi, dit une femme en souriant, une assiette dans une main et un verre dans l'autre.

Kaye s'écarta pour la laisser passer, et tâcha de mettre un nom sur ce visage. Elle n'avait guère fréquenté les réunions mondaines, ces deux dernières années. Il y avait eu un temps où elle aurait connu tout le monde, dans une soirée comme celle-ci.

La voix de Sinatra fredonnant en sourdine dans les haut-parleurs se mêlait aux conversations des invités de ce gala de l'Association pour la recherche contre la sclérose en plaques. Ce soir, l'Hôtel George était aussi bien gardé que la Maison-Blanche.

Et cependant… ses cheveux se hérissaient sur sa nuque. Elle avait l'impression très nette d'être épiée.

Mais ne l'était-elle pas en permanence ? Après tout, elle était un personnage public, le chef de file de la majorité à la Chambre des représentants. Les gens avaient toujours quelque chose à lui demander et, si quelqu'un était en train de l'observer, c'était sans doute parce qu'il guettait le moment propice pour l'aborder et lui soumettre sa requête.

Pour se donner une contenance, elle se dirigea vers un groupe de ses collègues. C'est alors qu'elle l'aperçut, à l'autre bout de la salle : grand et brun, vêtu d'un smoking noir, comme tous les hommes présents, il ne la quittait pas du regard. Elle ne l'avait encore jamais vu au Capitole ; peut-être était-ce l'un des nouveaux assistants.

Mais son instinct lui disait que non. Et ce n'était pas davantage un journaliste ; il ne portait pas le badge distinctif des membres de la presse. Dans cette pièce remplie de politiciens tout sourire, il détonnait par son air grave et concentré.

Il ne détourna pas les yeux en croisant son regard. Pourquoi la dévisageait-il ? Que voulait-il ? Etait-ce lui, l'homme dans le tunnel ? Elle n'aurait su le dire, puisqu'elle n'avait pas pu voir son agresseur.

Qui était avec lui ? Elle crut reconnaître la fille du sénateur Massey, mais les autres lui étaient inconnus. Autour de lui, tout le monde bavardait, mais il ne semblait pas participer à la conversation. La femme d'un certain âge qui se tenait à sa gauche posa une main sur son bras et il se tourna vers elle.

Personne. Ce n'était personne d'important, se dit Kaye en relâchant sa respiration. Un invité, rien de plus. Peut-être un jeune député désireux de l'entretenir d'un sujet quelconque, mais ne trouvant pas le courage de l'approcher.

Sauf qu'il n'avait pas l'air de quelqu'un qui se laissait intimider. Il avait l'ait très sûr de lui, même à cette distance, tant dans son attitude que dans ses gestes mesurés, et elle ne put s'empêcher de penser à Cal.

Troublée, elle se remit en marche.

— Vous voilà ! s'exclama alors Norman Barney. J'aimerais vous parler de mon petit projet…

C'était exactement ce dont elle avait besoin : une conversation normale, qui l'empêcherait de sombrer dans la paranoïa.

— Sur les subventions agricoles ? fit-elle en souriant.

Il acquiesça et l'attira à l'écart du groupe.

— Je voudrais également connaître votre point de vue sur la prochaine rencontre au sommet. Mes électeurs sont directement concernés. Ils dépendent des ouvriers agricoles originaires du Sud…

— Nous essaierons de prévoir une réunion la semaine prochaine, répondit-elle aimablement.

Parler travail ne la dérangeait pas, mais ce n'était ni l'heure ni le lieu pour discuter d'un sujet épineux sur lequel ils étaient en total désaccord.

— J'espérais que vous pourriez me consacrer quelques minutes…

— Kaye ?

La voix familière dissipa d'un coup le nuage noir qui semblait planer sur elle depuis le début de la soirée.

— Je ne savais pas que tu venais, s'exclama-t-elle en se retournant, ravie.

Cal était là. Plus rien ne pouvait lui arriver, à présent.

— J'ai pensé que je pourrais passer dire bonjour à ma filleule préférée. Bonsoir, monsieur le député, ajouta-t-il à l'adresse de Barney.

C'est tout juste si celui-ci ne se mit pas au garde-à-vous. Cal produisait cet effet sur bon nombre de gens.

— Colonel Wilson. Il y a longtemps que nous ne vous avions pas vu au Capitole.

— J'ai pris ma retraite.

— Vous vous êtes mis au golf ?

— Entre autres choses. Ça ne vous ennuie pas si je vous enlève Kaye pendant quelques minutes ?

— Non, non. Nous reprendrons cette conversation plus tard. Content de vous avoir revu, colonel.

— Que fais-tu ici ? s'enquit Kaye dès que le député fut parti.

Cal la dévisagea. Ses yeux noirs en avaient impressionné plus d'un.

— Comment vas-tu ?

— Parfaitement bien, répondit-elle, portant malgré elle la main à son épaule gauche, déboîtée lors de la collision.

Personne ici, à part eux deux, n'avait eu connaissance de l'accident. Le col montant de sa robe dissimulait entièrement les meurtrissures.

Ce geste n'échappa pas à Cal, car jamais rien ne lui échappait, mais il se contenta de dire :

— J'ai eu une petite discussion avec l'équipe chargée de ta sécurité. Je veux lui adjoindre un de mes hommes.

Elle arqua un sourcil, pour marquer son étonnement. Il n'avait plus d'hommes sous ses ordres, en principe…

— Un gars de mon ancienne équipe. J'ai conservé deux ou trois relations, expliqua-t-il avec une innocence presque convaincante.

Officiellement, le colonel était à la retraite depuis quelques années, se bornant à intervenir de temps à autre à titre de consultant. Elle savait qu'il n'en était rien ; il n'avait jamais cessé ses activités. Toutefois, même si elle était dévorée de curiosité, elle feignait toujours de croire ce qu'il lui racontait, tant dans l'intérêt de la sécurité nationale que de leur amitié.

— Ils se plaignent déjà que mon budget sécurité est trop élevé. Je n'obtiendrai jamais qu'on l'augmente encore. La police ne croit pas à un geste délibéré. D'après elle, le conducteur devait simplement être ivre.

— Ne t'inquiète pas pour ça. Si on te pose la question, tu n'auras qu'à dire que c'est l'ami d'un ami du secteur privé, qui fait ça pour te rendre service.

— Bon, entendu.

— Je veux qu'il te raccompagne chez toi ce soir.

— C'est donc aussi sérieux que ça, d'après toi ? s'étonna-t-elle, de nouveau gagnée par l'inquiétude.

— J'ai toujours eu tendance à te surprotéger, c'est dans ma nature, répondit Cal avec un grand sourire sur son visage d'ébène. Je m'ennuie, depuis que je suis à la retraite, et ça met un peu d'animation dans ma vie. La police est toujours à la recherche du véhicule ?

— Oui, mais sans succès jusqu'à présent.

— Bien, bien, fit-il en lui tapotant la main d'un geste paternel. Je vais chercher le gars en question et je te l'amène.

— Si je suis en train de discuter avec le député Barney, surtout ne te gêne pas pour nous interrompre.

Elle le regarda s'éloigner et se fondre dans la foule ; à cinquante-deux ans, il avait meilleure allure que beaucoup d'hommes deux fois plus jeunes que lui.

Des flashs sur sa droite attirèrent son regard : des journalistes interviewaient le sénateur de l'Illinois. Elle-même avait échappé à l'attention des médias jusqu'ici, mais elle n'allait pas tarder à se retrouver à son tour face à leurs objectifs.

Elle ferait mieux d'aller retoucher son maquillage ; elle était dans un tel état de nerfs qu'elle avait dû transpirer. Elle se dirigea vers les toilettes, saluant au passage les gens qu'elle croisait.

Deux femmes qu'elle ne connaissait pas bavardaient devant les lavabos, et l'épouse de Norman Barney était assise sur le sofa rose ornant la pièce.

— Comment allez-vous, Alice ? lui dit-elle.

— Bien, merci. Mais ces escarpins neufs me font souffrir le martyre…

Elle pointa vers ses pieds une main endiamantée, et Kaye lui adressa un sourire compatissant. La lourde robe qu'elle avait choisie pour cacher ses contusions lui faisait l'effet d'un carcan.

Alice se redressa en grimaçant.

— Bon, il vaut mieux que je retourne dans la salle. C'est presque terminé, de toute façon.

Kaye entra dans une cabine et s'assit sur le siège, sans relever le couvercle. Elle avait besoin de s'isoler, pour pouvoir fermer les yeux et décrisper ses muscles faciaux.

— Au revoir, lui lança Alice avant de s'en aller.

La porte du couloir se referma avec un chuintement derrière elle, et le même bruit se fit entendre quand les deux autres femmes quittèrent la pièce. Un bourdonnement de voix à peine audible lui parvenait de la salle. Elle savoura cet instant de calme, en se massant les tempes. Depuis combien de temps était-elle là ?

Une minute, deux ? Combien de temps pouvait-elle se permettre d'y rester ?

Dans cette ville, rien ne passait inaperçu. Si le chef de file de la majorité restait une demi-heure dans les toilettes lors d'une soirée de gala, cela donnerait lieu à toutes sortes de conjectures. Dès demain, les tabloïds annonceraient qu'elle était atteinte d'une maladie mortelle ou enceinte des œuvres du président.

Elle s'accorda une ou deux minutes supplémentaires avant de ressortir. Un peu de maquillage, encore un peu de bavardage mondain, puis elle pourrait rentrer chez elle, flanquée de son nouveau garde du corps.

Elle s'apprêtait à se redresser quand elle entendit la porte des toilettes s'ouvrir. Des pas résonnèrent sur les dalles de marbre, mais ce n'était pas un cliquetis de talons hauts. Ils hésitèrent puis s'arrêtèrent. Devait-elle signaler sa présence à l'intrus ? Lui dire qu'il se trouvait au mauvais endroit ?

Son instinct lui conseilla de garder le silence. L'image de l'inconnu qui l'avait observée tout à l'heure surgit dans son esprit. Se pouvait-il qu'il l'ait suivie jusqu'ici, ou était-ce quelqu'un d'autre ?

Retenant sa respiration, elle souleva les pieds, en prenant soin de relever également le bas de sa robe, et se percha sur le couvercle du siège. Mais elle ne tarda pas à trouver ça stupide. Si l'homme lui voulait du mal, il lui suffirait de vérifier les portes pour voir laquelle était verrouillée. Il n'aurait alors qu'à tirer à travers le mince panneau de bois.

Cette pensée l'ébranla. C'était ridicule. Elle regardait trop de films policiers à la télévision. Personne n'allait l'abattre dans les toilettes pour dames de l'Hôtel George, alors que la moitié des membres du Congrès se trouvait à quelques pas de là.

Cependant ce fut d'une main tremblante qu'elle tira le verrou et poussa le battant. Au même moment, la porte donnant sur le couloir s'ouvrit.

— Roger ?

Elle regarda tour à tour son collègue et la jeune assistante qui s'était figée sur le seuil, puis reporta les yeux sur Roger Cole, planté au milieu de la pièce, rouge de confusion.

Toute crainte la quitta aussitôt — pour faire place à l'embarras.

Roger cligna des yeux et, sortant un mouchoir de sa poche, s'épongea le front.

— Excusez-moi, mesdames, marmonna-t-il.

Là-dessus, il s'affala sur le sol.

— Roger ? Est-ce que ça va ? demanda-t-elle en l'aidant à se redresser.

— Trop de champagne, marmonna-t-il avec un sourire penaud. Je suis désolé.

L'assistante le considérait d'un air offusqué. Kaye ne la reconnut pas. A quel parti appartenait-elle ? Si c'était au parti adverse, l'histoire risquait de se retrouver dans les journaux dès le lendemain matin.

— C'est encore votre cœur qui vous joue des tours ? Dois-je appeler Liz ? dit-elle à voix haute, pour faire croire à un problème d'ordre médical.

Roger avait été l'un de ses plus fidèles alliés, et même un ami. Mais au cours des dernières semaines, ils avaient eu des accrochages, ne parvenant jamais à se mettre d'accord sur quelque question que ce soit. Elle avait prévu d'en discuter avec lui à la première occasion.

Ce soir, il paraissait toutefois moins agressif.

— Ce n'est rien de grave, Kaye, répondit-il en lui tapotant l'épaule, une lueur de reconnaissance dans ses yeux noisette. Un simple vertige, c'est tout. Je n'ai pas fait attention au pictogramme sur la porte. Je devais avoir l'esprit ailleurs.

Il eut un signe de tête pour la jeune assistante.

— Merci pour votre aide, mesdames. Et encore toutes mes excuses. Je crois que nous ferions mieux de rentrer à la maison, Liz et moi, ajouta-t-il en regardant Kaye.

Elle hocha la tête. Que s'était-il passé ? Elle ne l'avait jamais vu ivre. Décidément, elle ne le reconnaissait plus. Non seulement il s'opposait à elle sur tous les sujets ou presque, mais il le faisait avec une hostilité croissante depuis que l'on parlait d'elle pour la présidence de la Chambre des représentants. Estimait-il que c'était à lui que ce poste aurait dû revenir ?

En politique, il était difficile d'avoir des amis. Il fallait en supporter les conséquences.

Dans le miroir, elle vit la jeune femme entrer dans une cabine. Elle était de nouveau seule. Elle s'efforça de plaquer sur son visage le sourire rassurant qu'elle arborait en public comme un uniforme. Elle se lava les mains et les sécha, effaça les traces de mascara sous ses yeux et remit un peu de rouge sur ses lèvres.

Elle devait se reprendre. Le mieux était d'aller retrouver Cal. Près de lui, elle se sentirait en sécurité, et elle pourrait faire connaissance avec son nouveau garde du corps.

En sortant des toilettes, elle faillit heurter Roger.

— Ça va ? fit-elle, surprise de le voir encore là.

Peut-être était-il vraiment malade, après tout. De la sueur perlait sur son front.

— Oui, nettement mieux.

— Avez-vous trouvé Liz ?

— Oui, elle est allée dire au revoir à une amie. J'ai entendu parler de ce qui s'est passé, l'autre soir, poursuivit-il après un temps d'hésitation. Soyez prudente, Kaye. Il y a toutes sortes de cinglés en liberté. Etes-vous suffisamment protégée ?

L'inquiétude dans son regard paraissait sincère.

— Je suis sous la protection du service secret, selon la procédure habituelle.

Il hésita de nouveau, puis s'exclama en montrant la salle :

— La voilà.

Liz leur adressa un signe, et Kaye lui rendit son salut.

Roger posa une main sur son bras et parut sur le point d'ajouter quelque chose, mais il se borna à dire :

— Bon, je vais y aller. Faites attention à vous, Kaye.

— Vous aussi, Roger.

Elle demeura songeuse. Il n'était pas dans son état normal. D'habitude, il ne transpirait jamais. Il était visiblement stressé. Avait-il des problèmes conjugaux ? Professionnels ? S'était-il mis à boire ?

Ou bien se laissait-elle entraîner par son imagination, afin de penser à autre chose qu'à ses propres ennuis ?

— Elle est ravissante, c'est sûr, déclara Daniel Smith en regardant Sylvia.

Sa robe moulante de soie cramoisie transformait l'ex-marine en une pin-up hyper-sexy.

Le colonel s'arracha à la contemplation de sa secrétaire, l'air d'avoir été pris en faute.

— C'est une femme exceptionnelle, dit-il d'un ton détaché.

— Oui, mon colonel, acquiesça Danny, imperturbable.

Si le colonel s'obstinait à nier l'évidence, qui était-il pour lui enlever ses illusions ? Il fallait être aveugle pour ne pas voir qu'il était épris de Sylvia. Et il devait reconnaître qu'elle n'était vraiment pas mal, se dit-il en effleurant une nouvelle fois du regard sa silhouette voluptueuse. Il se détourna aussitôt, sachant que le colonel n'apprécierait pas de le voir reluquer ainsi sa fidèle collaboratrice.

Ce qu'il ignorait, en revanche, c'était la raison de sa présence ici. Le colonel n'avait pas l'habitude d'inviter les membres de son équipe ultrasecrète à des soirées mondaines.

— J'ai un service à vous demander, dit ce dernier.

Nous y voilà, songea Danny.

— Je vous le demande à titre personnel.

Ces derniers mots ne firent qu'exciter davantage la curiosité de Danny.

— Kaye Miller, reprit son supérieur à voix basse. Elle a eu un accident, il y a quelques jours…

Danny attendit la suite, de plus en plus intrigué. Il ne voyait pas en quoi cela les concernait, lui ou le SDDU, l'unité spéciale de défense dont il faisait partie, et dont le colonel était le chef.

— Ce n'était pas un accident, continua l'officier, en le regardant droit dans les yeux. Et Kaye compte beaucoup pour moi.

Vraiment ? songea Danny, en jetant un bref regard à Sylvia. Il aurait juré que le colonel n'avait d'yeux que pour elle, mais Kaye Miller, voilà qui était nouveau…

— Vous voulez que je m'en occupe ?

Il avait un peu de temps libre, n'ayant pas encore été affecté à une nouvelle mission.

— En fait, j'aimerais que vous la surveilliez.

— A son insu ? Détiendriez-vous des informations à son sujet ?

Le SDDU ne se chargeait pas, normalement, de ces missions de surveillance, sauf si les personnes concernées étaient soupçonnées d'activités terroristes.

— Il ne s'agit pas de ça. Comme je l'ai dit, c'est une affaire personnelle.

Très intéressant…

— Vous voulez que je lui serve de garde du corps ?

— Plus ou moins. Je viens de lui en parler.

— Et qu'en pense-t-elle ?

— Elle veut rester en vie.

— Et pendant combien de temps serai-je affecté à sa protection ?

— Jusqu'à ce que nous trouvions celui qui a essayé de l'aplatir contre la paroi du tunnel.

— Les médias n'y ont pas fait la moindre allusion.

— Elle a réussi à garder l'incident secret.

— Ça n'a pas dû être facile.

Kaye Miller était un personnage très en vue, l'une des politiciennes les plus influentes du pays, une jeune veuve qui avait dû surmonter une perte douloureuse — et une très jolie femme de surcroît. Elle était extrêmement populaire, et le bruit courait qu'elle pourrait bien devenir la première femme à présider la Chambre des représentants. Et ce serait aussi la première fois qu'on y verrait un membre de la minorité afro-américaine…

Il l'avait admirée à la télévision et en photo dans les journaux, mais ces images ne lui rendaient pas justice. En chair et en os, elle avait quelque chose de fragile, de hanté, qui démentait l'impression de force qui émanait d'elle au premier abord. Elle avait éveillé ses instincts protecteurs dès qu'il l'avait aperçue, à l'autre bout de la salle.

C'était sans doute pour cela que ce vieux renard l'avait fait venir ici. Il pensait sûrement qu'il ne pourrait pas refuser de l'aider, quand il aurait posé les yeux sur elle…

— Elle désire vous rencontrer, reprit le colonel.

Danny acquiesça. Il n'y voyait pas d'inconvénient. Tout en fendant la foule à la suite de son supérieur, il se demanda qui pouvait vouloir supprimer Kaye Miller. Tout le monde l'adorait. Même ses adversaires politiques lui avaient apporté leur soutien après la mort de son mari, il y avait deux ans de cela.

Puis le colonel s'arrêta, et elle fut devant lui. *Elle a l'air plus petite, de près*, telle fut sa première pensée.

— Kaye, voici mon ami Daniel Smith.

— Appelez-moi Danny.

En lui tendant la main, il entrevit une lueur de surprise, aussitôt réprimée, dans ses yeux acajou. Quand il la lui serra, il sentit des cals sur sa paume, et s'en étonna fugitivement. Comment s'était-elle fait ça ?

— Le colonel m'a affirmé que vous seriez en mesure de m'aider, dit-elle en le dévisageant avec un air d'intérêt poli.

— Oui, madame la députée.

Elle ne lui posa aucune question, n'exigea pas ses références. Elle devait connaître assez bien le colonel pour se fier sans réserve à ses recommandations. Mais jusqu'où allait leur relation ?

— Bien, je vous laisse faire connaissance. Je suis attendu.

Le colonel prit la main de Kaye dans la sienne, le regard empli de tendresse et d'inquiétude.

Elle le regarda s'éloigner, avec une expression de regret.

Bon sang ! Le colonel et Kaye Miller. Qui s'en serait douté ? Toutefois, en y réfléchissant, ils étaient parfaitement assortis. Le colonel était le meilleur homme que Danny ait jamais connu, et elle, l'une des femmes les plus belles et les plus intelligentes du pays. Elle méritait bien un peu de bonheur, après ce qu'elle avait subi.

Alors, pourquoi se sentait-il dépité ? Parce qu'il avait pris fait et cause pour Sylvia depuis des années ? Ou parce que, dès que Kaye lui était apparue, il s'était senti irrésistiblement attiré vers elle ?

— Aimeriez-vous prendre un rafraîchissement, monsieur Smith ?

Sa voix était aussi distinguée que le reste de sa personne.

— Volontiers. Si nous nous rapprochions du bar ?

Si elle croyait qu'il allait lui chercher à boire, elle se trompait. Il voulait bien lui servir de garde du corps, pas de larbin.

Mais elle se dirigeait déjà résolument vers le bar.

Il lui emboîta le pas et posa le bout de ses doigts au creux de son dos pour la guider. Elle se raidit aussitôt, et il se hâta de retirer sa main.

La dame n'aimait pas qu'on la touche. Dommage. Bah, après tout, ça ne le regardait pas.

— Où sont vos anges gardiens habituels ?

— Comme l'immeuble est suffisamment protégé, je leur ai donné leur soirée. Ils doivent venir me chercher à 11 heures.

Il s'abstint de lui dire ce qu'il pensait de cette décision, et l'observa en silence. Ses cheveux noirs étaient relevés en un chignon sophistiqué, d'où s'échappaient deux ou trois mèches folles frisant sur sa nuque. Elle avait quelque chose d'exotique. S'il n'avait pas su à quoi s'en tenir, il aurait pu la prendre pour une Portugaise, avec cette peau légèrement cuivrée et cette crinière brune.

Son dos svelte s'effilait encore au niveau de la taille, dont la coupe de la robe accentuait la finesse. Le regard de Danny descendit jusqu'aux rondeurs adorables qui se trouvaient en dessous, et il déglutit. Il ne voyait pas ses jambes sous cette robe longue, mais il aurait parié qu'elles étaient parfaites, elles aussi. Il pouvait comprendre ce qui avait séduit le colonel.

Elle se tourna subitement vers lui, l'obligeant à reporter son attention sur ses grands yeux sombres où se reflétait un mélange de confiance et d'hésitation.

Une émotion inconnue l'envahit, le prenant par surprise. Du calme. Il ferait bien d'arrêter ça, et tout de suite.

— Merci, dit-elle. Sachez que j'apprécie votre aide.

L'espace d'une seconde, il eut l'impression qu'elle laissait tomber son masque de politicienne intouchable et il eut très envie de mieux connaître la femme qu'il entrevoyait.

— Kaye, ma sœur ! lança alors un Afro-Américain robuste en s'avançant vers elle.

— Comment allez-vous, député Webster ?

— J'attends toujours votre réponse sur mon projet de loi fiscale…

— Je travaille moi-même à une nouvelle proposition.

— Je sais, mais la mienne est spécifiquement destinée aux Noirs. Je suis sûr que vous voulez soutenir votre peuple, ajouta-t-il d'un ton doucereux.

— Mon peuple, ce sont tous mes administrés. J'essaie de faire réduire les impôts des petits entrepreneurs, afin de leur laisser une possibilité de se développer.

— Je pense que nous devrions nous souvenir, ma sœur, que beaucoup des nôtres ont voté pour nous. Ils méritent que nous leur accordions une attention particulière.

— Je croyais que notre but était justement de mettre fin aux traitements de faveur, et faire en sorte que chacun ait les mêmes chances.

Le large sourire du député se transforma en grimace, mais il demeura poli.

— Peut-être pourrais-je passer à votre bureau, pour tenter de vous convaincre…

— Bien sûr. Marge vous fixera un rendez-vous, répondit Kaye d'une voix où perçait la lassitude.

L'homme se retira enfin.

— Vous devez être très sollicitée, dit Danny.

— Comme tout le monde dans ce métier. Mais je n'en changerais pour rien au monde. J'aime mon pays. Il y a dans son histoire des pages magnifiques, dont je tire une immense fierté. Et des pages effroyables qui me donnent envie de pleurer. Les unes n'effacent pas les autres. Et oui, je crois qu'il est possible d'améliorer les choses. C'est pour cela que je suis ici.

La passion qui faisait vibrer sa voix étonna Danny, pour qui tous les politiciens étaient des cyniques.

— Désolée, reprit-elle. La journée a été longue. Je ne voulais pas me montrer agressive. J'adore vraiment mon métier, mais certains jours sont plus éprouvants que d'autres.

C'était un euphémisme, se dit-il. Assister à un gala célébrant les progrès de la recherche sur la sclérose en plaques, progrès survenus trop tard pour sauver son époux, et devoir écouter les témoignages des patients, devait être pour le moins éprouvant, en effet. Sans parler de l'accident qui aurait pu lui coûter la vie…

Prenait-il tout cela trop à cœur ? Danny n'en savait rien. Mais aussi longtemps qu'elle aurait besoin de lui, décida-t-il, il resterait près d'elle pour la protéger.

L'homme qui les épiait dans l'ombre pianota du bout des doigts sur la jambe de son pantalon, d'un geste agacé. Il n'aimait pas l'allure du type qui escortait Kaye. Qui diable était-il ?

Aucune importance. Leur petite conversation prendrait fin tôt ou tard. Il fit signe à un serveur qui passait par là et le délesta d'une coupe de champagne. S'il était encore trop tôt pour fêter la victoire, la nuit serait longue, et, à un moment ou à un autre, Kaye Miller finirait bien par se retrouver seule…

2

Daniel Smith avait pris place à côté d'elle, et cette proximité la mettait mal à l'aise.

Les rares fois où les gardes du corps l'accompagnaient, ils ne s'asseyaient jamais à l'arrière avec elle. Mais bien sûr, Harrison et Green occupant les sièges avant, elle ne pouvait quand même pas demander à Smith de s'installer sur les genoux de Green.

Kaye ferma les yeux. La jugerait-il impolie ? Elle n'avait pas envie de parler. La semaine avait été encore plus épuisante que de coutume. Elle n'avait pas dormi assez depuis cette collision dans le tunnel, ressassant les événements toute la nuit dans l'espoir de se rappeler quelque chose qui fournirait une piste aux policiers ; et quand elle parvenait à s'endormir, la douleur dans son épaule la réveillait.

Elle inspira lentement, faisant de son mieux pour se relaxer. Mais elle y renonça bien vite et rouvrit les yeux.

— J'espère que cette mission ne vous dérange pas trop, monsieur Smith.

— Danny. Non, pas du tout. Je suis heureux de pouvoir vous aider.

Il lui sourit, et, non sans réticence, elle lui rendit son sourire.

Il dégageait une sorte de magnétisme, ne put-elle s'empêcher de constater. Il était beau, avec des traits virils sans être rudes. Le genre d'homme qui faisait rêver les adolescentes... Il aurait pu faire carrière à Hollywood — ou dans la politique.

— Quel âge avez-vous ?

La question avait jailli spontanément de ses lèvres, et elle en conçut aussitôt un énorme embarras. Si son métier lui avait appris une chose, c'était pourtant de ne jamais parler sans réfléchir. Mais elle n'était pas elle-même en ce moment.

— Vingt-neuf ans.

— Excusez-moi. Cela ne me regarde pas.

Il haussa les épaules, un léger sourire aux lèvres.

Elle s'agita sur la banquette, lissa les plis de sa robe. Dans vingt minutes, elle serait chez elle. Elle pourrait enfin se coucher et oublier cette soirée, cette semaine entière en fait, tout oublier jusqu'au lendemain matin.

Du moins, elle l'espérait.

Et Sadie, sa meilleure amie depuis la fac, arriverait vers midi, profitant d'une escale de six heures dans son voyage vers le Moyen-Orient. Cela ne leur suffirait pas pour se dire tout ce qu'elles avaient à se dire, depuis le temps qu'elles ne s'étaient pas vues, mais c'était déjà ça.

— Votre maison est-elle équipée d'un système de sécurité ? s'enquit Smith, ses yeux bleu-gris la fixant avec une telle intensité qu'elle en fut troublée.

Elle lui indiqua le nom d'une société de surveillance, et il acquiesça d'un air approbateur.

— Vous devriez discuter de cela avec M. Harrison, ajouta-t-elle en indiquant l'homme qui était au volant.

— Nous nous occuperons de tout, madame, répondit l'agent d'une voix rassurante.

C'était un garde du corps expérimenté, qui devait approcher de la quarantaine, à la large carrure et aux cheveux roux. Elle se sentait en sécurité près de Green et lui, du moins, autant que c'était possible dans une telle situation.

— Le colonel m'a brièvement exposé les faits, mais pourriez-vous me les relater une nouvelle fois, si cela ne vous ennuie pas ? demanda Danny.

— L'accident s'est produit mardi soir, aux environs de minuit, comme je rentrais chez moi après avoir assisté à la fête d'anniversaire d'un ami. J'étais presque sortie du tunnel quand un break noir est arrivé à ma hauteur, me coinçant contre le mur.

Elle déglutit, et sentit son cœur s'affoler en se remémorant la panique qui l'avait submergée.

— Le colonel m'a dit que vous pensiez qu'il s'agissait d'un geste intentionnel.

— Il n'a pas ralenti, ne s'est pas écarté. Il m'a tamponnée à plusieurs reprises. Et quand je me suis finalement arrêtée, il a accéléré et pris la fuite.

— Vous êtes sûre que le conducteur était un homme ?

— Je ne l'ai pas bien vu, mais c'est l'impression que j'ai eue.

— Aviez-vous déjà vu ce véhicule ?

— Je ne saurais le dire. Il avait l'air tout à fait banal. J'étais trop bouleversée pour y faire attention. Et il faisait nuit.

— Mais vous avez quand même remarqué la vignette du parking ?

— Elle a des couleurs très vives.

— Je suppose que vous ne vous souvenez pas du numéro qui y était inscrit ?

Elle secoua la tête.

Il attendit un instant avant de reprendre :

— Avez-vous jamais eu l'impression d'être suivie, avant cet incident ou depuis ?

Cette idée lui fit froid dans le dos, mais elle s'obligea à réfléchir.

— Non, désolée. Du reste, je ne suis pas certaine que je m'en serais aperçue. J'ai tant de choses à faire, tant de préoccupations en tête…

— Quelqu'un dans votre entourage vous a-t-il paru se comporter bizarrement, ces derniers temps ?

— Je travaille au Capitole. Tout le monde là-bas a un comportement bizarre. Tout le monde a des secrets, des motivations cachées.

— Avez-vous contrarié quelqu'un dernièrement ?

— Je contrarie quantité de gens chaque jour, mais pas au point de leur donner envie de me tuer.

Il continua à lui poser des questions, et elle répondit à chacune d'elles. Il était minutieux, cela ne faisait aucun doute. Peu à peu, elle abaissa sa garde et commença à se sentir plus à l'aise en sa présence, peut-être parce qu'il lui avait démontré sa conscience professionnelle, peut-être parce qu'il faisait partie de l'équipe de Cal.

La circulation était fluide à cette heure tardive, et il leur fallut moins d'une demi-heure pour arriver chez elle. Harrison rentra la voiture dans le garage, et elle fit mine d'ouvrir la portière. Smith l'arrêta d'un geste.

— Un instant. Laissez-moi jeter un coup d'œil avant de sortir.

Elle le dévisagea, ravalant son agacement. Elle était chez elle, pour l'amour du ciel, dans sa propre maison ! Mais elle était trop fatiguée pour discuter. Demain, elle les réunirait tous les trois, Harrison, Green et lui, pour mettre les choses au point.

Sortant ses clés de son sac, elle les lui tendit.

— C'est celle-ci. Le code de l'alarme est…

— Je tâcherai de deviner. Ce sera plus amusant, répondit-il, sans prendre les clés.

La seconde d'après, il avait disparu dans l'ombre.

Elle se laissa aller contre le dossier, excédée. Le numéro de la société de surveillance se trouvait dans le tiroir de la console de l'entrée. Elle pourrait toujours les appeler pour leur dire qu'il s'agissait d'une fausse alerte, quand l'alarme se déclencherait. Mais il allait réveiller tout le voisinage… Devait-elle demander à Green de le rattraper ?

Comme s'il avait pu lire dans les pensées de Kaye, celui-ci descendit de la voiture. La lumière installée au-dessus de la porte automatique du garage se refléta sur son crâne rasé à la peau brune. Sous cet éclairage, il ressemblait un peu à Michael Jordan.

Harrison était trop professionnel pour émettre un commentaire, mais dans le miroir du rétroviseur, elle le vit rouler les yeux.

Les deux agents respectaient une procédure bien établie. Ils vérifiaient toutes les portes pour s'assurer qu'elles n'avaient pas été forcées et entraient dans la maison avant elle. Puis Harrison inspectait chaque pièce pendant qu'elle attendait dans le vestibule avec Green. Et jusqu'à maintenant, ce système avait bien fonctionné.

— Demain, nous discuterons de la manière dont

nous pouvons mettre à contribution les compétences de M. Smith, commença-t-elle. Peut-être…

Elle se tut, médusée, en le voyant franchir la porte de communication entre le garage et le reste de la demeure. Eh bien, les systèmes d'alarme n'avaient pas de secret pour lui ! Mais elle était trop irritée contre lui pour se laisser impressionner.

— Tout va bien, dit-il avec un sourire.

Il appuya sur le bouton commandant la fermeture de la porte du garage, puis vint lui ouvrir la portière.

Elle le suivit à l'intérieur de la maison, en secouant la tête.

— Si vous avez faim, n'hésitez pas à vous servir, dit-elle quand ils furent dans la cuisine. Le café est là, ajouta-t-elle en ouvrant un placard. Je vais me coucher. Merci pour votre aide. Bonne nuit.

Elle gravit l'escalier sans se retourner, et envoya voltiger ses souliers dès qu'elle eut passé le seuil de sa chambre. Elle referma la porte, ouvrit la fenêtre et se laissa tomber sur son lit. Il ne fallait pas qu'elle succombe tout de suite au sommeil. Après une douche rapide pour détendre ses muscles endoloris, elle pourrait se reposer enfin. Dieu merci, demain étant samedi elle n'aurait pas à se lever de bonne heure.

Elle fit coulisser la fermeture à glissière de sa robe, puis se releva et la laissa tomber à ses pieds, savourant la fraîche caresse de la brise nocturne sur sa peau. Elle retira sa culotte et son soutien-gorge et les jeta dans le panier à linge. D'en bas lui parvint un murmure de voix masculines.

Daniel Smith.

Elle espérait que Cal savait ce qu'il faisait. Cet homme

était terriblement... terriblement tout. Et jeune, avec ça. Elle avait trente-cinq ans et l'impression d'être beaucoup plus vieille. Se lancer dans la politique lui avait fait prendre cinq ans au moins, et la mort de son mari, cinq de plus. Elle n'aurait pas dû y attacher une quelconque importance. Elle avait rencontré des agents des services secrets encore plus jeunes que Daniel Smith.

Mais elle n'avait pas éprouvé envers eux une telle attirance physique.

Cette pensée la cloua sur place.

Quelle idiote elle était ! Elle n'aurait jamais cru connaître de nouveau ce genre d'émotion. Elle pensait avoir enterré tout ça en même temps que Ian. Apparemment, elle se trompait.

Etonnant comme les pulsions sexuelles avaient le don de resurgir au moment le moins approprié qui soit — et avec l'homme le moins approprié ! Mais son corps n'en avait cure, supposa-t-elle. Négligé depuis longtemps, il lui faisait savoir qu'il était toujours en vie.

Probablement cela faisait-il partie du processus de guérison. Elle avait accepté la mort de Ian et tenté de surmonter la douleur. C'était cela, ou mourir avec lui. Mais elle avait envisagé de passer le reste de sa vie, ou du moins un grand nombre d'années à venir, dans une totale solitude.

Elle s'ébroua. L'épuisement la faisait divaguer. Daniel Smith était son nouveau garde du corps, rien de plus.

Ce renfort était le bienvenu, car elle se sentait coupable d'imposer à Harrison et à Green autant d'heures de travail. Heureusement, elle n'avait pas besoin d'eux quand elle se trouvait au Capitole. L'édifice était déjà sous bonne garde. Le reste du temps, ils se relayaient auprès d'elle, celui qui était de service ne la perdant pas une seconde de vue. Cela leur faciliterait les choses si le nombre d'heures était divisé par trois.

Elle ouvrit le robinet. L'eau chaude ruissela sur son corps. Elle prenait toujours sa douche aussi brûlante que sa peau pouvait le supporter, même en plein été. Ian la taquinait souvent à ce sujet.

Ian.

Il lui semblait impossible de se sentir un jour aussi proche d'un autre homme, même si son corps semblait s'être réveillé au contact de Daniel Smith. Elle ne pouvait pas penser sérieusement à lui de cette façon-là, ne serait-ce que l'espace d'une seconde. Non, s'il devait y en avoir un autre, ce serait quelqu'un d'entièrement différent de lui, plus âgé, doux et calme. Quelqu'un qui se contenterait des miettes de son cœur brisé.

Elle tenta de se représenter un homme dans la quarantaine, à la présence apaisante. Quelqu'un qui ne susciterait pas en elle de désirs impossibles, comme la jeunesse et la passion. Un universitaire aux tempes grisonnantes… Mais c'était toujours l'image de Daniel qui s'imposait à son esprit.

Danny frappa à la porte de la chambre. Pas de réponse. Il tourna la poignée. La porte n'était pas fermée à clé. Il frappa de nouveau, plus fort, et entra.

Kaye Miller émergeait de la salle de bains, vêtue d'un court peignoir de bain qui dévoilait ses jambes jusqu'à mi-cuisses. Waou ! Elles ne le décevaient pas, loin de là.

Il se contraignit à reporter son regard plus haut.

— Désolé de vous déranger.

— Un problème ?

— J'aimerais savoir quelle chambre je peux occuper.

Ses yeux d'acajou s'arrondirent quelque peu, mais elle se reprit bien vite.

— Les gardes du… M. Harrison et M. Green ne dorment jamais à l'étage.

— J'aurai besoin de mon équipement, et je ne veux pas encombrer votre salon.

Il entrevit sur son visage une expression de soulagement, aussitôt masquée par un sourire poli.

— Bien sûr. Prenez n'importe laquelle des chambres d'amis.

— Merci. Je vais m'absenter un moment pour aller chercher mon attirail. Voici mon numéro de portable, ajouta-t-il en lui tendant une carte. Je serai de retour dans une heure environ. Cela vous ennuierait-il que j'emprunte la Mustang ?

— Non, bien entendu. La clé est accrochée au tableau, près de la porte du garage.

Elle s'avança pour prendre la carte, mais ne la regarda pas. Sans doute sa présence dans sa chambre la mettait-elle mal à l'aise. Bizarrement, lui aussi se sentait gêné. Tant pis. Ils devraient s'en accommoder pendant quelque temps.

— Quelqu'un d'autre possède-t-il les clés de la maison ? Vos parents ? Votre petit ami ? La femme de ménage ?

— La femme de ménage. Mes parents sont décédés.

— Je vais changer toutes les serrures. Personne ne doit avoir accès ici tant que la situation ne sera pas éclaircie.

— Les portes…, dit-elle, hésitante. La porte d'entrée est très ancienne.

Danny l'avait noté. Une antiquité, en effet. Et c'était bien le problème. N'importe qui pouvait l'ouvrir à l'aide d'une simple épingle à cheveux.

— Je ne l'abîmerai pas. Tout redeviendra comme avant dès que le problème aura été réglé.

Elle ne répondit pas.

— Je sais que ces mesures de sécurité ne vont pas sans inconvénient, mais ça pourrait être pire, reprit-il d'un ton léger, pour détendre l'atmosphère. Si vous étiez le chef de l'Etat…

Il lui vint soudain à l'esprit qu'elle aspirait sûrement à le devenir. Elle était sur la bonne voie, non ? Bon sang, il ne faisait vraiment pas le poids, auprès d'une femme comme elle.

— J'apprécie réellement l'aide que vous nous apportez.

Elle croisa les bras et, dans ce mouvement, son peignoir glissa légèrement sur son épaule. Elle ne parut pas s'en aviser.

— Puis-je faire autre chose pour vous ?

— Non, merci.

Il avait une foule de questions à lui poser, mais cela attendrait le lendemain, quand elle serait habillée.

Il était en train de perdre les pédales. Depuis quand un petit carré de peau dénudée lui faisait-il cet effet-là ? L'image de Rafaela lui traversa l'esprit. C'était un mannequin brésilien, la petite amie d'un gangster sud-américain qu'il avait surveillé l'été dernier en se faisant engager comme garde du corps de la jeune femme. Celle-ci avait la charmante habitude de se promener toute nue dans la villa. Il avait apprécié le spectacle, sans en être particulièrement affecté.

Et voilà que trois centimètres carrés de Kaye Miller le troublaient davantage que ces trois mois auprès de Rafaela !

— Bonne nuit. Nous reparlerons de tout cela demain.

— Vous êtes-vous entendu avec M. Harrison sur les horaires des tours de garde ? s'enquit-elle comme il s'apprêtait à sortir.

— Nous n'avons rien changé aux dispositions actuelles. Je serai ici vingt-quatre heures sur vingt-quatre, sept jours sur sept.

— Vous serez ici en permanence ? Je croyais que vous n'aviez besoin de la chambre que pour votre équipement.

— Je dormirai sur le canapé du salon. Je serai mieux placé pour parer à toute éventualité.

— Vous pensez donc que je suis réellement en danger ?

— Je ne le sais pas encore, mais je ne veux prendre aucun risque.

Elle réfléchit un instant, et il s'attendit à ce qu'elle soulève des objections. Mais elle se contenta de dire :

— Merci, monsier Smith. Bonne nuit.

Danny, faillit-il rectifier une fois de plus, mais il s'en abstint. Elle aurait tout le temps de s'y habituer.

Il activa l'alarme, sortit par la porte de derrière et inspecta de nouveau la propriété, évaluant le nombre de détecteurs dont il aurait besoin. Il observa Harrison et Green dans la voiture, en face de la maison. Ils surveillaient la rue d'un œil vigilant. Bien.

Ils l'aperçurent à leur tour et lui adressèrent un signe de tête. Kaye Miller ne risquait rien jusqu'à son retour. Il avait demandé aux deux hommes de monter la garde jusqu'au matin.

Il ne leur avait pas dit qu'il comptait revenir bien avant. Il voulait les mettre à l'épreuve. L'enjeu était trop élevé pour qu'il s'en remette à eux sans avoir éprouvé leur compétence.

Dans le garage, il examina la Mustang, pour s'assurer qu'on n'y avait pas installé d'émetteurs permettant de localiser le véhicule à distance. Il n'en détecta aucun. Il ne s'attendait d'ailleurs pas à en trouver. Si Kaye n'avait pas affirmé avoir vu le badge d'accès au parking du Capitole, il aurait considéré l'affaire comme un simple cas de violence gratuite. L'agresseur était-il un membre du Congrès ? Ou se pouvait-il que Kaye ait simplement aperçu le reflet de sa propre vignette dans la vitre de l'autre voiture ?

Demain matin à la première heure, il irait à la fourrière pour examiner l'épave.

En démarrant, il jeta un dernier regard à la maison. Il allait sécuriser les lieux, puis trouver celui qui en voulait à Kaye, et peut-être, dans l'intervalle, aurait-il le loisir de faire plus ample connaissance avec elle — d'un point de vue strictement humain, bien sûr.

Car, sur un plan plus intime, sa mission aurait aussi bien pu s'appeler « opération *Chasse Gardée* ». En plus de tous les autres obstacles, c'était la petite amie du colonel.

Kaye somnolait, tout en écoutant d'une oreille la respiration laborieuse de Ian. Elle avait passé tant de nuits à guetter anxieusement les signaux de détresse émis par le corps ravagé de celui qu'elle aimait…

Il respirait. Tout allait bien. Elle s'enfonça plus profondément dans le sommeil.

Mais c'était une respiration régulière et distincte, pas les halètements saccadés de Ian. Le sentiment d'une anomalie, ou simplement son instinct, la tira brusquement de sa torpeur.

Avant même d'ouvrir les yeux et de voir la place vide à côté d'elle, elle comprit que ce n'était qu'un rêve. La douleur familière lui serra le cœur.

Elle voulait retrouver son rêve, retrouver Ian, ne serait-ce que pour un instant. Elle referma les paupières.

Mais ce souffle persistait. L'effroi la fit se raidir. Elle ne rêvait pas. Il y avait quelqu'un dans sa chambre !

Elle était couchée sur le côté, et le bruit émanait de quelque part derrière elle. Elle demeura immobile, résistant à l'envie de se retourner. Le nouveau garde du corps ? Il aurait au moins pu frapper. Mais peut-être n'avait-elle pas entendu… Il ne semblait pas du genre à s'introduire subrepticement dans sa chambre pour la regarder dormir. Si Cal disait qu'on pouvait lui faire confiance, c'est que c'était vrai. Mais alors, si ce n'était pas lui…

En un éclair, elle roula à bas du lit. Elle perçut une détonation étouffée et voulut se relever, mais elle resta empêtrée dans la couverture. L'homme était déjà près d'elle. La clarté lunaire filtrant par la fenêtre ne lui révéla qu'un visage cagoulé et une silhouette haute et maigre, brandissant un pistolet.

— Merde ! pesta-t-il, après avoir tiré une seconde fois, et l'avoir encore manquée.

Elle ne reconnut pas la voix. Où étaient ses gardes du corps ?

Elle se glissa sous le lit à colonnes et émergea de l'autre côté. Son agresseur se trouvait plus près de la porte de la chambre, il y parviendrait avant elle. Elle se rua dans la salle de bains et tira le verrou derrière elle, au moment où l'épaule de l'homme heurtait le battant.

— Pourquoi faites-vous ça ?

Elle n'espérait pas de réponse, et n'en obtint aucune.

Elle n'en revenait pas. Elle avait trois gardes du corps pour veiller sur elle, comment pouvait-elle se retrouver seule face à un tueur ?

Frénétiquement, elle regarda autour d'elle, cherchant un objet pour se défendre. Savon, shampoing, serviettes, bombe de laque… elle s'empara de celle-ci, la fourra sous la ceinture de son pyjacourt et poussa la chaise, le seul meuble de la pièce, contre la porte.

Puis elle ouvrit la fenêtre et considéra le patio à six bons mètres en dessous d'elle. Si elle avait été au rez-de-chaussée, l'alarme se serait mise en route. Mais les fenêtres de l'étage n'étaient pas munies de détecteurs. Pouvait-elle sauter ? Seulement en dernier recours. Même si elle ne se brisait pas le cou, elle se casserait probablement au moins une jambe. Et si elle ne pouvait pas s'enfuir, ça ne lui servirait pas à grand-chose de se trouver en bas.

Se penchant aussi loin qu'elle le put, elle hurla à pleins poumons :

— Au secours ! Aidez-moi !

Bon sang, pourquoi personne ne venait-il ?

Harrison et Green montaient la garde dans leur voiture,

elle les avait vus par la fenêtre avant de se coucher. Ils auraient dû l'entendre.

Des coups ébranlèrent la porte de la salle d'eau. Il lui fallait une arme. Mais laquelle ? Il n'y avait rien ici qui puisse lui servir. Elle alla dans la penderie. Si elle pouvait desceller la tringle… Elle arracha les vêtements par pleines brassées et tira de toutes ses forces sur la barre métallique, en s'appuyant d'un pied contre le mur. Peine perdue.

Des détonations retentirent. L'homme essayait de fracasser le verrou. Il serait bientôt là.

— Seigneur, aidez-moi.

Levant les yeux, elle aperçut la petite trappe au plafond. Le grenier. Malheureusement, il n'y avait pas d'échelle pour y accéder, le local n'ayant jamais été utilisé.

Courant jusqu'à la porte, elle empoigna la chaise. Le verrou tenait encore, mais à peine.

— Mes gardes du corps vont arriver. Allez-vous-en !

Regagnant la penderie, elle monta sur la chaise, ouvrit la trappe et se hissa dans le grenier. Il n'y avait pas d'électricité, elle devrait se débrouiller dans le noir.

Elle regarda la chaise. Elle ne pouvait pas la laisser là, cela lui ôterait le maigre avantage qu'elle avait sur son poursuivant. Coinçant ses genoux contre le rebord, elle se pencha par l'ouverture, tendant les bras le plus loin possible.

Ses doigts effleuraient le dossier du siège. Elle se tortilla. Encore un ou deux centimètres, et elle pourrait s'en saisir. Ou alors, elle tomberait et se casserait le cou. Dans un dernier effort, elle agrippa la chaise et se redressa. Apparemment, le désespoir décuplait ses forces ! A peine s'était-elle écartée de la trappe que la porte de la salle de bains volait en éclats.

Elle poussa la chaise dans un coin et détala à l'aveuglette, trébuchant sur des poutres. Le grenier semblait s'étendre à l'infini. Soudain, elle se cogna la tête. Le toit s'abaissait, elle avait atteint le fond de la pièce. Elle s'accroupit et, en tâtonnant, rencontra la hotte de la cheminée en brique. Elle se pelotonna contre celle-ci.

Où étaient donc passés Green et Harrison ? Quelle heure était-il ? Smith était-il revenu ?

Elle n'entendait rien d'autre que sa propre respiration et les bruits sourds que faisait l'homme en sautant pour atteindre l'ouverture.

Quand il y parvint, sa silhouette occulta un instant la lumière.

Il se redressa, demeura quelques secondes immobile, promenant les yeux autour de lui.

— Tu n'aurais pas dû t'enfuir, dit-il d'une voix menaçante. Tu n'aurais vraiment pas dû.

Elle était blottie dans l'ombre de la cheminée, le coin le plus obscur de ce lieu ténébreux. Pouvait-il la voir ? La panique fondit sur elle, et son souffle se fit haletant. Pouvait-il l'entendre ? Il s'était mis en mouvement, elle percevait le crissement de ses pas.

Elle attendit, en s'efforçant de respirer moins fort, et d'ignorer les picotements dans ses membres engourdis.

Combien de temps pourrait-elle lui échapper ? Quelqu'un avait-il entendu ses cris ?

Il s'arrêta à quelques mètres d'elle, lui tournant le dos. Que faisait-il ? Sans doute tendait-il l'oreille pour tâcher de la localiser. Il ne l'avait toujours pas vue.

— Tu es montée trop haut, reprit-il. Quelqu'un doit te faire descendre de là. Ce n'est pas ta place, un point c'est tout. Tu dois être raisonnable et admettre que ce n'est pas ta place.

Etait-il fou ? Si seulement elle pouvait se faufiler derrière lui et… Non. Au moindre geste, il l'abattrait. Il s'était remis en marche et se dirigeait vers elle.

Elle devait absolument trouver une arme, n'importe laquelle ! Mais elle n'avait rien — excepté la bombe de laque coincée sous sa ceinture.

Elle attendit en silence.

Il se rapprochait de plus en plus. Elle percevait son souffle, ce qui signifiait que lui aussi pouvait l'entendre. Elle se mit à respirer par la bouche, le plus lentement possible.

Il était à moins de deux mètres d'elle, à présent.

Soudain, il tourna la tête, et elle eut l'impression qu'il la regardait.

— Te voilà, murmura-t-il en s'avançant.

Elle saisit la bombe et banda ses muscles, prête à bondir. Quand il fut assez près, elle s'élança hors de sa cachette, la main droite tendue pour s'emparer du pistolet et la gauche brandissant l'aérosol.

3

Il comprit que quelque chose n'allait pas sitôt que, s'étant glissé à travers la haie de la maison voisine, il vit Harrison effondré sur le volant. Malgré les plaisanteries qui couraient au SDDU sur leurs collègues du service secret, jamais un agent ne se serait endormi alors qu'il était de garde.

Il courut vers la Lincoln. La tempe de l'homme était ensanglantée. Passant sa main par la vitre, il lui tâta le pouls : faible mais régulier.

Ouvrant son portable, il se rua vers la maison.

— Daniel Smith. Il y a un blessé. Envoyez-moi du renfort et une ambulance, dit-il, en indiquant l'adresse.

La porte de devant était verrouillée de l'intérieur. Il gagna l'arrière de la demeure, le pistolet à la main.

L'endroit semblait désert. Où était donc Green ? Oh, bon sang… Il le repéra soudain, étendu derrière l'édicule abritant le système de climatisation. S'agenouillant près de lui, il chercha vainement un signe de vie. Green avait eu moins de chance que Harrison.

L'idée d'attendre les renforts n'effleura même pas son esprit.

La porte de derrière s'ouvrit silencieusement sous la poussée de sa main. Dans la cuisine, il se figea un instant et tendit l'oreille. Pas un bruit. Les lumières étaient toujours allumées ici et dans le couloir, comme il les avait laissées. Aucune trace de lutte.

— Madame la députée ?

Tous les sens en alerte, il passa de pièce en pièce, puis monta l'escalier. Il n'espérait pas trouver Kaye Miller paisiblement endormie, mais la vue du lit vide lui fit cependant l'effet d'un coup de poing dans l'estomac.

Soit elle avait été enlevée, soit son corps se trouvait quelque part dans la maison. Il n'avait pas encore inspecté le garage et le sous-sol.

Il n'avait pas pu la protéger. Il avait échoué dans sa mission, quelques heures seulement après l'avoir acceptée. Comment annoncer cela au colonel ? Mais ce qu'il éprouvait en cet instant était bien davantage qu'un sentiment d'échec…

La fureur le submergea. Une fureur autant dirigée contre celui qui s'était introduit ici que contre lui-même. Il n'aurait pas dû s'absenter. D'un coup de pied rageur, il dispersa les cartouches gisant sur le sol. Pas la moindre tache de sang. Ça ne voulait pas dire qu'elle était vivante, simplement qu'ils ne l'avaient pas tuée ici. Néanmoins, tant qu'il n'aurait pas trouvé son cadavre, il restait un espoir.

Un choc sourd résonna au-dessus de lui, et il tressaillit. Le bruit se fit entendre de nouveau : le bruit d'une lutte, dans le grenier. Il savait où se trouvait la trappe d'accès, pour l'avoir repérée lors de sa première visite des lieux.

Des vêtements s'amoncelaient sur le sol de la penderie. Il les piétina sans même y prendre garde pour se hisser d'un bond par l'ouverture. Allumant la torche électrique accrochée à sa ceinture, il discerna deux formes qui roulaient sur le sol en une mêlée acharnée.

— Arrêtez ! Les mains en l'air ! Kaye ?

Ils continuèrent de plus belle, comme s'ils n'avaient rien entendu.

Il ne pouvait pas tirer, car il risquait de la blesser.

Il lâcha la torche pour empoigner l'homme. Celui-ci releva brusquement la tête, heurtant le coude de Danny, qui laissa tomber son arme. Prompt comme l'éclair, il la rattrapa de la main gauche, poussa Kaye de côté et fit feu. Mais l'agresseur avait déjà détalé dans l'obscurité.

— Kaye ?

Pourquoi ne parlait-elle pas ? Elle était pourtant vivante, il l'avait vue bouger quelques secondes plus tôt.

Tout en s'élançant à la poursuite de l'homme, il tourna la tête pour la regarder. Elle ne s'était toujours pas relevée.

— Kaye ?

Il ralentit l'allure, bien que son instinct lui dît de rattraper ce salaud et de le mettre hors d'état de nuire.

Il visa de nouveau comme il put la silhouette mouvante, puis retourna auprès de Kaye. Ramassant la lampe électrique, il dirigea le faisceau lumineux vers elle au moment même où elle se redressait.

Il relâcha sa respiration. Elle était indemne !

— J'ai la tête qui tourne, dit-elle d'une voix enrouée en se massant le cou.

— Etes-vous blessée, madame la députée ?

— Quelqu'un était ici, il a essayé de m'étrangler…

— Je sais.

Il balaya la pièce du rayon de sa torche, mais il n'y avait plus qu'eux deux.

— Il avait un pistolet. Je le lui ai arraché, mais je n'ai pas réussi à mettre la main dessus.

— Vous avez désarmé votre assaillant ?

Cela expliquait pourquoi l'homme n'avait pas répliqué à ses tirs.

Il tourna le pinceau lumineux vers le sol et finit par retrouver l'arme. Un Beretta muni d'un silencieux. Il la laissa où elle était, pour éviter de brouiller les empreintes.

— Croyez-vous être en état de descendre ?

Elle se dirigeait déjà vers la trappe.

— Laissez-moi vous précéder, dit-il.

Il sauta à terre et tendit les bras pour la cueillir.

Elle était vêtue d'une simple culotte de soie et d'un petit haut assorti. Mais ce spectacle, loin de le réjouir, ne fit qu'attiser sa colère. Son épaule gauche était couverte d'ecchymoses déjà anciennes et virant au vert ; son cou et ses bras portaient les marques des doigts de son agresseur.

— J'aurais dû rester ici.

Où diable avait-il eu la tête ? Il avait commis l'erreur de sous-estimer le danger — et de surestimer les hommes chargés de la protéger. Et cette double erreur avait failli coûter la vie à Kaye.

Elle ne répondit pas ; sans doute était-elle encore sous le choc.

Quand elle tendit la main vers l'interrupteur, il la retint.

— Nous ferions une cible trop facile, s'il y avait quelqu'un à côté.

Il sentit sa main trembler dans la sienne.

— Venez. Vous feriez mieux de vous asseoir, reprit-il en l'entraînant vers la chambre, le pistolet brandi.

La pièce était déserte. Danny était pratiquement sûr que le reste de la maison l'était aussi. A moins d'être complètement stupide, l'agresseur avait dû décamper au plus vite.

Kaye se laissa tomber sur le matelas, et il s'empara du peignoir posé au pied du lit pour le draper autour d'elle.

— Est-ce que ça va ?

— Vous n'allez pas essayer de le rattraper ?

Ce n'était pas l'envie qui lui en manquait. Il désirait plus que tout attraper cette ordure et lui flanquer une bonne raclée avant de lui passer les menottes. Mais la laisser seule n'était pas une bonne idée. Mieux valait attendre l'arrivée des renforts — et à ce moment-là, bien sûr, il serait trop tard.

— Non, je reste près de vous.

Elle s'effondra pour ainsi dire contre son épaule.

— Merci. Et merci d'être revenu à temps.

Il ne répondit pas, estimant n'avoir pas mérité sa gratitude.

Elle frissonna. La nuit était douce. C'étaient sans doute les effets du contrecoup. Ramassant une couverture légère abandonnée sur le sol, il l'enroula dedans. C'est alors qu'il aperçut une photo sur la moquette et la ramassa. Le cadre avait été transpercé par une balle. La photo, plutôt ancienne, représentait deux jeunes Noirs en uniforme.

— Votre famille ?

— Mon grand-père. Et là, à droite c'est le père de Cal.

Elle prit la photo et la reposa sur la commode.

— Ils étaient ensemble dans l'armée de l'air.

— Vraiment ? C'est comme ça que vous avez connu le colonel ?

— Cal est mon parrain.

Tout son être était aux aguets, son esprit concentré à cent pour cent, prêt à parer à toute nouvelle attaque. Mais quelque part en lui, dans un compartiment bien distinct, quelque chose se libéra, s'apaisa.

— Le colonel est un homme merveilleux, dit-il.

— Oui, en effet.

— Voulez-vous que j'aille chercher un peu de glace pour mettre là-dessus ?

— Inutile, ce n'est rien de grave.

Aux yeux de Danny, ça l'était pourtant.

— De toute façon, les secouristes vous examineront bientôt.

— Où sont M. Green et M. Harrison ? s'enquit-elle brusquement, comme si elle venait tout juste de se rappeler leur existence.

— Harrison est blessé. Mais Green ne s'en est pas sorti. J'ai appelé les secours. Ils ne devraient pas tarder à arriver.

Elle se tourna vers lui, les lèvres tremblantes.

— Que voulez-vous dire ? Qu'est-il arrivé à M. Green ?

— Il a été abattu.

— Il est mort ?

Elle enfouit sa tête entre ses mains.

Il aurait voulu la prendre dans ses bras, mais c'eût été tout à fait déplacé. Un homme avait donné sa vie pour elle. Il savait ce qu'on éprouvait dans de telles circonstances, et se souvenait de chacun des collègues qu'il avait perdus au fil des années. Elle allait avoir besoin de temps pour s'habituer à cette idée.

— Il accomplissait son travail. Nous connaissons tous les risques que nous encourons, quand nous acceptons une mission.

— Où est M. Harrison ? Pouvons-nous lui venir en aide ?

— Dans la voiture.

Elle se leva pour gagner la fenêtre, mais il la tira en arrière.

— Vous ne pouvez pas sortir d'ici, et moi, je ne peux pas vous quitter. D'après ce que j'ai vu, il a seulement été assommé.

Avec douceur, il la fit rasseoir sur le lit, et, pour détourner son esprit de ce sujet, entreprit de la questionner.

— Vous a-t-il semblé reconnaître une particularité quelconque chez votre agresseur ? La corpulence ? La voix ?

Elle secoua la tête.

— Je dormais à demi quand il m'est apparu. Ensuite, nous étions dans le grenier, et il faisait trop noir. En tout cas, sa voix ne m'était pas familière.

— Dès que la police sera là, je demanderai qu'on relève les empreintes.

— Je veux savoir qui il est, et pourquoi il fait ça, dit-elle d'une voix frémissante de colère. Je veux savoir pourquoi M. Green a perdu la vie.

— Vous le saurez.

Il veillerait à ce que cette promesse soit respectée. Et il ne la perdrait plus une seconde de vue, jusqu'à ce que son assaillant soit mort ou emprisonné.

*
* *

— Que faisons-nous ici ? demanda Kaye en descendant avec précaution l'escalier raide. Je ne crois pas que nous devrions…

— La maison grouille d'agents des services secrets et de flics. Il est préférable de leur laisser le champ libre.

Daniel Smith alluma la lumière et, après un instant d'hésitation, elle franchit la dernière marche. Elle n'était pas venue ici depuis des siècles. La vaste salle mi-atelier, mi-salle de sport, lui donnait un sentiment étrange, comme une image surgie d'un rêve oublié.

Le sous-sol était le domaine de Ian. Elle avait mis plus d'un an à pouvoir regarder ses affaires sans pleurer.

A présent, cette salle n'était plus qu'une pièce comme les autres.

Le nouveau garde du corps en inspecta l'équipement. Elle ne s'en servait jamais, elle n'en avait pas le temps. Les poids et haltères étaient alignés dans leur râtelier, brillant d'un éclat métallique. Sa femme de ménage, qui était une perle, veillait à ce que les lieux restent d'une propreté immaculée.

Du coin de l'œil, elle s'aperçut que Daniel l'observait, et cela la rendit nerveuse.

— Avez-vous d'autres questions à me poser ? s'enquit-elle en se tournant vers lui.

— Excusez-moi. J'étais perdu dans mes pensées.

Quelque chose avait changé depuis hier soir, mais elle n'arrivait pas à mettre le doigt dessus. Une modification imperceptible dans son comportement envers elle. Quoi, au juste ? Qu'y avait-il de différent ? Se sentait-il toujours coupable de l'avoir laissée sans protection ?

Bienvenue au club, songea-t-elle amèrement. Elle-même était rongée de culpabilité vis-à-vis de Green et de Harrison.

Elle le dévisagea. La veille, il était d'une humeur aussi sombre que ce sinistre grenier. Mais plus maintenant, même si elle percevait toujours en lui une certaine tension.

Il baissa la tête, puis releva vers elle son regard envoûtant.

— Vous savez, vous êtes la personne la plus célèbre dont j'aie jamais eu à assurer la protection. Je vous ai vue à la télévision des milliers de fois…

Il l'avait vue à la télé. Comme des millions de gens. Alors, pourquoi cette idée la troublait-elle autant ?

Qu'est-ce qu'ils avaient donc, tous les deux, ce matin ? Peut-être se sentaient-ils plus proches l'un de l'autre, après avoir affronté le danger ensemble. Ou peut-être était-ce parce qu'il était le seul visage connu dans la foule qui avait envahi sa maison.

— Et vous faites ça souvent ? Travailler comme garde du corps, je veux dire…

— Non, mes missions sont généralement d'une nature toute différente.

Laquelle ? Surveillance ? Infiltration ? Espionnage ? Elle ne lui posa pas la question. Il suffisait de savoir qu'il travaillait sous les ordres de Cal pour deviner la réponse.

— C'est du beau matériel que vous avez là, reprit-il en montrant le gymnase.

— N'hésitez pas à vous en servir quand vous le désirerez.

— Merci. En fait, c'est surtout vous qui en avez besoin, et c'est pour cela que je vous ai amenée ici.

— Vous voulez que je fasse de la gymnastique ? se récria-t-elle, effarée.

— Disons plutôt que j'aimerais vous enseigner quelques techniques d'autodéfense, répondit-il en s'adossant à l'espalier.

Elle le regarda et se détourna prestement, embarrassée. Ce genre de démonstration impliquait un contact physique…

— On a renforcé le service de sécurité. J'ai désormais quatre agents pour me protéger. Et puis, je ne suis vraiment pas douée pour ce genre de choses. J'ai passé la majeure partie de ma vie derrière un bureau.

— Vous avez résisté à votre agresseur assez longtemps pour qu'on vienne vous porter secours ; c'était déjà très bien. Avec un peu d'entraînement, vous pourriez faire encore mieux, s'il devait y avoir une prochaine fois.

Cette seule idée la fit paniquer. Comme s'il lisait dans son esprit, il ajouta :

— Ces deux agressions à quelques jours d'intervalle démontrent que quelqu'un est bien résolu à vous supprimer, et il ne s'en tiendra pas là.

— Nous n'étions pas préparés, les fois précédentes. Je pense que maintenant…

— Approchez-vous, dit-il, et quand elle se fut exécutée, il l'empoigna par le bras et l'attira face à lui.

Le cœur de Kaye se mit à battre à tout rompre. Dans un recoin de son esprit, elle comprit qu'il s'attendait à ce qu'elle lui résiste, qu'elle lui prouve qu'elle savait se défendre. Mais elle demeura figée sur place.

Il la lâcha au bout de quelques secondes, et elle recula, irritée contre lui, parce qu'il avait voulu la mettre à l'épreuve, et contre elle-même, parce qu'elle n'avait pas relevé le défi. Mais il l'avait prise au dépourvu, et tout cela était vraiment trop bizarre. Croyait-il vraiment qu'elle allait le frapper ?

— Quels sont mes points les plus vulnérables ? lui demanda-t-il, en la regardant avec attention.

— Vos attributs virils, rétorqua-t-elle sans se démonter.

S'il espérait la décontenancer, il en serait pour ses frais.

— Et quoi d'autre ? Si vous deviez vous battre contre moi, où me frapperiez-vous ?

— J'essaierais un crochet du droit à la mâchoire ? hasarda-t-elle, pensant aux scènes de bagarre qu'elle avait vues dans les films d'action.

Il eut un sourire en coin qui le rendit encore plus séduisant, et elle éprouva soudain le désir insensé d'être jeune de nouveau. Elle chassa bien vite cette idée saugrenue : elle ne s'était jamais ridiculisée en public, ce n'était pas maintenant qu'elle allait commencer.

— Cela ne peut marcher que si vous portez le coup avec suffisamment de force. Vous, vous n'arriveriez qu'à vous abîmer la main. Réfléchissez, madame la députée.

Vu les circonstances, respecter l'étiquette était superflu, et elle rectifia :

— Kaye. Vous pouvez m'appeler Kaye.

— Et vous cesserez de m'appeler M. Smith ?

Elle acquiesça, ce qui fit naître un autre sourire irrésistible sur les lèvres de Danny. Reprenant ses esprits, elle répondit à sa question précédente.

— L'estomac ?

— Très bien, surtout si vous frappez avec un objet

dur, ou si vous êtes étendue à terre et pouvez envoyer des coups de pied.

Sa stratégie à elle, en cas d'attaque, consistait plutôt à s'enfuir à toutes jambes. Quand on était à terre, cela voulait dire que les choses avaient mal tourné. Néanmoins, pour s'être trouvée en pareille situation, elle apprécia le conseil à sa juste valeur.

— Quoi d'autre ? la pressa-t-il.

— Les jambes ? Lui faire un croche-pied ?

— Pas mal. Ou bien, si votre angle d'attaque le permet, lui casser le genou d'un grand coup de pied. Vous seriez surprise de voir à quel point c'est efficace.

Elle imagina le bruit de l'os se rompant sous l'impact, et tressaillit.

— Pas de règles, pas de limites, poursuivit-il. Tous les moyens sont bons. Si vous vous battez au corps à corps, comme hier soir, vous pouvez également viser les yeux. Surtout si votre adversaire est occupé à vous serrer la gorge.

Il s'approcha et posa délicatement son pouce sur le coin interne de l'œil de Kaye.

Sa peau était chaude, et il n'appuya pas, mais elle ne put réprimer un frisson. Arriverait-elle à faire ça ?

— Pas de règles, répéta-t-il en laissant retomber sa main. Il ne sert à rien d'essayer de lui faire lâcher prise, dans une situation comme celle-là. N'oubliez pas que, recevant de moins en moins d'oxygène, vous vous affaiblissez de plus en plus. Si vous enfoncez vos doigts dans les yeux du type, son premier réflexe sera d'y porter les mains pour les protéger. Ce qui vous donne une possibilité de respirer, de lui envoyer un coup de genou, de réussir peut-être à lui échapper.

Elle hocha la tête d'un air hésitant. Ses conseils avaient beau être pleins de bon sens, elle se sentait mal à l'aise et n'aspirait qu'à sortir de ce lieu confiné.

Il n'avait eu aucun geste déplacé, mais il y avait longtemps qu'aucun homme ne l'avait touchée comme il venait de le faire, et elle n'y était pas prête.

— La trachée est aussi un endroit vulnérable, reprit-il, en levant le menton pour lui montrer l'emplacement exact. Si vous avez la possibilité de frapper avec assez de force.

Elle tenta de se représenter en train de faire ce qu'il disait. Y parviendrait-elle ? Y penserait-elle, le moment venu ? Elle revit sa lutte désespérée dans le grenier, et la peur lui glaça le cœur. Oui, elle espérait qu'elle y arriverait.

— Bien, dit Danny, passons à la pratique. Imaginons que vous essayez de sortir d'ici. Que faites-vous ?

Elle se dirigea vers l'escalier. Il lui barra le passage. Il avait une demi-tête de plus qu'elle, et la carrure large, même s'il n'était pas d'une corpulence massive. Quand elle voulut le contourner, il se plaça de nouveau devant elle.

— Allez-y, poussez-moi.

Elle obéit. D'un geste rapide, pour ne pas prolonger le contact entre sa main et le torse de Danny.

La seconde d'après, il la fit virevolter et elle se retrouva enserrée dans ses bras, le dos pressé contre sa poitrine. Comme la première fois, elle se pétrifia. Elle avait eu affaire à bien des gardes du corps, mais n'avait jamais eu de contact aussi rapproché avec l'un d'entre eux.

— Et maintenant ? murmura-t-il à son oreille.

Elle ramena un coude en arrière et l'appuya timidement contre la poitrine de Danny.

— Vous pouvez faire mieux que ça.

— Je ne veux pas vous faire de mal, répondit-elle, en se sentant aussitôt stupide.

— J'en prends le risque, répliqua-t-il d'un ton désinvolte.

Elle enfonça son coude avec plus de force et rencontra une solide barrière de muscles.

— Pas mal. Et à présent, faites-le comme si votre vie en dépendait.

Il resserra son étreinte et elle sentit son souffle chaud dans son cou.

Alors elle se rappela l'homme l'écrasant sous lui, sur les planches rugueuses du grenier. Et la panique qu'elle avait ressentie dans cette obscurité. De toutes ses forces, elle lui décocha un coup de coude dans les côtes, puis un autre, et leva un pied pour le frapper là où cela faisait mal ; mais elle n'avait pas assez de recul, il la serrait de trop près.

Il desserra un peu son étreinte, mais ne la lâcha pas.

— C'est mieux, dit-il d'un ton plus grave que tout à l'heure. Si sa tête se trouve directement derrière la vôtre, vous pouvez essayer de lui casser le nez avec votre crâne.

— C'est horrible.

— Si vous avez le moindre scrupule, vous êtes morte. Il ne vous laissera pas une seconde chance.

Elle opina.

— Bon. Donc, vous lui cassez le nez. Ensuite, vous pouvez lever vos bras latéralement et vous laisser tomber de tout votre poids. Quand vous êtes par terre, roulez immédiatement sur le dos et flanquez-lui un grand coup de pied dans les testicules. Quand il se plie en deux sous l'effet de la douleur, frappez-le à la tête — au menton, au nez, n'importe où. Mettez-y toutes vos forces.

Elle suivit ses instructions et la manœuvre réussit, même si, elle en était convaincue, il y avait mis du sien. Elle se retrouva accroupie à ses pieds.

— Si vous êtes dans cette position, faites un pas en avant quand vous vous relevez, afin de vous laisser suffisamment d'espace. N'essayez pas de faire un demi-tour complet, tournez seulement la tête. Levez le pied droit, enfoncez-lui votre talon dans le bas-ventre. Là encore, quand il se pliera en deux, frappez-le à la tête. Puis fuyez aussi vite que vous le pourrez.

Elle se redressa, fit un pas en avant, tourna la tête.

— Ne gaspillons pas notre temps. Allez-y, sans faire semblant.

Très bien. Elle projeta son pied en arrière, aussi fort qu'elle put.

S'il n'eut aucun mal à parer le coup, il plia toutefois le corps pour lui permettre d'effectuer le mouvement suivant. Elle visa de son mieux, mais il s'écarta à la dernière seconde.

— Parfait, maintenant je vais vous montrer ce qu'il faut faire si votre adversaire vous tient face à lui.

Il ne mit fin à l'entraînement que lorsqu'elle fut à bout de souffle, et son T-shirt trempé de sueur.

— Vous manquez d'endurance, dit-il en la considérant d'un air critique, l'air aussi frais et reposé que s'il avait assisté à la séance en simple spectateur. Vous devriez faire un peu de cardio-training, quand vous aurez du temps libre.

Elle inspira à fond et, ravalant la réplique mordante qui lui brûlait la langue, se contenta de répondre :

— J'ai grand besoin d'une douche.

Il lui avait démontré qu'elle était incompétente, et elle détestait cela. Elle voulait être la meilleure en tout. Elle avait travaillé dur pour en arriver à la place qui était la sienne. Elle n'avait pas l'habitude de se retrouver en état d'infériorité.

Cela dit, il avait raison. Dans le domaine des techniques de défense, elle avait encore beaucoup à apprendre. Et il était là pour lui sauver la vie, pas pour flatter son ego. Elle se conformerait à toutes ses instructions.

Elle gagna l'escalier mais, une nouvelle fois, il lui barra le passage.

— Vous allez devoir me battre, si vous voulez partir, déclara-t-il avec un sourire narquois.

Elle était assez énervée pour le prendre au mot, et se jeter sur lui avec ce qu'il lui restait d'énergie. Il bloqua chaque coup de poing et de pied. Dépitée, elle lui écrasa les orteils avec son talon, violemment, en poussant un cri féroce.

Et se figea sur place, atrocement gênée.

— Bien. Ça, c'est un coup que je ne vous ai pas appris. Vous vous êtes souvenue que la règle du jeu, c'était de ne respecter aucune règle. Vous avez déjà acquis les rudiments.

Souriant, il s'écarta pour la laisser passer.

— Vos méthodes de travail sont tout à fait différentes de celles des autres gardes du corps, dit-elle en gravissant les marches, envahie par une soudaine bouffée de fierté.

Il leva vers elle un regard pensif.

— Puisque nous parlons d'eux… que diriez-vous de réduire leur effectif ?

— Vous trouvez qu'il y en a trop ? s'étonna-t-elle, en s'arrêtant à mi-hauteur. M. Green est mort, et M. Harrison est à l'hôpital. A eux deux, ils n'ont pas suffi à me protéger, alors je ne pense pas que quatre soit un chiffre excessif.

— Quatre hommes, cinq avec moi, cela risque d'effrayer l'agresseur, répondit-il, le visage crispé.

— N'est-ce pas le but recherché ?

— Cela ne ferait que retarder l'échéance. Je le crois fermement décidé à atteindre son but. Renforcer votre protection ne suffira pas à l'en détourner. Il attendra son heure. Quand les services secrets décréteront que le danger est passé, et qu'ils se retireront, il frappera de nouveau. Toutes ces mesures de sécurité ne servent qu'à repousser la prochaine attaque.

— Il vaudrait mieux qu'elle ait lieu le plus tôt possible, c'est ce que vous voulez dire ? demanda-t-elle, incrédule.

Avait-il perdu la raison ?

— Oui, pour qu'on puisse attraper ce salaud et en finir une fois pour toutes. Lui faire croire qu'il a une chance de réussir, et lui régler son compte. Lui tendre un piège.

— Vous voulez m'utiliser comme appât ?

— Quelque chose comme ça, répliqua-t-il en la regardant droit dans les yeux.

— Cal a évoqué la possibilité de me transférer dans une résidence plus sûre.

Elle avait refusé, mais elle avait envie de connaître l'avis de Danny.

— Ce n'est pas une mauvaise idée, mais vous finiriez bien par rentrer chez vous, et que se passerait-il alors ?

— Peut-être l'aura-t-on arrêté, d'ici là ?

— Peut-être… Je suis allé examiner votre voiture, tout à l'heure. Je n'ai pas relevé d'indices probants. Quelques traces de peinture noire, c'est tout.

— Et le pistolet ?

— Non déclaré. Impossible de remonter jusqu'à son propriétaire. Et pas une seule empreinte digitale dans la maison, jusqu'à maintenant.

— Donc, vous n'avez pas la moindre piste ?

— Il y a toujours quelque chose. La police scientifique n'a pas encore terminé ses recherches.

— Mais vous croyez que m'installer dans une résidence sécurisée serait une solution temporaire.

— A moins d'un brusque rebondissement, l'enquête risque d'être longue. Je ne cherche pas à vous dissuader. Ce serait peut-être la meilleure solution. A vous de décider.

Que feriez-vous ? faillit-elle lui demander. Puis la réponse lui apparut, évidente. Lui ne se cacherait pas. Evidemment, il était de taille à se protéger. Pas elle.

— Si j'allais ailleurs, est-ce que votre… est-ce que vous viendriez ?

— Oui, répondit-il sans hésiter.

Elle se sentit aussitôt soulagée.

— C'est ce que vous souhaitez ? s'enquit-il en penchant la tête de côté.

Elle inspira avec force pour se donner du courage.

— Non. Obligeons cette crapule à se montrer au grand jour, et finissons-en.

— Vous n'avez pas froid aux yeux, dit-il en souriant.

— On ne peut pas se le permettre, quand on fait de la politique.

— C'est une chose d'affronter les critiques et les campagnes de dénigrement, c'en est une autre de se retrouver face à une arme chargée. Cela demande nettement plus de cran.

Son compliment l'avait ravie, même si elle ne se sentait pas si courageuse que cela — elle n'avait guère le choix, voilà tout.

— Kaye ? reprit-il en s'approchant d'elle. Je ne permettrai pas qu'il vous arrive quoi que ce soit.

Une fois de plus, elle eut l'impression que l'atmosphère s'alourdissait soudain, et elle eut du mal à respirer. Dans cet escalier étroit, leurs visages se touchaient presque, et les yeux bleu-gris de Danny étaient assez profonds et lumineux pour qu'elle s'y noie…

Elle ne pouvait pas se permettre ce genre de pensées, elle ne pouvait pas se permettre ce genre d'émotions.

Se détournant en hâte, elle reprit son ascension, et, quand il l'appela, elle feignit de ne pas l'entendre.

4

L'homme s'assit sur le canapé marron du séjour, sa canette de bière à la main.

Il alluma la télé et passa sur la chaîne consacrée à la chasse, puis posa ses pieds sur la table basse couverte de taches. Ce maudit robinet fuyait toujours, dans la cuisine. Il monta le son. Bon sang, il n'avait jamais le temps de réparer quoi que ce soit, avec tous ces allers-retours…

Il n'avait fait que ça, dernièrement : aller au travail, retourner au camp d'entraînement et, dans l'intervalle, essayer de descendre Kaye Miller. Il avait accepté ce boulot sans rechigner, même si, aux yeux des autres, la mission n'avait qu'une importance secondaire. Ils visaient en effet un gibier bien plus gros.

Mais pour lui, la députée Miller était la seule et unique cible. C'était elle qui l'avait ruiné, avec ses lois fiscales, maudite bonne femme ! Les femmes n'avaient rien à faire en politique, elles n'y comprenaient rien. Surtout une femme comme elle… Il n'allait certainement pas la laisser continuer et devenir présidente de la Chambre des représentants, c'est-à-dire la troisième sur la ligne de succession du président des Etats-Unis. Plutôt mourir ! Derickson était déjà une calamité, mais ils n'allaient pas tarder à s'occuper de lui aussi.

Il massa son bras endolori, puis but une longue gorgée

de bière. Il s'en était sorti de justesse. Ce satané garde du corps qui avait brusquement surgi de nulle part… Il l'avait vu sortir de la maison, mais n'avait pas pensé qu'il reviendrait si vite.

Son estomac gargouilla. Il attrapa le sachet de bœuf séché qui traînait sur la table. Le frigo était en panne depuis deux mois, peut-être trois. Et il le resterait encore un bout de temps. Chaque centime de sa paye, une fois remboursée la traite sur la maison, il le versait à la cause.

— Couché ! cria-t-il au chien qui venait de bondir sur le canapé, manquant renverser sa bière.

Il le récompensa de son obéissance en lui jetant un morceau de viande séchée.

La table basse oscilla sous ses pieds quand il changea de position. Tout tombait en ruine, dans cette maison.

Mais pas dans celle de Kaye Miller. Tout y était de la meilleure qualité, la hi-fi, les meubles, le système de sécurité… Il avait quand même réussi à entrer. Il n'était peut-être pas riche, mais il était malin.

Et il serait parvenu à ses fins, sans le troisième garde du corps.

Il se représenta Kaye Miller en ce moment même, assise sur son canapé de cuir, devant son écran géant, en train de déguster un repas raffiné.

— Ce n'est pas juste, dit-il au chien en lui lançant un autre bout de viande.

Kaye Miller ferait bien d'en profiter tant qu'elle le pouvait encore, parce qu'il allait réparer cette injustice. Il savait comment s'y prendre, et avait trouvé un allié. Sortant de sa poche le petit flacon de liquide incolore, il le fit rouler entre son pouce et son index, un sourire mauvais aux lèvres.

Les reporters commencèrent à arriver vers midi. Ce n'était pas si mal, étant donné les circonstances. Ses relations lui avaient fait gagner une demi-journée de tranquillité. Mais à présent, il était impossible de dissimuler les faits plus longtemps.

Kaye jeta un dernier regard sur la petite foule rassemblée dans l'allée, puis ferma les volets et s'assit à son bureau. Un nouveau numéro clignotait sur l'écran du téléphone. Elle avait désactivé les sonneries de tous les téléphones de la maison quelques heures plus tôt. Les appels affluaient depuis que la nouvelle de l'agression s'était répandue.

« Le chef de file de la majorité attaquée à son domicile… agresseur non identifié… terroristes… » Chacun y allait de son hypothèse, les rumeurs les plus folles circulaient. Elle éteignit le petit téléviseur placé dans un angle, savoura le silence relatif.

Ce répit fut de courte durée. Une minute plus tard, son portable se mit à vibrer. Le numéro qui s'affichait à l'écran était celui de sa secrétaire.

— Je n'ai rien, Marge.

— Dieu merci. J'étais sortie. Je viens juste de rentrer et d'allumer la télévision. Si je peux faire quoi que ce soit…

— Merci. Je vais bien. J'arriverai probablement un peu plus tôt, lundi matin.

— Dois-je préparer un communiqué officiel ?

— C'est déjà fait. Simple tentative de cambriolage.

Il sera diffusé dans une demi-heure. J'espère qu'après ça, l'effervescence retombera.

— Je devrais être près de vous.

— Nous sommes samedi. Combien de fois devrai-je vous dire que vous avez droit à une vie personnelle ?

Kaye avait pris un ton léger, mais le dévouement de Marge la touchait profondément.

Elle passa encore une minute ou deux à rassurer sa collaboratrice, puis elle raccrocha et se tourna vers l'écran de son ordinateur.

Elle tenta de s'immerger dans le travail. Elle avait du mal à se concentrer. En temps normal, si elle n'avait aucun dossier urgent à traiter, elle consacrait son week-end au jardinage.

— Toc-toc.

Levant les yeux, elle découvrit Danny dans l'encadrement de la porte.

— Vous êtes sûr que je ne peux pas sortir, ne serait-ce que pour faire quelques pas dans le jardin ?

— Au risque de vous faire tuer par un tireur embusqué ?

— Non, je suppose que ça n'en vaut pas la peine, pour quelques mauvaises herbes…

— Vous ne faites pas appel à des jardiniers professionnels ?

— Jardiner m'oblige à prendre un peu l'air de temps en temps, répondit-elle en haussant les épaules.

Mais son jardin représentait pour elle bien plus que cela. C'était devenu son refuge, sa thérapie, durant ces deux dernières années. Elle avait planté sa première plate-bande pour se changer les idées, s'occuper de quelque chose de vivant au lieu de penser à la mort.

Puis elle avait fini par s'attacher aux lys, aux pivoines et aux dahlias.

— En fait, c'est une habitude dont je ne peux plus me passer, reconnut-elle.

— Je m'explique maintenant pourquoi vous avez des cals sur les mains, dit Danny en souriant.

Elle se frotta la paume, soudain gênée.

— J'ai arraché un parterre de pachysandres la semaine dernière, pour pouvoir y planter des chrysanthèmes à l'automne… Vous aviez quelque chose à me demander ?

— Je me disposais à préparer le déjeuner. Accepteriez-vous de partager mon repas ?

Y avait-il seulement des provisions dans le réfrigérateur ? D'habitude, elle faisait ses courses le samedi matin. Si elle en était empêchée, parce qu'elle était en voyage ou qu'elle avait trop de travail, elle laissait un mot à la femme de ménage qui venait le lundi, et c'était celle-ci qui s'en chargeait.

— Je peux préparer le déjeuner moi-même, dit-elle en éteignant l'ordinateur.

Cet homme était affecté à sa protection vingt-quatre heures sur vingt-quatre, la moindre des choses qu'elle pouvait faire pour lui, c'était de le nourrir. Elle espérait qu'il restait une boîte de thon dans le placard.

— Vous n'avez rien contre le thon ?

— Je pensais plutôt à un minestrone accompagné de *bruschetta*.

— Parfait. Je vais passer commande au traiteur italien.

— Je peux les cuisiner moi-même. Je n'ai pas grand-chose d'autre à faire, nous sommes pratiquement en état de siège.

— Vous savez faire la cuisine ? s'étonna-t-elle en le précédant dans l'escalier.

Dévalant les marches deux à deux, il la rattrapa et répondit avec un sourire désarmant :

— Je suis un garde du corps polyvalent.

Kaye crut déceler un sous-entendu dans cette formule, et détourna les yeux. Qu'est-ce qui lui prenait ? Pourquoi, en sa présence, en était-elle réduite à penser avec ses hormones ?

— Vous n'êtes pas obligé de cuisiner. Ce n'est pas votre rôle, répondit-elle.

Puis elle entra dans la cuisine et vit les sacs débordants de provisions.

— D'où viennent-ils ?

— Je les ai fait livrer.

Une miche dépassait de l'un d'eux, et elle se concentra sur l'odeur du pain frais plutôt que sur l'idée troublante qu'ils étaient seuls dans la maison. Les deux agents qui remplaçaient Harrison et Green étaient dehors, s'évertuant à tenir les médias à distance.

Elle envisagea brièvement de remonter dans son bureau, mais réprima ce réflexe pusillanime.

— Puis-je vous aider ?

— Certainement, répondit-il, en la regardant comme s'il avait deviné ses pensées.

Elle espérait bien qu'il n'en était rien.

— Voulez-vous que je mette de l'eau à bouillir ? reprit-elle en sortant une marmite d'un placard.

— Juste un peu d'huile d'olive, dit-il en s'emparant d'un oignon.

Elle prit la bouteille sous l'évier et mit le récipient sur le feu. Il la rejoignit pour verser les oignons émincés dans l'huile chaude, puis baissa la flamme.

— Où avez-vous appris à cuisiner ? demanda-t-elle, pour alimenter la conversation, tandis qu'il épluchait des gousses d'ail.

Ian et elle ne s'étaient jamais retrouvés ainsi côte à côte devant le fourneau. Ils ne s'en servaient que pour faire cuire des pâtes, dans les rares occasions où ils ne mangeaient pas au restaurant ou ne commandaient pas des plats chez le traiteur — quand ils ne se contentaient pas de réchauffer un surgelé au micro-ondes.

— J'ai appris à préparer un ou deux plats quand j'étais à la fac, pour mieux draguer les filles, avoua-t-il avec simplicité. J'étais assez superficiel, dans ma jeunesse ; je n'avais qu'une seule chose en tête.

Avait-il changé ? Elle s'abstint de poser la question, car elle n'était pas sûre de tenir à connaître la réponse.

— Dans votre profession, ce ne doit pas être facile d'avoir une vie sociale.

— Comme je n'ai pas de petite amie, je n'ai pas à supporter de récriminations à ce sujet. N'arrêtez pas de remuer, ajouta-t-il en jetant les gousses écrasées dans la marmite.

La monotonie de cette tâche lui procura une certaine détente.

— De quoi d'autre avons-nous besoin ?

Elle ne lui poserait plus aucune question sur sa vie privée. Elle avait rencontré des dizaines de gardes du corps au fil des années, et ne s'était jamais autorisé une telle familiarité avec aucun d'eux. Pourquoi était-ce différent, avec Danny ?

Parce qu'il lui avait été envoyé par Cal. Elle lui avait instantanément accordé la même confiance qu'à son parrain. Peut-être était-ce une erreur. Elle devait faire machine arrière, s'il n'était pas trop tard.

— Céleri, carottes, aromates…

Il sortit les ingrédients du sac au fur et à mesure qu'il les énumérait.

— Sentez-moi ça, ajouta-t-il en brandissant sous son nez une branche de romarin.

Il lava et éplucha le céleri et les carottes, les coupa en petits morceaux, puis les versa dans le récipient, ainsi que les herbes.

— Comment saurons-nous quand ce sera prêt ?

— Quand les oignons seront devenus tendres et translucides.

Il prit une aubergine et une courgette avant d'ajouter :

— Pendant que vous étiez en haut, j'ai parcouru les transcriptions des débats de ces derniers mois à la Chambre des représentants. Vous avez remporté pas mal de victoires sur vos adversaires.

— C'est le but du jeu.

— Ce qui me tracasse davantage, c'est que vous avez aussi marqué des points contre des gens de votre propre équipe. Que se passe-t-il au juste avec les députés Cole et Brown ?

— Aucun d'eux ne s'introduirait en pleine nuit chez moi pour me tirer dessus, si c'est ce que vous voulez savoir. Pour commencer, Brown est à New York depuis mardi pour enterrer sa mère.

— Cole a un bon alibi, lui aussi.

— Vous avez fait subir un interrogatoire à Roger ? s'exclama-t-elle, sidérée.

— Pas encore. Vous n'avez pas entendu la nouvelle ? Le député Cole a été victime d'un léger malaise cardiaque hier soir. Il a été hospitalisé.

Elle secoua la tête.

— Je m'explique à présent pourquoi il s'est conduit si bizarrement, lors de ce gala.

— Comment cela ?

— Il est entré par erreur dans les toilettes pour dames. J'étais seule dans la pièce. J'ai pensé… je ne sais plus ce que j'ai pensé. Il m'a fait peur. Mais c'était sans doute les premiers signes du malaise. Si seulement j'avais…

— Vous n'êtes pas médecin. Vous ne pouvez pas diagnostiquer un infarctus avant qu'il ne se produise.

Il avait raison. Il n'en était pas moins vrai qu'elle avait été trop absorbée par ses propres soucis pour prêter attention à un ami…

— Pourquoi vote-t-il systématiquement contre vous ?

— Nous étions en bons termes autrefois. Mais depuis qu'on parle de moi pour la présidence de la Chambre…

— Vous gravissez les échelons, et lui pas.

— Je refuse de croire qu'il puisse m'en vouloir à ce point.

— Son comportement le donne pourtant à penser.

— Ces derniers temps, oui. Et puis hier soir… il n'avait pas l'air dans son assiette, mais il m'a paru moins hostile. Il m'a dit qu'il avait entendu parler de mon accident, et m'a recommandé d'être prudente. Cela faisait longtemps qu'il ne m'avait pas parlé aussi gentiment.

— Comment avait-il été informé de l'accident ?

La question la prit au dépourvu. La nouvelle s'était finalement ébruitée, après les événements de la nuit dernière. Les journaux avaient évidemment fait le lien entre les deux incidents, et se livraient aux conjectures les plus insensées. Mais rien n'avait encore filtré lorsqu'elle avait eu cette conversation avec Roger.

— Qui était au courant ?

— Cal, et aussi Marge, ma secrétaire. Les policiers qui sont intervenus sur le lieu de la collision. Un couple d'un certain âge qui s'est arrêté pour me porter secours, mais je ne crois pas qu'ils m'aient reconnue. Le personnel du service des urgences, et mon assureur.

— Cole a pu l'apprendre d'une de ces sources. Je vérifierai quand même, dès que je pourrai le voir. Et Brown ?

— Il n'a jamais pu me supporter, répondit-elle avec un haussement d'épaules. Je ne sais pas pourquoi. Je connais sa femme, qui est plutôt sympathique. Elle était à la fac avec Ian. Ils sont sortis ensemble pendant quelque temps, je crois. Suze nous a invités chez eux, une fois. J'ai l'impression que ça n'a pas plu à Jack. D'après la rumeur, il est assez jaloux. Et Suze est nettement plus jeune que lui. Je croyais autrefois qu'il nous détestait à cause de Ian, mais son attitude n'a pas changé d'un iota depuis deux ans, alors, comment savoir ? Le plus étonnant, c'est que Suze l'adore.

— Puisqu'il est question de jalousie, dit-il lentement, comme à contrecœur, j'ai besoin de savoir si vous ou votre mari avez eu des relations extraconjugales.

— Non, répondit-elle vivement, mi-outrée, mi-incrédule.

Comment osait-il lui demander une chose pareille ?

— Au cours des deux dernières années, avez-vous eu des liaisons qui se sont mal terminées ?

Elle prit une longue inspiration avant de répondre :

— Je n'ai pas… Je suis restée seule depuis la mort de Ian.

En quoi diable cela le concernait-il ?

— Excusez-moi. Je suis obligé de vous poser la question.

Elle voyait qu'il était sincèrement désolé. Mais, derrière cette apparente contrition, elle lisait d'autres choses dans son regard, des choses qu'elle n'avait pas le courage d'identifier : de la compassion, de la sollicitude, peut-être davantage…

Elle avait eu dans le passé des gardes du corps dotés d'un physique tout aussi avantageux. Pourquoi celui-ci la troublait-il à ce point ? Pourquoi se sentait-elle aussi gauche en face de lui ? Si son corps, après tout ce temps, redevenait sensible à la présence d'un homme, pourquoi fallait-il que ce soit lui et pas un autre — quelqu'un qui ne travaillerait pas pour elle et n'aurait pas tellement d'années en moins ?

Et si c'étaient là les effets d'une ménopause précoce ?

Mais oui ! Elle se sentit mieux à l'idée d'avoir cerné le problème. Ce n'était qu'une histoire d'hormones, et elle ne se laisserait pas gouverner par elles. Quoi qu'il lui en coûte, elle garderait sa dignité.

— Je vais dans le séjour. Je veux voir un peu ce que l'on raconte à la télé.

Le communiqué de presse allait être diffusé d'un

instant à l'autre ; cela lui permettrait d'oublier momentanément Daniel Smith.

Elle n'alla pas plus loin que le canapé. Un inconnu se tenait derrière la porte vitrée, à l'extérieur de la maison.

— Danny !

La suite se passa si vite qu'elle eut l'impression de regarder un film en accéléré. Elle se retrouva couchée derrière le canapé, tandis que Danny traversait la pièce d'un bond et ouvrait violemment la porte vitrée. Il empoigna l'homme, le plaqua au sol et lui enfonça son pistolet dans le dos.

— Qui êtes-vous ?

— Presse, articula l'homme avec difficulté, son visage écarlate écrasé contre la dalle.

— Montrez-moi votre carte. Non, ne bougez pas. Je vais la prendre.

Danny palpa les poches de l'intrus et ne tarda pas à en extraire le document.

Ce n'était rien d'autre qu'un journaliste. Tout en se relevant, Kaye s'efforça de réfréner les battements de son cœur.

— Restez où vous êtes, ordonna Danny sans la regarder.

Au même instant, l'agent Meyer fit irruption dans la pièce.

— Où est-il ? s'écria-t-il, pistolet au poing. Je n'arrive pas à croire à un tel entêtement !

— Je me suis occupé de lui, dit Danny, en hissant le journaliste sur ses pieds.

— Vous n'avez rien, madame la députée ? s'enquit Meyer en aidant Kaye à se relever. Je suis désolé. C'est la folie, dehors. Je l'ai vu se faufiler derrière la maison, mais j'étais occupé à en repousser d'autres. Et quand je lui ai crié de s'arrêter, il m'a ignoré. Je ne pouvais quand même pas lui tirer dans le dos !

— Bien sûr. Ne vous inquiétez pas. Tout va bien.

La dernière chose dont elle avait besoin, c'était d'un cadavre de journaliste sur sa pelouse !

— Vous voulez que je le reconduise dans le jardin ? demanda Meyer à Danny.

— Je le ferai moi-même dans quelques minutes, merci, répondit Danny, en finissant d'inventorier le contenu des poches de l'homme. Appelez plutôt la patrouille de police qui surveille la rue. Qu'ils l'embarquent et le gardent en cellule toute la journée, histoire de lui donner une leçon.

— Vous ne pouvez pas me faire ça ! s'indigna le journaliste. Je n'ai commis aucun délit. Je voulais simplement parler à la députée.

Mais Meyer était déjà en train de téléphoner.

Kaye regagna la cuisine et s'assit à la table, à côté des légumes abandonnés. De la marmite montait un arôme délicieux. C'était déjà une consolation. Elle releva la tête en entendant un véhicule s'approcher.

La camionnette d'un fleuriste, constata-t-elle en regardant par la fenêtre. Venait-on lui apporter des fleurs ? De la part de qui ? Ce n'était pas encore son anniversaire…

Un jeune homme descendit de la camionnette et ouvrit la porte arrière pour prendre un énorme bouquet de roses roses, ses préférées. Il fut immédiatement intercepté par le deuxième garde du corps. Le livreur parut protester, tout en désignant sa montre. Sans doute expliquait-il qu'il avait un horaire à respecter.

Le garde le fouilla et inspecta les fleurs, sans pour autant l'autoriser à passer.

— J'irai vous les chercher dès que Smith sera revenu, madame la députée, dit Meyer derrière elle. Si vous ne voyez pas d'inconvénient à rester ici, je vais aller faire ma ronde.

— Oui, bien sûr. Je vous remercie.

Il sortit par la porte de derrière.

Par la fenêtre, elle vit une voiture de police s'arrêter devant la maison, et Danny se diriger vers elle, escortant le journaliste.

Le livreur continuait à parlementer avec le garde, avec véhémence. Risquait-il de perdre son emploi s'il prenait du retard dans ses livraisons ?

Elle prit le talkie-walkie posé sur le comptoir. Quelle était la ligne de M. Dalton ? Ah oui, la deux. Elle appuya sur la touche.

— Laissez-le passer, dit-elle.

L'agent regarda dans sa direction. Du geste, elle invita le jeune homme à approcher, puis alla lui ouvrir la porte.

— Merci, m'dame, lui dit-il.

Il était encore plus jeune qu'elle ne l'avait cru, à peine en âge de travailler.

— Signez à la ligne douze, s'il vous plaît, ajouta-t-il en lui tendant un bordereau. Vous êtes une célébrité, ou quoi ?

— Une politicienne, simplement.

Il parut déçu, et alla poser les fleurs près du fourneau tandis qu'elle griffonnait sa signature sur l'imprimé.

— Non, pas là ! s'exclama-t-elle en relevant la tête. La chaleur va les abîmer. Mettez-les plutôt sur le comptoir.

Le livreur s'exécuta en marmonnant une excuse, puis regagna son véhicule au pas de course.

Elle referma la porte derrière lui et prit la petite enveloppe accrochée au bouquet.

— Ne refaites jamais ça ! lui lança Danny en surgissant près d'elle.

Il souleva les fleurs et les examina minutieusement, puis alla les déposer dans le patio.

— Elles vont se faner, dans cette chaleur, protesta-t-elle.

Il les porta dans un coin ombragé et reprit :

— Vous n'auriez jamais dû le laisser entrer.

— Ce n'était qu'un gamin, et M. Dalton l'avait palpé de la tête aux pieds.

— Quelqu'un a pu l'envoyer ici pour voir si le service de sécurité présentait des failles. Personne ne doit entrer, un point c'est tout.

Il composa un numéro sur son portable.

— Ici Daniel Smith, du service de sécurité de la députée Kaye Miller. Pouvez-vous me confirmer que vous aviez bien une livraison à l'adresse suivante… J'ai besoin de savoir quand cette commande a été passée, le numéro de téléphone du client, celui de sa carte de crédit, tous les renseignements que vous pourrez me donner.

Il écouta un instant, puis reprit :

— Parfait. J'enverrai quelqu'un d'ici une vingtaine de minutes.

Il rangea le téléphone, alla éteindre le feu en dessous de la marmite, et dit à Kaye :

— Il faut que j'aille parler à Dalton et à Meyer. Ne bougez pas d'ici, et tenez-vous à l'écart des fenêtres. S'il vous plaît.

Sa brusquerie désarçonnait Kaye. Enfin, il n'agissait ainsi que dans son intérêt à elle… Docilement, elle alla s'asseoir dans un coin et ouvrit l'enveloppe qu'elle serrait dans sa main.

« J'espère que vous allez bien. Bon anniversaire, avec une semaine d'avance !

» Marge. »

C'était vraiment gentil de sa part, et elle téléphonerait à sa secrétaire pour la remercier. Machinalement, Kaye porta son regard sur la pile de courrier qui encombrait le bureau. Toutes les lettres avaient été ouvertes. Danny les avait donc déjà inspectées. Quand toute cette histoire serait terminée, il en saurait plus sur elle que n'importe qui au monde. Cette idée la mit mal à l'aise.

— Vous avez une visiteuse, annonça-t-il en reparaissant soudain. Elle affirme qu'elle était attendue.

— Sadie !

Mon Dieu, elle l'avait totalement oubliée, dans la folie ambiante !

— Vous la connaissez donc ?

— C'était ma camarade de chambre à l'université. Où est-elle ?

— Il vaudrait mieux qu'elle revienne dans quelques semaines.

— C'est hors de question. Elle s'apprête à quitter le pays.

— Pouvez-vous répondre d'elle ?

— Comme de ma propre sœur. Laissez-la entrer.

— Très bien, entrez, dit Danny en faisant signe à quelqu'un derrière lui, avant de se retirer.

— Que se passe-t-il ici ? As-tu annoncé ta candidature aux présidentielles ? s'écria Sadie Kaufman en s'élançant vers elle pour l'embrasser. J'étais dans l'avion, je n'ai pas écouté les informations.

— Je te raconterai, répondit Kaye en la serrant dans ses bras. Seigneur, que c'est bon de te revoir, après tout ce temps. Dommage que tu partes si loin…

— Ce n'est que pour un an ou deux. Cela te rappelle-t-il quelque chose ? ajouta son amie en lui tendant une boîte.

Kaye reconnut immédiatement le papier à rayures dorées.

— Des *cannoli* de chez Mario ?

— Tout juste.

— Seigneur, comme tu m'as manqué !

— Avoue que ce sont plutôt les *cannoli* qui te manquaient.

— Bon, d'accord, les *cannoli* aussi, dit Kaye en déposant le carton sur la table. Assieds-toi, je t'en prie.

Sadie prit un siège, et haussa un sourcil au dessin parfait.

— Alors, que se passe-t-il ?

— Quelqu'un s'est introduit ici hier soir.

— Tu n'as rien ? Il t'a volé quelque chose ?

— Je crois que c'est uniquement à moi qu'il en voulait.

— Comment cela ?

— Il avait un pistolet. Nous nous sommes battus un moment, jusqu'à ce que Danny réussisse à le faire fuir.

— Danny ?

— Daniel Smith, l'homme qui t'a introduite ici. C'est Cal qui me l'a envoyé.

— Il est plutôt sexy, fit Sadie en haussant de nouveau un sourcil.

— Il est surtout très jeune.

— Il s'est livré à une palpation en règle avant de me laisser rentrer.

— Désolée. Il prend son travail très au sérieux.

— Ne t'inquiète pas, ça ne m'a pas déplu, rétorqua Sadie avec un clin d'œil.

Elle se leva et s'approcha du fourneau.

— Qui a préparé ce minestrone ?

— Danny.

— Encore lui, hein ? Comme c'est intéressant…

— Arrête de me regarder comme ça ! Ce n'est qu'un gamin.

— En tout cas, ça sent diablement bon. Ce sera bientôt prêt ?

— Je n'en ai pas la moindre idée. Il manque encore la moitié des ingrédients.

— Pas la peine d'y goûter, alors, fit Sadie en reposant la cuiller qu'elle avait prise. T'ai-je dit que ma mère, qui a cinquante-huit ans, sort avec un garçon qui en a à peine trente ? L'autre jour, je lui ai demandé ce qu'elle lui trouvait. Sais-tu ce qu'elle m'a répondu ? Qu'il possédait trois qualités remarquables : l'endurance, l'endurance et l'endurance. Tu ne peux pas savoir à quel point j'étais gênée, ajouta-t-elle en roulant les yeux. Ne ris pas ! C'est très grave. Ma mère est une dépravée.

— Je dirais plutôt que c'est une femme heureuse.

— C’est vrai. Mais quand même, il pourrait être mon petit frère !

Elle revint se rasseoir à la table et, soulevant le couvercle du carton à pâtisseries, proposa :

— Un *cannolo* ?

— Avant le déjeuner ?

— La vie est trop courte pour qu’on remette le dessert à plus tard.

Kaye sourit. Son amie avait toujours eu le don de lui faire oublier ses soucis.

— Est-ce qu’ils ont arrêté ce type ? reprit Sadie. Et que voulait-il au juste ?

— Il a réussi à s’échapper. Il… Il a tué un de mes gardes du corps, et blessé l’autre.

La voix de Kaye s’était étranglée.

— Oh, mon Dieu ! C’est donc un dangereux psychotique ?

— Probablement. Mais je ne risque plus rien. Danny est un as dans son domaine. Cal veille au grain, lui aussi. Sans parler des agents des services secrets et de la police.

— Ils ont intérêt à faire en sorte qu’il ne t’arrive rien.

— Tu peux être rassurée sur ce point, affirma Kaye en mordant dans un gâteau.

La crème sucrée fondit sur sa langue, et elle se renfonça dans son siège avec un voluptueux bien-être.

— Et, hum, à propos de ce Danny…, dit Sadie après une pause. Quel âge a-t-il, la trentaine ?

— Vingt-neuf.

— Ce n’est plus un gamin.

— Je sais, répondit Kaye en reprenant un *cannolo*.

— Il est vraiment canon.

Kaye ne répondit pas. Pas question de se laisser entraîner sur une pente aussi dangereuse.

Mais Sadie revint à la charge :

— Et tu es enfermée avec lui toute la journée…

— Voyons, il est beaucoup trop jeune !

— C'est faux, tu le sais aussi bien que moi. Pourquoi essaies-tu de te persuader du contraire ? Serait-ce parce qu'il t'attire, et que tu refuses de céder à cette attirance ?

— Non, absolument pas. Et puis, si c'était le cas, tu te moquerais de moi. Dois-je te rappeler les aimables propos que tu viens de tenir sur ta mère ?

— Ça n'a rien à voir. Je n'aime pas imaginer ma mère en train de faire des galipettes, c'est tout. En tout cas, tu serais bien inspirée de suivre son exemple. Cela ne te ferait pas de mal de t'amuser un peu, pour changer.

— Et si tu arrêtais de te mêler de ma vie privée, pour changer ? riposta Kaye en riant. Mais parle-moi plutôt de toi. Je n'arrive toujours pas à croire que tu partes pour le Yemen !

— C'était ça, ou coucher avec le directeur du service afin qu'il me recommande pour lui succéder quand il prendra sa retraite.

— Ne me dis pas que cela se passe encore ainsi, à notre époque !

— Malheureusement, si. L'hôpital n'encourage pas la promotion des femmes. Mais un an ou deux avec Médecins sans frontières devrait me donner un net avantage sur les autres candidats.

— Et s'il t'arrivait quelque chose ?

— Regarde un peu ce qui t'est arrivé ici même ! On n'est en sécurité nulle part.

Kaye ne trouva rien à répliquer.

— Et Brian ? s'enquit-elle d'un ton circonspect.

— Quel Brian ? Le faux jeton qui s'est servi de moi pour grimper les échelons puis m'a laissée tomber ? Non. Les hommes, c'est terminé pour moi. Ne ris pas. Je ne veux pas dire que je n'aurai plus jamais d'amant. Seulement que je ne ferai plus jamais confiance à aucun. On perd à tous les coups.

— Voyons, il existe encore quelques types bien.

— Comme Daniel Smith, par exemple ? Ah, pardon, tu t'obstines à nier qu'il t'attire…

— Une histoire avec lui ruinerait ma carrière.

— Certainement pas.

— Tu imagines les gros titres ? « Le chef de file de la majorité surprise en pleine idylle avec son garde du corps. » Ça me coûterait les voix de la fraction la plus conservatrice de nos électeurs.

— Tu ne peux pas vivre uniquement en fonction des prochains votes.

— J'ai travaillé dur pour en arriver où je suis. Je ne vais pas tout gâcher sur un coup de tête.

— Tu es trop jeune pour renoncer au bonheur.

— J'ai trente-six ans.

— Trente-cinq jusqu'à la semaine prochaine. Assez jeune pour retrouver l'amour.

— Je n'en espère pas tant. Je veux simplement mener une vie bien remplie, accomplir mon travail de mon mieux, essayer de faire bouger les choses.

La douleur atroce de la mort de Ian s'était estompée avec le temps, et elle en éprouvait parfois de la culpabilité. Elle ne voulait pas courir le risque de traverser de nouveau pareille épreuve.

— Ian voudrait te voir heureuse, murmura Sadie.

Son amie la connaissait bien.

— Je sais.

— Tu ne le ramèneras pas en tournant le dos à toutes les joies de la vie.

— Je sais.

— Très bien. Je ne vais pas te harceler plus longtemps à ce sujet, déclara Sadie.

— Non, ce n'est pas dans tes habitudes, la taquina Kaye.

— En effet. Mais, en ce qui concerne Danny, je veux un compte rendu régulier sur l'évolution de la situation.

— Il disparaîtra de ma vie dès que mon agresseur aura été capturé.

— Hmm.

— Tu ne renonces jamais, n'est-ce pas ?

— Ce n'est pas dans ma nature, riposta Sadie. Ni dans la tienne, d'ailleurs.

Il était 14 heures quand Sadie partit pour l'aéroport. Les reporters avaient levé le camp, eux, pour le département du Trésor, attirés par une croustillante affaire de mœurs. Il ne fallait pas se fier à l'apparente austérité des comptables !

Kaye tendit la main vers la boîte de pâtisseries, désormais vide.

Penché sur le fourneau, Danny la regarda du coin de l'œil.

— Je suppose que vous n'avez plus faim, à présent ?

Il les avait laissées seules, Sadie et elle, la plus grande

partie du temps, n'effectuant que de brèves incursions pour terminer la soupe et mettre en route la *bruschetta*.

— J'aimerais quand même goûter à votre minestrone, répondit-elle, alléchée par l'odeur du basilic.

Danny remplit deux bols.

— J'ai parlé au colonel tout à l'heure. Il m'a chargé de vous dire qu'il passera demain.

— D'autres nouvelles ?

— Aucun progrès significatif dans l'enquête.

— Que pouvons-nous faire, alors ?

— Attendre. Notre homme finira bien par se montrer.

— Et M. Harrison ?

— Il est sorti de l'hôpital. Il souhaite reprendre son service au plus vite.

— Il n'en est pas question, il doit se reposer.

— Cela lui ferait peut-être du bien de retravailler tout de suite, objecta Danny en posant les bols sur la table. Il doit se sentir fautif.

— Il n'a commis aucune faute.

— Ce n'est sans doute pas son sentiment.

— Il pourra revenir dans quelques jours, dit Kaye en plaçant des cuillers et des serviettes à côté des récipients.

Danny remua sa soupe.

— Attention, c'est très chaud... Hmm, j'ai peut-être mis un peu trop de romarin, décréta-t-il avec une moue.

Kaye porta la cuiller à ses lèvres, puis s'aperçut qu'elle avait oublié les boissons et la reposa.

— Que désirez-vous boire ?

— De l'eau, ce sera parfait.

Elle alla chercher deux verres d'eau glacée et se rassit.

— Merci. J'ai pensé à une chose, dit-il en relevant la tête. Vous devriez dormir dans une des chambres d'amis, cette nuit.

De nouveau, Kaye suspendit son geste. Un frisson parcourut son échine à la pensée de la prochaine nuit. La terreur de la veille était encore présente à son esprit.

— Si vous estimez que c'est préférable…

— Je ne le laisserai pas s'approcher de vous. Toutes les fenêtres de l'étage sont désormais munies de détecteurs. J'ai réactivé le système d'alarme dès que les reporters ont plié bagage.

Il avait été obligé de l'éteindre, les tentatives répétées des journalistes pour pénétrer dans la demeure déclenchant sans cesse de fausses alertes.

Elle hocha la tête. Cette fois, il serait près d'elle, dans la maison. Il veillerait sur elle toute la nuit.

Si cette idée lui procura un grand réconfort, tout comme le repas qu'ils partageaient, mieux valait ne pas s'habituer à cette intimité, ne pas s'habituer à lui. Dès que l'affaire serait résolue, il s'en irait. Elle ne devait pas l'oublier.

Elle le regarda manger, observant la manière sensuelle dont ses lèvres se refermaient sur la cuiller, la façon dont ses cheveux retombaient sur son front. Surprenant son regard, il lui adressa un sourire éblouissant, et le cœur de Kaye fit un bond dans sa poitrine.

— Nous allons lui tendre un piège, reprit-il. Lui laisser un seul point d'accès, où je l'attendrai de pied ferme.

— Vous pensez qu'il reviendra cette nuit ?

— C'est possible. Ou bien il attendra quelques jours,

dans l'espoir que la surveillance se relâche. Peu importe. Je serai là, prêt à le recevoir.

— Tout sera donc bientôt terminé, dit-elle, parce qu'elle éprouvait le besoin d'entendre ces mots.

Il acquiesça — puis porta les mains à son estomac avec une expression bizarre.

— Vous n'êtes pas de cet avis ? s'enquit-elle.

— Si, mais je…, souffla-t-il d'une voix rauque.

La seconde d'après, il s'affala sur la table, renversant sa soupe.

— Danny ?

Elle se rua vers lui, mais trop tard. Il s'écroula avec un gémissement.

— Mon estomac… me brûle, dit-il en haletant, les lèvres blanches. J'ai été… empoisonné.

5

— Je n'aime pas ça du tout, déclara Cal, qui marchait de long en large dans la cuisine tandis que les techniciens de la police scientifique relevaient les empreintes. Je veux t'emmener en lieu sûr jusqu'à ce que nous ayons élucidé cette affaire.

— Non, répondit Kaye, d'un ton catégorique.

Celui qui avait fait ça devait être arrêté, et il n'était pas question pour elle de se cacher alors que Danny gisait dans un lit d'hôpital. Elle ne laisserait pas ces criminels gagner la partie.

— Je ne peux pas abandonner mes fonctions, poursuivit-elle. Si je m'enfuis, cela encouragera tous les cinglés à employer la même méthode chaque fois qu'ils désireront influer sur les résultats d'un vote.

— Sur quoi porte le projet de loi dont vous débattez en ce moment au Capitole ?

— Les droits des patients.

— Qui est contre ?

— Les grandes sociétés pharmaceutiques, les compagnies d'assurances, les médecins… il n'y a que l'embarras du choix.

— Certaines de ces personnes doivent pouvoir se procurer du poison sans difficulté.

Elle hocha la tête. Cette pensée lui était déjà venue.

— Qu'y a-t-il d'autre à ton programme, pour les semaines à venir ?

— Les lois sur l'exportation, des réunions qui peuvent ou non déboucher sur quelque chose… Danny m'avait déjà demandé la liste. Je crois qu'il travaillait là-dessus avec le service secret.

— Je vais vérifier. Tu ne veux vraiment pas partir d'ici ?

— Non. Mon travail m'oblige à rester.

— Mais il s'agit de ta *vie*, pas de ta carrière ! s'écria Cal, exaspéré.

— Si je m'en vais, celui qui cherche à me tuer attendra simplement que je reparaisse pour recommencer.

— Nous l'agraferons avant.

— Et si ce n'est pas le cas ?

Le colonel répondit par un grognement, puis :

— Comment diable ce garçon est-il entré ici ?

— C'est moi qui ai dit au garde de le laisser passer. Ce n'était qu'un gamin, il n'a fait qu'entrer et sortir. Je ne l'ai pas quitté des yeux plus de quelques secondes.

— Cela lui a suffi. Si tu avais mangé cette soupe, tu aurais eu droit toi aussi à un lavage d'estomac. Ou pire. Si Danny est encore en vie, c'est parce qu'il n'a avalé que quelques cuillerées.

Il resta un instant silencieux, avant d'ajouter :

— Je retire deux de mes hommes de leur mission actuelle pour les affecter ici. Ça va demander un jour ou deux.

— Je ne veux pas que tu compromettes la sécurité du pays pour me protéger. Si tu as besoin d'eux ailleurs…

— Ils sont déjà en route, répliqua Cal d'un ton qui ne souffrait aucune discussion.

— Et que faisons-nous, en attendant ?

— En attendant, la moitié des effectifs du service secret va camper dans ton jardin.

Cette perspective l'épouvantait, mais était-elle en droit de se plaindre ? Elle avait eu de la chance. Si les choses s'étaient passées différemment, elle aurait pu être morte.

Danny. Elle n'arrivait pas à chasser son image de son esprit. Elle le revoyait inanimé sur ce brancard, quand les ambulanciers l'avaient emporté... Il allait s'en sortir. Il le fallait. Elle ne pouvait même pas envisager une autre issue.

— Je vais rester ici cette nuit, annonça Cal.

— Je te remercie, mais...

— Il n'y a pas de *mais*. Tu es ma seule et unique filleule.

Inutile d'essayer de le faire changer d'avis quand il était dans cet état d'esprit. Et, à vrai dire, elle n'avait pas envie de rester seule.

Le biper de Cal sonna, et il y jeta un coup d'œil.

— Des nouvelles de Danny ? s'enquit Kaye anxieusement.

— Non, rien à voir. Je suis en plein milieu d'une autre affaire... Je passerai à l'hôpital dès que mes hommes seront là.

— Tu peux y aller tout de suite, je ne crains rien.

— Je refuse de te laisser seule.

— Alors, emmène-moi.

— Pas question. A l'extérieur, tu seras plus facile à atteindre.

— Mes adversaires ne semblent avoir aucun mal à m'atteindre même si je ne bouge pas d'ici. Ne pourrais-tu pas me faire sortir à l'insu de tout le monde ?

Il la dévisagea en étrécissant les yeux, puis sourit largement.

— Ce n'est pas une mauvaise idée. Je t'emmène hors d'ici, et je remplis la maison d'agents du service secret. Si l'agresseur ignore que tu es partie, il reviendra peut-être, et nous pourrons le coincer… Tu n'as qu'à t'installer chez moi.

Elle tâcha de dissimuler son manque d'enthousiasme. La maison de Cal lui donnait la chair de poule. Cela dit, elle présentait l'avantage d'être bâtie comme une forteresse.

— Alors, comment vas-tu me faire sortir sans qu'on me voie ?

Il fit signe à un technicien de la police scientifique.

— Je vais avoir besoin de vos vêtements.

— Pardon, mon colonel ?

Pointant l'index vers les toilettes au bas des marches, Cal ordonna d'un ton sans réplique :

— Allez vous déshabiller.

Kaye détestait attendre — ce qui est un handicap, quand on fait de la politique. Rien n'arrivait jamais en temps prévu, au Capitole. Ni dans les hôpitaux, semblait-il.

Assise entre deux agents des services secrets, face à la chambre de Danny, elle tapa impatiemment du pied sur les dalles en vinyle blanc. Le médecin se trouvait dans la chambre, en compagnie de Cal. Le règlement n'autorisait qu'un seul visiteur à la fois. Pourquoi tardaient-ils tellement à ressortir ?

La climatisation était réglée au maximum, et elle était gelée, depuis qu'elle avait ôté le sweat-shirt qu'elle avait enfilé sous la combinaison pour cacher ses formes. Elle le remit et inspecta le couloir du regard. Elle aurait souhaité rendre visite à Roger, mais elle tenait absolument à voir le médecin de Danny et à entendre son avis.

Un homme arriva, une liasse de documents à la main.

— Mme Smith ? J'aurais besoin de la carte d'assurance maladie de votre mari.

— Je suis Kaye Miller. M. Smith travaille pour moi.

L'homme écarquilla les yeux.

— Excusez-moi, madame la députée. Je me demande pourquoi je ne vous ai pas reconnue plus tôt. Voyez-vous, certains des examens que nous allons devoir lui faire passer sont très onéreux. Il va me falloir une autorisation.

Elle frissonna soudain et se frotta les bras tout en observant Cal à travers la vitre. Il était en pleine conversation avec le médecin.

— Je suis prête à payer tous les examens et soins nécessaires, si son assurance ne les couvre pas, déclara-t-elle.

C'était bien le moins qu'elle pouvait faire. Après tout, c'était à elle que le poison était destiné.

— Dans ce cas, puis-je me permettre de vous demander de remplir quelques papiers, madame la députée ?

L'homme lui paraissait vaguement familier, même si elle ne se rappelait pas l'avoir déjà rencontré. Il avait pourtant un visage difficile à oublier, avec cette cicatrice en zigzag sur le front, ces cheveux couleur paille, ces sourcils charbonneux.

— J'espérais pouvoir m'entretenir avec le docteur, quand il sortira de la chambre, objecta-t-elle.

— Cela ne prendra qu'une minute. Quelques formulaires à signer, rien de plus. Mon bureau se trouve au bout du couloir. Si le Dr Taylor sort avant que nous ayons terminé, nous le verrons passer.

— Entendu.

Elle lui emboîta le pas, suivie de ses deux anges gardiens.

L'administrateur s'arrêta devant un petit bureau ne contenant qu'une table et deux chaises. Les agents l'inspectèrent puis allèrent se poster devant la porte.

— Asseyez-vous, je vous en prie, dit l'homme en s'installant derrière son bureau. J'espère que vous allez bien ; j'ai appris ce qui s'était passé, aux infos. Nous vivons dans un monde de fous... Si vous pouviez remplir ceci, ajouta-t-il en poussant des documents vers elle. Je vais également avoir besoin de votre numéro de carte de crédit.

Elle sortit sa carte et il entra dans l'ordinateur les chiffres qu'elle lui dictait.

L'imprimante cracha une demi-douzaine de pages. L'homme s'en saisit et dit :

— Je vais aller faire des copies.

Il passa dans la pièce voisine par une porte coulissante. Une photocopieuse se mit en marche.

La photo posée sur le bureau attira le regard de Kaye. Un autre homme et un enfant. Son frère et son neveu peut-être. Ou alors son compagnon. Mais, en y regardant mieux, plusieurs détails dans ce bureau dénotaient une présence féminine — ces dessins de chats, ce petit vase rose... peut-être l'administrateur partageait-il ce bureau avec une collègue. Cela ne la concernait pas. Elle reporta son attention sur les formulaires. Elle venait de remplir le dernier quand l'homme passa la tête par la porte.

— Si vous avez terminé, apportez-moi les papiers, et je vous libère, lança-t-il avant de disparaître de nouveau.

Elle ramassa son sac et se dirigea vers l'autre pièce, les papiers à la main.

L'homme était en train de procéder à des réglages sur l'une des machines. La seconde photocopieuse tournait déjà à plein régime, éjectant une feuille après l'autre, en faisant un énorme vacarme. Le local, qui comportait une autre issue donnant sur un couloir, ressemblait à une réserve à fournitures, mis à part le chariot d'hôpital sur lequel était posé un énorme rouleau de plastique noir.

Une housse à cadavre, comprit-elle, en se détournant aussitôt.

Ses yeux se posèrent sur la seconde machine. Toutes les feuilles qui en sortaient étaient vierges.

— Je crois que vous avez placé les originaux à l'envers, dit-elle sans se retourner.

— Je crois n'avoir commis aucune erreur, madame la députée, répliqua l'administrateur en l'acculant brutalement contre le mur.

En entendant cette voix tout contre son oreille, elle le reconnut brusquement.

L'homme du grenier !

Elle ouvrit la bouche pour appeler à l'aide, mais il avait déjà plaqué une main contre ses lèvres. De l'autre, il lui assena un violent coup de poing dans le côté…

Non, ce n'était pas un coup de poing. Hébétée, elle baissa les yeux et vit le manche d'un couteau dépasser de son torse. Puis elle ressentit une douleur aiguë qui lui coupa le souffle, et elle s'effondra. Le vrombissement de la photocopieuse couvrit le bruit de sa chute.

La dernière chose dont elle eut conscience fut le chuintement écœurant de la lame que l'on retirait de son flanc.

Danny balaya des yeux le couloir vide et avança, en contenant sa colère et sa peur. Il était passé en mode commando. Pas de place pour les émotions, mais une exécution précise et sans faute. Il ne s'autoriserait pas à prendre le moindre repos, à éprouver le moindre sentiment avant d'avoir accompli sa mission.

En ce début de soirée, tous les visiteurs étaient partis et les couloirs de l'hôpital étaient déserts, à l'exception de quelques infirmières vaquant à leurs tâches.

Ses genoux flageolaient ; il espérait que ce n'était qu'une faiblesse temporaire. Bon sang, ce lavage d'estomac n'avait pas été une partie de plaisir ! Sa gorge était à vif et il se sentait nauséeux ; mais il n'en avait cure.

Une unique pensée occupait son esprit : On avait enlevé Kaye. Elle avait été kidnappée pratiquement sous les yeux des deux agents qui attendaient à l'extérieur du bureau où elle était censée signer des papiers. Pour lui.

Ils avaient commis la pire des erreurs : sous-estimer l'ennemi. L'homme avait dû la suivre de sa maison jusqu'à l'hôpital. Puis, une fois sur place, il avait improvisé. Il était très habile, c'était indéniable.

Où était-elle ? Que lui avait-il fait ?

Il y avait du sang sur le sol de la pièce où elle avait disparu. Les caméras de surveillance avaient révélé un transport de corps non autorisé dans le parking souterrain. Danny s'efforça de repousser l'image de la housse à cadavre sur le chariot.

Il dépassa la salle de garde, et, poursuivant son chemin, aperçut deux femmes dans une chambre vide, en train de fourrer des draps dans une corbeille à linge. Il leur offrit son sourire le plus enjôleur et leur dit :

— Bonjour, je suis Brady White, des services secrets. Je suis attendu par le député Cole, mais je crains de m'être égaré. C'est la première fois que je viens ici.

L'une d'elles lui rendit un sourire timide.

— Il est à l'étage du dessus. Je dois justement y aller, vous n'avez qu'à me suivre.

— C'est très aimable à vous, répondit-il, d'un air soulagé et empreint de gratitude.

Dans ce genre de situation, le tout était de savoir à qui s'adresser. Une infirmière aurait obéi aux consignes de sécurité. Les femmes de ménage, habituellement ignorées de tous, étaient contentes de montrer qu'elles étaient au courant de tout ce qui se passait dans l'établissement.

— Excusez-moi, dit-il en la bousculant, comme ils pénétraient simultanément dans la cabine d'ascenseur. Après vous, je vous en prie, ajouta-t-il en glissant dans sa poche le badge d'identification de l'employée.

— Tournez à gauche au bout du couloir, expliqua la femme quand ils furent à l'étage supérieur. La dernière porte. Un de vos collègues monte la garde devant la chambre, vous ne pouvez pas vous tromper.

— Merci encore, répondit-il en s'éloignant sans se presser.

Dès qu'elle fut hors de vue, il empoigna des vêtements sales jetés sur un chariot abandonné, se glissa dans une pièce inoccupée et enfila la blouse verte par-dessus ses vêtements. Puis il épingla le badge de la femme de ménage sur sa poche, en prenant soin de le mettre de travers, afin qu'on ne puisse pas lire le nom. Avant de sortir de la chambre, il s'empara de la feuille de température placée au pied du lit.

Pas le temps de suivre la procédure et de demander la permission de ses supérieurs. Chaque minute comptait, quand la vie de Kaye était en jeu.

C'est à peine si l'agent en faction devant la porte lui accorda un regard. Il n'était là que pour le principe. Le député Cole ne faisait l'objet d'aucune menace. Et Danny avait bien choisi son moment, à la fin du tour de garde, quand l'homme était fatigué et impatient de partir.

Un instant plus tard, il se retrouva face à face avec le député.

En s'asseyant sur le bord du lit, il remarqua le teint gris et les yeux caves du malade.

— Je ne travaille pas pour l'hôpital.

D'un mouvement preste, il éloigna le bouton d'appel, que Cole s'apprêtait à saisir.

— Du calme, je ne vous veux aucun mal. Je suis venu vous parler de Kaye Miller.

Cole devint encore plus blême.

— Lui est-il arrivé quelque chose ?

— A vous de me le dire, répliqua Danny, en braquant sur lui le regard implacable qu'il réservait aux terroristes.

Le député détourna les yeux, et demeura silencieux un long moment.

— Je suis malade, murmura-t-il enfin. Je ne sais même pas qui vous êtes. Allez-vous-en.

— Je ne pense pas que vous soyez un meurtrier.

— Oh, Seigneur, gémit Cole en se laissant retomber sur son oreiller. Elle est morte ?

— J'espère que non. Mais elle a disparu. Pouvez-vous m'aider à la retrouver ?

— Je n'ai rien fait. Je ne sais rien, haleta le député en tentant de se redresser. Qui êtes-vous ?

— Restez tranquille, dit Danny en le forçant à se rallonger. Pas besoin de vous agiter ainsi, je vous demande seulement de parler. Qui détient Kaye Miller ?

— Je ne me sens pas bien. J'ai besoin d'un médecin, geignit Cole, le front emperlé de sueur.

— Comment saviez-vous que la députée avait eu un accident ?

— Je ne me souviens plus. Je crois qu'elle me l'a raconté. Ou alors, c'était Marge… je ne sais plus.

Le moniteur auquel il était relié indiquait une tension en forte hausse et une accélération du rythme cardiaque. Bon sang, il ne simulait pas. Les soupçons que Danny nourrissait à son égard justifiaient-ils de le malmener pour le faire parler ?

Non. Il risquait de tuer un innocent. Réprimant un juron, il se leva et rendit le bouton d'appel à Cole en disant :

— Je ne suis jamais venu ici.

Le garde ne leva même pas les yeux de son magazine. Danny ne l'en blâma pas ; il avait eu sa part de ces missions de surveillance à périr d'ennui, où sa présence n'était requise que par pure formalité. Au moins, au SDDU, il y avait de l'action.

Passer à l'action, voilà ce qu'il devait faire. Il fallait à tout prix découvrir qui avait enlevé Kaye, puis aller la chercher.

Si le député Cole n'était pour rien dans cette histoire, alors qui ? Le seul autre suspect, c'était le député Brown.

Danny aurait pourtant parié sur Cole. Pourquoi était-il entré dans les toilettes pour dames ? Qu'aurait-il fait si cette assistante n'avait pas surgi à ce moment-là ? Son instinct lui disait que l'homme avait quelque chose à se reprocher, mais il pouvait se tromper. Le député ne semblait pas en état d'orchestrer de multiples tentatives d'assassinat. Restait Brown. La vignette du parking du Capitole indiquait que l'auteur de la première agression appartenait au milieu politique, et ces deux-là étaient les plus vraisemblables. Pour autant, il ne fallait pas négliger les autres. Sylvia était en train de réunir des informations sur tous les membres du Congrès et les employés du Capitole, et de dresser une liste de toutes les personnes liées à Kaye de près ou de loin. Mais cela prendrait du temps, et Kaye avait déjà disparu depuis trois heures. Elle pouvait se trouver n'importe où à présent.

Sortant de l'immeuble, il ouvrit son téléphone portable.

— Allô, Sylvia. Pourriez-vous me rendre un service ?

— Vous savez que j'y suis toujours disposée, et maintenant plus que jamais, répondit-elle. Le colonel m'a dit que vous tentiez de porter secours à Kaye. Il est fou d'inquiétude. En ce moment même, il est en train de passer un savon aux agents chargés de la protéger. L'agence met tout en œuvre pour la retrouver.

— Je la ramènerai, promit-il.

Et il tiendrait promesse, dût-il y laisser la vie.

— Que puis-je faire pour vous ?

— J'ai besoin de savoir où trouver le député Brown.

Kaye m'avait dit qu'il était à New York pour l'enterrement de sa mère.

Sylvia eut la sagesse de ne pas poser de questions, et se contenta de répondre :

— Il ne devrait pas être très difficile à localiser.

Petit à petit, Kaye reprit conscience, à l'intérieur du sac en plastique noir qui l'étouffait et l'empêchait de voir. Elle tenta de le déchirer, et comprit aux bruits qui l'entouraient qu'elle se trouvait à bord d'un véhicule en mouvement. Les derniers instants vécus à l'hôpital lui revinrent à l'esprit. Désespérément, elle chercha une ouverture, et finit par la trouver ; elle passa un doigt dans le petit trou à l'extrémité de la fermeture à glissière et fit descendre celle-ci de quelques crans. Avidement, elle inspira une goulée d'air, puis une autre, tout en essayant de se déplacer. Elle n'avait pas la place pour étendre ses jambes. Un coffre de voiture. Elle était enfermée dans le coffre d'une voiture qui l'emmenait Dieu sait où.

Elle agrandit l'ouverture de manière à pouvoir y passer la main, puis fit descendre le Zip le plus loin possible, libérant sa tête et ses épaules de la housse.

Le coffre était petit et empestait les gaz d'échappement. Elle tâtonna dans le noir, cherchant le système d'ouverture. Quand elle le rencontra, elle appuya de toutes ses forces, mais la porte ne s'ouvrit pas. Si seulement elle pouvait y voir… N'y avait-il pas quelque part une lampe qui s'allumait quand on ouvrait le coffre ? Vite. Elle n'avait peut-être pas beaucoup de temps devant elle.

Le sang battait à ses oreilles, son cœur cognait à grands coups. *Respire à fond. Ne cède pas à la panique.*

Elle promena ses mains au-dessus d'elle. Rien. Où

était donc cet interrupteur ? Elle essaya de se rappeler où il se trouvait dans sa propre voiture. *Réfléchis.*

Mais elle avait du mal à se concentrer, tant la peur grandissait en elle.

Aïe ! Qu'y avait-il là ? Prudemment, elle palpa le panneau au-dessus de sa tête, et découvrit un petit morceau de métal pointu : probablement l'extrémité d'un boulon. Elle devait faire attention à ne pas se blesser.

Sa blessure au côté l'élançait au moindre mouvement, mais elle s'obstina. L'interrupteur devait se trouver quelque part. Dans l'angle arrière du coffre, se souvint-elle brusquement. Pourvu que le système soit le même ici…

De la musique lui parvenait de l'avant du véhicule, un air de country. Un homme se mit à chanter, mais elle ne discernait pas les paroles.

Qui était-ce, et que lui voulait-il ?

Se réveiller dans un sac mortuaire ne l'encourageait guère à l'optimisme.

La voiture ralentit et se mit à trépider ; Kaye perçut un bruit de gravillons crissant sous les pneus. Une route de terre ? Où cela ? Combien de temps était-elle restée inconsciente ?

Poursuivant ses recherches, elle trouva une sorte de levier et le tira. Quelque chose bougea derrière elle. Le siège arrière était du type qui se repliait pour permettre de ranger plus de choses dans le coffre. Le dossier ne s'était incliné que de quelques centimètres, et elle n'osa pas insister. Un mince faisceau lumineux lui parvenait de l'habitacle. L'homme était-il seul ? Jusqu'à présent, elle n'avait pas entendu d'autre voix.

Elle retint son souffle. Pouvait-elle se faufiler à l'avant, empoigner l'homme par-derrière et l'obliger à s'arrêter ? Cela aurait pu marcher — à condition de se trouver dans une zone habitée, où des gens auraient pu venir à son aide.

Mais le crissement des cailloux sous les pneus lui laissait peu d'espoir. Ils étaient en rase campagne, et, même si elle parvenait à s'échapper, il la rattraperait. De plus, elle était blessée — elle espérait de tout son cœur que c'était sans gravité. L'homme avait un couteau. Sans doute, aussi, un revolver. Il avait dû préférer l'arme blanche parce qu'elle était silencieuse.

Elle dégagea ses jambes du plastique. Quoi qu'il advienne, elle devait être libre de ses mouvements. Il ne restait plus qu'à imaginer un plan.

La voiture ralentit.

Trouver un plan, tout de suite !

La douleur lui mordit le flanc quand elle plia le bras pour lire l'heure sur sa montre. Un peu plus de 19 heures. Elle était arrivée à l'hôpital vers 15 heures et avait attendu environ une heure avant que son ravisseur ne l'attire dans ce bureau. Ils avaient dû rouler trois bonnes heures. Où pouvaient-ils bien être ? Les vastes forêts de Virginie lui vinrent à l'esprit.

Elle devait se faufiler jusqu'à l'avant de la voiture sans que l'homme la voie, et s'emparer du volant. Il n'y avait pas d'autre solution. Elle ne se faisait aucune illusion sur ce qui l'attendait une fois qu'ils seraient à destination. L'homme voulait se débarrasser de son corps au plus profond des bois.

Elle inspira profondément, plia et déplia les jambes pour réveiller ses muscles engourdis. Un liquide poisseux imbibait son flanc ; la blessure saignait toujours. Plus le temps passait, plus elle s'affaiblirait.

Mais, avant qu'elle ait pu passer à l'action, le véhicule s'immobilisa. Dehors, quelqu'un parla. Le conducteur répondit, puis redémarra, sans qu'elle ait pu décider s'il était judicieux d'appeler à l'aide.

Ils n'allèrent pas très loin. La voiture s'arrêta et l'homme coupa le moteur, puis il descendit et claqua la portière avec force.

Il vient me chercher! songea Kaye, paralysée de terreur.

Elle écouta le bruit de ses pas. Dès qu'il serait assez loin, elle se ruerait dans l'habitacle et verrouillerait les portières. S'il avait laissé les clés sur le contact, elle serait pratiquement libre. Dans le cas contraire, elle pourrait peut-être mettre la main sur son téléphone portable, ou découvrir par miracle la façon de faire démarrer une voiture en trafiquant les câbles. Dans les films, ça paraissait facile…

Mais l'homme ne se dirigea pas vers le coffre comme elle s'y attendait. Il s'éloignait.

Maintenant.

Elle fit basculer le siège, centimètre par centimètre, ignorant la douleur dans son côté, puis se glissa à l'avant, en veillant à garder la tête baissée. Elle était au milieu des bois, dans une sorte de campement rustique. Devant elle se dressaient des cabanes en planches et des hangars. Personne en vue.

Elle reporta son attention sur le tableau de bord. La clé ne se trouvait pas sur le contact. Elle regarda dans la boîte à gants. Pas de portable.

Bon, où étaient les câbles ?

Des voix résonnèrent dans le silence nocturne, sur sa gauche. Elle se plaqua au sol.

— Il t'avait dit de ne pas retourner là-bas, Bobby.

— Mais j'ai fait le boulot, non ?

— T'as eu de la veine. Si t'avais raté ton coup, Ben t'aurait mis une de ces raclées !

Ils se rapprochaient.

Sans bruit, Kaye ouvrit la portière côté passager et se glissa à l'extérieur. La lisière de la forêt n'était qu'à une vingtaine de mètres. Courbée en deux, elle s'élança. Seigneur, qu'elle avait mal ! Mais elle continua. Elle devait s'éloigner d'ici. Trouver une route, une ville, un téléphone, quelqu'un qui puisse l'aider…

Danny découvrit le député Brown devant l'étude du notaire où lecture lui avait été donnée du testament, à lui et aux membres de sa famille.

L'homme était grand et corpulent, et Danny le reconnut facilement, pour l'avoir vu en photo. Il avait examiné son dossier avec minutie : cinquante-six ans, conservateur, peu d'amis proches, mais respecté de ses pairs.

Pourquoi s'opposait-il systématiquement à Kaye ?

— Monsieur le député ?

Brown tourna la tête dans sa direction, mais ne s'arrêta pas. Il envoya un de ses gardes du corps demander à Danny ce qu'il voulait.

— Puis-je vous aider ? s'enquit le garde d'un ton peu amène.

Danny brandit sa carte.

— J'enquête sur la disparition de la députée Miller. Je dois impérativement m'entretenir avec M. Brown.

Le garde du corps hocha la tête et alla transmettre le message.

Brown hésita un peu, puis, ayant murmuré quelques

mots d'excuse à sa famille, s'avança vers Danny, escorté des deux gardes.

— Daniel Smith, dit celui-ci en tendant la main. Je vous remercie d'accepter de me parler.

— Qu'est-ce que c'est que cette histoire ? Kaye Miller a disparu ?

— Elle a été enlevée, répondit Danny, en l'observant avec attention.

— Je suis navré de l'apprendre, dit Brown, sans la moindre trace d'émotion. Mais je suis assez pressé et…

— Ça ne prendra pas longtemps. Peut-être pourrions-nous discuter dans un endroit plus discret ?

Après un regard à sa voiture, à bord de laquelle sa famille attendait déjà, le député ordonna à un des gardes :

— Dites au chauffeur de les ramener à l'hôtel, puis de revenir me chercher. Venez, reprit-il à l'adresse de Danny, en rebroussant chemin vers l'étude du notaire. Steve nous autorisera certainement à utiliser une de ses salles de réunion.

Dès qu'ils furent installés en tête à tête, Danny alla droit au but :

— J'ai le sentiment que vous n'appréciez guère la députée Miller.

— Nous sommes en désaccord sur un grand nombre de sujets.

— Même sur les points où vous vous accordiez jadis, vous paraissez changer d'avis, dès qu'elle présente une motion.

— J'étudie chaque question à fond. Parfois, ce que j'apprends m'incite à réviser mes positions. Cela n'a rien à voir avec la députée. Et ce n'est assurément pas moi qui ai commandité son enlèvement.

— A titre de renseignement… Où étiez-vous dans la nuit de vendredi, entre minuit et 2 heures du matin ? demanda Danny en se penchant vers lui.

— Chez moi, dans mon lit.

— Votre femme se trouvait-elle auprès de vous ?

Il secoua la tête.

— Elle avait amené notre fille ici, pour voir ma mère. Je devais les accompagner, mais j'ai eu un empêchement de dernière minute.

Le ton de sa voix laissait entendre qu'il regrettait sa décision. Etait-il arrivé trop tard pour dire adieu à sa mère ? Danny était désolé pour lui, mais il compatirait une fois qu'il l'aurait rayé de la liste des suspects.

— Etait-ce la nuit où quelqu'un s'est introduit chez Kaye ? J'ai vu ça à la télévision. C'était bien cette nuit-là, n'est-ce pas ? Me soupçonneriez-vous ? reprit le député, le regard soudain glacial.

— Je ne puis rien vous dire à ce stade de l'enquête.

— Suis-je considéré comme suspect ?

— Certains éléments ne vous sont pas favorables, repartit Danny, sans répondre directement à la question.

— Dois-je appeler mon avocat ?

— Vous ne faites pas encore l'objet d'une enquête officielle. Je suis ici pour vous demander quelques renseignements, rien de plus.

Brown parut se détendre.

— Je ne sais rien des ennuis de la députée Miller.

— Mais sa disparition ne vous bouleverse pas. Je me serais attendu à ce que vous vous montriez plus inquiet. Après tout, c'est une de vos collègues…

— Elle ne fait pas partie de mes préférés.

— Pourquoi ?

— Pour des raisons personnelles.

Danny se leva. Il perdait son temps.

— Kaye Miller a été enlevée, et je vais remuer ciel et terre jusqu'à ce que je la retrouve. Soit vous me dites ce qui s'est passé entre vous, et je puis acquérir la certitude que vous n'êtes pour rien dans cette histoire, soit je le découvrirai moi-même, et alors vos raisons personnelles risquent de devenir tout ce qu'il y a de plus publiques.

Le député se leva, le visage congestionné de rage. Il toisa Danny, voulant l'obliger à baisser les yeux. Puis il renonça et se dirigea vers la fenêtre.

— Ces raisons n'ont aucun rapport avec cette affaire.

— Je veux néanmoins les entendre.

— Ian Miller avait une liaison avec ma femme, marmonna Brown, d'une voix à peine audible.

Danny cilla. Il ne s'attendait pas à une révélation de ce genre.

— Quand ?

— Il y a des années. Juste avant d'épouser Kaye, je crois.

— Vous ne pouvez quand même pas la tenir, *elle*, pour responsable ?

— Non. Mais j'y repense chaque fois que je la vois.

— Lui en avez-vous parlé ?

— Non. Toutefois elle est au courant, j'en suis persuadé. Je suis peut-être vieux jeu, mais je préférerais ne pas avoir sous les yeux, jour après jour, ce rappel de l'infidélité de ma femme. Lorsque Kaye Miller me regarde, je me demande si elle pense aussi à ça, si elle a pitié de moi.

De toute évidence, elle a pardonné à Ian. Moi, je n'ai jamais pu pardonner à Suze.

— Et c'est pour cela que vous votez contre la députée ?

— Pas de façon consciente, non. Je ne m'en étais jamais vraiment rendu compte. Mais puisque vous dites avoir vérifié... je suppose que j'ai instinctivement tendance à m'opposer à elle.

— Mais elle n'y était pour rien. Comment pouvez-vous lui en vouloir ?

— C'est une belle et jeune veuve éplorée. Avez-vous une idée du nombre de voix que cela lui rapporte ? Elle ne tardera pas à devenir présidente de la Chambre. Et je ne suis qu'un pauvre vieux cocu.

Le portable de Danny vibra dans sa poche. Il regarda le numéro de l'appelant et prit aussitôt la communication.

— Cole a passé plusieurs coups de fil. Je crois qu'on le tient, annonça le colonel.

— En avez-vous terminé ? s'enquit le député depuis le seuil de la pièce.

— Oui. Merci pour votre coopération, répondit Danny.

Dès que la porte se fut refermée, il demanda :

— A qui a-t-il passé ces coups de fil ?

— La Nouvelle Confrérie.

— Bon sang !

Ce groupuscule raciste était devenu de plus en plus remuant, au point d'attirer l'attention des services antiterroristes. Jusqu'à présent, à la connaissance des autorités, ses membres ne s'étaient rendus coupables d'aucun acte de violence. Apparemment, ils venaient de franchir la ligne.

— En êtes-vous certain ?

— Les conversations montrent bien qu'il a trempé dans cette histoire depuis le début.

— Avez-vous pu identifier ses correspondants ?

— Les techniciens s'y emploient. Les appels ont été reçus sur des portables soigneusement encodés.

— Avez-vous interrogé Cole ?

— Il était sur la table d'opération. On me préviendra dès qu'il aura repris connaissance. Rendez-vous immédiatement à l'héliport du commissariat central de New York. J'espérais pouvoir vous retrouver à l'hôpital, mais il y a une réunion d'urgence au département de la Sécurité Intérieure. Je ne sais pas quand je sortirai. Je pensais vous adjoindre quelques-uns de mes hommes, mais c'est désormais impossible. Vous devrez vous débrouiller seul, Danny.

Il devait se passer quelque chose de grave. Une réunion d'urgence entre le SDDU et le département de la Sécurité Intérieure, c'était le signe d'une menace terroriste de grande envergure.

— Bonne chance, mon colonel.

— Merci, nous allons en avoir besoin. Et bonne chance à vous, Danny. Kaye compte énormément pour moi. Je remets sa vie entre vos mains.

— Je serai digne de votre confiance.

Vingt minutes plus tard, Danny survolait Philadelphie, en direction du sud. Pour passer le temps, il regarda les vidéos prises par les petites caméras qu'il avait dissimulées autour de la maison de Kaye. Il y avait quatre bandes en tout, une pour chacun des côtés de la demeure.

Il les avait visionnées plusieurs fois — les fichiers lui avaient été envoyés via son portable — et il continuait à penser que quelque chose lui avait échappé. Un détail qui pourrait le mener à Kaye. Du moins avait-il un visage. C'était déjà ça.

Le livreur apparut dans l'allée. Pantalon baggy, baskets dernier cri, il avait la démarche chaloupée qu'affectionnent la plupart des adolescents. L'énorme bouquet masquait en grande partie son visage.

Un des agents des services secrets se tenait juste derrière lui.

Le bouquet s'abaissa une fraction de seconde quand le garçon entra dans la maison. Deux minutes et trente et une secondes s'écoulèrent avant que l'agent ne se rue au-dehors en criant quelque chose. Puis encore une minute et cinquante secondes avant le départ du jeune homme. Cette fois, on le voyait de dos, avec son jean trop large et son T-shirt noir…

Danny jura entre ses dents et revint en arrière, pour s'arrêter sur l'image où le garçon abaissait le vase, au moment où la porte s'ouvrait.

Qui es-tu, bon sang ?

L'adolescent avait environ dix-sept ans et lui semblait vaguement familier. Ce nez, ce menton… il connaissait ces traits.

Il aurait dû être là. Si ce maudit reporter n'avait pas accaparé son attention à ce moment précis… Se pouvait-il qu'il l'ait fait délibérément ? Ils n'avaient rien trouvé qui permette de le soupçonner, mais… peut-être n'avaient-ils pas bien cherché.

Refermant le fichier, Danny appela Sylvia.

6

— Rien ne m'oblige à vous parler.

Le visage du député Cole était aussi blanc que l'oreiller sous sa tête.

— Nous savons déjà que vous êtes impliqué, répondit Danny. Vos conversations téléphoniques ont été enregistrées.

Une légère rougeur monta aux joues de Cole.

— Vous n'en aviez pas le droit. C'est illégal.

— De même que la tentative de meurtre et l'enlèvement. S'il arrive quelque chose à Kaye, vous serez complice d'un assassinat.

Cole ferma les yeux et garda le silence.

— Nous avons ces enregistrements. Votre carrière est fichue, de toute façon. Mais vous pouvez encore sauver la députée Miller.

— Je n'ai jamais voulu qu'on lui fasse du mal, dit enfin le malade, d'un ton résigné.

— Dans ce cas, pourquoi ne pas me dire où elle est ?

— Parce que je n'en sais rien.

— Depuis quand êtes-vous membre de la Nouvelle Confrérie ?

— Ils m'ont recruté quand j'étais encore à la fac. Je croyais que c'était une de ces sociétés secrètes réunissant l'élite des étudiants, comme il en existe à Yale. Je pensais me faire des relations qui m'aideraient par la suite… J'ai découvert la vérité au bout d'un mois environ, et je ne suis plus jamais retourné aux réunions.

— Alors, comment se fait-il que vous soyez toujours en contact avec eux ?

— Ils me faisaient chanter, en menaçant de révéler mon appartenance à leur organisation. Mon nom et ma signature figurent sur le registre des inscriptions.

L'explication était plausible. Si les faits avaient été divulgués, Cole aurait été obligé de démissionner. Néanmoins, cela n'excusait pas ses actes.

— Vous avez vendu Kaye.

— J'essayais de lui sauver la vie…

Cole s'interrompit pour reprendre son souffle.

— Ils m'avaient demandé de faire de mon mieux pour empêcher son élection à la présidence de la Chambre.

— Elle qui vous prenait pour son ami !

— Ils m'ont dit que si je ne l'arrêtais pas, ils le feraient. Que si elle était élue, ils l'élimineraient définitivement.

— Prévenir la police ne vous est même pas venu à l'idée, j'imagine ? rétorqua Danny d'un ton mordant.

— Au début, je ne croyais pas vraiment qu'ils lui feraient du mal. Et puis, ce n'était pas seulement ma carrière qui était en jeu. Liz, ma femme, se présente aux élections municipales cette année. Si un scandale éclate, sa carrière à elle aussi sera brisée.

— Mais vos efforts n'ont pas porté leurs fruits. Vous étiez au courant de l'accident dans le tunnel ; vous avez dû comprendre à ce moment-là que Kaye courait un réel danger. Pourquoi avez-vous continué à vous taire ?

— C'est *moi* qui ai heurté sa voiture dans le tunnel. J'ai fait ça pour tenter de la sauver ; je pensais que de cette manière, on renforcerait son service de sécurité, et c'est ce qui s'est passé.

Voilà qui expliquait pourquoi cette piètre agression dans le tunnel était si différente des suivantes.

— Vous auriez pu la tuer.

— Je ne voulais pas la blesser, seulement l'effrayer. Afin qu'elle soit protégée vingt-quatre heures sur vingt-quatre.

— Que savez-vous de ses ravisseurs ?

— Absolument rien. Ils me contactaient par téléphone.

— Avez-vous une idée de l'endroit où elle peut être détenue ?

— Non. Le seul homme à qui j'aie jamais parlé ne m'a donné aucune indication. Je ne connais que son prénom, Benito, et ce n'est sûrement pas le vrai.

Benito.

Un déclic se produisit dans l'esprit de Danny. Il se rua hors de la chambre pour regagner l'hélicoptère qui l'attendait sur le toit du bâtiment. Dès que l'appareil eut décollé, il appela le colonel. Celui-ci était encore en réunion.

— Benjamin Mezger, dit-il à Sylvia, en épelant le nom. Le garçon qu'on voit sur la vidéo doit être son frère cadet.

Quelques années plus tôt, Danny avait été chargé d'infiltrer une milice dont Mezger était l'un des meneurs. Au dernier moment, on lui avait retiré cette mission pour lui en confier une autre, plus pressante. Mais il avait passé un temps considérable à examiner les photos des miliciens, et c'était pour cela que les traits du jeune homme lui avaient paru familiers. Il savait que certains des comparses de Ben Mezger le surnommaient Benito, en référence au dictateur italien Mussolini.

Il communiqua toutes ces informations à Sylvia, qui les entra dans la base de données. Elle n'eut besoin que de dix minutes pour le localiser.

— Il pourrait se trouver dans les collines aux alentours de Doher. Il y a quelques mois de ça, des randonneurs ont signalé à la police que des individus suspects les avaient harcelés dans ce coin. Ils ont déclaré avoir vu une sorte de camp en pleine forêt, mais les policiers n'ont pas réussi à le repérer.

— Des indications plus précises sur l'emplacement de ce camp ?

— Pas vraiment. Dois-je envoyer un hélicoptère survoler le secteur ?

— Non, je ne veux pas qu'ils sachent que nous les recherchons. Si Kaye est avec eux, ils risqueraient de l'emmener ailleurs. Je me ferai larguer le plus près possible de la zone en question, et je continuerai à pied.

Un groupe d'hommes campant dans les bois laissait forcément des traces qu'un œil avisé savait détecter. Et Danny était un spécialiste dans ce domaine.

Chancelant à chaque pas, Kaye parcourut quelques centaines de mètres avant de se rendre compte qu'elle n'avait aucune chance. Autour d'elle, il n'y avait que la forêt, et, si loin que portait son regard, elle ne discernait pas la moindre lumière. Le seul endroit où elle pourrait trouver un téléphone, c'était au campement. Elle n'avait guère le choix : soit retourner là-bas, soit se vider de tout son sang au fond des bois.

Elle fit demi-tour, en espérant avoir assez de force pour aller jusque-là.

Les bruits étranges de la nuit la terrorisaient. Son goût pour les activités de plein air ne s'étendait guère au-delà des limites de son jardin. Elle n'avait jamais dormi à la belle étoile. Elle continua à avancer, en trébuchant dans les broussailles. Le trajet lui parut deux fois plus long qu'à l'aller. Elle faillit se tromper de chemin tant l'obscurité était dense, mais les aboiements d'un chien et des bruits de voix lui indiquèrent la bonne direction.

Le camp n'était plus aussi silencieux qu'à son arrivée. Des gens portant des lampes torches couraient en tous sens, l'air résonnait de clameurs.

— Elle ne peut pas être loin.

— Prends la crête ouest !

— Elle va sûrement chercher à regagner la route.

Tapie dans l'ombre des arbres, elle inspecta les baraques du regard, puis se faufila vers la plus grande. C'était l'une des rares à être dotée d'un éclairage. Un générateur bourdonnait non loin.

Centimètre par centimètre, elle s'approcha pour jeter un regard par la fenêtre. La pièce, de dimensions restreintes, contenait un lit métallique, une chaise et un bureau, ainsi qu'une vieille cantine militaire.

Deux hommes passèrent tout près d'elle dans le noir, sans remarquer sa présence. Si tout le monde la cherchait dehors, elle serait plus en sûreté à l'intérieur. Glissant ses doigts sous le rebord de la fenêtre à guillotine, elle la releva sans bruit.

Avec l'énergie du désespoir, elle se hissa par l'ouverture, ignorant la douleur lancinante. Puis elle referma la fenêtre derrière elle, après avoir essuyé les traces sanglantes qu'elle y avait laissées.

Le bureau était jonché d'un fouillis de paperasses : journaux, plans, horaires, et un magazine porno aux pages écornées. Pas de téléphone. Elle fouilla dans la malle, sans y trouver rien d'autre que des treillis usagés.

Elle s'avança jusqu'à la porte, l'entrouvrit d'un centimètre et risqua un œil au-dehors. Un couloir obscur — et désert. Elle s'y engagea, l'oreille aux aguets ; de l'extérieur ne lui parvinrent que des jurons et des plaisanteries obscènes.

La pièce voisine était identique à la première, mis à part un tas de vêtements au pied du lit. Elle examina rapidement les poches : de la monnaie, du papier-toilette… Bingo ! Ses doigts se refermèrent sur un petit portable.

Mais elle n'eut pas le temps de s'en servir. Des pas résonnèrent dans le couloir, se dirigeant droit vers elle. Plongeant au sol, elle se dissimula sous le lit à l'instant même où les hommes pénétraient dans la chambre.

Deux paires de bottes apparurent dans son champ de vision…

— Cet idiot mériterait qu'on le tue.

— Cet abruti de Bobby. Il faut toujours qu'il brûle les étapes.

— Je lui ai dit cent fois qu'il fallait laisser Miller tranquille tant que notre mission prioritaire n'avait pas été remplie.

Un troisième homme fit son entrée.

— Désolé. J'ai raté mon coup. Je croyais pourtant l'avoir eue, cette garce.

Il devait s'agir du dénommé Bobby, en déduisit Kaye. Son ravisseur.

— Tu n'as pas réfléchi, comme d'habitude, grommela l'un des autres. Et maintenant, tout est compromis.

— Pas du tout. J'étais certain de l'avoir tuée. Mais elle n'ira pas bien loin. Elle aura bientôt perdu tout son sang.

— Tu as intérêt à ne pas te tromper. Nous sommes trop avancés à présent pour reculer. Tout est déjà mis en place pour vendredi.

Que devait-il se passer ce jour-là ? Elle essaya de se rappeler ce qui était inscrit à l'ordre du jour de la Chambre des représentants. Ils devaient voter une résolution visant à assurer une répartition équitable de l'aide humanitaire. Plus une ou deux questions mineures dont elle n'arrivait pas à se souvenir.

Et au Sénat ? Rien de vraiment capital, là non plus.

Le seul événement important auquel elle pouvait penser, c'était le sommet sur la coopération. Vendredi, le président devait se rendre en Californie pour rencontrer son homologue mexicain et discuter de la réforme de la loi sur l'immigration, qui prévoyait une amnistie générale.

Etait-ce cela, leur cible prioritaire ?

Un camp secret au beau milieu des bois, des hommes vêtus de tenues de camouflage dépareillées… C'était extrêmement inquiétant. Elle devait prévenir Cal, et vite.

— Ils ne pourront rien faire pour nous arrêter, cette fois, reprit l'un des miliciens.

— Ça, c'est sûr ! Ils ne verront rien venir, ces enfoirés.

Un crachat atterrit sur le plancher, à deux pas du visage de Kaye.

Qui étaient ces gens ? Des membres d'une milice paramilitaire ? D'un groupuscule raciste ? C'était vraisemblable. Sans doute lui reprochaient-ils davantage sa couleur de peau que ses idées politiques..

Dehors, quelqu'un cria. Elle ne comprit pas ce qu'il disait. Deux des hommes sortirent — Bobby et celui qui l'avait houspillé. Le troisième resta là et s'assit sur le lit.

— Ce crétin de Bobby fait une boulette, et c'est nous qu'on envoie se faire dévorer par les moustiques, dit le premier homme en se frayant un passage à travers les taillis.

— Cette maudite bonne femme n'en vaut pas le coup, maugréa le deuxième. Une fille de la ville comme elle. Elle crèvera bien toute seule.

— Elle aura une crise cardiaque à la première araignée qu'elle apercevra, renchérit son compagnon.

Tapi derrière un tronc, et aussi immobile que l'arbre lui-même, Danny les observait à travers le feuillage.

Kaye était en vie, et elle s'était échappée. Il la tenait déjà en haute estime. Là, il l'admirait franchement.

Quand les hommes furent passés, il reprit sa progression à travers bois, aussi silencieux qu'un fantôme. Le temps pressait. Il devait retrouver Kaye avant ses poursuivants. Le problème, c'était qu'il n'avait détecté aucune trace d'elle jusqu'à présent, en dépit de tous ses efforts. Et les allées et venues des membres de la Nouvelle Confrérie, parcourant la forêt en tous sens et brouillant les pistes, lui compliquaient la tâche.

Ils étaient là depuis des heures, et lui aussi. Il n'osait pas les perdre de vue, de crainte qu'ils mettent la main sur Kaye les premiers. Si jamais cela devait se produire, il passerait aussitôt à l'attaque.

Soudain, son portable vibra au fond de sa poche. Avant de répondre, Danny s'assura que personne ne se trouvait à portée d'ouïe.

— Des nouvelles, mon colonel ?

— Kaye a appelé. Elle est à l'intérieur du camp, dans la plus grande des cabanes. Elle a perdu pas mal de sang.

Mais elle était vivante. Danny sentit les battements affolés de son cœur s'apaiser.

— Autre chose ? demanda-t-il, tout en continuant à courir.

— Elle semblait très faible. Elle a dit qu'elle était cachée sous un lit et que des gens entraient et sortaient sans arrêt de la pièce. Elle a raccroché en plein milieu d'une phrase.

— J'y vais.

Danny referma le téléphone et fonça, ne ralentissant que lorsqu'il fut à proximité du camp.

Il n'y avait que trois hommes en vue. Un nettoyait son fusil, un autre fumait près du feu de bois, le troisième dormait dans un hamac. Les autres miliciens devaient être partis à la recherche de Kaye.

Il avança à pas feutrés. Le colonel avait dit qu'elle se cachait dans la plus grande des baraques. Il se faufila jusqu'à l'arrière de celle-ci et, regardant par la fenêtre, aperçut un homme assis à un bureau, en train d'écrire. La pièce était trop petite pour occuper tout le bâtiment.

Il devait y en avoir d'autres, mais combien ? Et combien de miliciens à l'intérieur ?

Danny bouillait d'impatience. L'homme continuait à écrire. Se débarrasser de lui, empoigner Kaye et filer d'ici au plus vite. Ç'aurait été la solution la plus satisfaisante, mais certainement pas la meilleure. Il était seul. S'ils découvraient sa présence, ils pourraient s'emparer de Kaye. Il devait procéder le plus discrètement possible.

Contournant la cabane, il s'enfonça dans les bois et parcourut une centaine de mètres avant de tirer plusieurs fois en l'air. Puis il se dissimula dans les buissons.

Les hommes accoururent en toute hâte et le dépassèrent sans le voir. Il retourna jusqu'à la baraque. Personne à l'intérieur. En trois secondes, il fut dans la chambre.

Kaye n'était pas sous le lit.

Il inspecta le couloir du regard et passa dans la pièce d'en face, où régnait une obscurité totale.

— Kaye ? murmura-t-il.

Dans le rayon de lumière qui filtrait par la porte ouverte, il distingua un mouvement sous le lit.

Prompt comme l'éclair, il s'agenouilla près d'elle et l'aida à se relever.

— Je ne me sens pas bien, dit-elle d'une voix rauque.

Elle était sale et trempée de sueur, les cheveux en bataille, le visage égratigné. C'était pourtant le plus beau spectacle qu'il ait jamais contemplé.

— Où êtes-vous blessée ?

Il lui palpa les bras pour s'assurer qu'elle n'avait rien de cassé. Elle n'avait rien aux jambes, puisqu'elle tenait debout.

Il vit la tache de sang séché sur son flanc avant même

qu'elle ne la lui montre. Comme il aurait aimé tenir le salaud qui lui avait fait ça ! Il espérait faire partie de l'équipe qui nettoierait le camp, une fois Kaye mise en sécurité.

Ce qui était le but de sa mission, se rappela-t-il aussitôt, en la soulevant dans ses bras. Elle n'était visiblement pas en état de courir ou d'escalader la fenêtre. Au diable la discrétion ! Son objectif prioritaire, c'était de l'emmener dans un hôpital au plus vite. Si quelqu'un se mettait en travers de son chemin, tant pis pour lui. Sa main droite, passée sous les genoux de Kaye, tenait fermement son pistolet, le cran de sûreté ôté.

— Prête ?

Elle acquiesça, la tête contre son torse.

— On y va. Accrochez-vous, dit-il, en ouvrant d'un coup de pied la porte donnant sur l'extérieur.

Le camp était désert. Les hommes étaient sans doute encore occupés à essayer de déterminer l'origine des coups de feu. Danny fonça droit vers les bois.

Il entendit des cris à une trentaine de mètres sur la droite et se plaqua derrière un arbre, serrant fermement Kaye contre lui. Quand les hommes se furent éloignés, il reprit sa marche.

Un chien aboya quelque part derrière eux.

Un chien ? Il n'en avait encore aperçu aucun. Sans doute devait-il se trouver avec l'une des équipes de recherche.

— Je peux marcher, chuchota Kaye contre sa poitrine.

— Pas assez vite.

Il pressa encore le pas. Mais il était en territoire inconnu, alors que leurs poursuivants connaissaient probablement chaque arbre de cette forêt. Il trébucha sur une souche et ralentit sa course en entendant Kaye gémir faiblement.

— Ça va ?

— J'ai la tête qui tourne.

— C'est parce que vous avez perdu du sang.

Sans doute était-elle également déshydratée. Il s'arrêta, la posa délicatement à terre, décrocha sa gourde de sa ceinture, la porta aux lèvres de Kaye. Dieu merci elle avait assez de forces pour boire seule.

— Qui sont ces gens ? demanda-t-elle quand elle eut étanché sa soif.

— Un groupuscule raciste.

Elle hocha la tête.

— Celui qui m'a enlevée… Les autres l'appelaient Bobby. Je crois que c'est lui qui s'est introduit chez moi. Quand nous étions dans le grenier, il avait dit que j'étais montée trop haut. Sur le moment, j'avais cru qu'il parlait de l'endroit où nous nous trouvions…

— Il voulait vous empêcher de devenir présidente de la Chambre des représentants. La troisième sur la ligne de succession du président des Etats-Unis.

Les bruits derrière eux s'atténuèrent. Les hommes étaient-ils partis dans la mauvaise direction ? Danny l'espérait ardemment. Kaye avait grand besoin d'un peu de répit.

— Laissez-moi examiner votre blessure.

La tache sur sa chemise était de nouveau d'un rouge vermeil. Le sang s'était remis à couler. Ecartant le tissu, il nettoya rapidement la peau pour mieux voir. L'entaille était superficielle ; la lame avait dû dévier sur une côte. Mais elle se trouvait à un endroit tel qu'elle se rouvrait à chaque mouvement, et ne pouvait donc pas cicatriser. Il sortit sa trousse de secours.

— Vous allez me recoudre ?

Kaye avait posé cette question en tâchant d'arborer un air brave, mais il perçut de l'appréhension dans son regard.

— Non. Vous serez dans un hôpital d'ici une heure. Ça peut attendre jusque-là.

Il désinfecta la plaie et la pansa.

— Et vous, comment allez-vous ? reprit-elle. Je n'aurais pas pensé que vous étiez en état d'intervenir.

— Il aurait fallu me tuer pour m'en empêcher.

Ne l'avait-elle pas compris ? se demanda-t-il, un peu déçu.

— Ils ont bien failli y réussir, dit-elle en lui rendant la gourde.

— Avez-vous faim ?

Il sortit une barre protéinée de sa poche et la lui tendit. Il sourit en la voyant l'engloutir en deux bouchées, de manière fort peu distinguée.

— Désolée, fit-elle en s'essuyant la bouche. J'étais affamée.

— En voulez-vous une autre ?

Vu la façon dont elle le regardait en cet instant même, il était prêt à lui donner n'importe quoi…

— Kaye ? dit-il en se penchant vers elle.

Obéissant à une brusque impulsion, il posa doucement ses lèvres sur les siennes. Et bien sûr, dès que leurs corps se touchèrent, il en désira davantage.

— Je ne peux pas. Désolée, dit-elle en se dégageant. Je ne peux pas, répéta-t-elle en détournant les yeux.

— Kaye, je…

Les aboiements retentirent de nouveau, plus près cette fois. Le chien avait dû flairer leur piste.

— Nous devons partir.

— Laissez-moi marcher.

— Nous irons plus vite si je vous porte.

Elle ne discuta pas.

— Vous vous êtes bien débrouillée, chuchota-t-il quand il se fut remis en marche, en s'efforçant de ravaler sa déception d'avoir été ainsi repoussé. C'était malin de vous cacher là où ils ne penseraient pas à vous chercher. Vous auriez eu plus de mal à leur échapper dans la forêt. Je n'aurais pas agi autrement à votre place.

Un sourire fier étira les lèvres gercées de la jeune femme.

— Je n'aurais d'ailleurs pas songé moi-même à vous chercher là-bas, ajouta Danny. Je m'attendais plutôt à ce que vous vous réfugiez dans les collines.

— C'est ce que j'ai essayé de faire. Mais j'étais trop faible. Alors je me suis dit que je pourrais peut-être rester cachée là jusqu'à l'arrivée des secours.

— Et vous avez eu raison.

— Merci de m'avoir sauvée, une fois de plus.

— Vous ne devez votre salut qu'à vous-même. Si vous n'aviez pas appelé le colonel…

— Je n'ai pas eu le temps de tout raconter à Cal. Ces types préparent un attentat pour vendredi. Peut-être pendant la rencontre au sommet.

— Vous n'avez pas plus de détails ?

Elle secoua la tête.

— Derickson et Alvarez doivent discuter d'une éventuelle régularisation des immigrés clandestins, reprit-il, réfléchissant tout haut.

— Et proposer une nouvelle loi qui devrait permettre aux Mexicains d'obtenir plus facilement un permis de travail aux Etats-Unis.

— Des mesures que la Confrérie ne doit guère apprécier…

Mais éliminer deux présidents d'un coup, c'était l'un des plans les plus audacieux et les plus scélérats dont il ait jamais eu connaissance durant toute sa carrière militaire.

— J'imagine qu'ils n'apprécient rien de la politique de Derickson en général. C'est le président le plus libéral que nous ayons eu depuis des décennies.

Les voix derrière eux devenaient plus fortes ; leurs poursuivants se rapprochaient.

Il devait trouver un ruisseau ou une rivière, afin de semer le chien. Il n'avait pas vu le moindre cours d'eau, tout à l'heure. Ce serait un pur coup de veine d'en rencontrer un maintenant. Il redoubla de vitesse. Pourvu que la chance soit avec lui !

Ce ne fut pas le cas : il tomba sur une autre équipe qui regagnait le camp.

D'où sortait-elle donc, bon sang ?

Il y avait des miliciens derrière eux, guidés par leur chien dont les aboiements se faisaient de plus en plus proches. Et d'autres devant eux, en nombre considérable, à en juger par le bruit qu'ils faisaient. Il ne pouvait pas s'enfuir par la gorge à leur gauche, la pente était trop abrupte pour qu'il puisse la descendre avec Kaye.

Il allait devoir l'abandonner.

Non !

C'était agir à l'encontre de tous ses instincts. Mais

attirer l'attention des poursuivants sur lui était la seule chose à faire pour la sauver.

Décrochant son téléphone de sa ceinture, il le fourra dans les mains de Kaye et lui dit à l'oreille :

— Couchez-vous à terre, ne faites pas un bruit, et appelez les secours dès que vous serez seule. Ne m'attendez pas, ajouta-t-il en la déposant à l'abri d'épais fourrés.

Il la regarda une dernière fois avant de s'élancer droit devant lui en tirant des coups de feu. Des tirs de riposte se firent aussitôt entendre de part et d'autre. Il se jeta au sol, espérant que les deux équipes allaient s'entretuer. Mais après un échange frénétique de cris et de jurons, les miliciens, comprenant ce qui se passait, cessèrent la fusillade. Il resta caché dans les broussailles et attendit, tirant en direction de tout ce qui bougeait à proximité. Il ne pouvait pas gagner, et il le savait. Même si ses balles atteignaient leur cible chaque fois, ce qui était impossible dans l'obscurité, il avait trop d'adversaires en face de lui, et pas assez de munitions.

Il rampa jusqu'au bord du ravin, un unique but en tête : les attirer loin de Kaye. Il ne se soucia pas du bruit qu'il pouvait faire, au contraire. Il voulait qu'ils l'entendent, qu'ils le traquent au lieu de fouiller les environs immédiats.

Le ravin était escarpé, mais praticable. Il s'agrippa à des racines, évitant les rochers qui risquaient de s'ébouler. Des détonations retentissaient sporadiquement au-dessus de lui. Il se plaquait au sol quand il y était obligé, puis repartait. Pendant un instant, les hommes parurent hésiter à le suivre. Une pluie de terre et de gravillons s'abattit sur lui quand les premiers d'entre eux entamèrent leur descente.

Sa survie dépendait désormais plus de sa bonne étoile que de ses compétences. Il n'avait nulle part où se cacher, et ses ennemis ne manquaient pas de munitions. Une seule chose jouait en sa faveur : la lune était de nouveau masquée par les nuages. Il reprit sa descente, lentement, ses pieds tâtonnant à la recherche d'une prise sur les rochers glissants.

Puis la chance l'abandonna et une douleur aiguë lui transperça l'épaule. Il avait reçu une balle ! Il poussa un juron, faillit lâcher la liane à laquelle il s'accrochait. Le sol s'effrita sous ses pieds, et il ne parvint pas à retrouver son équilibre sur le terreau de feuilles pourrissantes. Il se mit à tomber, tomber interminablement.

Garde la tête levée, s'adjura-t-il. S'il s'assommait sur un rocher, ce serait la fin. Les arêtes pointues des cailloux déchiraient ses vêtements et sa peau, son corps se cognait contre du bois mort ou des rochers, mais, avec son bras droit blessé, il lui était impossible de se cramponner à quoi que ce soit pour freiner sa chute.

Une éternité lui parut s'écouler avant qu'il ne touche le fond du ravin. Les balles continuaient à pleuvoir sur lui. Il ne pouvait pas s'enfuir. Il était même trop mal en point pour se relever.

7

Etendue à plat ventre dans les broussailles, Kaye tressaillait à chaque détonation, priant pour qu'aucune balle n'atteigne Danny. Elle ne pouvait pas bouger — non pas à cause de sa blessure, qui ne saignait plus énormément, mais parce que deux hommes étaient restés en arrière et partageaient une cigarette à moins de trois mètres d'elle.

Tant qu'ils seraient là, elle ne pourrait pas récupérer le téléphone qu'elle avait laissé tomber quand ils s'étaient dirigés vers elle, manquant pratiquement lui marcher dessus. Elle avait rampé sur une courte distance pour se mettre hors de leur vue, mais elle ne pouvait pas aller plus loin sans le téléphone. Il ne lui restait plus qu'à attendre leur départ.

— Qui diable ça pouvait bien être ? fit l'un des miliciens, en donnant un coup de pied dans des branches mortes.

— Qui sait ?

— Tu crois que c'était un agent fédéral ?

— Ils n'en auraient pas envoyé qu'un seul. Non, ça devait être un de ces tarés qui se baladent dans les bois.

— Ou peut-être un chasseur. Il a pris peur, il s'est mis à tirer, on lui a répondu.

— Ce n'est pas la saison de la chasse, objecta le deuxième, plus près d'elle à présent.

Elle retint son souffle. Pourquoi se rapprochait-il ?

— Et alors ? Tu crois que les péquenots du coin s'en soucient ?

Elle entendit le bruit d'une fermeture à glissière. Tout près.

— Où tu vas ?

— C'est toute cette bière que j'ai bue.

Il se tenait contre l'arbre voisin, suffisamment proche pour qu'elle perçoive non seulement le bruit, mais aussi l'odeur. Immobile, elle ne se remit à respirer que lorsqu'il eut refermé sa braguette et commencé à s'éloigner.

Brusquement, il s'arrêta.

— Qu'est-ce que c'est que ça ?

Kaye se figea, transie de peur. L'avait-il aperçue ?

— Un téléphone, dit l'homme au bout d'un instant.

— Pete a dit qu'il ne retrouvait plus le sien. Qu'est-ce qui se passe ici, à la fin ? s'exclama l'autre, en le rejoignant. Je vais retourner au camp manger un morceau. Ils ne passeront pas par ici, de toute façon. C'est plus facile par la passe de l'Ours Noir.

Elle respira à peine jusqu'à ce qu'ils aient disparu. Elle se redressa alors et palpa sa chemise, raide de sang séché et poisseuse de sang frais. Les hommes avaient emporté le téléphone. Elle était seule au milieu des bois, blessée. Et Danny…

Au fond du ravin, les détonations s'étaient tues. L'avaient-ils tué ? Non, elle ne pouvait pas l'envisager. Deux solutions s'offraient à elle : attendre l'aube pour voir si elle apercevait Danny au bas du ravin, ou suivre les hommes jusqu'au camp et tenter, d'une manière ou d'une autre, de leur reprendre le portable. Ou bien mettre la main sur un autre téléphone. C'était le seul moyen d'obtenir de l'aide. Elle n'arriverait jamais à s'en sortir toute seule.

Elle décida que l'action était préférable à l'attente. Si les miliciens avaient laissé Danny dans le ravin, c'est qu'il n'était plus en vie. Et s'il était toujours vivant, ils allaient le ramener au camp.

Les larmes lui montèrent aux yeux. Elle les refoula. C'était à cause de la douleur qu'elle pleurait, pas à cause de Danny. Elle ne pouvait pas pleurer sur lui tant qu'elle ne saurait rien sur son sort.

Devant elle, les hommes cheminaient d'un pas nonchalant, tout en bavardant. Elle les suivit en se guidant à leurs voix, comprimant sa blessure d'une main, et prenant soin de ne faire aucun bruit.

Quand ils atteignirent le camp, la souffrance était devenue intolérable. La tête lui tournait. S'introduire dans un bâtiment, se hisser par une fenêtre était hors de question. Elle resta cachée dans les bois et attendit.

Au bout d'un moment, une petite pluie se mit à tomber, suffisamment forte cependant pour la glacer jusqu'aux os. Elle se blottit contre un arbre mort et se couvrit de feuilles.

Elle dut somnoler, car elle fut réveillée par les aboiements du chien quand les autres miliciens rentrèrent. Un par un, ils émergèrent de la forêt dans la lumière de l'aube. Son cœur fit un bond dans sa poitrine. Danny était avec eux !

Quatre hommes le portaient. Ses membres inertes pendaient dans le vide, son visage était maculé de sang. Ses vêtements en haillons laissaient voir la chair à vif. Cette vue lui fit tellement mal qu'elle détourna son regard.

Il était mort.

Elle eut l'impression que son cœur s'arrêtait. Des larmes jaillirent de ses yeux, une souffrance atroce lui comprima le cœur.

Seigneur, que lui avaient-ils fait ?

Elle releva la tête en entendant des cris, et vit d'autres hommes sortir des baraques. Danny fut jeté dans une sorte de hutte. Que comptaient-ils faire de son corps ?

Quelques minutes après, les hommes s'assirent autour des feux, et l'un d'eux se mit en devoir de préparer le déjeuner. En dépit de leur succès apparent, l'humeur ne semblait pas à la gaieté.

Et en les examinant à tour de rôle, elle comprit pourquoi. Un bon nombre d'entre eux étaient en aussi piètre état que Danny, et quelques-uns avaient reçu des blessures par balles. Elle se demanda combien d'entre eux avaient été tués. Danny ne s'était sûrement pas laissé capturer facilement.

En boitillant, elle contourna les baraques par la droite et les compta pour trouver celle qu'elle cherchait. Elle avait toujours la ressource d'utiliser le téléphone de Pete, qui était resté sous le lit, là où elle s'était cachée plus tôt. Mais elle devait attendre d'avoir récupéré des forces avant de tenter la manœuvre. Peut-être lorsque les hommes seraient endormis ? Jusque-là, elle voulait au moins rester à proximité de la dépouille de Danny.

— On ne peut même pas dormir deux heures de suite dans ce fichu endroit, grommelait quelqu'un dans une des cabanes. Maintenant, je dois rentrer chez moi, sinon je serai en retard au boulot, ajouta-t-il, en ponctuant ces paroles d'un chapelet de jurons. Et comment je vais expliquer à mon chef cet œil au beurre noir, hein ? Il va croire que je me suis bagarré après avoir bu.

Kaye reprit sa progression silencieuse, les lamentations de l'homme s'éteignirent. Elle trouva l'arrière de la hutte et regarda par les interstices des planches grossièrement ajustées. Elle discerna la forme obscure de Danny sur le sol, mais très vite, les larmes lui brouillèrent la vue.

Les images affluaient pêle-mêle dans son esprit. Elle le revit tel qu'il lui était apparu la première fois, ou quand il s'était rué à son secours dans le grenier, ou encore quand il avait tenté de l'embrasser, quelques heures auparavant... Comme elle regrettait de l'avoir repoussé ! Pourquoi avait-elle réagi ainsi ? Par orgueil ? Fausse pudeur ? Par souci de préserver son image, sa carrière ?

Et maintenant, il était mort, il avait sacrifié sa vie pour elle. Elle remonta ses genoux sous son menton et y appuya le front. Elle avait mal dans tout le corps, au-dehors comme au-dedans. Elle avait envie d'abandonner la partie, de se laisser capturer. Mais l'obstination qu'elle tenait sans doute de son grand-père l'empêcha de renoncer.

Elle s'en sortirait, par n'importe quel moyen. Et elle traduirait ces individus devant la justice.

Un petit bruit lui fit relever la tête. Ses muscles se raidirent. Est-ce que quelqu'un approchait ? Elle fureta autour d'elle, aperçut des buissons non loin et commença à se redresser, prête à s'élancer dans leur direction.

Le son se fit de nouveau entendre, un faible gémissement émanant de quelque part derrière elle. De la hutte !

Elle se colla contre le mur, cherchant désespérément à voir à l'intérieur.

— Danny ?

Pas de réponse.

Elle scruta l'obscurité. Impossible de dire s'il respirait, si sa poitrine se soulevait. Son doigt ! Il lui sembla qu'il avait remué un doigt, l'espace d'une seconde.

Se pouvait-il qu'il soit encore en vie ?

Cette idée la soulagea d'un énorme poids, et son corps fut parcouru par un afflux d'adrénaline.

Il gémit de nouveau. Cette fois, il n'y avait plus aucun doute.

— Danny ?

Elle passa ses doigts entre les planches, au mépris des échardes.

— Je suis là.

Il roula sur le dos et la regarda, ou du moins, essaya. Ses yeux étaient tellement enflés qu'il pouvait à peine ouvrir les paupières.

Il murmura quelque chose, mais elle ne comprit pas.

— Allez-vous-en, répéta-t-il avec effort.

Avant qu'elle ait pu protester, la porte s'ouvrit avec violence, et elle retira sa main en hâte. Les deux hommes n'avaient pas l'air commode.

En guise de préambule, le plus grand décocha à Danny un coup de pied dans les côtes.

— Pour qui travailles-tu ?

Danny ne répondit pas. L'homme le frappa plus fort.

— Il y avait quelqu'un avec toi ?

Le deuxième milicien releva Danny et le maintint pendant que son acolyte le bourrait de coups de poing dans l'estomac.

Ils allaient l'achever ! s'affola Kaye.

Il lui fallait une arme. Elle examina le sol autour d'elle mais ne vit rien d'autre que de petits bouts de bois. Peut-être ailleurs dans le camp ?

Des pierres et des branches lui entaillèrent la peau tandis qu'elle rampait sur le ventre. Une vingtaine d'hommes étaient réunis autour des feux, certains pansant leurs blessures. Elle regarda la fenêtre la plus proche. Si elle devait rentrer dans une des baraques, ce serait par l'arrière. Mais pas dans celle-ci, car des voix lui parvenaient de l'intérieur.

Elle replongea dans les fourrés et contourna les bâtiments, en gardant un œil sur les hommes et sur le chien, qui était occupé à mendier des restes. Tant qu'il ne remarquait pas sa présence, elle n'avait rien à craindre.

Une petite pelle était appuyée contre un chêne, en bordure de la clairière. C'était mieux que rien. Elle aurait préféré un fusil. Elle attendit, à l'affût du moindre mouvement. Pouvait-elle s'aventurer à découvert sans que quelqu'un la voie ?

Danny allait mourir, si elle ne lui venait pas en aide.

Un juron fusa dans la hutte où il était détenu, puis le bruit mat des coups reprit de plus belle. Autour du feu, des miliciens s'esclaffèrent, en se retournant vers la cabane.

Kaye en profita pour s'emparer de la pelle, puis attendit, immobile derrière l'arbre.

Personne ne donna l'alarme.

Elle prit une profonde inspiration et s'enfonça plus loin dans les bois, en prenant soin de ne faire aucun bruit. La hutte était silencieuse lorsqu'elle l'atteignit.

Elle refusait de penser à ce qu'impliquait ce silence. Elle oblitéra toute pensée et se contenta d'agir. Centimètre par centimètre, elle avança le long du mur de planches, en lorgnant par les fentes.

Il y avait deux corps à terre. Un homme était penché sur eux pour les délester de leurs armes. Il se déplaçait avec difficulté, comme s'il était brisé de partout. Elle reconnut ces larges épaules, et un immense soulagement la submergea.

Danny !

— Je suis là, chuchota-t-elle, et en l'entendant, il se figea.

Puis il s'avança vers elle et s'agenouilla sur le sol, effleurant ses doigts qu'elle avait glissés par un interstice.

— Vous n'auriez pas dû revenir.

— Je suis allée chercher ceci, dit-elle en brandissant la pelle.

Elle crut voir l'ombre d'un sourire sur son visage tuméfié.

— Vous vouliez me faire évader en creusant un tunnel ? plaisanta-t-il.

— J'aurais fait tout ce qui était en mon pouvoir pour vous porter secours.

— Cela aurait pu marcher… Bon, puisque vous êtes là, je me passerai d'une sortie fracassante et d'une bataille rangée. Glissez la pelle entre les planches, comme ceci…

Elle suivit ses instructions, et le bois desséché céda avec un craquement étouffé. Par l'ouverture ainsi créée, elle lui tendit l'outil, et il fit le reste. Lorsque quatre planches eurent été arrachées, il eut assez de place pour se faufiler au-dehors.

Il lui donna un pistolet et garda le fusil.

— Allons-y.

Elle le suivit à travers la forêt. L'aube commençait à poindre. Ils avaient réussi ! Ils s'étaient échappés. Danny était vivant. Elle se concentrait sur ces pensées positives pour oublier la douleur dans son côté, qui l'élançait à chaque pas. Il était hors de question qu'il la porte, cette fois — il avait du mal à tenir debout lui-même. Ils progressaient avec une lenteur pitoyable, mais ils marchèrent quand même pendant une bonne heure avant de s'accorder une halte.

— Quelques minutes de pause, dit-il en l'examinant rapidement. Vous tenez le coup ?

La tête penchée de côté, il l'observerait à travers ses paupières à demi fermées. Il avait des entailles sur le front, les pommettes et le menton, son nez enflé prenait une teinte violacée. Elle essuya furtivement une larme.

— Vous souffrez beaucoup ? reprit-il, en posant sur son épaule une main aux jointures meurtries.

Elle secoua la tête.

— Que vous ont-ils fait ? Vous étiez si beau, dit-elle à travers ses larmes, incapable de contenir plus longtemps son émotion.

Il eut un rire étranglé, qui fit saigner sa lèvre fendue.

— Ah, vous me trouviez beau ? C'est bon à savoir. Et quoi d'autre ? Pensiez-vous beaucoup à moi ?

Elle se mit à rire, en proie à une sorte de vertige. C'est sûr, quand on venait de réchapper à la mort de justesse, tous les autres soucis paraissaient soudain dérisoires.

— Non, pas tellement.

— Hin-hin.

— Oh, pour l'amour du ciel ! Le problème, avec les jeunes gens au physique avantageux, c'est leur incroyable vanité.

Elle roula les yeux et s'éloigna en claudiquant.

— Hé, c'est moi, le jeune homme au physique avantageux ? dit-il en la rejoignant.

Cela n'avait rien de drôle, quand on contemplait son visage défiguré par les coups, mais elle ne put s'empêcher de sourire. Elle se retourna trop vite, ravivant la douleur, et porta la main à son flanc.

Il retrouva aussitôt son sérieux.

— Vous souffrez, n'est-ce pas ?

— Sans doute pas autant que vous. J'ai eu le temps de cicatriser un peu.

— Ne vous inquiétez pas pour moi. J'ai connu pire.

— Pire que ça ? Alors vous avez dû ressusciter, parce que je ne vois pas comment on pourrait être dans un pire état, à moins d'être mort.

Ses lèvres tuméfiées esquissèrent un sourire.

Il avait besoin de soins médicaux, et elle aussi.

— Qu'est-ce que c'est ? s'exclama-t-elle soudain, en apercevant une tache de sang frais sur son épaule.

— Une simple égratignure, répondit-il d'un ton négligent.

— Je vais la panser avant que nous repartions.

— Si ça peut vous faire plaisir…

Ils s'assirent, puis il arracha sa manche et la lui tendit. Elle le banda du mieux qu'elle le put.

— Je suis désolée d'avoir perdu votre téléphone. Nous pourrions retourner là-bas et…

— *Je* pourrais retourner là-bas, rectifia-t-il, mais il

n'est pas question que je vous laisse de nouveau seule. Je vais d'abord vous ramener en sécurité.

— Mais nous devons prévenir le colonel qu'un attentat se prépare ! Que se passera-t-il, si nous n'arrivons pas à temps ?

— Nous arriverons à temps. Prête ? demanda-t-il en se relevant.

Elle ne l'était pas, mais elle se redressa quand même.

Ils marchèrent une heure encore, puis se reposèrent, au bord d'un ruisseau cette fois. Ils en profitèrent pour se laver. Elle nettoya le visage de Danny tant bien que mal, et appliqua des tampons de feuilles imbibées d'eau sur les blessures les plus graves, dans l'espoir que ces cataplasmes de fortune les empêcheraient d'enfler.

C'était elle à présent qui avait envie de presser ses lèvres sur les siennes, de goûter à leur chaleur, à leur douceur. Mais elle ne le pouvait pas. Dans l'état où il se trouvait, elle lui aurait fait mal.

Petit à petit, ils se frayèrent un chemin vers la civilisation, marchant aussi vite que cela leur était possible, prenant des raccourcis à l'occasion. Quand la nuit tomba, ils n'avaient toujours pas atteint la route.

— Nous allons devoir passer la nuit ici, dit Danny, en inspectant les lieux du regard dans la lumière déclinante.

— Sommes-nous encore si loin de la route ?

— Trois ou quatre kilomètres, peut-être plus.

Elle s'assit sur une pierre, les jambes tremblantes. Il avait raison. Elle ne se sentait pas capable de parcourir une telle distance.

— Désolé, reprit-il en tapotant ses poches, ils m'ont tout pris. Vous devez avoir faim.

Elle n'avait mangé que deux barres protéinées en deux jours, et des remontées acides lui brûlaient l'estomac.

— Ça ira.

— Je pourrais attraper des insectes.

— Non merci.

— Des racines ?

— Vous n'allez pas vous mettre à creuser la terre, vous avez besoin de repos. Nous tiendrons bien jusqu'à demain.

Il hocha la tête.

— Ce ne serait sans doute pas une bonne idée de faire du feu. De toute façon, nous ne devrions pas en avoir besoin. Le temps est doux.

Elle acquiesça, trop épuisée pour s'en soucier.

Il lui fit répéter une fois de plus les propos qu'elle avait surpris au camp. Puis vint le moment de dormir. Ils rassemblèrent des feuilles mortes pour s'en faire une litière. Il s'y étendit et attendit qu'elle le rejoigne. *Nous y voilà,* songea-t-elle en s'allongeant près de lui. Prenant soin de ne pas le toucher, elle lui tourna le dos.

— Si nous avons de la visite, prévenez-moi, lui dit-il.

— Pensez-vous qu'ils puissent encore nous retrouver ?

— Tout est possible. Mais je pensais à un autre genre de visiteurs, des ours par exemple. Ou des serpents en quête d'un peu de chaleur humaine.

— Merci de me rassurer. Cela va certainement m'aider à m'endormir, ironisa-t-elle.

— Je ne cherche pas à vous faire peur. Je veux seulement que vous soyez prête à toute éventualité.

Il n'avait pas tort. Cela lui éviterait de paniquer le cas échéant. Elle se tourna vers lui.

— Vous êtes-vous souvent retrouvé dans des situations semblables ?

— Assez souvent, oui. Mais vous êtes de loin la plus jolie partenaire que j'aie jamais eue.

Comment pouvait-il plaisanter en un moment pareil, alors qu'ils risquaient à tout moment d'être attaqués par les miliciens ou des bêtes sauvages ? Et il ne pouvait pas la trouver jolie. Elle n'oubliait pas leur différence d'âge, et elle lui en voulut de susciter en elle tant de regrets. Elle s'écarta de lui.

— Vous ne devriez pas parler ainsi…

— Pourquoi ? s'étonna-t-il. Je me disais simplement que, si vous n'avez pas aimé m'embrasser quand j'avais encore une apparence normale, je n'ai aucune chance que vous me donniez un baiser pour me souhaiter bonne nuit, maintenant que j'ai l'air d'avoir été passé au mixeur.

— Ce n'est pas ça. Je… j'ai aimé vous embrasser.

Le sourire de guingois qu'il lui lança lui alla droit au cœur. Mais elle ne pouvait pas se permettre ce genre de pensée. N'était-elle pas fâchée contre lui la minute d'avant ? Elle était vraiment pathétique. Elle devait retrouver la raison.

Oh, et puis tant pis. Elle se pencha et posa légèrement ses lèvres sur les siennes.

Seigneur, je l'ai fait, telle fut sa dernière pensée cohérente. Puis elle devint incapable de faire autre chose que savourer, par chacun des battements de son cœur, chaque pore de sa peau, l'incroyable douceur de ce moment, jaillissant en elle comme une source souterraine remplissant soudain un puits asséché.

Il n'essaya pas d'en obtenir davantage. S'il l'avait fait, elle l'aurait sans doute repoussé. Elle se borna à effleurer ses lèvres des siennes, puis déposa des petits baisers sur chaque meurtrissure de son visage. Quand ce fut terminé, par une sorte d'accord tacite, elle se pelotonna contre lui, et le laissa passer un bras autour d'elle.

— C'est parfait, murmura-t-il.

Elle se rappela alors une autre nuit, il y avait des millions d'années de cela, où un ancien petit ami lui avait dit que, pour un homme, toute rencontre avec une femme ne se terminant pas par une relation sexuelle était incomplète et insatisfaisante.

Elle leva les yeux vers Danny. Son regard lui apprit tout ce qu'elle voulait savoir.

— Parfait, répéta-t-elle tout bas, sa bouche contre sa peau.

Elle s'imprégna de sa chaleur, de son odeur. Il l'enveloppait de sa force. Pour la première fois depuis des années, malgré les dangers environnants, elle dormit aussi paisiblement qu'un enfant.

L'homme avançait à travers bois d'un pas déterminé. Elle devait être cachée quelque part dans les environs. Blessée comme elle l'était, elle n'avait pas pu aller bien loin. Le coup de couteau qu'il lui avait donné n'avait pas suffi à la tuer, mais il ne répéterait pas cette erreur. Cette fois, il s'assurerait que le boulot était fait.

Il était un chasseur-né, et il était doué. Une fois qu'il avait repéré sa proie, il ne la lâchait plus. Il avait jadis traqué un cerf dix cors pendant trois semaines, seul dans la forêt, se nourrissant de racines et de baies. Les bois de l'animal étaient aujourd'hui accrochés au-dessus de sa porte.

Il retrouverait Kaye Miller. Il avait la chasse dans le sang, et celle-ci était sans doute la plus excitante qu'il ait jamais entreprise. Sa proie était maligne, mais elle ne lui donnerait pas beaucoup de fil à retordre. Si elle se déplaçait sans cesse, sa blessure ne se refermerait pas. Plus probablement était-elle terrée dans un coin, exsangue. Il y avait même de bonnes chances qu'elle soit déjà morte.

Dans le cas contraire, dès qu'il aurait mis la main sur elle, il achèverait le travail.

Le corps douloureux, le sang en ébullition, Danny écoutait les voix de la nuit tout en contemplant la femme endormie dans ses bras, et des émotions inconnues le submergeaient. Il n'aurait jamais cru pouvoir en éprouver de semblables — pas maintenant en tout cas, et surtout pas avec cette femme. Le colonel allait le tuer.

Mais cela lui était égal.

Car elle éprouvait les mêmes sentiments à son égard, même si elle s'efforçait de les réprimer. Elle n'avait pas encore compris qu'ils n'avaient pas le choix, ni l'un ni l'autre.

Elle allait changer sa vie — elle l'avait déjà changée, rien qu'en y entrant. Kaye Miller, la future présidente de la Chambre des représentants. Seigneur, il serait obligé d'assister à des réceptions et de porter un smoking…

Il la revit dans cette robe qu'elle portait à l'Hôtel George et sourit. Ce ne serait peut-être pas une telle corvée d'aller dans ces soirées mondaines en sa compagnie, finalement.

Il devrait sans doute se trouver un emploi dans le civil en guise de couverture. Consultant en matière de sécurité ? Oui, ça lui irait bien. Ou alors paysagiste. Il adorait vivre au grand air.

Il perçut un léger bruit au loin, et s'empara de son fusil.

Quelle que fût la créature, elle avançait tranquillement, sans aucune hâte. Sans doute un daim. Il se détendit.

Kaye remua entre ses bras, et il demeura immobile, de crainte de la réveiller. Elle ouvrit alors les yeux et le regarda fixement quelques secondes, avant de se réveiller tout à fait.

— Quelle heure est-il ?

— Un peu plus de 3 heures du matin. Vous pouvez vous rendormir.

Elle referma les paupières, mais les rouvrit un instant après.

— Je ne vous ai même pas demandé comment vous avez fait pour me retrouver.

— Le député Cole est un membre de la Confrérie.

— Roger ?

En voyant le chagrin et la déception se peindre sur son visage, il eut envie de la serrer contre lui, mais il ne savait pas comment elle aurait réagi — ni comment elle allait réagir aux autres révélations qu'il s'apprêtait à faire.

— A l'en croire, il ne voulait pas qu'il vous arrive malheur. Ils le faisaient chanter.

Il lui relata les aveux de Cole dans le détail.

— C'est Roger qui m'a heurtée dans le tunnel ? Mais ce n'était pas sa voiture…

— C'était un véhicule de location. Il prétend qu'il a fait ça pour qu'on vous donne une protection renforcée.

Il lui raconta le reste, et vit son expression passer de l'incrédulité à la colère.

— Que va-t-il lui arriver ? demanda-t-elle quand il eut achevé son récit. Pourquoi ne m'a-t-il rien dit ?

— Il avait peur, Kaye, voilà tout. Et quand les gens ont peur, ils commettent des actes stupides.

Elle hocha la tête et garda le silence un moment.

— Je n'arrive pas à croire que vous ayez fait subir un interrogatoire à un membre du Congrès !

— Pas seulement à lui… Brown m'a confessé certaines choses, lui aussi.

— Ne me dites pas qu'il trempe également là-dedans ! s'exclama-t-elle, les yeux écarquillés.

— Non. C'est plus personnel. Il s'agit de Ian et… cela risque d'altérer le souvenir que vous gardez de lui. Vous préféreriez peut-être ne pas connaître la vérité.

Quant à lui, il aurait à coup sûr préféré ne pas être celui qui la lui révélerait. Salir la mémoire de l'époux défunt qu'elle avait tant chéri lui répugnait profondément.

Elle prit une grande inspiration, comme pour rassembler ses forces.

— Je veux savoir.

— Il, euh… Lui et Suze. La femme du député Brown. Je suis navré.

— Ils sont sortis ensemble quand ils étaient en fac, je le savais déjà.

Se refusant à en dire plus, il garda le silence.

— Après notre mariage ? reprit-elle au bout d'un moment, d'une voix fêlée.

— Non, bien sûr que non. Mais après... après leur mariage à eux.

— Ian n'aurait jamais...

Elle se tut soudain et ferma les yeux.

Son instinct ne l'avait pas trompé : elle ignorait tout.

— Peut-être n'est-ce pas vrai, s'empressa-t-il d'ajouter. Qu'est-ce que Brown en sait, après tout ? Peut-être n'est-il qu'un barbon jaloux.

Pourquoi diable s'était-il cru obligé de lui raconter ça ?

— Je suis désolé. J'aurais mieux fait de ne rien dire. C'est...

— Ce n'est pas grave. Je préfère savoir, répondit-elle en lui tournant le dos.

Etait-elle en train de pleurer ?

— Kaye ?

Il avança la main vers elle, puis suspendit son geste. Il n'avait pas le droit de la toucher, pas le droit de la consoler, après lui avoir causé un tel chagrin.

— Essayons de dormir, dit-elle à voix basse.

— Frappez-moi, si cela peut vous soulager.

— Je vais bien, je vous assure.

Il contempla son dos svelte. Son envie de la prendre dans ses bras était plus pressante que jamais. Et réprimer ce désir était cent fois plus douloureux que toutes ses blessures physiques.

8

— En voilà un.

Kaye se dissimula derrière des buissons tandis que Danny, posté sur le bord de la route, faisait signe au pick-up vert foncé. Le véhicule ralentit. Deux hommes à l'intérieur, un râtelier à fusils à l'arrière. Il n'y avait pas de quoi s'alarmer, les chasseurs étant légion dans cette partie de l'Etat.

Quand ils furent assez proches, elle scruta leur visage, sans les reconnaître. Faisaient-ils partie de la Confrérie ? Les miliciens étaient trop nombreux pour qu'elle se souvienne des traits de chacun. Du reste elle n'en avait vu que quelques-uns. Mais elle en avait entendu plusieurs discuter entre eux, pendant qu'elle était cachée sous le lit, et elle se rappelait leur voix.

Danny affichait une attitude décontractée, cherchant à paraître aussi avenant que possible malgré son aspect pitoyable.

Elle avait tenté de le convaincre que les automobilistes s'arrêteraient plus facilement si c'était elle qui leur faisait signe, mais il n'avait rien voulu entendre.

— J'ai besoin d'aide, était-il en train de dire, en veillant à mettre ses mains en évidence, pour leur montrer qu'il n'était pas armé.

La portière s'ouvrit, et les deux hommes sortirent, pointant des pistolets sur lui.

Kaye empoigna le fusil. Mais ils étaient trop près de Danny, et elle était une très mauvaise tireuse, même au paint-ball — la seule fois de sa vie où elle avait tenu une arme, sur l'insistance de Sadie. Pouvait-elle prendre le risque de le toucher par maladresse ?

— On dirait bien que c'est fini pour toi, dit le plus grand des deux, et son comparse ricana.

Ils portaient tous deux des tenues de camouflage et des bottes. Ils ne présentaient aucune blessure apparente ; ils ne devaient pas faire partie de ceux qui s'étaient battus contre Danny au fond du ravin.

Le doigt sur la détente, elle regarda Danny s'approcher lentement des deux miliciens, levant les bras en signe de reddition. La seconde d'après, il s'empara du pistolet glissé sous la ceinture de son pantalon, dans son dos.

Deux coups de feu suffirent à désarmer ses adversaires. Les hommes se roulaient à présent sur le sol, les mains ensanglantées. Brandissant le fusil, elle jaillit des fourrés.

— Ne vous avais-je pas dit d'attendre mon signal ? lui reprocha Danny en secouant la tête.

Il était cependant trop occupé à ligoter les deux hommes au moyen de leurs ceintures pour lui faire un sermon.

— Bon sang, ils étaient ensemble, lui et cette garce ! Non mais, tu le crois ? s'exclama le plus trapu, en posant sur elle un regard médusé.

L'autre poussa un grognement rageur tout en se débattant dans ses liens.

— Vous allez le regretter. Vous ne savez pas à qui vous avez affaire.

— A une bande de crétins et de lâches, riposta Danny en resserrant la ceinture.

— Allons-nous les laisser là ? demanda Kaye, braquant son fusil d'une main tremblante en direction de l'homme.

Elle était assez près pour ne pas rater sa cible et atteindre Danny par erreur, si le milicien tentait quoi que ce soit. Elle tressaillit quand il lâcha une bordée de jurons.

— Non, répondit Danny. Leurs copains ne vont sans doute pas tarder à arriver, et, d'autre part, le service secret sera sûrement très désireux de les interroger.

L'homme voulut lui cracher dessus, mais manqua son coup, et proféra tout un assortiment de menaces et de jurons.

— On ne parle pas comme ça devant une dame, dit Danny, en lui ôtant sa casquette de base-ball pour la lui enfoncer dans la bouche.

Il bâillonna l'autre de la même façon, puis, en réprimant une grimace de douleur, releva le plus grand et le poussa à l'arrière du pick-up. Kaye s'avança pour l'aider.

— Non, ne bougez pas. Votre blessure pourrait se rouvrir.

— Vous êtes plus gravement blessé que moi.

— Je suis plus aguerri. Continuez à les tenir en joue. Nous ne devons pas nous laisser surprendre, ajouta-t-il, en coulant un regard vers les bois.

Il avait raison. D'autres membres de la bande devaient les chercher.

Elle songea à la tête que feraient ses collègues s'ils pouvaient la voir en ce moment, elle qui s'était toujours élevée contre la violence.

Une demi-heure plus tard, ils arrivèrent enfin à une

station-service. Ils appelèrent Cal pour lui indiquer leur position et l'informer de l'attentat qui se préparait contre les participants au sommet.

L'hélicoptère mit moins de vingt minutes pour venir les chercher, avec à son bord un médecin qui les plaça tous deux sous perfusion dès qu'ils eurent embarqué.

— Ça va mieux ? s'enquit Danny.

— Oui, merci, repartit-elle, en regrettant de ne pouvoir lui exprimer sa gratitude en termes plus éloquents.

— Merci à vous, madame la députée.

Il avait repris ses distances vis-à-vis d'elle, et elle s'en attrista, même si elle comprenait qu'il agissait ainsi dans son intérêt. Elle serra le poing pour résister à la tentation de lui prendre la main. Une relation autre que professionnelle entre eux deux était impossible. Maintenant qu'ils n'étaient plus seuls, il lui était plus facile de s'en souvenir. Mais pas plus facile de l'accepter.

— Pourriez-vous rester allongé, monsieur ? dit l'une des secouristes, qui était en train d'examiner son visage couvert d'ecchymoses.

— Est-ce grave ? ne put s'empêcher de lui demander Kaye.

— Pas tellement, pour un conflit armé, madame la députée, répondit-elle avec un sourire poli.

Kaye prit une longue inspiration, puis une autre, en regardant la femme nettoyer les plaies et les panser.

— Ne faudrait-il pas des points de suture ?

— A l'hôpital. Ce sera recousu avec plus de soin que nous ne pourrions le faire à bord.

L'hélicoptère s'inclina vers la gauche, et Kaye se cramponna à la couchette. Par réflexe, Danny se tourna aussitôt vers elle, ce qui la fit sourire.

— Est-ce que ça va ?

A son regard, elle sut que la question ne concernait pas seulement son état physique. Ils n'avaient guère parlé au cours de la matinée, trop épuisés par leur course à travers bois, et un peu gênés par la conversation qu'ils avaient eue en pleine nuit.

— Je vais très bien. Merci de m'avoir tout raconté.

Les révélations sur la liaison de Ian et de Suze l'avaient attristée, mais elle préférait qu'on lui dise la vérité, plutôt que de l'en préserver, comme Cal l'aurait peut-être fait. Et elle savait gré à Danny de la juger assez forte pour l'encaisser. Dans un monde politique plein d'embûches et de traîtrise, si le député Brown nourrissait à son égard une rancœur qui risquait d'affecter leurs relations publiques, il était préférable qu'elle en soit informée, afin de se tenir sur ses gardes.

Ian et Suze. Quand ? Elle se l'était demandé une centaine de fois au cours de la nuit. Et elle avait fini par trouver la réponse. Cela avait dû se passer pendant l'été où elle avait voyagé en Europe. Elle s'était sentie tellement bien là-bas qu'elle avait écrit à Ian qu'elle ne reviendrait peut-être pas. Ils n'étaient encore que des gamins, tous les deux…

Cela faisait mal, bien sûr. Cela remettait en question le Ian qu'elle connaissait. Pendant un bon moment, cette nuit, elle s'était sentie trahie, dupée. Puis elle avait pris conscience que Ian avait droit à l'erreur, lui aussi. Il en avait commis quelques-unes, mais elles l'avaient fait mûrir, il en avait tiré la leçon pour devenir cet homme merveilleux dont elle s'était éprise.

Elle avait aimé et été aimée en retour. C'était le plus grand bonheur que l'on puisse espérer sur cette terre.

Elle observa Danny qui l'observait. Il y avait quelque chose entre eux, indéniablement. Quelque chose de chaleureux, de réconfortant, comme un cocon dans lequel elle aurait voulu se blottir. Mais en même temps ce sentiment lui faisait peur ; c'était si inattendu, si inapproprié…

Au-delà du fait que Danny était son garde du corps, elle ne pouvait pas tomber amoureuse de lui. Cela aurait été trahir Ian, trahir cet amour unique et absolu, dont le souvenir aurait dû suffire à la réchauffer le reste de sa vie. C'était mal d'éprouver de nouveau les mêmes sentiments envers un autre homme.

Elle était assez mature et assez forte pour y mettre un terme tout de suite ; il n'était pas encore trop tard. Se détournant de Danny, elle regarda par le hublot — juste à temps pour voir cinq hélicoptères de combat arrivant dans l'autre sens, et se dirigeant vers le camp.

— Je n'arrive pas à croire qu'ils ne vous gardent pas en observation, dit Danny, en tournant les yeux vers l'hôpital dont ils venaient tout juste de sortir.

Il était entièrement satisfait de la façon dont il avait été traité, mais très mécontent que les médecins n'aient pas jugé utile d'hospitaliser Kaye. Elle avait été poignardée, nom d'un chien ! Ils auraient pu faire davantage que lui appliquer un pansement.

— Et moi, je n'arrive pas à croire que vous ne vouliez pas me laisser rentrer chez moi, répliqua-t-elle, en les regardant à tour de rôle, lui et le colonel. Ils ont pratiqué tous les examens possibles. J'ai été désinfectée, recousue, on m'a fait des radios, des échographies et des prélèvements de sang… Et même une piqûre ! ajouta-t-elle en lançant à Danny un regard furibond.

Il avait veillé à ce qu'elle reçoive un vaccin antitétanique. Au SDDU, on leur administrait régulièrement des piqûres de rappel, or Kaye n'avait pas été vaccinée depuis qu'elle avait quitté l'université.

Le colonel fit un signe de tête aux gardes qui attendaient devant le SUV noir, et qui avaient arrêté la circulation pour leur permettre d'y monter.

— Estime-toi heureuse que je ne t'envoie pas dans une de nos résidences secrètes, dit-il à Kaye.

Danny lui ouvrit la portière puis alla s'asseoir à l'avant, sur le siège passager. Il détestait cela : quand le colonel prenait sa voiture, c'était lui qui la conduisait. Il trouvait extrêmement injuste que son supérieur fasse valoir son rang pour se passer ce caprice.

— La seule raison pour laquelle tu ne l'as pas fait, c'est que tu juges ta maison plus sûre, répliqua Kaye d'un ton boudeur, comme son parrain démarrait.

— C'est exact.

Témoin silencieux et un peu gêné de cette chamaillerie familiale, Danny se sentait exclu. Découvrir le colonel sous ce nouvel angle lui faisait une impression bizarre. Au SDDU, personne ne se serait permis de lui répondre de la sorte.

Ils se rendaient dans le repaire du colonel. A quoi sa demeure pouvait ressembler ? Quand il avait accepté cette mission, il ne se doutait pas que cela le conduirait à emménager chez son supérieur hiérarchique. Mais il était hors de question de perdre Kaye de vue tant que toute cette affaire n'aurait pas été résolue. Il continuerait à la protéger, en espérant que l'attirance qu'il éprouvait envers sa filleule chérie échapperait à l'œil d'aigle de son chef.

Le trajet jusqu'à « la Forteresse » — ainsi baptisa-t-il la propriété dès qu'ils en eurent franchi les grilles — ne dura pas plus de trois quarts d'heure. Le domaine, qui s'étendait sur trois hectares environ, était ceint d'un mur de pierre haut de trois mètres. Une longue allée tout en sinuosités menait à la maison, qui tenait à la fois du vieux manoir et de la prison.

— Un ancien asile d'aliénés. Je travaille à sa restauration depuis quelques années, dit le colonel en guise d'explication. Les fenêtres de derrière sont encore munies de barreaux.

Danny ouvrait des yeux effarés. Il était sans doute le premier agent du SDDU à voir cet endroit, sinon, il en aurait à coup sûr entendu parler.

La voiture s'arrêta devant le perron. Kaye descendit avant qu'il ait pu lui ouvrir la portière. En gravissant les marches, il remarqua les caméras de surveillance ultrasophistiquées, dont la présence semblait déplacée sur cette façade vieillotte.

Face à la porte, le colonel fit coulisser une plaque métallique, le regard fixé droit devant lui.

— Reconnaissance rétinienne. J'entrerai votre empreinte dans le système tout à l'heure. Celle de Kaye y est déjà.

— Je suppose que vous rapportez du travail à la maison de temps à autre ?

— Ça m'arrive, répondit le colonel en souriant.

— Je suppose pour ma part que tu n'es toujours pas décidé à m'expliquer ce que tu fais au lieu de profiter paisiblement de ta retraite ? demanda Kaye.

— J'interviens de temps à autre à titre de consultant. Rien de bien passionnant.

— Je n'en doute pas, railla Kaye.

Ainsi, elle ne savait rien, se dit Danny en leur emboîtant le pas. Le contraire l'aurait étonné. La règle de confidentialité s'étendait aux membres de la famille, tant pour la sécurité de ceux-ci que pour celle du SDDU. Leurs missions touchaient à des enjeux trop importants.

Il promena les yeux autour de lui, les leva vers le plafond haut de trois mètres cinquante au moins. Kaye avançait sans prêter attention au décor, manifestement habituée aux lieux. Elle ne fit pas d'autres remarques sur les activités mystérieuses de son parrain. En politicienne qu'elle était, elle savait sans doute que le secret était de mise dans les agences gouvernementales de ce type.

En dehors des cent vingt et quelques membres du SDDU, seule une poignée de gens connaissait l'existence du groupe : le secrétaire à la Défense intérieure et quelques hauts dirigeants de la CIA et du FBI.

Un téléphone sonnait quelque part.

— Veux-tu faire visiter la maison à Danny, Kaye ? Il peut prendre la chambre à côté de la tienne, dit le colonel, qui s'éclipsa sans attendre la réponse.

— Suivez-moi, fit Kaye.

Comme ils passaient devant une porte métallique, elle indiqua :

— Elle mène au sous-sol. Mieux vaut ne pas s'y aventurer.

Il l'imaginait sans peine.

— Nous sommes ici dans la salle de séjour, autrefois le hall de réception.

La pièce mesurait environ dix mètres sur dix ; le sol

était couvert de larges dalles noires et blanches. Un tapis ancien en occupait le centre ; autour étaient disposés trois canapés en cuir et un home cinéma dernier cri. Un bar se dressait dans le coin opposé, encadré par de vastes bibliothèques murales.

Il n'aurait jamais pris le colonel pour un bibliophile…

Un peu plus loin se trouvait une somptueuse table de billard de bois de rose, judicieusement éclairée. Voilà qui lui ressemblait plus.

Kaye s'éclaircit la gorge, et quand il se tourna vers elle, il vit qu'elle l'observait avec un sourire indulgent.

— Désolé, dit-il.

— Ce n'est rien, je comprends. Moi, ce sont les jardins qui me font baver d'envie.

Il existait bien d'autres choses dont il avait nettement plus envie que de la table de billard — Kaye au premier chef. Mais il garda cette pensée pour lui.

— La cuisine est par là, reprit-elle en lui montrant un couloir.

Elle avançait d'un pas rapide, sur ses longues jambes gainées d'un jean que le colonel lui avait apporté à l'hôpital, avec d'autres vêtements. Cette tenue lui donnait un air moins hautain, et beaucoup plus abordable.

Il tâcha de se concentrer sur ce qu'elle lui disait.

— Pour l'heure, seule la partie avant du bâtiment a été rénovée. Le reste est assez sinistre. Cal a aménagé plusieurs chambres à ce niveau. Là, c'est la sienne. Et voici la mienne. Celle-ci sera la vôtre, si elle vous convient, dit-elle en ouvrant une porte.

— Séjournez-vous souvent ici ? s'enquit-il sur le seuil de la pièce.

— Pratiquement jamais.

— Je me demande pourquoi, répliqua-t-il, pince-sans-rire.

Elle sourit.

— J'adore Cal, mais… franchement, qui a envie de vivre dans un endroit pareil ?

Il pénétra dans la pièce à sa suite, s'attendant à trouver un genre de cellule, jadis destinée à abriter les patients. Au lieu de cela, il découvrit une chambre spacieuse et confortable, digne d'un hôtel cinq étoiles.

— Cal a fait appel à un décorateur.

Regardant par la fenêtre, qui donnait sur un jardin bien entretenu, il constata que les barreaux avaient été sciés. Charmant.

— Je vous laisse vous installer, dit-elle en s'éloignant.

Il déposa son sac marin sur le sol et inspecta de nouveau la pièce, de manière plus détaillée cette fois. La construction était solide. Il approuvait entièrement son supérieur, maintenant. C'était ici que Kaye devait rester jusqu'à ce que tout danger soit écarté.

Il prit une douche rapide puis enfila des vêtements propres. De l'autre côté du mur, il entendit l'eau couler, et il ne lui fut pas facile de ne pas se représenter Kaye nue sous le jet.

Il attendit une vingtaine de minutes après que le bruit eut cessé pour aller frapper à sa porte.

— Entrez.

Seigneur, qu'elle était belle ! Elle avait tout pour elle, de la classe, du cœur, du courage. Sans parler de ses jambes…

— Voulez-vous que nous allions voir le colonel ? s'enquit-il, pour se rappeler lui-même à l'ordre.

— D'accord. Donnez-moi seulement une minute.

Elle tira ses cheveux en arrière et les attacha en queue-de-cheval avec un élastique. Dans ce geste, ses seins tendirent le coton du T-shirt tout simple qu'elle avait revêtu. Les poètes du temps passé auraient pu écrire des sonnets au sujet de ses courbes. N'ayant pas de penchants littéraires, il ne pouvait quant à lui que saliver d'admiration.

Ou mieux, passer à l'action.

Sans prendre le temps de réfléchir, il s'avança vers elle. Croisant son regard dans le miroir, il le vit s'assombrir. Aussitôt après, il lui encercla la taille de ses mains.

C'est alors qu'un signal d'alarme se déclencha dans son cerveau. Il était en train de peloter Kaye Miller, chef de file de la majorité, future présidente de la Chambre des représentants — et dans la maison du colonel, qui plus est. Il n'était que son garde du corps, bon sang !

Il fit remonter ses mains le long de son torse et feignit de lui faire une prise de judo, en prenant soin de ne pas appuyer sur sa blessure.

— Vous ne devez jamais vous laisser surprendre, où que ce soit, dit-il, avec l'impression de se comporter comme un idiot.

Elle se contorsionna, leva les bras afin de se dégager, puis se laissa tomber à terre et roula sur elle-même pour lui décocher un bon coup de pied dans le genou.

Cette réaction le prit au dépourvu. Il se frotta le genou, dépité. Bien fait pour lui.

— J'aimerais que vous me préveniez, avant d'entamer une séance d'entraînement.

— Le type qui vous a poignardée vous avait-il prévenue ? riposta-t-il, continuant à jouer la comédie.

Elle détourna les yeux.

— Bon, ça va. J'ai compris où vous vouliez en venir.

Pendant une fraction de seconde, il crut entrevoir dans ses prunelles quelque chose qui ressemblait fort au désir impérieux qui bouillonnait en lui-même.

Et puis, après tout, au diable les règlements !

— Vous voulez un avertissement, Kaye ? répondit-il en se rapprochant. En voici un. Je vais vous embrasser.

Elle écarquilla les yeux, mais ne se déroba pas.

Il inclina la tête, appuya son front contre le sien, prit le temps de humer son parfum.

Il devait être fou pour faire une chose pareille — mais aussi, l'endroit était parfaitement approprié, se dit-il, sarcastique, avant d'effleurer de ses lèvres l'arrondi d'une joue satinée.

Quand elle ferma les yeux, il embrassa tour à tour chacune de ses paupières, puis le bout de son nez.

— Vous avez un nez très sexy, madame la députée.

— Les nez ne sont jamais sexy, répliqua-t-elle en souriant.

— Le vôtre, si. Mais il n'y a pas que le nez, dit-il avant de lui mordiller doucement l'oreille. Vous avez aussi des jambes à damner un saint.

Il posa brièvement ses lèvres sur les siennes, puis s'écarta. Il n'avait pas l'intention d'aller plus loin.

Bon sang, il n'avait même pas eu l'intention d'aller jusque-là, au départ. Il était simplement venu la chercher pour aller retrouver le colonel, et s'informer de ce qu'il comptait faire.

Mais, maintenant qu'il était allé jusque-là, il avait du mal à s'arrêter.

D'autant plus qu'elle ne semblait pas avoir envie qu'il le fasse…

— Kaye ?

Elle leva les bras et les passa autour de son cou.

Il était fichu.

Sa bouche avait le goût du paradis. Peu importait sa situation, peu importait qui elle était. Il la désirait, et il désirait qu'elle le sache. Il voulait qu'elle le prenne au sérieux, cette fois.

Et il voulait la prendre comme il aurait pris n'importe quelle autre femme, pour lui prouver qu'il en était capable, et, plus important, se prouver à lui-même qu'elle n'était pas différente des autres. Qu'elle ne méritait pas plus que d'autres la crainte révérencieuse et l'admiration quasi idolâtre qu'elle suscitait en lui. Il était un dur de dur, un agent secret, un soldat. Il ne pouvait quand même pas permettre à une femme de le réduire à sa merci !

Cependant, alors même qu'il l'embrassait, quelque chose lui dit que ce n'était pas ainsi qu'il obtiendrait la preuve qu'il cherchait.

Ce baiser ressemblait à tout ce qu'il avait jamais fantasmé de plus fou au temps de son adolescence — et à rien de ce qu'il avait connu jusqu'alors. Il le remuait au plus profond de lui-même, et cela le contrariait, car c'était un signe de faiblesse. Mais il ne voulait pas s'arrêter, il voulait la goûter encore et encore. C'était la seule pensée présente à son esprit.

Presque sans en avoir conscience, il la guida vers le lit. Il l'y étendit avec douceur, puis sa main se faufila entre le T-shirt et le jean. Il la laissa là, sa paume contre la peau nue, s'imprégnant de sa chaleur.

Il se sentait comme dans un rêve et il craignait, s'il s'interrompait, s'il parlait, de se réveiller et de ne jamais pouvoir revenir en ce lieu magique.

Il l'embrassa comme s'il voulait la boire, l'absorber tout entière, pour la garder en sécurité au-dedans de lui.

Puis il fit descendre ses lèvres le long de son cou.

— Danny.

Le ton de sa voix n'annonçait rien de bon.

Il la bâillonna de sa bouche pour l'empêcher d'en dire plus, l'empêcher de penser, mais il était trop tard. Elle se dégageait déjà.

Se relevant prestement, elle mit de l'ordre dans ses vêtements tout en se dirigeant vers la porte.

— Ce n'est pas bien, dit-elle sans le regarder. Nous ne devons pas recommencer.

Puis elle sortit, le laissant étendu seul sur son lit, un trou béant à la place du cœur.

— Waou !

Danny ne put retenir une exclamation admirative, tant le centre de commandement souterrain était impressionnant.

— C'est une véritable salle d'opérations, reprit-il en contemplant les cartes informatisées au centre de la pièce.

Des rangées et des rangées de moniteurs recouvraient entièrement l'un des murs.

— C'est au cas où quelqu'un s'emparerait du Pentagone ? On dirait que l'on peut diriger tout le pays depuis ce local.

— Pas tout le pays, rectifia le colonel d'un air modeste. Mais ça peut se révéler utile. Toutes les lignes sont sécurisées à cent pour cent. Si une fuite se produisait là-bas, nous pourrions recourir à celles-ci. Très peu de personnes connaissent l'existence de ce centre.

— Et qu'y faites-vous au juste ?

— J'y conserve des dossiers hautement confidentiels, entre autres choses. Sur les surveillances non autorisées, par exemple.

— Kaye est-elle déjà descendue ici ?

— Elle n'est pas allée plus loin que les cachots, et n'a pas paru intéressée par une nouvelle visite.

Danny hocha la tête. Il ne pouvait guère l'en blâmer. Les « cachots », des salles de traitement hydrothérapique qui ressemblaient plus à des salles de torture, étaient ce que l'on voyait en premier en pénétrant dans le sous-sol. Sombres et sales, avec des lumières vacillantes et des équipements à l'aspect effrayant, de l'eau suintant des tuyaux rouillés. Le colonel les avait laissés en l'état, pour camoufler la porte secrète donnant accès à son centre d'opérations personnel.

Il appuya sur deux boutons, et un rapport défila sur un des écrans voisins. Des dates et des événements.

— Les derniers faits et gestes du député Brown.

— Vous pouvez mettre fin à la surveillance, fit observer Danny, mal à l'aise. J'ai eu un entretien avec lui.

— Vous avez fait subir un interrogatoire à un autre membre du Congrès ?

— J'avais besoin de savoir… ce que j'avais besoin de savoir.

— S'il devait porter plainte…

— Il ne le fera pas.

— Est-il membre de la Confrérie, lui aussi ? demanda le colonel en s'asseyant dans un fauteuil en cuir, et en invitant Danny à l'imiter.

— Non. Il s'agit d'une affaire d'ordre privé.

— Et en quoi cette affaire concerne-t-elle ma filleule ? Faut-il que je rende visite à ce monsieur ?

L'officier avait parlé d'une voix dure. Danny prit une profonde inspiration, et lui raconta tout.

Quand il eut terminé, l'expression du colonel ne s'était pas radoucie.

— Vous lui avez dit ?

Danny acquiesça.

— Elle avait le droit de savoir, déclara son supérieur au bout d'un moment. Mais c'était probablement la dernière chose qu'elle avait besoin d'entendre en ce moment.

Un bip se fit entendre, et le colonel se leva pour se diriger vers un terminal et faire apparaître d'autres rapports.

— Quoi qu'il se passe entre vous deux, je ne veux pas qu'elle en sorte blessée, lança-t-il par-dessus son épaule.

Oh, bon sang ! L'instant qu'il redoutait était arrivé. Danny ouvrit la bouche, mais le colonel lui imposa silence d'un geste.

— Vous voyez ces moniteurs ? Chaque centimètre carré de cette maison est surveillé par des micro caméras. Des détecteurs de mouvement les actionnent.

— Même dans les chambres des invités ? demanda Danny d'une voix faible.

— Partout.

Seigneur… Le colonel l'avait vu embrasser sa filleule. Peut-être ne l'avait-il pas emmené au sous-sol uniquement pour lui montrer le centre d'opérations. L'endroit lui parut brusquement beaucoup plus sinistre, et les instruments à l'aspect inquiétant aperçus tout à l'heure lui revinrent à la mémoire.

— Je… je tiens beaucoup à elle.

— Le pensez-vous vraiment ?

— J'en suis sûr.

— Si vous lui faites du mal de quelque manière que ce soit…

— Cela n'arrivera pas.

Le colonel se tourna de nouveau vers la console.

— Je vous envoie tous les deux en Californie dès demain. Vous avez vu plusieurs des hommes de la Confrérie. A vous deux, vous devriez pouvoir en identifier quelques-uns.

Danny opina. Il s'y attendait. Les hélicoptères de combat avaient nettoyé le camp, mais une douzaine de miliciens au moins s'étaient évaporés dans la nature.

— Je pourrais y aller seul.

— Elle a envie d'y aller.

La perspective de passer un ou deux jours supplémentaires près d'elle ne lui déplaisait pas, aussi n'éleva-t-il pas d'objection. Kaye serait en sécurité là-bas, dans le centre de commandement du service secret.

— Vous travaillerez en collaboration avec le service de sécurité du président, en suivant l'événement par transmission vidéo dans un endroit parfaitement sûr, poursuivit le colonel, confirmant cette intuition.

— J'en déduis que le président n'a pas annulé la rencontre au sommet ?

— Lui, annuler ? fit le colonel en lui lançant un regard outré.

— Non, bien sûr…

Derickson était un dur à cuire qui ne craignait personne. Il ne modifierait pas son emploi du temps à cause d'une menace terroriste, se fiant à son entourage pour régler la question.

A ce que Danny avait entendu dire, le président recevait quotidiennement des menaces de mort : les détraqués en tout genre ne manquaient pas dans le pays. Chacune d'elles faisait l'objet d'une enquête, et en cas de danger réel, les services secrets intervenaient.

— Quand partons-nous ?

— Demain matin à 6 heures. Ramenez-la saine et sauve, dit le colonel, en fixant sur Danny un regard grave. Je ne serai pas là. Kaye croit que je vais jouer au golf en Angleterre avec de vieux amis, mais… Il s'est produit quelque chose. Le secrétaire à la Défense intérieure m'a demandé de diriger personnellement l'équipe d'intervention. La situation est sérieuse.

Elle devait l'être, en effet, songea Danny. Seul un désastre imminent pouvait obliger le colonel à abandonner Kaye en un tel moment. Mais il aurait menti s'il avait prétendu que la confiance que l'officier lui témoignait, en remettant la sécurité de Kaye entre ses mains, ne le flattait pas.

Il saurait en être digne.

9

Etendue sur son lit, Kaye écoutait les bruits nocturnes. Compte tenu de son ancienneté, la bâtisse était étonnamment silencieuse. Les murs étaient en pierre, et le sol entièrement dallé ; on ne percevait aucun des craquements inquiétants qui émanent habituellement des parquets ou des lambris, dans les vieilles demeures. Rien que le gargouillement d'une canalisation ou la trépidation d'un radiateur, de temps à autre.

Dans l'ensemble, la nuit était tranquille.

Contrairement à elle.

Demain, elle allait tenter d'empêcher un attentat contre deux chefs d'Etat. Cela paraissait insensé, et elle avait encore du mal à y croire.

Elle se leva et, s'avançant jusqu'à la fenêtre, contempla le jardin au clair de lune, les chênes géants nimbés d'une lumière argentée. Trop de choses étaient arrivées au cours des dernières vingt-quatre heures, et elle se sentait dépassée par les événements. Si elle était élue présidente de la Chambre, devrait-elle accepter ? Cela ferait-il d'elle une cible pour les terroristes pendant le reste de sa vie ? Cal aurait été la personne la mieux indiquée pour la conseiller, et pourtant, c'était la présence de Danny qu'elle souhaitait.

Mais il était sans doute en train de dormir, et elle ne

pouvait pas faire irruption dans sa chambre au beau milieu de la nuit. Elle retourna vers son lit, puis changea d'avis et gagna la salle de bains.

Ils avaient passé une soirée fort agréable — et incroyablement normale, vu les circonstances. Un excellent dîner, suivi de quelques parties de billard, qu'elle avait toutes lamentablement perdues. Cal leur avait raconté des anecdotes cocasses sur ses débuts dans la carrière, et ils avaient beaucoup ri. Jamais les deux hommes n'avaient eu l'air aussi détendus, et, même si elle savait que cette décontraction n'était que de façade — elle avait remarqué qu'ils s'étaient éclipsés pendant près d'une heure au sous-sol —, elle avait oublié tout le reste, l'espace d'un moment.

Mais on était maintenant au plus noir de la nuit, l'heure propice à des pensées tout aussi noires. Et tout à coup, elle n'était plus sûre de rien ; elle avait même un peu peur. Ce qu'elle affrontait quotidiennement au Capitole était sans commune mesure avec ce qui l'attendait le lendemain. Il ne s'agirait pas cette fois de rédiger un projet de loi, de débattre d'idées sur le papier. Des vies étaient en jeu, des vies importantes, et elle était appelée à tenir un rôle central dans cette partie décisive pour l'avenir du pays.

Elle tapa sur le mur séparant sa chambre de celle de Danny, attendit, et tapa de nouveau.

Il déboula avant même qu'elle fût sortie de la salle de bains.

— Avez-vous besoin de moi ? s'enquit-il en refermant la porte derrière lui.

C'était une question lourde de sens. Il inspecta rapidement la pièce des yeux, puis parut se détendre et rangea son pistolet derrière son dos, sous sa ceinture. Il était torse nu et avait visiblement enfilé son jean à la va-vite, sans fermer le dernier bouton.

La clarté lunaire baignait son visage et sa poitrine. Il avait retrouvé son apparence normale, grâce aux soins experts qu'on lui avait prodigués à l'hôpital. Il était divinement beau.

Elle garda le silence, incapable de lui dire ce qu'elle désirait — ce qui était le comble du ridicule, pour une oratrice comme elle ! Mais elle voulait qu'il comprenne ce dont elle avait besoin, sans qu'elle soit obligée de l'exprimer.

Et il comprit.

S'approchant d'elle, il la prit dans ses bras, sans cérémonie.

Oui. C'était aussi simple que cela. Pas besoin de parler. Sentir ses bras autour d'elle, leur chaleur rassurante, c'était tout ce qu'il lui fallait. Ils avaient déjà surmonté de dures épreuves ensemble, et ils en étaient sortis indemnes. Elle ne devait pas l'oublier.

Elle se laissa aller contre lui, un peu gênée de montrer sa faiblesse — mais suffisamment à l'aise en sa présence pour ne pas s'en préoccuper.

Les lèvres de Danny, douces et tièdes, se posèrent sur les siennes, en une caresse à la fois légère et terriblement excitante. Elle les ouvrit à son baiser, heureuse de se sentir désirée avec tant de passion.

Elle chassa toute pensée et se concentra sur ses sensations. Il y avait longtemps qu'elle n'avait pas fait ça. Et elle n'avait pas eu conscience, jusqu'à cet instant, qu'elle pouvait encore désirer autant. Désirer ce baiser, désirer cet homme…

Lorsqu'il s'écarta, brusquement, elle faillit perdre l'équilibre, et se redressa juste comme il la prenait par les épaules pour la retenir.

— Danny ?

Les yeux levés, il examinait les moulures courant tout autour du plafond.

— Nous ferions peut-être mieux d'arrêter.

Il avait l'air horriblement gêné, et n'arrivait même pas à la regarder en face.

Depuis le début, il n'avait pas cessé de lui montrer et de lui dire qu'il avait envie d'elle, de lui manifester son désir de toutes les façons possibles. Et maintenant qu'elle était prête à lui céder, il semblait sur le point de prendre la fuite ! Peut-être n'avait-il pas vraiment envie d'elle, au fond, peut-être voulait-il simplement tester son pouvoir de séduction, savoir qu'il aurait pu la posséder.

La gorge serrée, elle se détourna, profondément déçue.

— Kaye, reprit-il en laissant glisser ses mains le long de son dos, jusqu'au creux de ses reins. C'est seulement que le colonel…

Lentement, elle se retourna vers lui.

— Cal vous a parlé de moi ?

Il ne répondit pas.

Oh, Seigneur ! C'était donc ça !

— Je vais le tuer. Je n'arrive pas à le croire ! s'écria-t-elle en portant les mains à son visage. Dites-moi au moins qu'il ne s'est pas enquis de vos intentions à mon égard ?

Il sourit pour toute réponse.

— Oh, je vais le… Quel âge croit-il que j'ai ? Dix-huit ans ?

— Il vous adore.

— Il adore me mettre dans l'embarras, oui ! Il me traite comme une gamine.

Elle se rapprocha de lui et le regarda dans les yeux.

— Je suis une adulte, Danny. Je n'ai pas besoin de sa protection, ni de la vôtre. Pas sur ce plan-là en tout cas. J'ai envie de vous.

Il ferma les yeux une seconde, ses cils épais et noirs effleurant ses joues hâlées. Puis il les rouvrit, et elle chancela en lisant au fond de ses prunelles le désir à l'état brut.

— Nous ne pouvons pas. Les caméras de surveillance…

Il inspira avec force, comme s'il souffrait.

— Il n'y a pas de caméras ici. Il a prétendu le contraire ? Je vais le tuer pour de bon, fulmina-t-elle. Il y en a partout, sauf dans cette pièce. Nous nous sommes entendus sur ce point il y a des années de ça.

— Pas de caméras ?

Le ravissement qu'elle découvrit sur son visage la fit sourire.

— Pas une seule.

Il s'avança jusqu'à la porte, lentement, sans la moindre hâte, et tourna le verrou. Quand il revint vers elle, il arborait un large sourire, ayant, de toute évidence, retrouvé la gaieté qu'ils avaient partagée au cours de la soirée.

— Madame la députée, je propose que nous reprenions la séance.

— Proposition adoptée, murmura-t-elle en se glissant entre ses bras.

Il embrassait bien. Bonté divine, que cet homme embrassait bien !

Elle ressentait le même émerveillement qu'à quatorze ans, quand elle avait flirté pour la première fois avec le fils des voisins, dans la remise à outils de son père.

La même impression d'être une vilaine fille.

Sauf qu'elle avait trente-six ans, et plus rien d'une gamine désobéissante. Elle était même tout le contraire — une adulte, une politicienne conservatrice, un membre du Congrès.

Elle s'efforça de ne pas y penser tandis que ses mains exploraient voluptueusement le torse de Danny.

Il était agréable à caresser — des muscles durs sous une peau douce, avec des poils bouclés et soyeux ici et là. Il était fort. Beaucoup d'autres femmes de sa connaissance, dans le milieu politique, étaient attirées par le pouvoir. Pas elle. Ce qui lui plaisait, chez un homme, c'était la force. Le genre de force intérieure et tranquille que Danny semblait posséder en abondance. Combinée à son humour et à son espièglerie, elle le rendait irrésistible.

Elle voulut lui demander de venir dans son lit, mais se sentit tout à coup intimidée. Jamais auparavant elle n'avait demandé à un homme de lui faire l'amour.

Elle recula juste assez pour pouvoir le regarder au fond des yeux et dit :

— J'ai envie de toi.

Puis elle retint son souffle.

— Jusqu'à quel point ? demanda-t-il, un sourire fendant son visage d'une oreille à l'autre.

— Très bien, si tu veux te faire désirer..., répliqua-t-elle en arquant un sourcil.

— Tu ne peux pas avoir envie de moi moitié autant

que j'ai envie de toi, murmura-t-il, en la soulevant dans ses bras pour la porter jusqu'au lit.

Ils se laissèrent tomber sur le matelas, mus par une même impatience et gémissant tous deux. Il la cloua sous lui et lui couvrit le visage de baisers ardents, avec un enjouement qui se communiqua à elle.

— Tu es…, chuchota-t-elle, cherchant le mot.

— Je suis quoi ?

Elle hésita. T*u es tout ce qu'une femme peut désirer en secret ?* Mais n'était-ce pas un peu pathétique ? Finalement, parce qu'il avait l'air si arrogant, avec ce sourire narquois, si sûr de lui, elle dit, rien que pour le dépiter :

— Mignon.

— Je ne suis absolument pas mignon, rétorqua-t-il, le visage brusquement sérieux. Retire ça tout de suite.

Il frotta doucement son érection contre elle, comme pour l'agacer.

Pendant une seconde, elle fut incapable de respirer, encore plus de parler. Son corps avait réagi immédiatement à ce contact. L'atmosphère se chargea d'électricité.

Elle prit une profonde inspiration et répondit :

— Bon, quel qualificatif dois-je employer ?

— Hmm…

Il lui mordilla la lèvre inférieure.

— Je préférerais être décrit comme quelqu'un de sexy mais en même temps extrêmement viril.

— Très bien, monsieur Super-beau-mec.

— Oui, voilà qui est mieux.

D'un mouvement preste, il remonta le haut de son pyjama et fit courir sa langue brûlante dans le petit vallon entre ses seins. Sa respiration s'arrêta de nouveau, puis se relâcha avec force, tandis que sa peau se hérissait de chair de poule.

Il la maintint fermement sous lui, sans lui autoriser le moindre mouvement, puis, baissant la tête, il prit un de ses tétons entre ses dents.

— Oh…

— Et ça, c'est mignon ? dit-il tout contre sa peau, d'un ton de défi.

Non, ce n'était pas l'adjectif qui convenait, se dit-elle en s'arc-boutant contre lui. Il aspira plus fort, et elle sentit l'humidité sourdre entre ses cuisses.

Il se redressa et souffla sur son sein.

— Alors, tu me trouves toujours mignon ? dit-il avant de refermer ses lèvres autour du mamelon, tout en léchant la pointe avec sa langue.

Non, il n'était pas mignon. Il était impitoyable.

Il lui libéra les mains pour explorer l'autre sein, puis le reste de son corps. Elle pouvait de nouveau bouger, mais… que faire ?

Ce n'était pas juste. Elle avait perdu l'habitude. Elle avait oublié…

Comme mus par une volonté propre, ses doigts trouvèrent la ceinture de son caleçon.

Allez, vas-y ! Qu'est-ce que tu attends ? Elle devait faire quelque chose, elle ne pouvait pas rester inerte comme une stupide poupée gonflable.

Elle tâcha de rassembler ses pensées en déroute, de se concentrer. Pour commencer, mettre les mains sur ses épaules. Elle voulait le toucher, le sentir. Mais à cet instant il introduisit un doigt en elle, et tout ce qu'elle put faire, ce fut de s'agripper désespérément à lui.

— Je t'ai désirée dès la seconde où je t'ai vue, à cette soirée de gala.

Elle se rappela comment il l'avait observée, depuis l'autre bout de la salle.

Sur le moment, la force qui se dégageait de cet homme lui était apparue comme une menace. Maintenant, elle la rassurait, elle l'excitait. Il était couché de tout son long sur elle, mais elle n'avait pas l'impression d'étouffer. Elle se sentait à l'abri entre ses bras, et suffisamment en confiance pour se permettre de badiner.

Timidement, elle promena ses doigts le long de son flanc.

— Je ne suis pas chatouilleux, dit-il, le visage un peu trop impassible.

— Oh, vraiment ? riposta-t-elle en montant plus haut.

Il tressaillit, et ses lèvres frémirent imperceptiblement.

— Même si je fais ça ? reprit-elle en faisant courir ses doigts autour de l'endroit stratégique.

Réprimant un rire, il se tourna sur le dos, l'entraînant dans le mouvement, si bien qu'elle se retrouva couchée sur lui.

— Très bien. Tu as découvert mon point faible. Tu as gagné. Fais de moi ce que tu veux.

Il écarta les bras et les jambes, en signe de reddition.

Bizarrement, sa réaction la désarma. Elle se redressa, à califourchon sur lui maintenant. Ils étaient encore tous deux habillés, mais, même avec ces vêtements entre eux, le contact de son membre dur contre son intimité brûlante lui était presque intolérable. Tout de suite ! Elle le voulait tout de suite, mais en même temps, elle voulait prolonger cet instant, le faire durer éternellement.

Elle demeura immobile, se bornant à le contempler, à se délecter de sa vue. Un rire flottait sur ses lèvres et il y avait toujours sur ses traits cet air nonchalant qui l'attirait irrésistiblement, lui donnant le sentiment de n'avoir pas un seul souci au monde, que tout était possible…

Elle passa ses mains le long des muscles pectoraux roulant sous la peau, puis sur le ventre plat.

Elle avait imaginé qu'un jour, dans le futur, elle rencontrerait un homme qui deviendrait son ami. Et que, peut-être, après plusieurs années, quand ils se connaîtraient vraiment, cette amitié se transformerait en un autre sentiment. Un amour très tendre, qui lui apporterait l'apaisement.

Jamais elle ne se serait attendue à se retrouver dans un lit, riant aux éclats et faisant des chatouilles à quelqu'un qu'elle ne connaissait que depuis une semaine. Elle se figea un instant. Avait-elle oublié son chagrin ? Etait-elle en train de trahir Ian ?

Danny, qui l'observait, reprit soudain son sérieux pour lui demander :

— Est-ce que ça va ?

Il lui enserra la taille de ses mains, et la chaleur de ses paumes la brûla à travers le tissu du pyjama. Ses yeux étaient emplis de tendresse et de franchise. Il comprenait ce qui se passait en elle.

Le corps tout vibrant du désir qu'il y avait fait naître, elle répondit :

— Oui, très bien.

Et c'était vrai.

Il était dans sa vie un événement inattendu, mais un

événement heureux. Elle se serait menti à elle-même si elle avait prétendu le contraire.

Lentement, elle se pencha vers lui, effleurant ses lèvres des siennes, et les sentit s'étirer dans un sourire.

— Je t'avertis charitablement, le vainqueur remportera les dépouilles, murmura-t-elle tout contre sa bouche.

— Alors, s'il doit en être ainsi, répondit-il avec un soupir théâtral, prends-moi.

Et c'est ce qu'elle fit.

— Je suppose que tu n'as rien pour te protéger ? s'enquit-il un peu plus tard, alors qu'ils étaient tous les deux au bord de l'explosion.

Elle secoua la tête.

— J'ai décidé, il y a déjà un certain temps de cela, que je n'aurais sans doute plus jamais de relations sexuelles.

— Voilà une bonne résolution, madame la députée.

Il enfouit sa tête entre ses cuisses et elle finit alors de perdre la raison.

— Mais je pense qu'à nous deux, reprit-il quand il se fut redressé, tandis qu'elle était encore parcourue de profondes vagues de plaisir, nous devrions parvenir à en trouver une autre, nettement préférable.

Quand vint le matin, il lui avait fait l'amour de toutes les manières qu'il était possible de le faire sans risque, en promettant de s'acquitter du reste à la première occasion.

Et elle était persuadée que, lorsque Daniel Smith promettait quelque chose, il tenait toujours parole.

— Tu sais, les hommes ne tombent pas amoureux de la même façon que les femmes, dit-il alors qu'elle émergeait lentement du sommeil au creux de ses bras.

— Mmm, murmura-t-elle, la tête encore embrumée de rêves luxurieux.

— C'est quelque chose d'instantané. Ça remonte à la préhistoire, quand on vivait de chasse et de cueillette. Un type voyait un cerf, il le voulait, il le traquait jusqu'à ce qu'il l'obtienne — aussitôt décidé, aussitôt fait.

— Tu veux aller à la chasse ? Tu devrais en dire un mot à Cal.

— Je te parle d'amour, pas de chasse.

Ces mots la réveillèrent tout à fait.

— Non, s'écria-t-elle en se dégageant de son étreinte.

Elle n'était pas prête à discuter de ça. Elle devait d'abord y voir plus clair en elle-même.

— Je veux jouer franc jeu. Je suis en train de tomber amoureux de toi, Kaye.

Son cœur chavira, et la panique la gagna.

— Tu ne peux pas ! Ce n'est qu'un engouement passager.

— Je suis un homme, pas un adolescent.

Elle était bien placée pour le savoir.

— Je ne suis pas en état d'affronter cette discussion pour le moment.

Il la dévisagea longuement, puis soupira :

— Entendu.

— Qu'est-ce qui est entendu ? fit-elle, effarée, en s'extirpant du lit, le drap enroulé autour d'elle.

— Je n'insiste pas. Je suis disposé à attendre… du moins, jusqu'à un certain point.

Kaye considérait les agents du service secret, au nombre d'une demi-douzaine, qui occupaient le centre d'opérations. Chacun d'eux scrutait les images transmises par quatre caméras de surveillance à la fois, sur un écran divisé en autant de cadres, en parlant de temps à autre dans le micro de son casque à écouteurs. Des paroles destinées à leurs collègues qui, munis de caméras cachées, circulaient dans la foule, zoomant sur tel ou tel individu en fonction des instructions.

— Le dispositif paraît efficace, dit-elle.

Et certes, cela valait mieux. Si l'on se référait aux statistiques de l'histoire américaine, un président sur quatre avait été la cible d'un attentat, et un sur dix assassiné.

La vaste salle avait été aménagée tout spécialement pour l'occasion, au sixième étage d'un hôpital désaffecté depuis un an. Dans un angle, tout au fond, se trouvait encore une table de radiographie. A l'exception de ces quelques reliques, le reste de la pièce était bourré d'équipements de surveillance haut de gamme.

— Je présume que d'ici, vous pouvez voir à peu près tout ce qui se passe là-bas.

Elle s'exprimait d'un ton neutre, impersonnel, et le vouvoyait comme si elle s'adressait à un étranger. Mais son corps n'était que trop conscient de la présence de Danny à son côté, et du moindre de ses mouvements.

Il acquiesça.

— De cette manière, dès que nous repérons un individu suspect, nous pouvons nous saisir de lui sur-le-champ. Alors qu'avec les caméras longue distance, le temps que les agents se fraient un chemin parmi la foule, le type a largement le temps de s'enfuir.

— Et là, ce sont des images transmises par les caméras longue distance ? demanda-t-elle en montrant une rangée d'écrans à droite, surveillée par la seule autre femme présente dans la salle.

— Par les caméras placées sur les toits, expliqua Danny en se rapprochant, ce qui augmenta encore sa nervosité. Elles peuvent filmer des personnes qui se trouvent à des kilomètres de distance, et avec une telle définition qu'on peut leur compter les doigts de la main.

Harrison entra, prit quelque chose sur un bureau et ressortit. Dieu merci, il s'était rétabli. Probablement pas assez pour se trouver ici, mais il avait insisté pour venir, et elle n'avait pas eu le cœur de refuser. Manifestement, il se sentait coupable de n'avoir pas su la protéger l'autre fois, et il cherchait à se racheter.

Elle se tourna de nouveau vers l'écran géant à côté d'elle, sur lequel des images défilaient en un flot ininterrompu — les visages en gros plan d'individus sélectionnés parmi la foule.

— Je n'avais jamais approché de si près les services de sécurité présidentiels. C'est impressionnant.

— Ou inquiétant. Tout dépend du point de vue, répondit Danny en haussant les épaules. Toutes sortes d'associations pour les droits civiques protestent contre l'utilisation des caméras. Certaines villes y recourent afin de lutter contre la criminalité.

Elle hocha la tête. Ces questions lui étaient familières, et avaient fait l'objet de maints débats au Congrès. Où devait-on tracer la limite entre le droit à l'intimité de chacun et la sécurité de la population ?

— Les caméras mobiles donnent des images plus nettes, reprit-elle en regardant tour à tour les deux rangées d'écrans, de plus en plus troublée par sa proximité.

Ils n'avaient pas eu l'occasion de se retrouver seul à

seul depuis leur réveil. Que pensait-il de ce qui s'était passé ? En éprouvait-il des regrets ?

Et elle ?

Oui. Des millions de regrets.

Et cependant, pour rien au monde elle n'aurait voulu en effacer la moindre seconde.

— Elles essaient de combler les lacunes, poursuivit Danny sur un ton très professionnel. Les caméras posées sur les toits ne couvrent qu'un champ limité. Elles ne peuvent pas voir ce qui se trouve à l'angle d'une rue ou derrière la voiture d'un marchand ambulant. C'est là que les agents entrent en jeu. Ils peuvent, si besoin est, suivre quelqu'un à l'intérieur d'un bâtiment, ce genre de choses.

— Chaque fois que mon service de sécurité commence à me peser, je m'efforce de penser au président. Vous imaginez ce que ce doit être d'être surveillé vingt-quatre heures sur vingt-quatre par un si grand nombre de gens ?

— Je ne voudrais pas être à sa place…

Elle essayait de répartir équitablement son attention entre les différents écrans, quand bien même avait-elle fourni un signalement détaillé de tous les miliciens qu'elle avait pu voir au camp. Danny en avait fait autant, et maintenant, ils n'avaient plus qu'à observer et attendre.

— Avez-vous des nouvelles des deux hommes que nous avons livrés aux autorités ? reprit-elle.

— Ils refusent de parler. Leur avocat trouve sans cesse de nouveaux prétextes pour s'opposer à leur interrogatoire. Ces salopards cherchent à gagner du temps. Je ne serais pas surpris que l'avocat soit de mèche avec eux.

— Et Bobby Reznick ?

C'était le nom de l'homme qui l'avait enlevée. On avait pu l'identifier grâce aux vidéos des caméras de surveillance de l'hôpital.

— Toujours introuvable. Cela fait plusieurs jours qu'il n'est pas reparu à son travail, ni dans sa caravane, répondit Danny d'un ton laissant entrevoir un dépit égal au sien. Quel que ce soit le coup qu'ils préparent, c'est ici et maintenant que cela va se passer. Et tout ce que nous pouvons faire, c'est de nous tenir prêts à toute éventualité.

Et ils étaient plus que prêts. Les moyens mis en œuvre étaient gigantesques. On avait établi des barrages sur toutes les voies excepté celle que devait emprunter le cortège présidentiel. La foule en était tenue à une plus grande distance que d'ordinaire. Un nombre *très* élevé d'agents en uniforme ou en civil patrouillaient dans le secteur.

— Là ! s'exclama soudain Danny en montrant un écran. Vous voyez cet homme ?

L'agent affecté à cette caméra zooma sur l'individu sans qu'il ait à le lui demander.

— Stop, dit-il dans son micro. Homme blanc, blouson bleu foncé, cheveux blonds et courts, droit devant.

— Je ne sais pas, fit Kaye.

Ce visage ne lui disait rien.

— Je vais aller voir ça de plus près, dit Danny.

Il vérifia son arme et la remit en place, en la dissimulant soigneusement sous sa chemise.

— Ne bougez pas, ajouta-t-il. Vous êtes en sécurité ici.

— Soyez prudent.

— Je le suis toujours.

S'adressant à l'agent, il s'enquit :

— L'emplacement exact ?

— Face à Domino's Pizza, répondit l'homme, après avoir posé la question à son collègue sur le terrain.

Danny s'empara d'une oreillette qui traînait sur le bureau et agrafa un micro miniature sous son col.

— Asseyez-vous, dit-il à Kaye en lui avançant une chaise.

Il lui tendit ensuite un casque relié à l'ordinateur, puis il prit une caméra miniaturisée, pas plus grosse qu'une pièce de dix cents, qu'il fixa sur le premier bouton de sa chemise.

— O.K., dit-il après s'être assuré qu'elle tenait bien en place.

Il pianota sur le clavier et procéda à des réglages pour améliorer l'image sur le moniteur, floue et mouvante. Il ajusta la caméra, et, à son grand étonnement, Kaye se découvrit sur l'écran.

— De cette manière, vous pourrez voir tout ce que je vois. Vous pourrez me parler par l'intermédiaire de ce casque. Désolé, tous les sans-fil sont déjà pris.

Il posa le casque sur sa tête, lissa ses cheveux, puis laissa glisser ses doigts le long de son bras pour lui prendre subrepticement la main.

— Je reviens tout de suite.

Elle put voir l'escalier dans les moindres détails tandis qu'il le descendait, puis la porte d'entrée. Quand il se retrouva dehors, l'image s'évanouit dans un fondu au blanc, à cause de la luminosité excessive, mais le logiciel procéda automatiquement aux réglages, renforçant le contraste et assombrissant l'image.

Danny se déplaçait rapidement au milieu de la foule, son micro captant çà et là des bribes de conversation.

— … pas de cet avis. Complètement irresponsable…

— … impossible. Je suis certain…

— … comme une brute. Je vais le tuer.

Le mouvement ralentit. Danny s'était arrêté pour examiner la femme qui venait de parler. Vingt-cinq ans environ, petite et menue, et d'apparence tout à fait banale.

— C'est terminé, je n'avalerai plus ces bobards. Une virée avec ses copains, mon œil ! Je sais bien ce qu'il fabrique quand il ne rentre pas à la maison avant minuit…

Danny reprit son chemin.

Quand il s'immobilisa de nouveau, l'homme qu'il cherchait apparut à l'écran. Kaye ne le reconnut pas. Elle le détailla, et son regard hésitant se posa sur sa main droite, qu'il gardait enfouie dans sa poche.

Danny se tenait à quelques pas de lui, sur le côté. L'individu ne l'avait pas encore remarqué.

C'est alors qu'elle entendit dans le casque une voix masculine.

— Excusez-moi. Pourriez-vous m'indiquer l'heure ?

Un monsieur d'un certain âge, élégamment vêtu, venait d'aborder leur cible. Sa question, retransmise simultanément par son micro et par celui de Danny, résonna dans l'écouteur avec un effet d'écho. Sans doute s'agissait-il de l'agent qui, grâce à sa caméra-bouton, avait le premier repéré le suspect.

— Non, répondit celui-ci, sans retirer sa main de sa poche.

L'agent réitéra sa demande à un groupe d'adolescents, qui se montrèrent plus serviables.

— Merci, les gars, dit-il, avant d'aller se poster un peu plus loin.

Kaye distinguait à peine l'agent à la lisière du champ de la caméra, celle-ci restant braquée sur leur cible.

— C'est lui ? demanda-t-elle dans le micro.

— Je n'en suis pas sûr, répondit lentement Danny. On n'y voyait pas très clair, au fond de ce ravin.

C'est alors que l'homme fit demi-tour et s'enfonça dans la foule, vers le bout de la rue. Danny le suivit. Par moments, quand il obliquait et que la caméra suivait le mouvement en effectuant un balayage horizontal, Kaye apercevait l'agent qui leur avait discrètement emboîté le pas.

— Excusez-moi, madame la députée, pourriez-vous m'accorder un instant ?

Tournant la tête, elle découvrit Harrison derrière elle.

Elle était tellement absorbée dans la contemplation de l'écran qu'elle ne s'était pas rendu compte de sa présence.

— Bien sûr, répondit-elle.

Elle voulut se lever, mais elle dut d'abord retirer son casque car le fil était trop court.

— Comment allez-vous ?

Il pinça les lèvres et repartit sèchement :

— Bien. Je suis en pleine forme. Même mon mal de tête a disparu.

Elle regretta d'avoir posé la question. Il n'aimait sans

doute pas qu'on lui rappelle sa mésaventure. La seule trace visible qui en subsistait, c'était le petit pansement couvrant les points de suture sur sa tempe. Il se dirigea vers la sortie et elle le suivit.

— On m'a dit que vous aviez subi une sérieuse commotion.

— Cela remonte déjà à pas mal de temps. C'est passé.

Le garde du corps avait l'air agacé, comme Danny dans les mêmes circonstances — Danny qui, lui aussi, avait refusé de se retirer du service actif, même temporairement.

— Un de nos agents a arrêté un homme qui semble correspondre à votre description. Voudriez-vous aller lui jeter un coup d'œil pour nous donner confirmation ?

— Je suis ici pour ça.

— Une confrontation est inutile. Il vous suffira de le regarder par la porte vitrée.

Ils prirent l'ascenseur pour descendre au rez-de-chaussée.

— Par ici, fit Harrison, en poussant une série de portes métalliques.

Ils se retrouvèrent dans une espèce d'entrepôt désaffecté, empli d'étagères en métal et contreplaqué s'élevant jusqu'au plafond. Une épaisse couche de poussière recouvrait chaque chose, et le nez de Kaye se mit à la picoter.

— Attendez une minute. Je vais voir s'ils sont prêts, dit le garde du corps, avant de s'éclipser par une porte latérale tout au fond de la pièce.

Kaye promena machinalement son regard autour d'elle. Quel gâchis de laisser à l'abandon des immeubles aussi vastes, alors que, dans les centres urbains, des milliers de sans-logis dormaient dans la rue — une question qu'elle avait déjà soulevée à la Chambre, sans grand succès. Il fallait trouver de meilleurs arguments pour motiver les entreprises, mettre en avant leur responsabilité envers la société… Elle ferait une nouvelle tentative, quand tout cela serait terminé.

Elle effleura une étagère, et la poussière ainsi soulevée la fit éternuer.

— A vos souhaits, dit une voix derrière elle.

Effrayée, elle se retourna vivement et regarda avec stupeur l'homme surgi de nulle part.

— Vous m'avez fait peur.

Il s'approcha en traînant les pieds. Ceux-ci étaient chaussés de lourdes bottes, ses vêtements râpés et pas très propres. Ses cheveux noirs paraissaient également ne pas avoir été lavés depuis longtemps, et une barbe de plusieurs jours lui hérissait les joues.

— J'attends M. Harrison, dit-elle, vaguement alarmée, car elle n'aimait pas le regard fuyant de ses yeux d'un vert délavé.

Etait-ce un autre agent ? Elle avait dû en croiser une bonne centaine au cours de la matinée, entrant et sortant sans cesse du centre d'opérations en attendant l'arrivée du président. Le nouveau venu n'arborait pas de badge. Pourtant, à l'intérieur du bâtiment, le port de celui-ci était obligatoire.

Elle recula, vraiment inquiète cette fois.

— Je suis censée identifier un suspect…

Où Harrison était-il donc passé ?

— Oh, vous en avez déjà fait bien assez, madame la députée, répondit l'homme.

Au son de cette voix, un déclic se produisit dans son esprit, et elle sut, sans l'ombre d'un doute, où elle l'avait déjà entendue, et où elle avait vu ce visage — mais imberbe, et surmonté de cheveux blonds.

A l'hôpital.

Bobby.

Elle fit volte-face et courut vers la porte, le cœur glacé de terreur. Plus que deux ou trois mètres. Elle y était presque. Elle la poussa de toutes ses forces, mais la porte ne bougea pas d'un pouce. Elle était fermée à clé. Frénétiquement, Kaye se mit à taper sur le métal.

— Ça ne sert à rien. Il n'y a que nous deux ici, ricana l'homme derrière elle.

Elle fit volte-face et fouilla la pièce du regard, en quête d'une issue.

— Il y a des douzaines d'agents des services secrets dans ce bâtiment.

— Mais pas à cet étage, répliqua-t-il avec un sourire narquois. Ceux qui gardaient l'ascenseur, la porte de devant et celle de derrière ont tous les trois été appelés ailleurs.

— M. Harrison sera ici dans quelques secondes.

Elle fit quelques pas de côté, dos au mur, dans l'espoir de mettre quelques étagères entre le milicien et elle.

D'un geste désinvolte, il dégaina son pistolet.

— Quelle chance qu'il n'ait pas été grièvement blessé, la nuit où quelqu'un s'est introduit chez vous !

Qu'était-il en train de dire ? Harrison ne pouvait pas avoir trempé là-dedans ! Elle le connaissait bien, il avait toujours veillé sur sa sécurité…

— S'il travaillait pour vous, il m'aurait tuée lui-même depuis longtemps. Il en a eu l'occasion maintes fois.

Elle continuait à s'éloigner imperceptiblement.

— Bien sûr, mais il aurait été grillé, et ça, on ne le voulait pas. Ça nous a pris du temps pour infiltrer un des nôtres à ce poste, et nous avons de grands projets pour lui. Vous n'étiez que la toute première étape, ajouta-t-il avec un reniflement de dédain. Même pas. Plutôt un détour imprévu.

L'adrénaline affluait en elle ; ses nerfs étaient tendus à l'extrême. Elle s'efforça néanmoins de se comporter aussi calmement que possible. *Des mouvements lents, mesurés. Fais-lui croire qu'il a gagné, que tu t'avoues vaincue, puis, quand il aura baissé sa garde, attaque-le de toutes tes forces.*

C'était le moment de mettre en pratique les leçons d'autodéfense de Danny. Elle pouvait le faire. Il lui suffisait de garder son sang-froid.

Puis l'homme releva le cran de sûreté de son arme, et ses résolutions s'envolèrent. Elle s'élança vers le fond de la pièce et plongea derrière une étagère pour se mettre à l'abri.

Harrison faisait partie de la bande ! Cette pensée ricochait sans fin dans sa tête. Mais elle refusa de céder à la panique et au sentiment de trahison qui l'avait envahie.

— Bon, ne faisons pas traîner les choses en longueur, dit l'homme en s'avançant vers elle. Je n'ai pas que ça à faire.

— Ça ne marchera jamais.

Elle devait à tout prix le distraire, le contrarier assez pour qu'il commette une erreur.

— Les services secrets sont informés de vos plans,

reprit-elle. Pourquoi pensez-vous qu'ils aient pris de telles mesures de sécurité ?

Il s'esclaffa.

— Ça ne changera rien. Nous savons qu'ils savent.

Bien sûr. Harrison. Elle avait du mal à accepter cette idée. Car enfin, c'était impossible, n'est-ce pas ? Personne n'avait jamais réussi à infiltrer les services secrets. Du moins, pas à sa connaissance…

Aurait-elle pu deviner ? Y avait-il eu des signes qui auraient dû éveiller sa méfiance ?

Le bruit étouffé du premier coup de feu la fit tressaillir, et elle contraignit ses jambes à se remettre en mouvement.

— Dans quelques minutes, notre président se rendra compte qu'il a été bien mal avisé de vouloir vendre notre patrie, et que le peuple ne le laissera pas faire. L'Amérique aux Américains !

— Je suis américaine.

— Pas à mes yeux.

La deuxième balle s'enfonça dans le sol de béton, à une courte distance de Kaye.

Elle aurait pu lui faire remarquer que ses ancêtres avaient été enlevés et emmenés dans ce pays de force, que ce n'était pas comme s'ils avaient débarqué d'un bateau de croisière et décidé de rester parce que ça les amusait. La famille de son grand-père était peut-être établie ici depuis bien plus longtemps que celle du milicien…

Mais elle était assez lucide pour se rendre compte qu'il était inutile de le raisonner. Il avait été soumis à un lavage de cerveau intensif, et les fanatiques n'avaient que faire de la logique ou de la vérité. Elle scruta le sol, cherchant un objet qui pourrait lui servir d'arme. Elle devrait le laisser s'approcher suffisamment pour être en mesure de le frapper.

Ses doigts se refermèrent sur une barre de métal d'une cinquantaine de centimètres, un morceau de l'armature d'une étagère qui s'était détaché. Il fallait qu'elle parvienne d'une manière ou d'une autre à le neutraliser, et ensuite, qu'elle fonce vers l'autre porte, en priant le ciel qu'elle ne soit pas verrouillée.

Les étagères se dressaient tout autour d'elle comme des géants bienveillants. Bobby se trouvait quelque part de l'autre côté. Cela lui donna une idée.

Elle se releva et s'arc-bouta contre l'étagère qui lui faisait face, en faisant appel à tout ce qui lui restait de force. La structure de bois et de métal oscilla. Elle poussa plus fort, puis la tira vers elle. Peut-être que le balancement suffirait à la déséquilibrer. Elle poussa de nouveau, tous les muscles de son corps tendus sous l'effort. Le métal lui entaillait l'épaule, mais elle n'y prit pas garde. Plus fort. Maintenant !

L'étagère bascula, mais fut retenue par la suivante ; elle s'immobilisa un instant, puis l'autre se renversa à son tour et elles tombèrent toutes deux sur la troisième.

Malheureusement, cet effet de domino prit fin à la cinquième étagère. Il en restait encore une douzaine entre elle et son poursuivant.

— Bon, finissons-en, grommela-t-il, en tirant un nouveau coup de feu dans sa direction.

La balle ricocha sur un support métallique à quelques centimètres du visage de Kaye. Comment parvenait-il à la voir dans cet enchevêtrement de ferrailles ?

Elle s'avança en rampant sur le ventre. La porte était à moins d'une centaine de mètres. Quatre-vingt. Soixante.

Elle progressa encore un peu avant d'atteindre la limite de la barricade d'étagères. A partir de là, elle serait à découvert.

Elle ne voyait plus Bobby.

Avec un peu de chance, il était en train de la chercher à l'autre bout de la salle, et ne savait pas dans quel sens elle était partie.

Elle se redressa à demi et courut tête baissée jusqu'à la porte, saisit la poignée, la tourna, la tira, la secoua. Comment pouvait-elle être fermée ? Harrison était-il revenu entre-temps pour bloquer l'issue ?

— La partie est finie, siffla Bobby juste derrière elle.

Elle se retourna vivement. Il braquait une arme sur elle, à un mètre de distance, prêt à l'abattre à bout portant.

— Ne faites pas ça, dit-elle en le regardant dans les yeux, dans l'espoir d'y lire une hésitation.

Elle n'en décela aucune.

— Tu es montée trop haut. Ce n'est pas normal.

Le temps s'arrêta. Elle vit son corps se raidir tandis qu'il s'apprêtait à appuyer sur la détente.

Il n'y a pas de règles. Ne renonce jamais. Il n'y a pas de combat sans espoir.

Elle lança la barre de fer, aussi violemment qu'elle le put, tout en plongeant en avant.

L'attaque dut surprendre son adversaire, car la balle dévia.

Puis sa tête heurta l'estomac de Bobby, et la seconde d'après ils roulèrent à terre. Le pistolet tomba sur le sol de ciment, hors de leur portée.

Elle lui décocha un bon coup de poing dans la figure, avant qu'il ne réussisse à prendre le dessus et à refermer ses mains sur sa gorge. Il allait l'étrangler, comprit-elle en se débattant avec acharnement. Un étau lui broyait le larynx, et ses poumons étaient en feu.

Les yeux !

Elle lança résolument les doigts en avant et ne se donna pas la peine de regarder les dégâts qu'elle avait infligés quand il se mit à hurler, préférant se concentrer sur ce qu'elle devait faire ensuite.

Se remplir les poumons.

Lui envoyer un coup de genou dans le bas-ventre.

Se dégager.

Il roula sur le côté comme s'il tentait de lui échapper… non, ce n'était pas ça. Il essayait de récupérer le pistolet. Et il n'en était plus loin. D'un grand coup de pied, elle expédia l'arme à l'autre bout de la pièce, sous les étagères, une seconde avant qu'il ne s'en empare. Il chercha à lui agripper la cheville, mais elle le repoussa et s'élança vers le pistolet.

Où était-il passé ? L'une après l'autre, elle inspecta les rangées. L'arme avait atterri dans la cinquième ou la sixième, là où la partie de dominos s'était arrêtée. Sans hésitation, elle fonça vers elle, Bobby à ses trousses.

Elle se jeta sur le pistolet, le saisit, se retourna et tira aussitôt, à l'aveuglette. Elle ne le toucha pas, mais il fit un bond en arrière et heurta les étagères derrière lui. Elles se mirent à grincer, craquer et osciller.

Dans un sursaut d'énergie, elle courut vers le bout de la rangée. En jurant avec force, il se lança à sa poursuite, mais pas assez vite.

Elle se jeta en avant, tête la première, et s'étala sur le sol au moment même où les étagères se renversaient, écrasant le corps de Bobby sous elles. Il poussa un seul cri, un long hurlement aigu. Puis il n'émit plus un son.

Kaye se rua vers la porte. Parviendrait-elle à briser la serrure ? Le pistolet. Elle le serrait toujours dans sa main. Elle tira sur la serrure à deux reprises, puis donna un violent coup de pied. Une seconde plus tard, elle était dans le couloir et se précipitait vers l'ascenseur.

Non. Ce n'était pas une bonne idée, se dit-elle tout à coup. Elle revint sur ses pas. Elle ne pouvait pas retourner dans la salle d'opérations. Harrison était là-haut, il ferait tout pour l'arrêter.

Danny. Il n'était qu'à quelques centaines de mètres d'ici, au bas de la rue.

Brièvement, elle envisagea de garder le pistolet. Elle le jeta finalement dans une poubelle, près de la porte. Le moment était mal choisi pour courir dans la rue en brandissant une arme. Si les agents du service secret l'apercevaient, ils risquaient de l'abattre avant de s'aviser de leur méprise. Sans compter qu'elle devait avoir l'air d'une folle, échevelée et les vêtements déchirés…

Elle courut jusqu'à l'entrée principale et déboula dehors en trombe, attirant l'attention des passants. Elle remit de l'ordre dans sa tenue et fit de son mieux pour ressembler à une personne normale, pressée d'arriver à un rendez-vous, et non à une dangereuse démente.

Elle courut vers le coin de la rue où elle avait aperçu Danny pour la dernière fois, sur l'écran. Combien de temps leur restait-il pour déjouer l'attentat contre les deux présidents ?

« Dans quelques minutes… », avait dit Bobby.

Qu'entendait-il par là ? Dix ? Quinze ? Cinq ?

Etait-il encore possible d'éviter le pire ?

10

— Madame la députée ? dit Danny dans son micro, après s'être mis à l'écart de la foule.

Il s'apprêtait à regagner la salle d'opérations. L'homme qu'il avait suivi et intercepté s'était révélé n'être qu'un badaud inoffensif.

— La députée Miller est partie avec Harrison, l'informa un des agents.

— Elle est sortie ?

— Oui, il y a quelques minutes de cela.

— Savez-vous où ils sont allés ?

— Je l'ignore.

Danny regarda en direction de l'immeuble. Du moment qu'elle se trouvait en compagnie de Harrison, elle ne risquait rien. Peut-être le garde du corps avait-il des questions à lui poser.

Il se tourna de nouveau vers l'hôtel qui devait abriter la réunion. C'est alors qu'un mouvement de foule attira son attention, à l'autre bout de l'avenue. Le cortège présidentiel arrivait enfin. D'abord les motards, puis une voiture de police. Le véhicule des services secrets apparut ensuite à l'angle de la rue. Des gens se mirent à applaudir, d'autres poussèrent des huées. Les opinions à propos de ce sommet étaient très partagées.

Les reporters couvrant l'événement entamèrent leurs commentaires face aux caméras.

Danny scruta la foule, repérant l'un après l'autre les agents qui s'y étaient glissés. Chacun d'eux était à sa place. Il se fraya un chemin dans cette marée humaine.

— Danny ! appela quelqu'un derrière lui.

Il se retourna, mais ne vit que des visages inconnus qui ne lui accordaient pas la moindre attention.

— Danny !

Kaye ? Intrigué, il fendit la foule en direction de la voix.

Et soudain elle fut devant lui, les vêtements froissés, les cheveux hirsutes, comme si elle venait de livrer bataille. Il se rua vers elle et, sans réfléchir, la serra dans ses bras. Elle mit un doigt sur sa bouche avant qu'il ait pu lui demander ce qui s'était passé, et si elle n'était pas blessée.

D'une main, elle lui ôta le micro placé sous son col, de l'autre la caméra-bouton, et les fourra dans sa poche.

— Eteins-les, articula-t-elle silencieusement.

Il s'exécuta sans poser de question.

— Il va y avoir un attentat, d'une seconde à l'autre, dit-elle.

— Tous les dispositifs de sécurité sont en place. Où diable est donc Harrison ?

— Il fait partie du complot.

C'était impossible ! Il était membre des services secrets. Aucune organisation n'avait jamais réussi à infiltrer l'agence gouvernementale. Mais il lui suffit de regarder Kaye pour comprendre qu'elle parlait tout à fait sérieusement.

Oh, bon sang ! Cela signifiait que la Confrérie connaissait

le nombre exact des hommes chargés de protéger les chefs d'Etat, et l'endroit où ils étaient postés.

— Que comptent-ils faire ?

— Je n'en sais rien. Mais c'est pour bientôt. Nous n'avons sans doute que quelques minutes devant nous.

— Et Harrison peut entendre toutes les communications. Nous ne pouvons pas prévenir le centre !

Il se dirigea vers les gardes armés qui avaient pour mission de contenir la foule. La limousine noire où le président Derickson et son homologue mexicain, le président Alvarez, avaient pris place ensemble pour témoigner de leur entente, avait atteint le milieu de la rue. Elle allait bientôt s'arrêter devant l'hôtel.

Quel était le plan des terroristes ?

Le véhicule présidentiel était équipé d'une carrosserie blindée, d'une réserve d'oxygène et d'un réservoir de carburant autorégénérant, imperméable aux balles. Il pouvait continuer à rouler même si les pneus étaient à plat. Il était bien plus sûr que beaucoup d'engins de combat.

Les motos s'approchèrent lentement, suivies de la voiture pie de la police, puis de celle des services secrets transportant la garde rapprochée du président. Et enfin arriva l'impressionnante limousine noire qu'on avait surnommée « la Bête ».

Danny s'en approcha, sans quitter le véhicule des yeux. Tout à coup, il capta un mouvement. Un petit point rouge dansant sur l'arrière du rétroviseur.

— Oh, bon sang !

— Qu'y a-t-il ? fit Kaye, juste derrière lui.

— Quelqu'un illumine la voiture.

— Hein ?

— Dans le jargon militaire, ça veut dire qu'on désigne la cible à atteindre par guidage laser. Tu vois cette tache sur le miroir ? Quelqu'un dirige un émetteur laser sur la voiture pour indiquer son emplacement exact.

— A qui ?

— A un missile. Ils ont dû le dissimuler à bonne distance d'ici, de sorte que celui qui commandera la mise à feu n'ait pas besoin de se trouver à proximité de la cible, et ne risque donc pas d'être découvert. Il n'a pas non plus à s'inquiéter de rater son coup. Son complice « illumine » la voiture et le système d'autoguidage du missile s'alignera infailliblement dessus, avec la plus grande précision.

Kaye paraissait un peu perplexe, mais il n'avait pas le temps de lui fournir de plus amples explications. Il devait à tout prix débusquer le détenteur du laser.

Il ne pouvait pas se trouver dans la foule, raisonna-t-il. Il promena donc son regard sur les immeubles environnants. On les avait fouillés de fond en comble, à plusieurs reprises. L'équipe chargée de reconnaître le terrain avait passé les cinq derniers jours à sécuriser les lieux, en quête du moindre signe suspect, et repéré tous les emplacements où des tireurs auraient pu s'embusquer. Tout le long du parcours, on avait posté des agents dans des logements réquisitionnés, et l'on avait même prévu une antenne médicale et des poches de sang prélevé sur le président lui-même, au cas où il faudrait le transfuser d'urgence. C'était la procédure habituelle, au demeurant. Dès qu'il mettait un pied hors de la Maison-Blanche, le président était entouré d'une véritable bulle protectrice. Mais cette fois, la Confrérie avait des complices jusqu'à l'intérieur de celle-ci.

Il se tourna ensuite vers le centre d'opérations, juste en face de la limousine qui n'avait pas encore gagné l'abri du garage. Quelqu'un bougeait sur le toit. Un garde était posté là-haut, mais, la dernière fois que Danny l'avait vu, l'homme portait un uniforme militaire et un casque. Or, l'individu qu'il apercevait à présent était tête nue.

— Harrison ! s'exclamèrent à l'unisson Kaye et lui.

Ils s'élancèrent vers le bâtiment.

Ils disposaient de très peu de temps. La voiture présidentielle allait bientôt s'arrêter et, conformément au programme, les vitres s'abaisseraient pendant soixante secondes environ afin que les deux dirigeants puissent saluer la foule. Puis la limousine devait en principe descendre dans le parking souterrain, entièrement sécurisé.

C'était ce qu'attendait Harrison — ce créneau de soixante secondes pendant lequel il pourrait voir les chefs d'Etat et s'assurer qu'ils étaient bien à bord du véhicule, qu'il ne s'agissait pas d'un subterfuge, une mesure de précaution de dernière minute. Ce stratagème avait déjà été utilisé, et la garde rapprochée du président avait très bien pu décider d'y recourir sans en parler au reste de l'équipe.

Danny jura entre ses dents. S'il prévenait les autres par radio, Harrison l'entendrait et dirait à son complice d'actionner immédiatement la mise à feu. La seule façon de l'en empêcher, c'était de le capturer — et tout de suite ! Le cortège avançait lentement, mais dans deux minutes, trois tout au plus, il atteindrait sa destination.

Ils s'engouffrèrent dans l'immeuble. Kaye s'arrêta une seconde devant la poubelle, y plongea la main et en sortit un pistolet. Danny en fut éberlué.

— Où as-tu trouvé ça ?

— C'est une longue histoire. Les escaliers ou l'ascenseur ?

— Les escaliers.

Harrison avait dû tout prévoir, et bloquer l'ascenseur, pour empêcher quiconque d'accéder rapidement au toit. C'était ce qu'aurait fait Danny à sa place.

Ils grimpèrent les marches quatre à quatre. Parvenus au sixième étage, ils découvrirent le garde gisant sur le sol. Il avait reçu une balle dans la tête, et une large flaque de sang s'étalait sous son corps.

— Tu ferais mieux d'aller te mettre à l'abri dans la salle d'opérations, dit Danny en enjambant le cadavre.

— Pas question, repartit Kaye en lui emboîtant le pas.

— Ce n'est pas le moment de discuter.

— Alors, ne discute pas.

Ils gravirent deux autres volées de marches avant d'atteindre la porte qui donnait sur la terrasse. Elle était verrouillée. Pestant tout haut, Danny ôta le cran de sûreté de son arme. Ils n'avaient plus le temps de se soucier du bruit qu'ils pouvaient faire.

— Reste ici, dit-il à Kaye en lui tendant son micro. S'il m'arrive quelque chose, appelle à l'aide. Les gars du centre d'opérations t'entendront.

Sans attendre sa réponse, il enfonça la porte d'un coup de pied et passa sur le toit.

Sa première impulsion fut de le suivre pour lui prêter main-forte. Mais sa raison lui dit qu'elle risquait davantage de le gêner que de l'aider. Cependant, elle ne pouvait pas rester plantée là comme une idiote ! Elle devait absolument faire quelque chose…

Opérant un demi-tour, elle dévala les escaliers. Elle ne pouvait pas prévenir les services secrets par radio, car elle donnerait l'alerte à Harrison du même coup. En revanche, elle pouvait aller les avertir en personne. Danny avait raison. Elle aurait dû se rendre immédiatement là-bas, au lieu de monter ici avec lui. Dans l'affolement, elle n'avait pas pris la peine de réfléchir. Elle s'était contentée d'obéir à son instinct, qui lui criait : « Reste auprès de Danny. »

Elle arriva au bas des marches, bondit par-dessus le corps du soldat assassiné et poussa la porte du palier. En la franchissant, elle porta un doigt à ses lèvres pour intimer au garde en faction dans le couloir de ne pas la saluer à voix haute.

Elle pénétra dans la pièce, le doigt toujours posé sur la bouche, alla tout droit vers le grand tableau blanc qu'on avait installé au fond, et y inscrivit deux mots : *silence radio.*

Les agents la considérèrent, hésitants. Elle les toisa d'un regard impérieux, son regard de chef de file de la majorité, et traça un troisième mot : *immédiatement !*

Un à un, les hommes éteignirent leurs micros, ainsi que l'unique femme présente parmi eux.

— Harrison est sur le toit. Il y a un missile à guidage laser quelque part dans la ville, et Harrison illumine la voiture du président.

A sa plus grande satisfaction, personne ne mit en doute la véracité de ses dires, alors qu'elle accusait nommément l'un des leurs. Les agents étaient trop entraînés pour perdre du temps à argumenter, et ils passèrent aussitôt à l'action.

— Daniel Smith est monté sur la terrasse, il essaye de neutraliser Harrison, ajouta-t-elle.

L'un des agents se mit à pianoter frénétiquement sur son clavier.

— Accordez-moi une seconde, et ensuite vous pourrez rouvrir les micros. Observez le silence radio jusqu'à ce que je vous donne le feu vert, lança-t-il.

Elle le rejoignit tandis que les autres quittaient la pièce.

— Pouvez-vous empêcher Harrison de capter les communications ?

L'homme acquiesça.

— Il a le micro numéro vingt-neuf sur notre réseau, expliqua-t-il en appuyant sur la touche d'entrée. Voilà. Il est déconnecté.

Rapprochant le micro de ses lèvres, il déclara :

— Plus de problème. Vous pouvez rouvrir les communications.

Il avait entrepris de transmettre des instructions aux hélicoptères et aux agents postés dans la rue quand il fut interrompu par des détonations en provenance du toit, juste au-dessus de leurs têtes.

— J'y vais, s'écria Kaye en se ruant vers la porte.

Il y parvint avant elle, lui barrant le passage.

— Je suis désolé, madame la députée, mais il est hors de question de vous laisser commettre une telle imprudence.

Danny tira de nouveau, puis se retrancha derrière une cheminée de ventilation. Une douzaine d'agents étaient en train de se déployer sur le toit. Kaye avait donné l'alerte ; l'ennui, c'était qu'il lui avait laissé son micro, et qu'il ne pouvait donc plus contacter les autres.

Il avait déjà, d'un tir bien ajusté, fait sauter le laser des mains de Harrison. Mais celui-ci était toujours armé, et, selon toute apparence, il était équipé d'un gilet pare-balles extrêmement efficace, et d'une provision inépuisable de munitions. L'épais revêtement de la cheminée derrière laquelle Danny s'abritait était criblé d'impacts.

L'air s'emplit d'un vrombissement d'hélicoptères. L'ennemi était vaincu, mais il l'ignorait encore.

Le seul moyen de neutraliser Harrison, c'était de le surprendre par-derrière. En se courbant pour éviter les balles, Danny s'élança vers la cheminée voisine.

L'agent ne faisait que son travail en l'empêchant de monter sur le toit. C'était au demeurant une simple question de bon sens : un civil non entraîné n'avait rien à faire dans un affrontement armé. Néanmoins, Kaye avait du mal à accepter d'être réduite au rôle de spectatrice impuissante, alors que Danny risquait sa vie.

Le vacarme des hélicoptères tournoyant au-dessus de leurs têtes couvrait tous les autres bruits.

— Que se passe-t-il ? demanda-t-elle en levant les yeux vers le plafond.

— Difficile à dire, répondit l'agent en tapotant son oreillette. Ça crie dans tous les sens, je ne peux…

Il n'acheva pas sa phrase, car la porte venait de s'ouvrir avec fracas.

— Bobby !

Kaye demeura interdite, paralysée de stupeur. Le milicien était mort, écrasé sous les étagères. Que faisait-il ici ? Puis elle reprit assez ses esprits pour comprendre qu'elle devait fuir, et fureta désespérément autour d'elle. La petite pièce ne comportait pas d'autre issue.

L'agent se leva d'un bond et porta la main à son arme. Trop tard. Bobby avait déjà levé la sienne, et il était bon tireur. L'homme s'écroula, un trou en plein milieu du front.

— Tu as cru que tu pouvais te débarrasser de moi comme ça, espèce de garce ? s'écria Bobby en reportant son attention sur elle.

Il offrait une vision effroyable, avec son visage couvert de sang séché auquel venait s'ajouter celui qui s'écoulait encore de son œil blessé. Son bras gauche semblait cassé, et il saignait également d'une jambe ; sous le pantalon en lambeaux, les chairs paraissaient avoir été déchirées par un objet pointu.

Le pistolet qu'elle lui avait pris tout à l'heure était posé sur le bureau derrière elle. Elle fonça tête baissée, s'en empara, retira le cran de sûreté comme elle l'avait vu le faire, et tira en même temps que lui. Puis elle se laissa tomber à terre et roula sur elle-même, ainsi que Danny le lui avait enseigné.

L'homme se figea et la regarda fixement, comme étonné par une telle audace. Puis il s'effondra comme une masse, et sa tête heurta le sol à quelques centimètres de la sienne.

— Kaye, tu n'as rien ?

Danny se tenait sur le seuil, pistolet au poing, le visage livide.

— Je lui ai tiré dessus, murmura-t-elle, comme hébétée.

— Bravo, dit-il en retrouvant peu à peu ses couleurs. J'ai cru…

L'émotion l'empêcha de terminer sa phrase.

Elle se redressa en position assise, sans quitter Danny des yeux, pour éviter de regarder le corps affalé près d'elle.

— Je ne m'en serais pas crue capable.

Il vint s'asseoir à côté d'elle, sans la toucher.

Elle inspira avec force. Elle avait envie de sortir de cette pièce, mais ses jambes refusaient de la soutenir.

— Je ne voulais pas le tuer. Je voulais simplement l'arrêter.

— Si cela peut te rassurer, je l'ai touché, moi aussi. Nous l'avons atteint tous les deux.

C'est à peine si elle l'entendit. Dans sa tête résonnaient tous les discours enflammés qu'elle avait prononcés à la Chambre sur la nécessité de mettre un frein à la violence.

— Qu'est-ce que cela fait de moi ?

— Une femme à laquelle il vaut mieux ne pas s'attaquer, dit-il en lui passant un bras autour des épaules pour l'attirer contre lui. Tu es encore sous le choc. Mais tout est fini, à présent.

Un agent entra dans la pièce, puis un autre. Danny l'aida à se redresser et s'écarta d'elle, reprenant une attitude professionnelle.

— Au diable les apparences, dit-elle, se blottissant de nouveau entre ses bras.

Elle avait besoin de sa force, du réconfort qu'il lui apportait.

Du coin de l'œil, elle vit qu'un des agents les contemplait

bouche bée, d'un air ahuri. Les autres se détournèrent, respectant leur intimité.

Danny la serra contre lui, déposa un baiser sur le sommet de son crâne, puis leva les yeux pour s'adresser aux hommes.

— Où en est-on, dehors ?

— Toutes les rues sont barrées, répondit l'un des agents.

Ils emportèrent le corps de leur malheureux collègue, et l'un d'eux le remplaça aux commandes. Le président était toujours dans la place, et leur mission n'était pas finie.

Kaye s'accrocha à Danny, et celui-ci ne fit pas un geste pour se dégager.

— Je veux un hélicoptère sur le toit dans cinq minutes, déclara-t-il. Je vais faire évacuer la députée Miller.

— Bien, monsieur, dit l'agent, qui transmit aussitôt les instructions par radio.

La seconde d'après, Kaye sentit les bras vigoureux de Danny la soulever du sol, et l'emporter hors de la pièce.

Dans le couloir, ils croisèrent d'autres agents.

— Vous allez bien, madame la députée ? s'enquit l'un d'eux.

— Elle va très bien, lança Danny sans s'arrêter.

— Je peux marcher, protesta-t-elle sans conviction.

— Je sais. Mais j'ai envie de te toucher, et c'est la seule façon pour moi de le faire en public sans créer de scandale, lui chuchota-t-il à l'oreille.

Elle lui passa un bras autour du cou.

— Ai-je l'air de m'en soucier ?

Il l'enveloppa d'un long regard tout en commençant à gravir l'escalier.

— Besoin d'aide ? demanda un agent qui redescendait.

— Tout va bien. Ce n'est qu'une blessure sans gravité, répondit Danny.

Au bout d'une minute, il interrompit son ascension, la contempla de nouveau et dit :

— Non, tu n'en as pas l'air.

Puis il l'embrassa.

Elle eut vaguement conscience que des gens passaient près d'eux, et crut même entendre un sifflement admiratif. Cela lui était complètement égal. Tout ce à quoi elle pouvait penser, c'était qu'ils étaient tous deux sains et saufs, et qu'elle se trouvait dans les bras de Danny.

Mettant fin à leur baiser, il appuya un instant son front contre celui de Kaye, puis se remit en marche.

— Désolé. J'en avais vraiment besoin.

— Moi aussi.

— Tu ne me facilites pas les choses, dit-il en souriant.

— Pourquoi ?

— Si tu continues comme ça, je vais avoir du mal à devenir l'amant secret de la présidente de la Chambre.

Son amant. Le cœur battant la chamade, elle retourna ces deux mots dans sa tête.

Ils arrivèrent sur le toit au moment où les derniers agents se retiraient.

Son amant.

— C'est ce que tu souhaites ? dit-elle quand ils furent seuls.

Il la regarda au fond des yeux, son sourire envolé.

— Je veux bien plus, Kaye, mais je suis conscient de la situation. Je me contenterai de ce que je pourrai obtenir.

— Mais…

— Je veux tout. Je te veux toute. Je t'aime.

— Ce n'est pas que je ne veuille pas…

— Tu n'as pas à m'expliquer quoi que ce soit.

— Tout s'est passé si vite ! Je ne m'attendais pas à… C'est simplement que…

Elle aurait voulu lui faire comprendre, mais, pour une fois, elle n'arrivait pas à trouver ses mots.

— C'est insensé. Je suis en train de tomber amoureuse de toi, laissa-t-elle échapper, au comble de la frustration.

Elle se figea aussitôt, étonnée par ses propres paroles, et ne sachant plus que dire.

Il inspira lentement, puis poussa un long soupir.

— Il était temps ! Moi, je suis amoureux de toi depuis le jour où tu m'as infligé une raclée dans ton sous-sol.

— Je ne t'ai pas infligé de raclée. C'est toi qui as voulu me donner un cours d'autodéfense.

— Je pense que tu as besoin d'un peu plus d'entraînement. Il y a certains gestes que l'on ne peut acquérir que par la pratique.

— C'est important de savoir se défendre, acquiesça-t-elle. Mais, au regard des derniers événements, peut-être devrions-nous prendre des mesures plus radicales ?

Il hocha la tête avec force.

— Une surveillance vingt-quatre heures sur vingt-quatre, sept jours sur sept.

— Une surveillance rapprochée ?

— Très rapprochée.

— Connais-tu quelqu'un qui serait disposé à se porter volontaire ?

— Peut-être. Répète-moi un peu ce que tu as dit tout à l'heure ?

— Je t'aime, Daniel Smith.

Épilogue

— Je n'arrive pas à croire que nous soyons dans la chambre Lincoln ! s'exclama Kaye en promenant un regard extasié autour d'elle.

Elle ôta prestement ses escarpins tout en admirant les minces colonnes du lit superbement ouvragé, les draps de lin anciens, le lustre en cristal.

C'était leur récompense pour avoir sauvé la vie des deux présidents — même si ce haut fait avait été passé sous silence. Danny appartenant à une organisation dont l'existence devait rester ignorée du public, les journaux ne pouvaient pas publier sa photo à la une en expliquant qui il était et ce qu'il faisait au sommet. Selon la version officielle, c'étaient les agents du service secret qui avaient déjoué l'attentat.

Mais le chef de l'Etat ne s'était pas montré ingrat envers Kaye et lui, et les avait notamment invités à dîner ce soir à la Maison-Blanche.

— C'était gentil à Derickson de nous recevoir, dit Danny en souriant.

Il s'adossait à l'une des colonnes du lit, vêtu de son smoking noir, comme le soir de leur première rencontre. Il était incroyablement beau, avec ce sourire sexy flottant sur ces lèvres, ce regard magnétique…

— Il est encore bouleversé par la révélation que

Harrison était un traître. Et moi aussi, ajouta-t-elle, en remuant avec un soupir d'aise ses orteils enfin débarrassés de leur carcan.

Le président les avait informés des tout derniers développements de l'enquête. Harrison s'était enfin décidé à parler. Il n'était pas satisfait de sa situation professionnelle, n'ayant pas reçu la promotion à laquelle il estimait avoir droit. Il attendait depuis dix ans d'être affecté à la garde rapprochée du président. D'autres avaient obtenu la place qu'il convoitait, des agents appartenant souvent à des minorités ethniques. Quand la Confrérie l'avait approché, par l'intermédiaire de sa nouvelle petite amie, il avait cédé à la rancœur — et à l'appât du gain.

Il ne se considérait pas comme coupable de trahison, et continuait à penser qu'il avait agi dans l'intérêt du pays.

Kaye porta une main dans son dos pour tirer la fermeture à glissière de sa robe.

— Laisse-moi faire, dit Danny en s'avançant.

Elle se retourna et releva ses cheveux, dégageant sa nuque.

— La vie n'est qu'une suite de coïncidences, murmura-t-elle pensivement. Si Bobby Reznick n'avait pas fait une fixation sur moi, et décidé de poursuivre son propre objectif sans tenir compte des ordres de la Confrérie, je ne t'aurais jamais rencontré, et je n'aurais jamais découvert qu'ils préparaient un attentat contre les participants au sommet.

— Il était littéralement obsédé par toi. D'après lui, tous ses malheurs étaient dus à une loi que tu as fait voter, il y a déjà plusieurs années de cela.

Sa voix était chargée de colère, et Kaye songea que

Bobby Reznyck avait finalement de la chance d'avoir été condamné à la prison à vie. De cette façon, il ne risquait pas de retomber un jour sur Danny, et c'était sûrement préférable pour lui.

— Mais si tu n'y vois pas d'inconvénient, je préférerais que tu ne parles pas de notre rencontre comme d'une simple coïncidence, reprit-il. C'était le destin, et rien d'autre.

D'un geste lent, il abaissa la fermeture. Quand la robe fut ouverte jusqu'en bas de son dos, il fit courir un doigt sur sa peau nue.

Le désir s'enflamma en elle.

Il mit les mains sur ses épaules et repoussa les fines bretelles de sa robe, les fit descendre le long de ses bras jusqu'à ce que le fourreau de soie bleue ne forme plus qu'une corolle à ses pieds. Ensuite, il la tourna face à lui et, de ses lèvres, effleura tendrement les siennes, une fois, deux fois, puis, la laissant pantelante, il recula pour lui permettre de se dégager de la robe.

— Je t'aime, murmura-t-il.

Elle s'avança vers lui, tendit les bras pour l'enlacer, mais il s'empara de ses mains et déposa un long baiser brûlant au creux de chaque paume, avant de les libérer.

C'était stupéfiant comme il lui suffisait de peu pour la faire fondre, l'embraser jusqu'au plus profond d'elle-même, se dit Kaye en regardant autour d'elle, vaguement intimidée par ce décor qui avait vu défiler tant de personnages historiques.

— Si ces murs pouvaient parler…

— Ils diraient : « Qu'attends-tu pour l'embrasser ? » répliqua Danny en l'attirant à lui, jusqu'à ce que leurs bouches se touchent.

Il l'embrassa plus profondément, et elle oublia tout ce qui les entourait.

Mais il ne s'arrêta pas là. D'un mouvement parfaitement calculé, il la fit reculer de quelques pas, jusqu'au bord du lit, puis s'y laissa tomber, l'entraînant avec lui.

— Alors, tu crois que Cal commence à accepter l'idée que nous formons un couple, toi et moi ? demanda-t-il quand ils s'interrompirent pour reprendre haleine.

— Il vaudrait mieux qu'il s'y fasse.

Elle avait eu une longue discussion avec son parrain, quand celui-ci était rentré de son « tournoi de golf ». Le voir revenir sain et sauf avait été un formidable soulagement. Elle soupçonnait qu'il faisait partie de la même organisation que Danny, qu'il en était même le chef, et que chaque fois que l'un d'eux partait effectuer une mission à titre de « consultant », il allait en fait livrer un combat mortel.

Finirait-elle un jour par s'y habituer ? S'y habituer, sans doute pas, mais elle parviendrait certainement à l'accepter.

Car il s'agissait des deux êtres qu'elle aimait plus que tout au monde, des deux hommes de sa vie.

Elle-même détenait un certain pouvoir. Elle s'efforcerait de l'utiliser à bon escient, pour faire de ce monde un endroit plus sûr.

— Il s'obstine à nous donner des chambres séparées, quand il nous invite chez lui, fit observer Danny.

— Il est un peu vieux jeu.

— Et moi qui comptais t'emmener à Vegas pour t'y épouser en secret ! plaisanta-t-il.

Il inspira à fond et, soutenant son regard :

— Je présume que je vais être obligé de faire les

choses dans les règles et de lui demander officiellement ta main.

Le souffle coupé, elle leva vers lui un visage radieux, baigné de larmes de joie. Elle n'aurait jamais cru qu'elle se remarierait un jour, qu'elle aimerait de nouveau. Mais ce qu'elle avait trouvé auprès de Danny était un don du ciel, un cadeau aussi généreux qu'inattendu. Et elle était déterminée à garder jalousement ce trésor, à ne laisser rien ni personne s'interposer entre eux.

— Je t'aime, Daniel Smith, chuchota-t-elle.

Puis elle posa ses lèvres sur les siennes et s'abandonna à la griserie de son étreinte — à ce bonheur sans mélange qu'il avait fait renaître en elle.

Le 1er juin

Black Rose n°124

Le mystère de Moon Bay - Heather Graham

David ici, à Moon Bay ? En apercevant son ex-mari, Alex est furieuse. Pourquoi faut-il qu'il soit venu sur l'île où elle travaille depuis leur divorce ? Mais elle sent sa colère se dissiper quand il lui révèle être au courant des meurtres récemment survenus dans l'archipel, et craindre pour sa sécurité. Se pourrait-il qu'il l'aime encore ?

Perdue dans la tempête - Leona Karr

Une plage balayée par la tempête... qu'elle ne reconnaît pas... Alors qu'elle reprend conscience sur le rivage, Trish sent l'angoisse l'étreindre. Où est-elle ? Pire : qui est-elle ? Frappée d'horreur, elle se rend brutalement compte qu'elle a tout oublié... et n'est plus certaine que d'une chose : avant l'accident qui l'a jetée sur cette plage, elle était en grand danger...

Black Rose n°125

Une famille en danger - Carla Cassidy

Marisa Perez a un principe : ne jamais s'attacher aux enfants dont elle a la garde temporaire. Une règle qui vacille lorsque Jack Cortland, célèbre musicien, lui confie ses fils, Mick et David. Comment pourrait-elle garder ses distances, face à ces petits garçons qu'on a failli enlever ? Bouleversée, Marisa décide de rester auprès des enfants jusqu'à ce que l'affaire soit éclaircie. Auprès des enfants... et de Jack.

Soupçons sur un amour - Suzanne Brockmann

En faisant la connaissance de Jonathan Mills, un homme au charme troublant, Marie croit qu'elle a enfin trouvé l'amour. Jonathan ne possède-t-il pas tout ce qui la fascine ? Le charisme, l'humour..., et même ce côté sombre qui la déroute mais l'envoûte... Mais, très vite, atterrée, elle découvre que Jonathan lui ment sur son identité ; pire encore, il semble qu'il la manipule et tente de séduire aussi sa meilleure amie...

Black Rose n°126

Menaces à Broken Arrow - Linda Turner

Vivre avec Donovan Jones pendant un mois entier ? Pour Priscilla Wyatt, c'est hors de question. Et même si sa famille l'a placée sous la protection de ce détective privé – le temps que le domaine de Broken Arrow lui appartienne définitivement et que cessent les menaces qui la visent –, elle refuse de se soumettre à cette surveillance. D'autant que Donovan fait naître en elle des émotions bien trop dangereuses...

Le voile du mensonge - M.J. Rodgers

Glacial, impénétrable... et extrêmement séduisant, Adam Connor est exactement tel qu'on l'a décrit à Whitney West. N'empêche. Elle est déstabilisée par sa froideur alors qu'elle lui annonce que le corps de son ex-femme a été retrouvé dans un ravin. Se pourrait-il vraiment, comme le pense la police, qu'Adam soit responsable de l'accident ? Résolue à éclaircir l'affaire, Whitney décide d'enquêter sur lui...

BLACK ROSE

30 € à gagner !

Répondez à notre grande enquête et
gagnez peut-être un bon cadeau de 30 €*

- 1 livre GRATUIT offert aux 1000 premières réponses -

1/ Quels sont vos critères d'appréciation de la collection Black Rose ?
(5 pour très bon - 1 pour mauvais)

- La passion ☐
- L'intrigue policière/le suspense ☐
- L'intensité du conflit ☐
- Les volumes doubles ☐
- La psychologie des personnages ☐
- Les visuels de couverture ☐
- Les auteurs ☐

2/ Sélectionnez vos 3 thèmes préférés dans Black Rose et classez-les de 1 à 3 :
(1 étant votre choix n°1)

- Des histoires de garde du corps ☐
- Des secrets de famille ☐
- Des histoires avec des enfants ☐
(kidnapping/enfant caché)
- Double identité ☐
- Amnésie ☐
- Retrouvailles des héros ☐

3/ Qu'aimeriez-vous davantage trouver dans les romans de la collection Black Rose ?

	Oui	Non
- Du suspense	☐	☐
- Du romantisme	☐	☐
- Des sujets plus variés	☐	☐
- De la sensualité	☐	☐
- De l'action/de l'aventure	☐	☐
- Je ne changerais rien	☐	☐

Autre : ....

/ Globalement, quelle note sur 10, attribueriez-vous à la collection Black Rose?

☐☐

/ Quels sont les auteurs que vous aimez lire dans la collection Black Rose ?

☐ Carla Cassidy
☐ Debra Webb
☐ B. J. Daniels
☐ Marie Ferrarella
☐ Gayle Wilson
☐ Suzanne Brockmann
☐ Joanna Wayne
☐ RaeAnne Thayne
☐ Amanda Stevens
☐ Cassie Miles

utre : ....

/ Aimez-vous les séries/sagas dans la collection Black Rose ?

Oui ☐ Non ☐

Laquelle ou lesquelles avez-vous aimées ?

....

BRO1

7/ Selon vous, les couvertures Black Rose sont :

☐ Très bien ☐ Bien ☐ Assez bien
☐ Passables ☐ Je ne les aime pas du tout

Pourquoi : ....

8/ Selon vous, ces couvertures sont plutôt :

	D'accord	Moyennement d'accord	Pas d'accord
- Modernes	☐	☐	☐
- Classiques	☐	☐	☐
- Attirantes	☐	☐	☐
- Elégantes	☐	☐	☐
- Reflètent bien la collection	☐	☐	☐
- Expriment une émotion	☐	☐	☐

Suggestions :..
....

9/ Sélectionnez vos 5 critères d'achat dans la collection Black Rose et classez-les de 1 à 5 **(1 étant le premier)**

- La marque ␣
- La pagination ␣
- Le prix ␣
- L'auteur ␣
- Le résumé au dos du livre ␣
- Le titre ␣
- La thématique mise en avant ␣
- Le visuel de la couverture ␣
- L'intrigue/le suspense ␣
- L'émotion ␣

10/ Concernant la collection que vous venez d'acheter...

- J'achète tous les livres chaque mois ☐
- J'achète une sélection de livres chaque mois ☐
- Je l'achète occasionnellement ☐

11/ Avez-vous acheté un livre de l'une de ces collections au cours des 6 derniers mois ?

☐ Azur ☐ Audace ☐ Horizon ☐ Blanche
☐ Nocturne ☐ Best-Sellers ☐ Les Historiques ☐ Prélud'
☐ Black Rose ☐ Passions ☐ Red Dress Ink ☐ Spicy
☐ Mira ☐ Jade ☐ Aventures et Passions
☐ Passion intense ☐ Barbara Cartland

Autre : ....

12/ Etes-vous abonnée à l'une des collections Harlequin ?

Si oui, laquelle ? ....
Non, je l'ai été mais j'ai arrêté ☐
Non, je ne l'ai jamais été ☐

BRO2

13/ Utilisez-vous un de ces sites pour rechercher des informations avant d'acheter en magasin ?

Oui ☐ Non ☐

Si oui, lesquels ?

Harlequin.fr ☐ Fnac.com ☐ Amazon.fr ☐ Autre ☐

M. ☐ **Mme** ☐ **Mlle** ☐

Nom : .... Prénom : ....

Adresse : ....

Code Postal : .... Ville : ....

Date de naissance : ....

E-mail : ______________________________@____________

☐ Oui, je souhaite être tenue informée des offres promotionnelles des Editions Harlequin

☐ Oui, je souhaite recevoir les offres promotionnelles des partenaires des Editions Harlequin

Quelle est votre profession ?

☐ Agriculteur
☐ Artisan, commerçant, chef d'entreprise
☐ Cadre et profession libérale
☐ Profession intermédiaire
☐ Employée ☐ Ouvrier
☐ Retraitée ☐ Inactive

Quelle est la profession du chef de famille ?

☐ Agriculteur
☐ Artisan, commerçant, chef d'entreprise
☐ Cadre et profession libérale
☐ Profession intermédiaire
☐ Employé ☐ Ouvrier
☐ Retraité ☐ Inactif

* Un tirage au sort désignera les 20 gagnants d'un bon cadeau de 30 €
(soit 45 SFr pour les gagnants suisses)

Merci de retourner le questionnaire complet au plus tard le 31/08/2010 sous enveloppe affranchie à l'adresse suivante :
Editions Harlequin – service Marketing
Grande enquête Harlequin
83/85 bd Vincent Auriol
75646 Paris cedex 13

BRO3

Extrait du règlement :

La société HARLEQUIN organise un jeu-questionnaire intitulé « Grande enquête Harlequin» du 1er avril 2010 au 31 aout 2010 qui accompagnera les livres mis en vente. Il est gratuit et sans obligation d'achat, et ouvert à toute personne physique majeure résidant en France métropolitaine (Corse comprise), à Monaco, dans les DOM-TOM, en Suisse et en Belgique. La réponse est possible sur papier libre ou en demandant un exemplaire du jeu-questionnaire au service lectrices au 01 45 82 47 47 ou à l'adresse du jeu.

Un livre d'une valeur commerciale unitaire de 6,30€ sera offert aux mille (1000) premières personnes ayant répondu à la grande enquête Harlequin dans toutes les collections concernées. Les vingt (20) personnes tirées au sort se verront attribuer un chèque cadeau d'une valeur de 30€ (soit 45SFr). Les lots seront envoyés par la Poste dans le délai d'un mois après la clôture du jeu.

Pour participer, les candidats doivent avoir répondu au questionnaire et le renvoyer à la Société Harlequin à l'adresse suivante : Editions Harlequin – service marketing 83/85 bd Vincent Auriol 75646 Paris Cedex 13. La participation au jeu-questionnaire entraîne l'acceptation pleine et entière du règlement déposé chez Maîtres Gaultier et Mazure, Huissiers de justice, 51, rue Sainte Anne, 75002 Paris.

Le règlement est adressé à titre gratuit à toute personne en faisant la demande à : Société Harlequin 83-85 boulevard Vincent Auriol 75013 Paris. Timbre remboursé sur demande au tarif lent

Loi informatiques et libertés

Pour vous offrir le meilleur service, vos noms et adresses seront enregistrés dans notre fichier clientèle. Conformément à la loi Informatique et libertés du 6 janvier 1978,vous disposez d'un droit d'accès et de rectification aux données personnelles vous concernant. Par notre intermédiaire, vous pouvez être amenée à recevoir des propositions d'autres entreprises.
Si vous ne le souhaitez pas, il vous suffit de nous écrire en nous indiquant vos nom, prénom et adresse à :
Service Lectrices Harlequin BP 20008 59718 LILLE Cedex 9.

Composé et édité par les

éditions Harlequin

Achevé d'imprimer en France (Malesherbes)
par Maury-Imprimeur
en avril 2010

Dépôt légal en mai 2010
N° d'imprimeur : 154016 — N° d'éditeur : 14946